本书获得陕西理工大学校级科研基金项目"边缘与颠覆——华裔美国女性文学创作研究（SLGKY15-02）"和陕西省教育厅专项科研项目"二十世纪九十年代后华裔美国文学研究（16JK1112）"资助

华裔美国女性
小说研究

刘秋月　著

中国社会科学出版社

图书在版编目（CIP）数据

华裔美国女性小说研究/刘秋月著．—北京：中国社会科学
出版社，2017.9
ISBN 978 - 7 - 5203 - 1260 - 8

Ⅰ.①华… Ⅱ.①刘… Ⅲ.①妇女文学—小说研究—
美国 Ⅳ.①I712.074

中国版本图书馆 CIP 数据核字（2017）第 254806 号

出 版 人	赵剑英
责任编辑	周晓慧
责任校对	无 介
责任印制	戴 宽

出 版	中国社会科学出版社
社 址	北京鼓楼西大街甲 158 号
邮 编	100720
网 址	http://www.csspw.cn
发 行 部	010 - 84083685
门 市 部	010 - 84029450
经 销	新华书店及其他书店

印 刷	北京明恒达印务有限公司
装 订	廊坊市广阳区广增装订厂
版 次	2017 年 9 月第 1 版
印 次	2017 年 9 月第 1 次印刷

开 本	710×1000 1/16
印 张	17.75
插 页	2
字 数	291 千字
定 价	79.00 元

凡购买中国社会科学出版社图书，如有质量问题请与本社营销中心联系调换
电话：010 - 84083683

目　　录

前　言

在华裔美国文学中，女性作家的小说成就斐然。其作品本身具有独特而丰厚的审美意蕴和较高的艺术价值。华裔女性作家不同时期的小说从多角度书写了华人在美国社会各个阶层、各种身份以及性别意识等的百态人生，表达了对自身族裔女性意识的思考与把握，解构了西方殖民主义话语和男性话语的霸权地位，将个人纳入家庭、族裔的经纬，书写华裔女性的故事，不仅反击了主流社会的偏见，为自己赢得话语权威，确立女性在历史中的自我主体性，反映出美国华裔这一独特种族群体对自身文化身份的认知和确立，同时也表达了她们对美国重大社会问题的思考，为当代美国文学注入了多元的文化批评与多维的解读元素。

华裔美国文学因其与中国文化天然的亲缘关系及其自身的文学魅力吸引了国内读者和研究者的兴趣。现在全国各高校外语系英语文学专业和中文系外国文学专业几乎都开设了华裔美国文学课程，各类研究更是应声而出，也日渐受到国内高校相关专业硕、博士学位论文选题的广泛关注。近年来，北京外国语大学华裔文学研究中心、天津理工大学美国华裔文学研究所的成立标志着华裔美国文学在中国学术界受到越来越多的关注。华裔美国文学的爱好者可谓是躬逢其盛。

目前，国内对华裔美国文学的研究主要聚焦在中美文化差异与冲突、身份认同、中国文化在华裔美国文学中的反映等方面，更侧重于文化等的宽语境研究，而对华裔美国文学作品自身之文学性的研究有所忽视。本书以华裔美国女性作家的小说为研究对象，除了女性主义立场，以及对于历史、社会与文化脉络的重视之外，作者还认为，面对不同的文本应当采用切合的理论来梳理、诠释，因为华裔美国女性族群形成的历史非常复杂，属性糅杂，作家无法脱离政治与意识形态而只关注文学，读者和评论者也就应该在政治与美学之间取得平衡，任何单一的批评理论与方法必然会有所不足，不应该采用某种一成不变的批评模式来分析其作品。华裔美国女性小说大多是通过讲故事、重塑华裔人物形象来揭示主题的，因此，本书从分析华裔美国女性小说中的人物形象入手考察小说主题，深入挖掘其文本的叙事艺术以及发展趋势与特点，以期明确华裔美国女性小说主题和主体意识的变迁，揭示其文学审美价值，把握其总体发展脉络，归纳其普遍性。

本书共有五个章节。第一章对华裔美国女性文学的名称与内涵、发展历程及主要作家作了简要介绍。第二章对华裔美国女性小说中的华裔母亲、女儿及父亲的形象分别进行了分析。第三章对华裔美国女性小说的主题进行了论述，其中身份认同和"美国梦"是两大主题。第四章在分析了《喜福会》《女勇士》《灵感女孩》及《骨》的叙事策略后，总结了华裔女性小说最为显著的叙事特征：家族叙事和自传体叙事。第五章以老作家的新作、新作家的代表作为例分析、总结了21世纪前10年华裔美国女性小说的新趋势：族裔性与普世性的结合、传统的继承与个性化写作、多元性与文学性并重。

本书在写作过程中参考并引用了大量的相关研究成果，谨此声明并表示衷心感谢！限于作者的水平，本书难免有偏狭、浅薄和不妥之处，恳请各位专家和读者批评指正。

刘秋月

2017 年 3 月

第一章　绪论

第一节　华裔美国女性文学的名称与界定

近半个世纪以来，美国多元文化主义的兴起，为美国少数族裔文学的发展提供了良机，其中华裔美国文学创作表现得极其活跃，尤其是华裔女性小说创作群体成为一支不可忽视的力量。华裔女性作家在自身族裔文化传统与西方经典文学传统结合的特定的历史境遇中，从华裔女性的切身体验出发创作出富有女性意识、女性经验、女性书写的文学体系，不仅开辟了美国文学与批评的新领域，为美国华裔及亚裔研究、美国华裔文学及亚裔文学的发展与繁荣做出了不可磨灭的贡献，也逐渐成为国内外学者研究的热点议题。著名华裔文学研究专家林英敏女士曾总结道："当我将华裔男性和女性的作品做一个比较，我发现了三个惊人的事实：第一，女性作家的人数更多；第二，女性作家写的书更多；第三，女性作家的作品更加真实。"[①]

在讨论华裔美国女性小说之前，有必要明确"华裔美国文学"这一称谓所指代的范畴。作为亚裔美国文学的一个主要分支，华裔美国文学"Chinese American Literature"衍生于"Asian American Literature"这一概念，目前国内对此有不同翻译，有的译为"美国华裔文学"，有的译作"华裔美国文学"，各有其道理。正如吴冰所指出的，"美国华裔文学"的译法把涵盖大的概念放在前面，同时也使之与

---

① Amy Ling, *Between Worlds: Women Writers of Chinese Ancestry*, New York: Pergaman Press, 1990, p. 15.

"美国犹太文学"（Jewish American Literature）、"美国黑人文学"（Black American Literature）、"美国印第安文学"（Indian American Literature）等提法一致；但按汉语语言习惯，我们说"华裔美国人"而不说"美国华裔人"，且"华裔美国文学"这一译法与英语语序一致。① 此外，为"Chinese American Literature"选取中文译名，除了应考虑语言学和翻译学等技术要素之外，更关键的是要清楚这一专有名词在英语中通常涵盖的对象。在可与其互译的众多中文词语中，选择含义最为接近英语含义的一组，才能保证"美国华裔文学"的学术含义在不同语言中的一致性。而这个学术名词的含义是该遵照美国学者的想法通过翻译得来，还是该由中国学者按照自己的思考自行界定呢？这个问题还有待学界进一步深入思考和探讨。本书暂且采用"华裔美国文学"这一译法。

除了译名的分歧之外，国内学界关于"华裔美国文学"所指涉的范畴这一问题仍有待商榷。正如美国著名的华裔学者黄秀玲（Sau-ling Cynthia Wong）在《华裔美国文学》一文中所言："……只有定义之争被理解后，对特定作家、作品及文学分期的陈述才会有意义。"② 也就是说，只有准确界定研究的范畴，才能采取正确的研究方法和研究视角。

20世纪70年代，以赵健秀（Frank-Chew Chin）、徐忠雄（Shaw-Hsu Wong）、陈耀光（Jeffrey-Paul Chan）和劳森·F. 稻田（Lawson Fusao Inada）为代表的一批亚裔学者，构建了"亚裔文本联盟"（Combined Asian Resources Project，CARP）。"亚裔文本联盟"的多位成员编撰了不同类型的文学选集，他们以"亚裔感性"（Asian American Sensibility）为标准衡量入选作品。而"亚裔感性"可理解为出生、成长在美国的亚裔，极力"否定其美国人和中国人的身份"，并强调"与中国背景和美国文化传统的剥离"，建构"既非美国化也非

---

① 吴冰：《导论》，吴冰、王立礼主编：《华裔美国作家研究》，南开大学出版社2009年版，第1页。

② Sau-ling Cynthia Wong, "*Chinese American Literature*": *An Interethnic Companion to Asian American Literature*, New York: Cambridge University Press, 1997: 39.

中国化的"亚裔价值体系。① 也就是说，只有生在美国、长在美国，并具备"亚裔感性"的"美国亚裔"所创作的文学才是美国亚裔文学。因而黄玉雪（Jade Snow Wong，1922—2006）、汤亭亭（Maxine-Hong Kingston）等的作品均因为以异族风情取悦美国主流社会读者而被拒绝。

此外，在对"美国亚裔/华裔文学"这一概念的界定中，存在一种"去英语化"现象。华裔学者林英敏把华裔美国文学定义为"包括她自己在内受双重民族属性和文化传统影响，努力争取平等，怀着自豪感描写在美经历的华人及其后代"② 所创作的文学作品。尹晓煌的《美国华裔文学史》（Chinese American Literature since the 1850s，2000）认为：只要是族裔美国作家的文学创作，都可纳入美国族裔文学的范畴之中，并不限于只用英语写作。评论家张敬钰甚至把"包括所有定居北美的、有亚洲血统的作家，以及出生地或定居地非北美的混血作家"都纳入美国亚裔文学名下。③

张敬珏提出的"去领土化"标准显然使得华裔美国文学研究的范畴过于宽泛；而林英敏、尹晓煌等学者"去英语化"的提法，虽然可以囊括更多优秀的作品，但似乎有逻辑不够严谨之嫌：倘若一个加入中国国籍的美国人用英语创作他在中国的故事，也许其作品会被翻译成中文并在中国出版，那么这部作品可否被认定为"中国文学"或"美裔中国文学"呢？

受此影响，国内学者也倾向于将华裔美国文学的内涵扩展至"用中文创作的美国华人作品"，从而将白先勇、哈金、於梨华、严歌苓等去美国不久用英文或华文进行创作的作家纳入华裔美国作家范畴。这不仅给世界华文文学领域的研究者带来困惑，也将华裔美国文学的

---

① 蒲若茜：《族裔经验与文化想象：华裔美国小说典型母题研究》，中国社会科学出版社 2006 年版，第 13—15 页。

② 张子清：《与亚裔美国文学共生共荣的华裔美国文学》，《外国文学评论》2000 年第 1 期，第 93—103 页。

③ King-Kok Cheung, Stan Yogi, *Asian American Literature: An Annotated Bibliography*, New York: The MLA of America, 1988.

界定推向大而不当的危险边缘。虽然吴冰教授也认为，对华裔美国文学研究的范围不能局限于对英语作品的关注，赞同尹晓煌认为华裔美国文学既包括"华裔美国英文文学"，也包括"华裔美国华文文学"的观点，但是她并不认为像哈金的《等待》一类的作品属于美国华裔文学，因为只有以华裔美国人的视角写的华裔美国人的故事才属于华裔美国文学。①

青年学者董美含在论文《"美国华裔文学"的概念界定》中提出：美国华裔文学，是由旅美华侨或美籍华人所生（此条限定了血统）、在美国成长受教育，具有美国国籍，母语为英语并以英语为主要创作语言的作家所创作的作品。② 该文详细回顾了 2010 年以前国内的学术论文和专著对这一概念的使用情况，论述逻辑严密，结论可信度较高。

参照以上各种看法，本书所指涉的华裔美国女性文学为出生于美国，在美国成长并受教育，具有美国国籍，母语为英语并以英语为主要创作语言的女性作家所创作的作品。

第二节　华裔美国女性小说的发展历程及主要作家

在第一批华人到达美国之日起，他们就把古老的中华文明和中华民族的优良传统带到了这个新生的国度。在过去的 100 多年里，华裔美国人不仅在这片陌生的国度里劳作生息，流血流汗，和其他民族一起共同营造、实现"美国梦"，也以独特的生命体验和观物视角宣泄、记录了华裔的悲喜忧欢、艰辛奋斗和生存境遇，表达着作为移民的呼吁和抗议，书写着双重视野下对于自我的叩问反思，对于人生的洞见和体悟以及对于社会的真知灼见，也表现了他们对文化最终走向融合所寄予的美好的憧憬和无限的希望。

---

① 吴冰：《导论》，吴冰、王立礼主编：《华裔美国作家研究》，南开大学出版社 2009 年版，第 4 页。

② 董美含：《"美国华裔文学"的概念界定》，《文艺争鸣》2011 年第 3 期。

华裔美国文学是跨文化碰撞和杂交的产物，但又呈现出鲜明的个性与特色。从最初天使岛的悲歌，到早期移民文学作品中的恳求和抗议，到第二代华裔对于美国人身份的追寻，再到当代华裔美国文学逐渐走出边缘，迈进主流文学的殿堂，华裔美国文学可大致分为三个阶段：从 19 世纪末至 20 世纪 60 年代为开创阶段；20 世纪七八十年代为转折阶段；从 20 世纪 80 年代末 90 年代初至今可谓走向繁荣阶段。① 据此，华裔美国女性文学也可以分为与之相应的三个阶段。

华裔美国女性文学肇始于 19 世纪末，现已经成为美国文学的一个重要分支。当今的评论家大多认为，华裔美国女性文学的源头可追溯到 19 世纪初产生过较大影响的一对中英混血儿姐妹伊迪丝·伊顿（Edith Maud Eaton，1865—1914）和温妮弗莱德·伊顿（Winnifred Eaton，1875—1954）的作品。这对姐妹的父亲是英国人，母亲则是英国华侨。她们虽然有着西方人的外貌，却认同东方文化。其中姐姐伊迪丝·伊顿以中国名"水仙花"（Sui Sin Far）为笔名，妹妹以日本名夫野渡名（Onoto Watanna）为笔名发表文学著作。尤其是姐姐伊迪丝·伊顿被视为美国华裔文学的先驱，是北美第一位华裔女性作家。难能可贵的是，她公开承认自己的华裔身份，因为她发表作品的时代正是美国排华法案活动甚嚣尘上之时。她于 1912 年发表的短篇故事集《春香夫人》（Mrs. Spring Fragrance）以独特的视角和真挚的情感记录了 19 世纪晚期在美中国移民的生存状况，表现了种族、身份、性别、文化冲突与融合等多个主题。"水仙花"在美国文学史上的地位历来被学者所重视，不但与莎拉·吉维特（Sarah Jewett）和凯特·肖邦（Kate Chopin）齐名，被视为 19 世纪晚期女性作家的代表人物，而且被谭恩美（Amy Tan）等当代华裔美国作家尊为北美华裔写作的鼻祖。

20 世纪 40 年代中期至 60 年代末，投入文学创作的女性作家数量增多，她们成长在第二次世界大战时期，又经历着华裔在美地位的提升，开始尝试融入主流文化。黄玉雪是第一位走红的华裔女作家。她出生于旧金山华埠，其父黄恒是广东中山人，同情辛亥革命。他以中

---

① 程爱民：《论美国华裔文学的发展阶段和主题内容》，《外国语》2003 年第 6 期。

国传统式的威权方式教育子女，就像一般中国父母一样，希望子女从事医生、律师及工程师等行业，坚决反对子女学习艺术，而黄玉雪却偏偏选择了艺术道路。她是作家，很可能是美国第一位走红的华裔女作家，同时她也是美国著名陶艺家。20 世纪 40 年代，美国还没有华人制陶业，是黄玉雪在美国成功地开创了制陶业。她谙熟陶土的成分、釉的化学成分和氧化矿的配料比例，掌握了制作、抛光、装饰、上釉、装窑和烧窑时控制火候的技能，在中国宋瓷工艺的基础上进行了大胆的革新，她制造的陶器都是美不胜收的艺术品，不但销售好，而且成了美国各大博物馆的收藏品。虽然黄玉雪是生长于美国的第二代华裔，她却对中国怀有深厚的感情，在尼克松总统 1972 年首次访华的一个月之后，她和丈夫就来中国参观访问，成为中美恢复邦交后第一个访问中国的美国作家。黄玉雪的代表作《华女阿五》（*Fifth Chinese Daughter*，1950）是华裔美国文学发展史上一部具有重要意义的作品，也是当今研究华裔美国文学、社会和历史的重要文本。该书生动地描绘了一个生在美国的华裔女性通过自己的努力实现"美国梦"的成功故事，被称为"所有对美国华裔生活感兴趣的人所必读之书"。该书一经出版之后，就立即在美国成为畅销书，在英国和德国也很受欢迎，黄玉雪本人也因此成名，并被美国国务院邀请前往东南亚各国的 45 个城市作为期四个月的巡回演说，以其现身说法证明，美国的少数族裔只要努力就能获得成功。

华裔美国文学中的长篇小说出现的时间相对较晚。张粲芳（Diana Chang）是华裔美国文学史上的重要作家之一，她在 1956 年发表的小说《爱的疆域》（*The Frontiers of Love*）被认为是美国华裔文学史上的重要作品。因其兼善诗和画，她的小说语言多富于诗意，展现出唯美的画面感。

20 世纪 70 年代至 80 年代末是华裔美国女性文学发展的转折与选择阶段。美国于 1943 年废除针对华人的《排华法案》以及《移民归化法》的变化，使得移居美国的华人数量在接下来的几十年里大量增加。20 世纪 60 年代，世界经历着大变革、大动荡，美国的民权运动、反文化运动、反战、越战等，使社会文化和思潮发生了巨大的变

化，对华裔美国作家和文学产生了深远影响，涌现出一大批优秀剧作
家、诗人和小说家。华裔美国文学创作的主题也从展现遭受主流社会
压迫的血泪史转入自身存在价值的思索。在学术思想和理论方面，20
世纪七八十年代，伴随着美国国内女权主义运动以及黑人民权运动的
高涨，社会现实唤醒了女性的平等意识和少数族裔（minority race）
对自己文化身份的审视。作为土生土长的美国人，他们不满足于被边
缘化的社会地位，渴望被主流社会所接纳，而这种接纳不是以牺牲自
身族裔文化为代价，而是以抗争的方式对抗来自主流文化的种族歧视
和族裔文化禁锢。华裔美国文学小说率先突破旧的创作模式，百花齐
放，各显春秋。其作品特有的风格、文化内涵征服了读者，由边缘向
中心迅速发展，进入了崭新的阶段。

汤亭亭（Makine Hang Kingston）是这一时期华裔美国文学的领军
人物。她祖籍广东新会，1940 年生于美国加利福尼亚州的斯托克顿
市。汤亭亭的父亲汤恩德是广东省新会县古井镇古泗村仁和里人，
1925 年来到美国，在一家洗衣店打工。母亲朱兰英是一位助产护士，
1939 年才远涉重洋来到丈夫的身边。在八个兄弟姊妹中，汤亭亭排
行第三。汤家虽然物质匮乏，但是父母却给予孩子们丰足的精神食
粮。父亲汤恩德是一个满腹诗书的传统知识分子，他以自己较为深厚
的文学修养，潜移默化地影响着汤亭亭；母亲朱兰英更是一位讲故事
的能手，无论是女娲补天、精卫填海、愚公移山，还是程门立雪、花
木兰从军、聊斋志异的故事，她都能信手拈来，讲得绘声绘色。幼小
的汤亭亭虽然用着美国式的思维来理解和领悟其中的善、恶、美、
丑，但还是很快被悠远缥缈的中国传奇和精彩生动的中国历史文化故
事所吸引。就这样，汤亭亭慢慢地对文学产生了浓厚的兴趣。[①] 汤亭
亭 1962 年毕业于伯克利加州大学英国文学系，1976 年，她的代表作
《女勇士》（*The Woman Warrior*: *Memoirs of A Girlhood Among Ghosts*）
的发表将华裔美国文学推向一个新高度，并荣获该年度美国"国家图

---

① 姜猛：《华裔作家汤亭亭：美国人叫她"花木兰教母"》，《名人传记月刊》2009 年
第 2 期。

书评论奖"；1980 年又发表了《中国佬》（*China Man*，又译作《金山勇士》），引起了美国文学界、批评界极大的关注，该书获得美国"国家图书奖"（National Book Award），并使她再次荣获美国"国家图书评论奖"，以及普利策奖提名。汤亭亭也借此跻身美国文学"主流"。1998 年发表《孙行者——他的即兴曲》（*Tripmaster Monkey：His Fake Book*）中，她把关注的焦点从重写华裔历史转移到华裔文化属性的构建上，试图构建的属性不再是一个非此即彼的主体，而是一个超越国界、民族、文化的想象主体，使不同民族、不同文化走向"大同"。《第五和平书》（*The Fifth Book of Peace*，2004）的主题已经彰显，已经从性别、种族、阶级、文化身份认同扩展为反对战争，宣扬和平。1992 年，汤亭亭被选为美国人文和自然科学院士，2008 年获得美国"国家图书奖"杰出文学贡献奖。一般作家很难进入的大型文学辞典《当代文学评论》有关她的评论占了 21 页；《剑桥美国文学史》对她有专门的研究；美国文学界把她的作品列为当代美国文学、女性研究、族裔研究、人类学等课程的必读教材。

20 世纪 80 年代末至 90 年代初，华裔美国女性小说开始进入繁荣期，作家和作品数量都迅速增长，出现了以谭恩美、任璧莲、伍慧明等为代表的一批在美国文坛上产生了重要影响力的新生代华裔女性小说家。这一时期的作品已经超越了长期以来缠绕着传统华裔美国作家作品的一个共同主题——族裔文化的认同，她们也由此走出了族群的身份限定，超越了二元对立的政治思维模式。华裔文学开始从边缘走向主流。

谭恩美无疑是继汤亭亭之后华裔美国文坛上的又一高峰。谭恩美 1952 年出生于美国加州奥克兰，1973 年获文学学士学位，1974 年获语言学硕士学位。谭恩美曾担任记者、医学期刊的编辑和商业科技写作的自由撰稿人。从 1985 年起她对小说创作发生了浓厚兴趣，曾参加作家训练营，并开始发表短篇小说和散文。[①] 1989 年，谭恩美出版

---

① 于秀娟：《反东方主义面具后的东方主义——谭恩美作品叙事模式分析》，学位论文，南开大学，2009 年。

了她的处女作《喜福会》（*The Joy Luck Club*），小说采用了章回体的形式，讲述了四对母女之间微妙的关系，反映了东西方文化的冲突与融合，构建了中西方文化从对立到消解的范式，使小说更具艺术魅力。该书一经发表，便成为全美畅销书，连续40周登上《纽约时报》畅销书排行榜，销量达到500万册，并获得了"全美图书奖"和美国"国家图书奖""1991年最佳小说奖""联邦俱乐部金奖""海湾地区小说评论奖"以及美国"国家图书评论奖"提名等多项大奖。目前，该小说已经被译为包括中文在内的30多种语言，并在1993年由华裔美国导演改拍为同名电影，且取得了极佳的票房。之后，谭恩美趁热打铁，发表了一系列小说，如《灶神之妻》（*The Kitchen God's Wife*，1991）、《灵感女孩》（*The Hundred Secret Senses*，1995；又译为《百种神秘感觉》）、《接骨师之女》（*The Bonesetter's Daughter*，2001）以及《沉没之鱼》（*Saving Fish from Drowning*，2005），出版了散文集《我的缪斯》（*The Opposite of Fate*，2003）以及儿童文学《月亮娘娘》（*The Moon Lady*，1995）、《中国暹罗猫》（*Sagwa，the Chinese Siamese Cat*，2001）。这不仅为她带来了各种荣誉，也使她成为美国当代最著名、最活跃的小说家之一。

在新涌现的作家中，任璧莲（Gish Jen）是另一位比较有代表性的女性小说家。她是生于美国的第二代华裔。其父为上海的水利工程师，于抗日战争后期赴美准备在上海港口组织抗日战线的相关工作，抗日战争胜利后留美进修研究生课程，1949年新中国成立后，由于美国当局的阻挠，无法返回中国，只得继续留在美国。其母生于上海富裕之家，于20世纪40年代赴美留学。任璧莲有着在中国从事教学的丰富经历，比如在香港大学、北京师范大学以及上海纽约大学，她说，这些经历让她"收获满满"，但最重要的是1981年她在中国煤炭学院的教学经历。她说，也就是从那时起，她开始考虑"美国人究竟是怎么回事儿"这个问题。① 在多元文化思潮的影响下，任璧莲以诙

---

① 任璧莲：《"身份"是文学创作中一以贯之的关切》，搜狐财经，2015 - 08 - 23/2017 - 2 - 1。

谐幽默、轻快流畅的文笔质疑、颠覆了主流社会对于族裔的本质论式的偏见，探讨民族或文化身份的严肃主题。① 在她的小说中，主人公的华裔色彩逐渐淡化，强调其在多元文化中具有普遍意义的写作发展历程，并进一步探讨了族裔的流动性，以及不同族裔在文化同化过程中的文化冲突问题。她的长篇小说《典型的美国佬》（*Typical American*, 1991）被誉为华裔作家描写华人追求"美国梦"最成功的作品之一。至今，她已发表《梦娜在应许之地》（*Mona in the Promised Land*, 1996）、《谁是爱尔兰人?》（*Who's Irish?* 1999）等多部作品。《谁是爱尔兰人?》于1999年获得"莱侬小说艺术奖"（Lannon Literary Award in Fiction）。

伍慧明（Fae Myenne Ng）也是新生代的一位新锐作家。她于1956年出生于旧金山唐人街的一个第一代中国移民家庭里。她自幼经历了她小说中所描述的许多事情，比如血汗工厂中女工制衣场景，肉铺里屠夫切肉、卖肉等。伍慧明于1978年获得加州大学伯克利分校英语专业学士学位，1983年在哥伦比亚大学文学院获得艺术硕士学位。毕业后，她在纽约布鲁克林一家餐厅做女招待，利用业余时间完成了她的处女作《骨》（*Bone*, 1993）。她在作品中塑造了一个善于进行跨文化对话、富有同情心、精明能干的正面华裔女性形象，以及善良开通、勤奋努力却在美国处处碰壁，最终潦倒、失落的华人父亲形象。它凸显了华裔美国文学的一种新趋势，即站在多元文化的视角探讨不同文化的对话与融合的可能性。在初露锋芒之后，伍慧明潜心创作15年，出版了第二部长篇小说《望岩》（*Steer Toward Rock*, 2008）。这是一部更具诗意也更为深刻的新作，再现了个人与民族的文化身份，挑战真与假、对与错、合法与违法这些本质性的命题。作为一名颇有建树的华裔美国作家，伍慧明获得过"全美艺术基金会创作奖"（National Endowment of the Arts, Writing Fellowship, 1990）、"全国图书奖"（American Book Award, 2008）等多项大奖。

① 程爱民、邵怡、卢俊：《20世纪美国华裔小说研究》，南京大学出版社2010年版，第15页。

邝丽莎（Lisa See）是目前最重要的华裔美国作家之一。尽管她只有1/8中国血统，高鼻深目、一头红发，不会讲中文，但她历来坚持自己的华裔身份，始终研究中国，写华人故事，并因创作具有浓厚中国背景的小说而获得美国读者的青睐。《百年金山》（*On Gold Mountain*，1995）是邝丽莎的第一部作品，发行伊始，即成为全美畅销书。2005年出版的《雪花与秘密的扇子》（*Snow Flower and the Secret Fan*）取材于湖南的女书，曾轰动一时，销量超过100万册，并被翻译为包括中文在内的35种语言，从而一举确立了她在美国文坛上的地位。2007年，《恋爱中的牡丹》（*Peony in Love*）则将故事背景放在17世纪的中国，讲述怀春文艺少女为伊消得人憔悴的爱情故事，亦成为畅销书。2009年出版的《上海女孩》（*Shanghai Girls*）讲述一对漂亮姐妹的传奇人生，也一举成为上榜畅销书。《花网》曾获推理文学爱伦·坡奖提名奖。

张岚（Lan Samantha Chang）是20世纪90年代以后美国文坛上知名的华裔美国女作家。1991年从哈佛大学毕业的张岚，到美国艾奥瓦大学读艺术类专业的硕士学位，学习专门性的写作技巧。1993年从艾奥瓦大学作家写作坊毕业后，张岚开始了写作生涯。她的作品大多描写中国移民在美国的生活经历以及他们脆弱的家庭关系。其中短篇小说集《饥饿》（*Hunger：A Novella and Stories*，1998）和第一部长篇小说《遗产》（*Inheritance：A Novel*，2004）引起美国文学界的关注，获得了一系列殊荣。她本人于2006年接任素有"美国作家班"之称的艾奥瓦大学作家写作坊（Iowa Writers' Workshop）主任一职；她是自写作坊成立70年来首个获此职位的华裔作家，也是第一位女性。[①]

张纯如（Iris Chang，1968—2004）是出生在新泽西的第二代美国华裔。1989年从伊利诺伊大学毕业后，曾在美联社和《芝加哥论坛报》当记者，后来从约翰·霍普金斯大学获得写作学位，并开始从

① 王胡：《华裔女作家当美国作家之师》，《中华读书报》2005年4月20日，http：//www. gmw. cn/01ds/2005 – 04/20/content_ 220283. htm。

事全职写作和演说。张纯如的引人注目之处在于，她擅长用新颖而独特的手法描述华人在中国和美国的生活，揭示中国历史和美国华人史上鲜为人知的重要史料，特别是她的《南京大屠杀》（*Nanking Massacre*，*The Rape of Nanking*，1997）描写了日军在南京强奸、虐待、杀害大批中国平民的事实，被《纽约时报》列为推荐读物，并被书评称为年度最佳书籍之一，引起北美华人世界的轰动。

可以看出，华裔女性文学创作整体上呈现出一个积极的上升趋势。身处多重文化的夹缝中，华裔美国女作家对自己所处的"边缘"地位往往有着深切的认识和感受——作为少数族裔，她们是白人主流社会的他者；作为女性，又是男权社会的他者。这一处境使得她们具有更为独特、敏锐的视角。她们在自身族裔文化传统与西方经典文学传统相结合的特定历史语境中，从自身经验出发的创作构建了富有女性意识、女性经验、女性书写的文学体系。在经历了以文化冲突的重压、自我身份的迷惘、价值观念的失落，到重塑自我身份、寻找自身价值、寻求文化沟通以及对于文化根性的叩问之后，她们的创作视野趋于开阔，无论是作品中的华裔主人公还是身处两种文化中间地带的华裔女性作家，只有具备了更加广阔的、开放的和包容的视野，才能真正地超越狭隘的族裔身份而走向世界。

随着华裔美国女性文学作品的广为流传，文学界及批评界给予其极大的关注，华裔美国文学开始进入美国主流文学史或文学选集中；美国教授把汤亭亭的小说作为当代美国文学课、女性研究课、旅裔研究课、人类学研究课的必读教材；谭恩美的代表作《喜福会》被选入《诺顿文学入门》教材，走入经典作品行列。随着萨义德的东方主义批评在美国学术界逐渐兴起，美国亚裔历史学家 Ronald Takaki、美国亚裔文学学者金惠经（Elain Kim）等人分别立足于各自的学科，把研究的视野扩大到历史与文学、文化兼通的跨学科领域，从不同角度对美国的种族主义和文化偏见提出质疑与批评。美国许多大学纷纷成立专门的亚裔文学研究所，并开设了亚裔文学的相关辅修和主修专业课程。受此影响，华裔文学研究在加拿大、英国、日本、韩国兴起。这其中华裔女性文学因其丰富和深刻而大放异彩，它不仅包含了文学领域的基本命题，而且在人文学科的前沿研究中具有特殊的价值。

在国内，华裔美国文学让中国读者倍感亲切，早在 20 世纪 80 年代，华裔美国作家和作品就进入了北京外国语学院英语系的文学课程里，从 90 年代起北京外国语学院就开设了亚裔美国文学专业课程。近年来，各类研究更是应势而生，并日渐成为国内高校相关专业硕、博士学位论文选题。2003 年，北京外国语大学华裔文学研究中心正式成立，是国内高校第一个从事该领域研究的教学和科研中心。在该中心的带动下，大批论著面世，如"华裔美国文学译丛"、《美国华裔文学选读》（徐颖果，2004）、《文化的乡愁——美国华裔文学的文化认同》（胡勇，2003）、《文化的重量：解读当代华裔美国文学》（李贵苍，2006）、《华裔美国作家研究》（吴冰、王立礼，2009）、《二十世纪美国华裔小说研究》（陈爱民、卢俊，2010）。大批华裔美国文学的优秀作品被翻译出版以飨中国读者；对华裔美国小说概貌的介绍，使中国文学界乃至广大读者了解了既与我们有血缘关系又与我们陌生的华裔美国人的生活状况、思想感情、美学趣味。这一切都标志着华裔美国文学研究在中国的繁荣。

第二章　华裔美国女性小说中华裔形象的重构

第一节　华裔美国女性小说中母亲与女儿的形象及母女关系的文化内涵

根据美国移民局的记录，华人最早到美国是在 1820 年。1834 年，有史可载的第一名中国妇女梅阿芳抵达纽约，从而开始了美国华人妇女在美国奋斗的历史。但由于种种原因，长期以来，美国华裔妇女史的研究没有受到应有的重视。直至 20 世纪 60 年代，历史学家才开始将华裔美国妇女的历史纳入华裔美国史的研究范畴。①

然而，华人女性作为"金山客"中不可分割的成员，有其特殊性和典型性，她们在美国的遭遇和感受在华裔美国文学作品中，特别是在华裔美国女性作家的小说中，有着生动的写照。从早期伊迪斯·伊顿的《春香夫人》，到之后黄玉雪的《华女阿五》、汤亭亭的《女勇士》、谭恩美的《喜福会》、伍慧明的《骨》以及任璧莲的《梦娜在应许之地》等华裔文学作品中，华人女性的生活、情感、经历成为女性小说家着力书写的内容之一；而这些女性作家的作品也以其塑造的鲜活的女性形象而别具感染力，打动了读者的心弦。女性作家大多以相同的身份立场，相似的女性叙事视角，讲述了以女性为核心的家族中几代女人的命运际遇，刻画了一个个鲜明的华裔女性形象，展现了

---

① 高伟浓、万晓宏：《一部再现中国妇女在美国不屈不挠、艰苦奋斗的新作——评令狐萍的〈金山谣——美国华裔妇女史〉》，《华侨华人历史研究》2002 年第 1 期。

她们在种族、阶级、性别、文化的多元语境中的艰难抗争，不但让女性浮出历史的地表，而且将"女性意识"和身份认同、族裔文化结合起来，具有独特的研究价值。

　　母女关系是华裔女性小说的一个重要主题，母亲和女儿在小说中分别象征着中国传统文化和美国主流文化，尽管移民美国多年的中国母亲也具有一定的美国性，而从小生活在唐人街和中国家庭的美国女儿也具有一定的中国性，但代际隔阂以及文化的差异使母女关系的链条中，不但流淌着爱与亲情，也共生着占有与反抗、背叛与认同、逃离与回归等一系列纷乱的情感。最终，血脉亲情削减了对峙，在成长的过程中女儿们逐渐了解了自己的母亲，也通过血脉相连的母亲而走进中华文明，走进自己的文化母亲，并通过了解、认识自己的母国文化而构建了自己作为华裔美国人糅杂的文化身份。

一　华裔美国女性小说中的母亲与女儿形象

　　在全世界范围内，女性，不管自觉与否，几乎都生活在男权文化的阴影之下。在中国，女性的从属地位更是可以追溯到远古时期，这从《诗经》所载的民歌中就可见一斑：

　　　　乃生男子，载寝之床，载衣之裳，载弄之璋，其泣喤喤，朱芾斯皇，室家君王。

　　　　乃生女子，载寝之地，载衣之裼，载弄之瓦，无非无仪，唯酒食是议，无父母诒罹。①

　　这首民歌反映了早在先秦时代男女地位就极其不平等的事实。在中国传统文化的影响下，女性生来就受封建礼教的束缚与压迫，并将这种观念内化，自觉遵循"三纲五常""三从四德"的伦理道德，发扬隐忍、善良、勤劳、奉献等男权社会强加于她们的"美德"。在中国两千多年的封建社会中，女性的人生是卑微而艰难的，是被历史所

---

　　①　见《诗经·小雅·斯干》篇。

遗忘的。直至今天，女性生存的方式和意义还不停地被阐释和更改着，这既与文化传统和历史现实密切相连，也与整个世界范围内女性自我意识的缓慢发掘有关。

中国在社会价值及体系上与美国大相径庭，华裔即使是漂洋过海移民到美国，他们当中的一部分人甚至已经习惯用美国价值观来看待问题，并声称他们是"典型的美国佬"，他们头脑中的中国传统文化思想也依然会无意识地起着作用，明显与其他族裔的美国人不同。因而，华裔家庭的母女关系既与纯粹的中国母女关系不同，又与美国母女关系有一定的差异，并且这种差异显得微妙而特殊。

黄玉雪的《华女阿五》用大量的笔墨刻画了善良、懂事、自强不息、坚忍不拔的优秀华裔女性"玉雪"的形象，小说以较多的笔墨刻画了玉雪父亲这一形象，而其母亲却是在场的缺席。在这个旧金山唐人街的华裔家庭中，父亲是一家之主，经营着一个小型的家庭制衣作坊，并管理着家庭；母亲是一位传统的中国女性，她根本就没有名字或没有留下名字。"早上父亲会打开工厂的门，这时母亲会准备好早餐，有米饭、蔬菜或者汤，肉或者鱼，以及蒸好的来自中国的咸鱼。一天中其余的时间母亲除了要停下来做饭或是做其它家务，她一直都在缝纫机上工作。"① 母亲总是在沉默中辛勤劳作，除了在新年的时候到唐人街逛逛，在生孩子的时候会躺在床上休息，其他时间她总是为了生活而操劳着。她照料孩子们的生活，教育女儿要勤勉、忍让，却不会亲密拥抱、爱抚孩子；当女儿在外面受到欺侮时，她总会认为一定是女儿没有做好、有错在先而斥责她，使女儿以后有问题也不愿告诉她；她坚决拥护丈夫的每一个决定，当长大的玉雪因为要出去而和父亲爆发争吵时，母亲坚决地和父亲站在一起。在美国生活多年的母亲不懂英语，不了解美国社会，虽然她内心里反对丈夫忙于唐人街华人的公益事业，既累坏了身体又耽搁了自家的生意，但她从不会说出自己的反对；在丈夫病倒住进医院时，她吓得除了哭泣和抱怨

---

① 黄玉雪：*Fifth Chinese Daughter*（《五姑娘》），山西教育出版社 2002 年版，第 4 页。《五姑娘》即《华女阿五》，下同，不再另注。

外竟不知如何是好。总之，《华女阿五》中的母亲完全是一个中国传统妇女，她恪守封建伦理道德，既是中国传统文化的传播者，又是以父亲为代表的中国男权文化的同谋。她是沉默的，没有自己的声音。

　　《华女阿五》以一种严肃而引人入胜的方式讲述了历史转型时期一个美国土生土长的华裔女孩的成长历程，它的女主人公玉雪是华裔美国文学作品中第一个光彩夺目的新华裔女性形象。玉雪聪慧、善良、懂事，从小就学着帮家里分担力所能及的工作，并努力学习。尽管美国社会自 19 世纪末已经开始提倡男女平等，但在玉雪生活的唐人街，男尊女卑、重男轻女的观念依然盛行，衡量女性的标准依然是看她们是否顺从男性，谦卑、隐忍、缄默、不抛头露面依然被认为是女性应有的美德。玉雪的父亲虽然是位开明的商人，重视女儿的教育，也会带她到唐人街以外的地方见见世面，但他更重视儿子。尽管黄家家境清贫，玉雪的哥哥却可以得到父母所能提供的最好的生活环境，可以有自己的房间，可以养一只宠物犬，父母还资助他去名牌私立大学读书。这只是因为他是男孩，他会延续黄家的香火和姓氏，有朝一日他可以回到中国，以黄家继承人的身份参与祭祖。与此相反，玉雪和她的姐妹却只能分享哥哥剩下的东西。当玉雪请求上大学时，她的父亲断然拒绝了，因为他要供她的哥哥上大学，儿子注定要比女儿优先。对此，玉雪发出了她作为女性的抗议："作为女孩，我也许不想仅仅为养儿育女而结婚！也许我的权利不止养儿育女！我既是女性，也是一个人！"① 中国的这种重男轻女思想不仅影响着在中国生活的人，而且影响到了在美华人。玉雪所奋争的不仅是一个受教育的机会，而且是一个作为和男性一样的女性应该享有的平等权利，而这种平等则需要以"自由"和"独立"为前提。玉雪的可贵之处就在于她受过美国式的教育，有着强烈的自我奋斗精神和逐渐复苏的女性自我意识。无论在家里还是在华人社区，总有人告诫她，要她做个乖女儿，待在家里，不要想入非非，不要和外面的"蛮夷"混在一起。然而，玉雪不愿墨守成规，她决定要靠自己的努力来赢得荣誉和尊

---

① 黄玉雪：*Fifth Chinese Daughter*（《五姑娘》），山西教育出版社 2002 年版，第 118 页。

敬，她有自己的独立宣言："我父母要求我无条件顺从，哥哥也要求我无条件顺从。他们凭什么呢？除了是个华人的女儿，我还是一个独立的个体，我也有权利。"①玉雪克服重重困难，要以自己的成功狠狠地还击美国社会的种族主义和中国文化中的大男子主义。她努力挣脱中国家庭的束缚，积极参加美国主流社会的各种活动，靠自己的努力，不仅克服种族的偏见，而且挣脱束缚唐人街女性的陈规陋习之枷锁，冲出父权制布下的天罗地网，公开质疑牢固的家长制权力，发现自己作为人的价值，终于得到了父权制统治下的华人社区的认可，也赢得了白人主流社会的尊重。值得注意的是，尽管玉雪取得了成功，但她不像之前的一些华裔作家那样不顾一切地使自己美国化，不遗余力地批评、揭露中国文化传统来证明自己的美国性，比如像《父与子》的作者刘裔昌那样与"东方文化决裂"②，黄玉雪坚信，真正的美国价值观应该包括美国主流社会对第二代华裔的包容与接纳，因此她给自己的定位是做模范族裔的一员；玉雪相信自己的族裔背景和文化能给她带来机遇，是她在唐人街之外的世界取得成功的智慧源泉。因此，《华女阿五》打破了美国主流社会对华裔女性的偏见，建构起华裔女性积极正面的形象，她的身份构建之路和她对于华裔文化的态度为其他华裔美国人提供了经验和借鉴。作为一位"华女"，她与以父亲为代表的中国父权社会和传统文化的态度既是对抗的，又是相互依存的，即使是玉雪在美国主流社会中取得了非凡的成就，她最希望获得的还是父亲的认同；尽管父亲曾经阻止玉雪在唐人街之外发展，然而，他还是会在女儿需要的时候给予帮助，会为她的成功感到发自内心的自豪。

在《女勇士》中，汤亭亭对母女关系做了细致入微的描写，母亲勇兰的形象深刻而鲜明。她的名字取自中国人耳熟能详的女英雄花木兰，意即英勇的花木兰。"乡村医生"讲述了母亲勇兰在中国的故事。相比于旧中国的女性，勇兰是独立而有胆识的：在丈夫去了美国，两

---

① 黄玉雪：*Fifth Chinese Daughter*（《五姑娘》），山西教育出版社 2002 年版，第 125 页。
② 尹晓煌：《美国华裔文学史》，徐颖果译，南开大学出版社 2006 年版，第 132 页。

个孩子夭亡以后，她选择了用丈夫寄给她的钱去学医。她在学校刻苦钻研，并在同学中获得好评。令人印象最深刻的便是战胜"压身鬼"了。"压身鬼"象征着中国文化中未言明和无法言明的父权以及女性内心的恐惧。在勇兰与"压身鬼"的斗争中，她大声地呼喊，用自己的勇气和知识战胜了"鬼"。勇兰获得医科文凭后回家乡当了乡村医生，赢得了村民的敬重并享有较高的社会地位。她在乡村夜间行医的时候遇见非人非猿的怪物，她的勇敢帮助她赶走了怪物。"捉鬼"、战胜怪物的母亲勇兰为女儿树立了一个很好的榜样——无论面对何种"鬼"，都要勇敢地表达自我。

虽然从到美国的那一刻起，勇兰就再也没有停下过辛勤劳作的步伐，她养育了八个子女并在洗衣店辛苦劳作，但身体上的劳累并没有使她忘记自己的身份。她并不急于融入美国文化之中，而是依然守护着自己作为华裔女性的自我或本来面貌。例如，她依旧使用中文名勇兰，而不是改用夫姓或是英文名。在勇兰那个时代，这种女性自我意识是难能可贵的，也深深地影响了女儿的心路历程。对勇兰来说，即使在美国生活，即使面临着种族与性别的双重压迫，也要保留中国传统文化精神。因为在父权社会中，保持家庭传统和文化的重任通常都是交给女性来完成的，即使在美国，勇兰也没有忘记这个责任。尽管勇兰是她那个时代的女勇士，是花木兰的现实翻版，也是她那一代女性中最勇敢、坚强、独立的，但勇兰毕竟出生和成长于旧中国，她耳濡目染的都是中国传统文化，因此她希望把女儿教养成具有中国传统美德的女孩，即另外一个勇兰，一个在满是"西洋鬼子"的美国社会里保卫传统家庭和传统文化的人。在远离中国文化的美国，没有书籍，环境陌生，语言不通，更无法融入美国社会，她只能用她所熟知的中国故事来教育女儿。然而，勇兰的故事并非只简单清晰地映射了中国的父权文化，穿梭在她的故事与传说的字里行间的，是沉默或是压抑的潜台词，尽管也传达了保全父权文化的教条和信仰，如她讲述无名姑姑的故事是为了向女儿灌输贞洁的观念；同时，她又通过故事来鼓励女儿向压迫宣战，勇敢表达自己，比如女英雄花木兰的故事，她在中国的一些生活经历。她的观点其实是矛盾和冲突的，这也导致了女儿的极度困惑。但是在一定程度上，勇兰的努力是成功的。女儿长大后，也成了一个讲故事的人，重新讲着从勇兰那里听来的故事。在讲故事的过程里，女儿也传达了她对母亲的认可与感激。更为重要的是，通过重新讲述勇兰的故事，女儿打破了束缚在华裔身上的偏见，她也像妈妈一样成为在美国社会中的一个女勇士。

《女勇士》还塑造了一位和母亲勇兰性格完全相反的姨妈月兰的形象，虽然她们同为生在中国的姐妹，在中国时情况相似，但因为性格差异而有着截然不同的思维方式和命运。与勇兰的自信、自知、自强相反，深受传统文化思想束缚的姨妈月兰的性格就像她的名字一样苍白无力。月兰是一个典型的中国传统妇女，娇小纤弱、手指修长，她的习惯性动作是用瘦削而柔软的手揩拭前额。她的金戒指、玉戒指也在厨房的灯光辉映下发出柔和的光。勇兰所追求的生活是要在她所处的社会里找到属于自己的天空，她不甘心被埋没在社会和历史对女性的约束之中，尝试用种种方法去伸张自我，发挥自我而摆脱受支配、受压抑的从属地位，以此反抗男权社会对女性的不公正待遇，追求女性的人生价值，实现自己的理想。勇兰远涉重洋，万里寻夫，到了美国后，能在逆境和困境中坚强而乐观地生活，勇兰对生活的信念和对困难的承受能力足以证明她是生活的强者，在家中扮演着重要的角色，起着家庭精神支柱的作用。而她的妹妹月兰则是传统道德的牺牲品，不仅深受"三从四德"等封建文化观念的毒害，遵从父母之命嫁给了小她好几岁的丈夫，而且在完婚后不久，丈夫就远赴金山，并在他有钱之后，抛弃了她和尚在襁褓中的女儿，再也不写家信，只寄汇款单，让她守了30年的活寡，但是月兰却完全内化了父权社会的男性标准，满足于扮演某人之妻、某人之母的从属角色，为能坐在厨房里而感到心满意足。① 她最后悲惨地死于加利福尼亚的疯人院。月兰只知道自己在社群中的身份，从来不知道女性也应该有一个自我。

《女勇士》中的叙事者"我"和玉雪一样生于美国的华裔家庭，一方面，她受到美国社会价值观的影响，另一方面，她又受到来自华

---

① M. H. Kingston, *The Woman Warrior*, New York: Random House, 1989: 124.

裔家庭和华人社区的生活规则和传统习俗的影响，也势必会接受异质文化间的巨大差异而给个体内心带来的深重矛盾。美国，这个她所生活的国度，却让她感到压抑，处处可见对于华裔的排斥和歧视；中国，那个她的父母称之为"家"的地方，对她而言却只是一个遥远而模糊的存在。同时作为一个华裔女性，她不但要在两种文化价值观之间寻求平衡，还必须战胜美国主流文化对于华裔女性的歧视，必须面对中国传统文化里的"厌女症"，建立起正确的性别观念。她在母亲所讲述的神话和鬼怪故事中长大，母亲的故事一方面教育她要遵守传统父权社会的传统，做个贞洁的乖女儿；另一方面，具备一定的独立精神和女性意识的母亲又通过花木兰的故事和自己年轻时战胜"鬼"的故事来鼓励女儿勇敢，具备反抗精神。这些相互冲突的观念让这个小女孩困惑不已，"我"从小的失语状态无疑是这种文化冲突的极端体现。美国老师的课堂提问似乎是一种切肤的痛，深入骨髓，而任何的声音都好像会给心灵带来更深的震颤，所以"我"不敢大声说话，从小就沉默寡言，上学本身也成了精神上的折磨。"我"不仅无法与周围的同学建立起正常的友谊，还要被他们嘲笑，甚至一度产生了语言障碍。"我"以沉默应对种族、性别、文化的压力，迷失在种族和性别的双重压力下，这种沉默既是逃避，也是反抗。美国社会中的种族歧视、性别歧视使她不能大胆地表现自己，个性和自我几乎被内外两种力量所遮蔽，于是"我"渴望"具有美国人的美丽"，说话轻声细语，比美国人还要美国人，但依然不能改变现状，只能在花木兰的英雄故事幻想里寻找心理慰藉。由于这样的感觉，"我"自然就会对另一个时空里的"无名姑姑"产生联想，她甚至可能是"姑姑"在另一种生活里的替身，无所归属，像姑姑的灵魂一样，未等开口就消匿在环境之中。这样，被剥夺了发言权的女性，失去了个体的存在，便只有顺从和忍耐，无法在主流文化中拥有自己的位置，成为集体"无名氏"。而她那没有自己声音的姨妈——月兰的悲惨遭遇警醒了她，"如果你不说话，就没有个性。你不会有个性，不会有头脑"①。最终，她从母亲的中国

————————

① M. H. Kingston, *The Woman Warrior*, New York: Random House, 1989: 180.

故事里汲取了丰富的营养，成为和母亲一样的女勇士，和母亲一起讲故事。在"羌笛野曲"部分关于蔡琰的故事叙述中，母亲和女儿融合为一体，因为这个故事不仅是由母女俩共同完成的，而且它还象征着母女相似的生活经历。只不过母亲的思想是通过女儿之口才得以表述的。可见，母亲已不仅是爱和温暖的代名词，还是女儿最大的精神支撑力量，母女之间虽然也有基于文化差异的对抗关系，但更多的是紧密的承继关系。女儿以文字的方式成功地刻画了一系列寓意深刻的华裔女性形象，既哀悼了像无名姑妈和月兰姨妈那样成为社会牺牲品的女性，也讴歌了像母亲这样以智慧和勇气取得胜利的女勇士。

谭恩美以《喜福会》为代表的五部长篇小说，对华裔家庭中的母女关系作了真切动人的描绘，刻画了形象各异的母女，把母女关系放到矛盾、冲突中去表现，展现了华裔女性的生存境遇。

在谭恩美的笔下，母亲们大多经历了家庭的不幸，具有忍辱负重、坚强乐观的性格。《喜福会》向读者展现了四位形象各异、命运各不相同、在中国土生土长的母亲形象，母亲们属于第一代华侨，是中西文化冲突最激烈的一代，她们有着根深蒂固的儒家思想，她们生活在美国，却心系中国传统文化。在旧中国成长的母亲们无一例外地受到旧式封建制度的制约与迫害，在艰辛的岁月里，她们相信"美国梦"的真实存在，她们迫切地渴望移民美国以改变自身的命运。如晶妹的母亲吴凤愿，年轻的时候是国民党的军官太太，喜福会是抗日战争期间吴凤愿在桂林为了消除孤独和恐惧而发起的，她希望"选择自己的快乐"而不是被动地等待死亡。桂林陷落时，凤愿带着一双女儿逃亡，在自以为必死的情况下撇下幼女。可是，多年来，即使是身在美国，她也从未放弃过寻找幼女。在美国，她开始了新的生活，尽心竭力地教育自己的女儿，并且创办了一个私人的小型联谊会——"喜福会"——什么都不能阻止她对于未来的美好期待。作为华人女性移民，凤愿知道其他华人女性在中国也有过痛苦的经历，她们也希望在美国找到安慰。这些有着各自心酸往事的母亲们尽管生活在美国，却被主流社会排斥，并被看作不受欢迎的外来者，在美国社会中找不到归属感，甚至不被自己的女儿所理解。凤愿发起了第二个"喜福会"，一个她们能够分享、宣泄情感和互相支持的俱乐部。在打麻将的时光里，母亲们讲着中国方言，谈论着各自的过去，彼此安慰，理解彼此的困境与孤独。除此之外，她们还会学说英语，研究美国风俗以便更好地对抗白人的歧视和偏见。通过对母亲们建立喜福会的描写，谭恩美展示了华人女性在逆境中的乐观、向上和不屈不挠的精神。

　　谭恩美笔下的华裔母亲们是聪明和独立的东方女性。她们指导女儿怎样生存，怎样解决自己的婚姻问题。四位母亲中以琳达和安美最为典型。琳达教给女儿薇弗莉在逆境中生存的策略，比如自制力，一种能够控制自己情感和隐藏实力的无形力量，也就是说话占上风、得到别人尊重的策略，最终成了女儿下棋中克敌制胜的策略。薇弗莉掌握了这种生存策略，在下棋中运用这种策略而成为"唐人街最小的象棋冠军"。在以后的生活中，薇弗莉又借此成为一个成功的税务律师。安美则帮助女儿露丝解决了婚姻问题。露丝的白人丈夫泰德要与她离婚，露丝既不想办法解决也不站起来维护自己。相反，她相信"可能这就是自己的命运"。她把她所有的弱点归结为与生俱来的中国文化传统的影响。另外，因为长时间不信任母亲，她宁愿去看心理医生也不愿找自己的母亲帮忙。然而，在心理医生那里她并没有得到有效的帮助，她的母亲却一针见血地指出了她婚姻问题的根源："她不知道如果她不说话，她在做一种选择。如果她不尝试，她可能永远失去机会。"安美鼓励女儿对自己自私的白人丈夫说"不"，而不是一味地保持沉默。露丝接受了母亲的建议和劝告，终于鼓足勇气向逼迫她离婚、企图把她从自己生活中赶走的丈夫说出了自己的想法，最终走出婚姻危机的阴影。总之，正是母亲使女儿认识到了自己的处境，教会她们成为生活的强者。用这种方式，谭恩美颠覆了东方主义话语中的头脑简单、依赖和无知的华人女性的刻板形象，塑造了坚强、勇敢、独立和有见地的华人女性新形象。

　　谭恩美笔下的华裔美国女儿们都出生在美国，成长于美国，她们不像《华女阿五》中的玉雪那样童年在只有华人的世界里度过，只会讲汉语，即使上了美国白人的英文学校，还要上中文夜校，并且生活贫困，不得不协助父母操持家务；谭恩美小说中的美国女儿们讲着流利的英语，不懂汉语，接受过良好的美国学校教育，过着美国式的生活，有着她们自己的美国梦，天然地认为自己是美国人。她们在少年时期接触到的关于中国的知识似乎仅仅来源于母亲的絮语，因此对"中国"感觉遥远而陌生，仿佛仅仅成了符号、文化碎片，早已不再是父母口中的故乡，只是陌生而遥远的异乡。置身于美国环境里，在美国式教育下成长起来的她们，更加愿意强调自己出生于美国的优越性，刻意把自己和母亲所代表的华人区分开来以彰显自己的美国性。她们盲目地追随美国文化，努力抗拒父母灌输的中国文化，操着满口英语的她们看不惯母亲说生硬、蹩脚的英语，而当母亲们说汉语时，她们又不能完全理解。她们在自己的母亲以及中国文化面前有一种以美国人自居的优越感，而在与美国主流文化接触时，却总是因为自己身上的中国印记而感到自卑，甚至相貌上的华人特征也会令她们不安。圣克莱尔·丽娜在谈到自己的长相时说："别人第一次见到我，都说我长得像爸爸，英国爱尔兰血统，骨架大，讨人喜欢。但如果他们仔细看，就会发现我的中国特征。我没有像爸爸那样棱角分明的面孔，我的脸形像鹅卵石一样平滑。我也没有他那样的褐黄色头发、白皙的皮肤，我的皮肤看起来很苍白，好像被太阳晒黑后又褪了色一样。"① 流露出她对白人文化的认同和对自己的华裔血统的自卑。

此外，这些期待彻底美国化的女儿们更愿意嫁给白人男性，如《喜福会》中吴晶妹、薇弗莉、丽娜、露丝这四个华裔女儿，除了吴晶妹未嫁外，其他几位都嫁给了白人或与白人同居，面对白人伴侣，她们总是不自觉地采取了仰视的态度。一方面抬高对方的形象，另一方面贬低自己。露丝承认，她最初之所以被泰德吸引是因为他那种与中国男孩们"截然不同的气质""他有高傲、自信、固执的性格、棱角分明的面孔、修长的身材、坚实的臂膀"，但更重要的是"他父母来自美国纽约的泰勒城，而不是中国的天津"。② 前面对泰德形象的

① Amy Tan, *The Joy Luck Club*, New York: Penguin Group, 1989, p. 104.
② Ibid., p. 117.

赞美在最后一句得到了阐释，露丝爱泰德是因为他是白人而不是华人，非常明显地看出种族歧视已经内化在华裔女性心中。她们认为自己的种族是劣等的，而白人则是优秀的民族。然而，她和泰德的婚姻最初遭到了双方家长的反对，露丝的妈妈安美反对的理由是泰德是美国人，"一个外国人"；泰德的母亲乔丹夫人更是直接告诉露丝，她担心露丝的族裔背景会影响泰德的前程。可见，美国社会的族裔歧视现象是普遍存在的，并且不论少数族裔成员多么努力，她们并不能完全被主流社会认同、接纳。

处于夹缝中的华裔女儿们既不是美国人也不是中国人，但是夹缝就像桥梁一样连接着两岸，所以我们也可以说她们既是美国人也是中国人。正如美国学者林英敏（Amy Ling）所说："不管是新移民还是出生在美国的中国人，都发现他们被夹在两个世界之间。他们的面部特征宣告了一个事实——他们的种族是亚洲，但是通过教育、选择或出身，他们又是美国人。"① 中美两种文化同时在她们身上起作用。因此华裔女儿们并非只有自卑，中国传统在母亲们的言传身教、长期的耳濡目染中潜移默化地影响着她们的成长、思想及各自的婚姻。她们的这种双重身份注定使她们成为母亲们的"美国翻译"版，女儿们在其潜意识中有着天生的中国式的谦虚、温顺。她们身上潜藏的华人血脉使得她们在与母亲对抗、疏离了许久之后，终于在母亲的往事回忆中理解了母亲，同时也找回了自我。母亲帮助女儿获得了完整的种族、文化身份，也赋予了她们力量，以对抗强大的种族主义与父权制的双重束缚。最终，女儿们意识到她们需要从母亲们身上了解中国和中国文化的强大，用这些遗产来赋予自己信心和勇气，克服自己的弱点，完善自我。母亲们也开始看到，女儿们在领会了自己从艰难岁月中所带来的中国力量后，生活开始有了新的变化。露丝不再是毫无主见的附属品，她变得坚强，有了自我；薇弗莉开始了幸福的新生活；丽娜也勇敢地起来维护自己的利益；晶妹终于回到中国与姐姐们团聚。

① Amy Ling, *Between Worlds*: *Women Writers of Chinese Ancestry*, New York: Pergamon Press, 1990, p. 20.

　　伍慧明的小说《骨》则刻画了华人移民社会底层边缘家庭的母亲形象,刻画了在族裔强势文化牵引下弱势族裔妇女的命运。由于华人男性长期遭受排斥与歧视,一直徘徊在主流社会的边缘,社会地位低下,经济拮据,华人家庭远不是同时期白人中产家庭男主外女主内的典型模式,为了养家糊口,养儿育女,女性不仅不是丈夫的附庸,相反要与丈夫并肩劳作,女性的付出对于华人家庭的生计而言是不可或缺的。小说中的母亲杜尔西是位典型的旧式中国女性,她顺从自己的男人、吃苦耐劳,爱美也爱生活,全力照顾老人和子女,毫无怨言。她被前夫遗弃后,生下了女儿莱拉。为了绿卡,她嫁给了利昂,又生下了安娜和尼娜两个女儿。她是一个受到生活压迫的传统女性,美貌却摆脱不了拼命劳作、依然贫困的命运,整天在"血汗工厂"里劳作,不分昼夜地努力缝纫挣钱,连吃饭的时间都没有,还要兼顾女儿们的教育。她其实是爱着利昂的,一直努力做个好妻子,每次都像欢迎国王似的迎接利昂出海归来,花好几天时间精心为利昂做他喜欢吃的饭菜。梁爷爷死时利昂还在海上,杜尔西只能带着三个女儿勉强支撑着主持了葬礼上大大小小的事情,巨大的生活压力以及内心的寂寞空虚和无助使她投入了汤米·洪的怀抱。但是,这段婚外恋使她内心充满了愧疚感和恐惧,她觉得自己伤害了利昂,从此害怕唐人街的闲言碎语。二女儿安娜的死使她加深了这种内疚感,她认为,是自己对丈夫的不忠才导致了这样的厄运。在大女儿莱拉的悉心照顾下,年老的母亲终于从丧女之痛中渐渐走了出来。

　　伍慧明在小说中着重塑造了莱拉这一全新的华裔女性形象。不同于以往美国华裔文学文本中的女性,除了讲述自己和周围的亲人、朋友间的问题和矛盾外,更多的时候,莱拉自己就是一个自我对话的个体,她了解外人眼里的华裔和真正的华裔世界是完全不同的,"因为我知道,不管人们看到了什么,不管他们看上去多么亲切,我们心里的故事却是完全不一样的"①。似乎已经可以从华裔生活的外部来观照内部的成员了,但她的立场仍旧是华裔的。她所要做的并不仅仅是

---

① 伍慧明:《骨》,陆薇译,吉林出版集团有限责任公司2011年版,第172页。

揭示华裔美国人在生活中所面对的诸多矛盾和困境，而是要积极建构一种超越种族与性别、个人与家庭、服从与独立、沉默与表达、过去与现在、东方与西方等多重二元对立的话语。她力图用自己建构的独特话语，在上述人物种种纵横交错的关系中将整个事情追根溯源地理出头绪，为它们找出合理的解释。

莱拉是一个能以坦然的态度清醒地看待历史的华裔女性，虽然只是利昂的养女，却能充分理解继父内心的苦痛，并且主动肩负起了照顾父母的责任。莱拉在为利昂申请社会保险金时因为需要利昂的身份证号而翻遍了继父保存的所有文件，了解了利昂在这个国家所遭受的种种拒绝和屈辱。她清楚地意识到这一切都是由美国社会的历史和现实造成的，因此她对利昂抱以深深的同情、理解、尊重与爱，她以成熟的心态和理性的观察与分析正视人与人之间的感情。与《喜福会》《女勇士》等作品中的第二代华人女性形象不同，莱拉在面对两个世界的混杂和苦恼时虽然也有抱怨，但她没有偏激地否认任何一方而认同另一方，她有自己成熟、理智的态度。莱拉用她特有的人性关怀来对待父母所代表的华人社会；同时，她也站在理解和宽容的角度，用自己对两个世界更成熟的认识和方法，来处理父母与子女、不同种族、不同性别以及不同文化背景之间的复杂关系。莱拉是作者理想中的华裔女性形象。

此外，莱拉认识到她对父母、男友、自己的生活都负有责任，她不愿步任何一个妹妹的后尘，她的选择是接受二元的同时存在，尊重个体和整体的生命存在，她用译者、修正者的身份来糅合两种文化间的激烈冲突，寻找一种更高层次的合理性。她要在尊重别人选择的同时，也同样尊重自己的选择。莱拉的觉醒已经摆脱了《女勇士》或《喜福会》中女性自我追索的传统模式：一位女性的自我肯定必须来自于对另一位女性的否定，而是一种否定之否定式的深层次的自我定位和肯定。

任璧莲的第二部小说《梦娜在应许之地》是《典型的美国佬》的续写，将意识枢纽转移至二女儿梦娜。至此，母亲海伦已不再是《典型的美国佬》中那个弱不禁风、只愿长依父母膝下的大家闺秀海兰；也不是为了维护丈夫尊严而不敢承认自己修好暖气炉的柔弱妻子；更不是被格罗弗以物质引诱或被丈夫推出二楼窗外的出墙红杏。

她虽然用中国伦理教训女儿,却取代丈夫成为家中的中流砥柱,成为体罚女儿凯莉时足以让其一个月不能上体育课的强势母亲;她虽然埋怨拉尔夫不能像传统中国丈夫一样挑起家庭的责任,但仍为自己的能力而自豪。从海伦辛苦维持一再被摧毁的花园到家庭餐馆事业的扩张中可见,她追求的是郊区中产阶级有房、有车、有事业的典型美国人生活。事实上,从中国的海兰到美国的海伦,任璧莲小说中的华裔母亲已经再造了自身的族裔性,她已不再是中国文化的代表,她的某些想法和作为似乎比女儿更美国化。所以,小说中的海伦已经变身为寻求与美国中产阶级主流文化同化又坚持某些中国儒家传统、兼收并蓄的华裔母亲新形象。

作为主人公的女儿梦娜也不再是传统华裔文学中经由母亲了解中国或是听父母话的乖女儿。相反,梦娜崇尚的是犹太教中追问和与上帝直接对话的自由。在梦娜看来,该做的就是提问,不能像她父母以前在中国时那样什么都接受,否则人们就无法生存下去。这种追问的自由使梦娜所做的一切就是为了"努力找到自己",就是通过在"美国人""犹太人"和"华裔"这几种身份之间的转换和互动中,寻找自身文化认同的平衡点。梦娜的这种选择恰恰违背了认同美国主流文化同时又坚持某些中国传统的母亲的意愿。由此,梦娜与母亲开始了长时间的冷战,从小受到母亲偏爱的梦娜成为母亲眼中的叛逆者。

任璧莲在母女情节中还插入了姐妹问题。凯莉循规蹈矩,是哈佛大学的优等生,由厌恶中国到拥抱族裔传统,为照顾父母而习医;而梦娜自小受到母亲宠爱(古灵刁钻,反映了 20 世纪六七十年代追求自由的精神)。梦娜直到失宠之后,才体验到凯莉从小因为母亲偏心所受之苦。开心果梦娜成了背叛家庭的不忠诚者,指责父母是种族偏见的危险分子;凯莉则由冷宫被释出,变为好女儿的模范。然而,好坏女儿果真如此泾渭分明吗?梦娜离家到哈佛大学投奔凯莉,却不知姐姐去向。梦娜不禁感叹:现在到底谁是好女儿?海伦如果知道梦娜没有失踪,不见踪影的却是她的哈佛大学高才生,又会作何感想?①

---

① Gish Jen, *Mona in the Promised Land*, New York: Alfred A. Knopf, 1996, p. 167.

而且，凯莉的族裔意识是否就使她成为海伦所要的理想女儿呢？具有反讽意味的是，凯莉的中国意识是经由黑人室友娜娥蜜的启蒙，同时深受当时亚美运动的影响。在民权运动思潮的冲击下，凯莉表现得比移民父母更中国化，如凯莉所谓她"讨厌做中国人"，但"做中国式的人和做中国人"是不同的，最后连父母都受不了终日身穿棉袄、足蹬布鞋、改用中文名开兰的凯莉。

从以上的分析里可以看出，在华裔美国女性作家作品中，华裔移民母亲是勤劳、忍辱负重的传统女性，而谭恩美笔下的中国母亲更是在旧中国受到了原生家庭的不良影响，或是经历了不幸的婚姻。从黄玉雪《华女阿五》中不懂英语、在家庭作坊工作并操持家务、不抛头露面、沉默、没有自己声音的母亲，到《女勇士》中勇敢、自信、善于用讲故事来教育自己女儿的母亲，到谭恩美笔下一个个经历了艰难险阻却依然坚强、智慧、勇敢和独立的母亲，再到《梦娜在应许之地》中勤奋努力、善于学习、成长为"典型的美国人"的海伦，可以看出，华裔移民母亲的文化水平逐渐提高，适应性也逐步提高，女性意识越来越强烈，最终能够走出家庭去了解美国社会和文化而具有一定的美国性。她们不但努力适应在美国的生活，还倾尽全力教育自己的女儿，在女儿的生活陷入困境时，母亲会用她的东方智慧指导女儿化解困难，引领她走向心灵的成熟。母亲这一形象在华裔美国女性作家的笔下逐渐从沉默、扁平走向丰富、立体、形象，她们不但性格鲜明，而且智慧坚强，不但能把握自己的人生，还敢于讲出自己的故事，引导、教育并保护自己的女儿。而作家对于母亲这一人物形象的塑造也从外部的描绘转入心灵的探析，进行情感诉说与心理刻画，特别是在人物内心独白中展现出女性的精神状态与心理变化。

与此相似，华裔女儿的形象也从《华女阿五》中模范族裔的勤奋努力、乐观向上、不愠不火、谦虚好学，懂中文、积极介绍中国光辉灿烂的文化的"华女"形象逐渐变得美国化：《女勇士》中的"我"上学以前只会中文，会帮母亲在洗衣店干活，在母亲千奇百怪的中国故事里长大，在两种文化之间困惑、郁闷不已，同时她又有着强烈的女性意识和独立精神，对现实不满，敏感愤怒，渴望成为"女勇士"；而在谭恩美作品中的华裔美国女儿，其家庭和社会环境均有较大的改善，女儿受过良好的美国教育，不懂中文，不了解中国文化，但她们都自立自强、与人为善，在处理婚姻、恋爱、家庭、工作等各方面都表现出了良好的品质。《骨》中的莱拉是华裔女儿的新形象，她温和大度、善解人意、有爱心、有责任感、善于协调关系，敢于面对现实，在中美文化之间她的选择是理性地接受二元的同时存在，她用译者、修正者的身份来糅合两种文化间的激烈冲突，寻找一种更高层次的合理性；任璧莲笔下的梦娜则选择成为犹太人，表明在美国多元文化背景下，一个人的族裔身份不是与生俱来、一成不变的，而是后天养成，具有流变性和杂合性特征的。简而言之，从华裔美国女儿的形象中可以看出，她们渐趋美国化，思想多元化，但她们仍然具有中国性；她们能够以更加平静和理性的眼光看待自己的族裔身份和文化，在美国的多民族社会里，她们为自己赢得了一席之地。

美籍华裔女性在历史上并没有现成的定义，她们需要用自己的方式为自己创造一个定义。在这个过程中，她们经历了与父母、男性、种族、中西文化的各种冲突和矛盾，从对自我身份的迷惑、质疑到顿悟、觉醒，到最终运用自己的亲身经历与体验去创造属于自己的话语，完成了自我的定义。而女性作为独立的个体，在社会融合中有着自己的坚持、守望和独立的本真自我。正如 G. C. 斯皮瓦克在关于"女性"的定义发展出的"策略性本质论（strategic essentialism）"①所说的，女性气质不是根据一个女人被社会假定应有的本质，而是根据女人与男人变动不定的差异及其在社会生产中的特定关系，通过"身为女人的我"的亲身经历来审视女性而构筑的。也许无法简单地为华裔女性应该具备何种气质下确切的定义，因为我们无法超越时代和环境，但至少我们可以给予这些人物以自我拓展的空间，让她们得以在历史的长河里留下一个关于女性的影像，即使短暂而模糊，毕竟，她们曾经试图用这面镜子来看清这个世界里的自己。

---

① 徐贲：《走向后现代与后殖民》，中国社会科学出版社1996年版，第185页。

二　华裔美国女性小说中的母女关系模式

在华裔美国女性小说中，母女关系有这么一种相似的模式：对抗—和解。小说中的母亲来自战乱频繁的中国，通常有段不堪回首的过去，来到新大陆之后，她们把所有的希望都寄托在女儿身上；然而，在美国出生的女儿却常被母亲的"望女成凤""出人头地"等过高的期望压得喘不过气来，她们在美国环境里长大，却被母亲要求按照中国方式成长。处在两种文化夹缝里的母女之间产生了许多的隔膜、对抗，但最终女儿会在成长中逐渐了解母亲，使母女关系走向和谐。

（一）对抗模式

华裔美国女性作品中母女冲突的表现虽各不相同，但主要有争吵、冷战两种。如《女勇士》中"我"会因为听到父母或者邻居说"养女好比养牛郦鸟"而满地打滚，高声哭叫，母亲会训斥，母女俩会陷入争吵；《喜福会》中薇弗莉不愿听从母亲的摆布参加棋赛，因而不惜离家出走，母亲对此的反应是冷淡处之，母女俩数天没有讲话；《灶神之妻》中珍珠15岁丧父后与母亲存在较大的隔膜，但两人并没有争吵，相反，她们的交谈总是浅尝辄止，都在小心翼翼地回避双方的雷区；《接骨师之女》里露丝反抗母亲的"过度关心"，因而故意把自己弄伤，好几个星期不同任何人讲话；《沉没之鱼》里的朱玛琳感到和女儿埃斯米之间有隔膜，常常不知该同女儿说些什么，只好以参加旅行社之举来缓解母女关系。有时，母女间也会爆发严重的冲突，《喜福会》里晶妹因为弹琴的事和母亲发生激烈争吵之后，气愤的母亲把她悬空拎到钢琴前；《接骨师之女》里16岁的露丝不满母亲偷看她的日记，故意在房间抽烟并大喊：我是一个美国人。我有隐私权，有权追求我自己的幸福，我活着不是为了满足你的要求。露丝的挑衅引发母女矛盾的升级，茹灵绝望地喊道："我怎么生了你这么个女儿？你想我死吗？"装作满不在乎的露丝回到房间一边哭泣，一边报复性地在日记里写道："你动不动就喊着要自杀，那为什么从来就只说不做呢？我倒是希望你快点动手。死掉算了，快去吧，自己了断吧！宝姨让你去死，我也一样。"① 结果，第二天放学回家的露丝得知母亲从窗口摔下，正在医院抢救。这件事之后母女两人从冲突转向冷战，虽然也会说话，但说的全是无关紧要的事，既不会引起争吵，也不会产生误会。

（二）和解模式

和解是小说故事情节发展的结局，是作者为每一个母女矛盾提出的解决方案，是母女关系的发展，也是母女矛盾发展的结果，和解是必然的结局。

和解首先表现为情感上的认同。《女勇士》中"我"最终不再为了问太多问题而与母亲争吵，不再为相亲的事情而与母亲争论不休，"我"甚至对母亲说自己也讲故事了，与母亲一起讲故事标志着女儿对母亲在情感上的认同，也标志着母女关系的和解，女儿成为母亲中华文化的继承者。在《喜福会》中，在母亲吴夙愿去世后，女儿晶妹才开始了解母亲，才恍然发现自己对母亲竟如此不了解，当其他几位母亲争先恐后地对她说着母亲的故事时，她忽然悟到："她们对我表示出的深深失望和责怪，其实不是针对我一个人，而是由我联想到她们自己的女儿们。她们的女儿，也是像我这样，对自己的母亲同样的了解不多，对她们这代所怀的美国梦，同样的淡漠浑然不觉。"②

母女之间的相互不了解，特别是女儿对母亲历史的浑然不知也是造成母女冲突的一个重要因素，因此，母女矛盾得到和解的方式通常是母亲把自己的"秘密"对女儿和盘托出。女儿们主动了解母亲的往事而达到对母亲的理解，如晶妹、露丝，或是通过母亲的主动倾诉，如雯妮在了解了母亲的过去之后，才明白母亲性格中种种的别扭与为难，于是谅解了母亲早年对自己的伤害，也反省了自己年少青涩时所犯下的种种错误，从而更加深层地挖掘自己性格中的问题。母亲往往也会意识到自己对女儿的伤害，在《接骨师之女》的结尾，患了老年痴呆症、记忆衰退的茹灵突然给女儿打了电话："如意，你小

---

① 谭恩美：《接骨师之女》，张坤译，上海译文出版社 2006 年版，第 120—121 页。
② Amy Tan, *The Joy Luck Club*, New York：Penguin Group, 1989, p. 40.

的时候妈妈好多事都对不住你，我好担心，怕我害你受了好大的委屈。可我记不起自己做了什么事……妈妈就是想对你说，希望你也能忘记那些委屈，就像妈妈现在已经不记得了。希望你能原谅妈妈，妈妈很抱歉，曾经伤害了你。"① 这一番话深深地感动了女儿，母女间彼此谅解，彼此接受对方。

其次，和解是女儿心理上对母亲的接纳。在《灶神之妻》中，珍珠在得知真相后，觉得"她把我的厚厚的保护层，我的愤怒，我的最深的恐惧，我的绝望全撕开了。她把这一切全放到自己心中了，所以结果我发现只留下一样东西，希望"②。从珍珠的话里我们可以看到母女俩释放了曾经的伤害。母亲主动向女儿讲述自己的过去，敞开心扉，让女儿走进去，打破了多年来母女之间的壁垒和阻隔。

谭恩美的小说在描写母女关系上最为典型。对于母女和解的方式，谭恩美通常选择母亲主动妥协、道歉和女儿主动了解的方式，倾向于认识母亲或母系家族来达到和解。如在《喜福会》《灶神之妻》《灵感女孩》中，女儿通过对自己的血统和母亲的认识，达到与母亲心理情感的认同，表现了对无法割裂的人类感情的认同。而在《接骨师之女》里，作者通过对母亲世系的认识了解了母亲，也认识了自我，逐渐认清了自己的族裔文化身份，最终实现了母女之间的真正和解。这种矛盾解决方式，为解决母女关系困惑、自我认知的困惑有很大的启示意义。

三 母女矛盾原因的探寻

华裔美国女性小说中所有的矛盾都聚焦在华裔家庭上，认识华裔家庭复杂的背景因素有助于找到母女矛盾的根由。而文化的差异、个体内在的因素以及美国社会的主流因素是造成母女矛盾的主要原因。

（一）文化差异

文化差异是母女矛盾激化的导火线，其中有对亲情关系的不同理

---

① 谭恩美：《接骨师之女》，张坤译，上海译文出版社 2006 年版，第 289 页。
② 谭恩美：《灶神之妻》，凌月、颜伟译，海峡文艺出版社 1992 年版，第 455 页。

解、对教育方式的认同差异、东西方伦理价值观不同、思维和交流的方式不同。的确，母女冲突在很大程度上是中西文化传承差异的折射。

作为第一代移民的母亲，她们生长于中国，她们对于母爱的理解就是母亲为了孩子可以付出所有，可以忽视自我，而作为女儿，就应该孝敬母亲、听从母亲的安排；而生长于美国社会的女儿则更多地认同了美国文化中的独立精神和平等意识，她们不理解也不需要铺天盖地的母爱，更不允许母亲过多地干涉自己，她们认为"我是我自己的"。

在中国文化中，"百善孝为先"，孝顺是一种美德，也是父母对子女的基本要求。孝顺首先就是指子女对父母的尊敬和服从。母亲们认为，女儿应该顺从母亲，懂得"发肤受之父母"的道理。如许安美所说："你有义务为你的母亲剖膛切腹，而你的母亲也应该为她的母亲如此这般，她的母亲将为更上一代的母亲，如此代代推及，直到万物之初。"①《华女阿五》中从小父母就教育玉雪要听话、服从而不是不停地问问题。当在学校接触到的白人世界的价值观念和来自于父母的儒家价值观念相冲突的时候，玉雪对生活感到迷惑不解，她渐渐地开始质疑父母用中国的标准教育身处美国的儿女的观念，逐渐认识到自己除了是个华女之外，还是一个独立的个体，因而与父母发生了冲突。《女勇士》中有一个小插曲，一个药店的白人药剂师送药时不小心看错地址，把药送到勇兰家里，结果勇兰大发雷霆，认为这会带来晦气，会威胁到家人的未来、健康和生命。她命令女儿前去兴师问罪：

> 她让我托着臭烘烘的香炉绕着柜台走，忽儿端向药师，时而晃向顾客，往药师身上泼狗血。她的那些计划真让我难以忍受。
> "你去要些糖果来补偿，"她说，"你就说'你们用病人的药把我家污染了，必须用甜的东西来祛除。'他会理解的。"②

母亲不顾女儿的感受，强迫女儿前去药店交涉，使女儿因为难堪

① Amy Tan, *The Joy Luck Club*, New York: Penguin Group, 1989, p. 48.
② 汤亭亭：《女勇士》，杨剑波、陆承忆译，漓江出版社1998年版，第153页。

而至于说话吃力。

在中国文化中，孝顺也指子女要发愤图强，以光宗耀祖为己任。《孝经》说道："立身行道，扬名于后世，以显父母，孝之终也。"这句话是说人应该有所成就，有所建树，这样才能扬名于后世，使父母感到荣耀，这是孝顺的终极目标。让父母感到荣耀是中国式孝顺的要求，母亲认为理所当然而从小受美国文化熏陶的女儿们却无法理解。《喜福会》开篇写道：

> 到了美国，我要生个女儿，她会很像我。但是在那里再也不会有人用她丈夫的饱嗝打的响不响来衡量她的价值；在那里谁也别想瞧不起她，因为我会让她讲一口流利漂亮的美式英语；在那里她将事事称心，用不着含辛茹苦。她会体谅我这个做母亲的一番苦心，我要将她打磨成一只真正的天鹅，比我所能期待的还要好上一百倍的高贵漂亮的天鹅。①

中国传统观念中的女性自我牺牲精神以及华裔移民母亲们在旧中国的坎坷遭遇使她们对于在美国的生活抱有很高的期望，特别是对女儿，期待她们拥有自己所没有的幸福人生。而对女儿单方面的期望必然导致母女间的冲突。薇弗莉母女的关系最能体现这一冲突。薇弗莉很小的时候就获得各种象棋大赛的冠军，母亲十分引以为豪，逢人就炫耀。而薇弗莉觉得母亲的这种虚荣行为让她丢脸，她对母亲说："为什么你非要拿我出风头，如果你自己想出风头，为什么你不自己学下棋呢？"② 女儿无法忍受跟在母亲后面被炫耀的尴尬，而母亲觉得以自己的女儿为自豪是再正常不过的事了，她认为，薇弗莉是因为有她这样的中国妈妈而感觉丢脸的，这是不孝的。

而对于在美国出生的女儿们来说，她们认为，人与人之间是平等的，自己是一个有独立人格的人，应该受到尊重。一旦母亲用中国准

①　Amy Tan, *The Joy Luck Club*, New York：Penguin Group, 1989, p. 40.
②　Ibid. , p. 99.

则来要求她们时，就会引起她们的反感，特别是在遭受挫折时。在小说中，母女之间的矛盾往往始于女儿童年时期。晶妹宣称"我是我自己的"，因而拒绝弹琴；露丝无法忍受母亲看她的日记；薇弗莉因和母亲一起在四方餐厅吃饭而感到尴尬，因为母亲当着侍者的面用热茶冲洗筷子，还叫周围的顾客也像她那样做，并拒绝因为要了特制的菊花茶而加付两美元，并且不愿给侍者小费，薇弗莉只好在母亲上卫生间的时候偷偷塞给侍者五美元。美国女儿抱怨道："中国母亲表示她们的爱，往往不在乎关心她们想些什么，她们的困惑，她们的不安，却更关心她们的吃，不断塞给孩子们春卷、八宝饭。"① 这些女儿们一旦无法负担母亲的压力，就会选择美国文化来保护自己。在美国出生的女儿，虽然外表看起来与母亲非常相像，但由于在美国环境中成长，不得不经历着两种文化和价值观的碰撞。

（二）教育方式的不同

引起母女冲突的另一个原因就是教育方式的不同。中国母亲的教育特点就是望女成凤，期望值过高，在教育的过程中以命令为主，很少解释说明，习惯于批评打击，缺少鼓励，使女儿因为无法达到母亲的期望而感到失落焦虑。如《接骨师之女》中单身母亲茹灵与女儿的相处："露丝通过妈妈不断下达的最新禁令推论出，妈妈一定是看过她的日记了。'放学后不许去海滩。''不许再跟那个叫丽萨的在一起。'要不就是'你怎么对男生这么着迷呢？'可要是露丝抗议说妈妈偷看自己的日记，茹灵就开始闪烁其词，绝不承认看过露丝的日记，可是她又会说什么'做女儿的不应该有秘密瞒着母亲。'"② 于是母女俩争吵不断升级，女儿越来越叛逆，最终在日记里写下厌恨母亲的话，差点要了母女两人的命。《女勇士》中也有类似的描写：

> 父母连好事都不对我们说，问他们一些不太正常的事儿更是没门儿。……如果你问他们，他们或是避而不答，或是显得很生

---

① 谭恩美：《喜福会》，程乃珊译，上海译文出版社2006年版，第258页。
② 谭恩美：《接骨师之女》，张坤译，上海译文出版社2006年版，第119页。

气，甚至不准你问。你不知道不该扎白头绳，直到你挨了揍，而且整整一天都吃白眼。晃扫帚、掉了筷子或拿筷子打鼓都会挨揍。……你得自己琢磨为什么挨的揍。琢磨对了，下次就不会冒犯他们了。①

（三）思维和表达方式不同

中美民族思维和表达方式的不同导致母女交流障碍。移民母亲承传了中国文化，以中文的逻辑思考问题，中国母亲表达母爱的方式是独特的：母亲为了女儿宁愿牺牲自己，她们责备女儿是因为太在乎或者是谦虚；她们默默为女儿设计出人生计划，渴望把她自己最宝贵的东西交给女儿；她们生怕女儿吃亏，走上自己的老路，时时提点女儿，保护女儿；而女儿承传了美国文化的独立、个性、平等、以自我为中心，以英文的逻辑思考问题，以致母女俩交流困难。如《女勇士》中有这样一段母女间的对话：

> "等我上了大学，说不说话就无所谓了，长得丑也不碍事，我功课好啊。"
> "我并没有说你丑啊。"
> "你老是这么说。"
> "那是因为我们不得不这样说，华人都这么说。我们喜欢说反话。"②

美国女儿无法正确理解母亲的意思，她把母亲中国式的自谦当作嫌弃。以下一段文本呈现了母亲和女儿由于思维方式不同而造成的交流障碍：

> 我一直以为，我们母女俩已达到某种程度的默契；比如她指

---

① 汤亭亭：《女勇士》，杨剑波、陆承忆译，漓江出版社1998年版，第168页。
② M. H. Kingston, *The Woman Warrior*, New York：Random House, 1989, p. 203.

责我失败倒未必真的认定我是一个一事无成的失败者，而我说的"我会考虑"，其实并不是真的；是向妈表示我会考虑她所说的。多年来我们就是这样心照不宣地沟通着，但今晚琳达姨的这番话再次提醒我，我们母女俩其实从来没有真正互相了解过，我们只是以自己的理解来彼此揣摩对方的意思；而且往往来自母亲的讯息是以减法的形式入我耳，而来自我的讯息则是以加法的形式传入母亲的耳中。[①]

作者透过人物的坦言把母女交流障碍的实质表现出来：思维和表达方式的差异导致母女俩交流的障碍。

（四）代际隔阂

当然，不是所有的母女冲突都是由文化差异造成的，也有很多冲突是由于普通母女之间的代际隔阂造成的。比如琳达很不满意女儿要求自己预约，认为母亲看女儿何必预约；茹灵认为，露丝是工作第一，老妈第二，没有时间陪老妈，却有时间陪朋友吃饭、看电影；雯妮认为，女儿应时常回家住，没必要住汽车旅馆；琳达看不惯薇弗莉的发型，责怪她不懂"不动声色"，偏偏表现得"锋芒毕露"；安美责怪女儿许露丝耳根太软，容易听信别人的话，动不动就喊"没有办法了"。而这些女儿也讨厌母亲对她们婚姻、情人的挑剔，对于她们生活的限制。《骨》中尼娜抱怨说："她们根本不知道我们的生活是怎么样的。她们也不想走进我们的世界中来。我们得一直生活在她们的世界中，而她们连一点点都不能改变。"[②] 这是普通母女之间都会有的矛盾。谭恩美在被问到她与母亲的冲突是代际问题还是文化问题或者两者都有时，她的回答是："两者兼而有之。但是谁不是呢！文化貌似有时能使不同代际的人混乱。比如说，我母亲不想让我和男生约会，因为那个男生会毁了我的人生，我把她的这种恐惧当成是中国式的恐惧，而不是她们那代人的恐惧，没有什么是合理的。我把它当

---

① Amy Tan, *The Joy Luck Club*, New York：Penguin Group, 1989, p. 37.

② 伍慧明：《骨》，陆薇译，吉林出版集团有限责任公司 2011 年版，第 37 页。

成是中国文化,那么中国文化就成了替罪羊。这是不幸的,这会让我否定我的成长,否定我的家庭,甚至否定我自己。"①

(五) 个人性格和经历的差异

小说必须选取典型的人物来刻画、呈现,为了达到这种效果作者会选取一些经历、性格独特的形象,以突出效果。在华裔美国女性作家笔下,特别是谭恩美的小说中,移民母亲早年的不幸经历、原生家庭的影响、女儿的心理需要、承传于家族血缘关系的情感等交织在一起,往往使母女之间的矛盾激化。

首先,在谭恩美的笔下,母亲大多经历了原生家庭的不幸,具有忍辱负重的性格。原生家庭的不幸,潜在地影响着移民母亲们的一生,她们的内心伤痕不时在生活中被引发,有时会让美国女儿不知所措。原生家庭是维吉尼亚·萨提亚在《联合家庭治疗》一书中提出的概念,指人从小成长的由父母和孩子组成的核心家庭。原生家庭有可能影响孩子的一生,每个人与生俱来就对父母和世人有强烈的被爱的渴望,如果这些渴望没有得到满足,被压抑起来,日积月累,就会成为人们不快乐的根源。在《接骨师之女》中,作者把宝姨和茹灵母女身上这种家庭的潜在影响表现得淋漓尽致。宝姨一直作为保姆留在女儿身边,后来为了保护茹灵而自杀。宝姨的自杀极大地影响了茹灵,成为茹灵心中挥之不去的梦魇。即使移民到了美国,茹灵还是没有摆脱心灵深处的阴影,丈夫的车祸深化了她对毒咒的恐惧。所以,茹灵一边焦躁不安地等待厄运到来,一边保护女儿不受毒咒的伤害。在小说中,作者用细致的笔触展示了茹灵这种痛苦的心理挣扎。这种恐惧不安、焦躁的状态影响了她与女儿的交流沟通。

其次,谭恩美笔下的华裔母亲大多经历了早年婚姻的不幸,使母亲把婚姻中未得到满足的愿望寄托在女儿身上,导致了母女间的语言冲突,互相指责、抱怨。在《喜福会》中,母亲讲述了自己在中国的不幸婚姻以及对女儿的期望。生逢乱世的吴夙愿,丈夫战死,自己在逃难时无奈抛弃双胞胎女儿,这种隐痛一直折磨着她,所以她把对

---

① 白晓萍:《论谭恩美小说中的身份书写》,学位论文,西南交通大学,2012 年。

女儿们的爱全给了小女儿晶妹。映映在早年的婚姻中，被花心的丈夫背叛抛弃，为了报复，她杀死了自己肚子里的孩子。在"中秋之夜""男人靠不住"的故事里，映映讲述了早年婚姻的不幸以及对女儿的保护：

> 多年的磨难和痛苦，令我对一切的预兆更加敏感和灵验。我得用痛苦的尖角去戳痛我女儿，让她醒悟过来。她会和我斗起来的，因为我俩都属虎，斗本是老虎的本性，但是我会斗胜她的，因为我爱她。①

映映被婚姻的痛苦吞噬了，在绝望中杀死腹中胎儿之后又深陷内疚与痛苦中无法自拔，她沉浸在自己悲伤的世界里以致忽略了身边的女儿丽娜。当她看到女儿婚姻中种种不和谐的迹象时，她决定要保护女儿使其不受伤害。在"红烛泪"和"在美国与中国间摇摆"的故事中，龚琳达讲述了早年做童养媳的痛苦遭遇，而琳达在不幸中发现了自己的价值，并时时教导女儿如何认清自己的价值。《灶神之妻》中的母亲雯妮，遭受了变态丈夫的折磨，从痛苦的婚姻中挣脱出来后，她来到美国，时刻保护着女儿使其免受伤害。

移民母亲在旧中国经历了家庭和个人生活的不幸后来到美国，希望能摆脱一切苦难，寻求到幸福的生活。弗洛伊德认为："早年被压抑的东西不因时间的流逝而改变。"②早年的伤痛只是被潜藏起来而不会随着时间的流逝而消失，一旦受到外界因素的诱发，这些被"遗忘"的情绪记忆就会统统被牵引出来。从某种角度来讲，虽然，这些母亲离开了苦难的旧中国，但这些苦难的记忆已经内化为她们生命的部分，依然影响着她们在美国的生活。在异国他乡被边缘化的生活中，移民母亲把所有的希望都寄托在女儿身上，想保护她们，使其少走弯路、不受伤害，因而不自觉地会对女儿的学业、恋爱和婚姻指手

---

① Amy Tan, *The Joy Luck Club*, New York: Penguin Group, 1989, p. 252.
② 朱刚:《二十世纪西方文论》，北京大学出版社 2006 年版，第 156 页。

画脚，无意间伤害了独立意识很强的女儿，女儿的过激反应又往往会触及母亲的旧时伤痛。因此早年原生家庭和婚姻的不幸，形成了移民母亲们忍辱负重的性格和对女儿强烈的保护欲望，直接影响着她们与女儿正常关系的建立。

四 母女关系的文化内涵

华裔美国女作家的小说中，母女关系这一母题得到了反复的、着重的呈现，作家选取在流散的视野下描述母女关系，体现了双方的自我探寻。母亲将女儿看成是自我的延伸，想通过女儿或与女儿的争斗来实现自我；而女儿以反抗母亲、逃离母亲为自我独立的征程，母女之间的冲突也体现了中西文化之间的冲突。最终，母女之间经过不断地冲突，逐渐相互了解、和解，形成了文化夹缝中和谐的身份认同。透过母女关系的网络，作者进行中西文化互审，书写了时代背景下文化的冲突与融合。

（一）母亲作为家庭与族裔的代言人

母亲历来就代表着一个家族或一个民族的历史，她体内蕴藏着自己所属族裔的古老智慧和言说才能。在神话、宗教、民间传说和大众文化中，母亲意味着成长、繁殖和养育。在中国文化中，母亲可以用来比喻和象征一切养育自己的事物，如祖国、故乡、文化传统、土地、河流等。尽管传统的中国价值观念中会有男尊女卑的思想，但中国人对母亲与土地的情感是同样深厚的，因为儒家思想的核心价值观就是孝道，强调养育之恩高于一切。

华裔去国离乡，移民美国后，其家庭结构往往会发生一些变化，主要是家庭中母亲地位的上升。尽管移民们脑子里的中国传统文化思想还是根深蒂固的，他们受到了西方自由、平等、博爱等的基督教伦理的冲击，特别是女权运动的影响，这无疑会使华裔女性的处境有所改善。第一代移民到了美国往往生活窘迫，迫于生活的压力，家庭中的女性，即使曾经在中国过着锦衣玉食生活的娇柔女性，也得和丈夫一起外出劳动，赚钱养家，同时承担着管理家庭、养育子女的重任。视野的拓宽使得她们内心被束缚的女性意识复苏，而对于子女的教育重任则赋予母亲权威——在一个没有书籍、没有语境、语言不通、无法完全融入的美国社会里，处于边缘地带的华裔母亲只能用她们的中国故事来教育她们的女儿，以实现和巩固她们的身份——一个中国人，一个中国母亲。

在母亲与子女的关系中，母女关系显然比母子关系更为亲密、相像。在《母性再造》一书中，女性主义作家南希·乔德罗强调了母亲与婴儿之间的关系，这种关系对孩子的影响会持续到孩子成人之后。在前恋母阶段，婴儿完全依赖于母亲，他/她把母亲和自己当成一个整体。在此阶段，婴儿性别的不同决定了妈妈养育态度的不同。对于儿子，妈妈会将他作为一个不同性别的人来对待，这种态度会促使儿子的恋母情结从前恋母阶段发展到恋母阶段，促使他将注意力转移到父亲身上，因为儿子将父亲视为与母亲的"三角关系"中的对手。在恋母阶段中，孩子应该会转向异性恋。因为在这所谓的"三角关系"中，儿子会选择压抑对妈妈的情感，保护他的性器官，因为这一切都冒着会"被阉割"的风险。所以他会减少对母亲的迷恋，直到他长大成人，将这种情感重新投射在别的女人身上。与儿子相反，母亲与女儿之间的整体性和依赖性会持续得更长，表现得更强烈。因为母亲不但没有将女儿作为相反的性别对待，反而将女儿当成另一个自己。这种关系在女儿的青少年时期也不会有很大的改变。在此期间，母亲教女儿"如何成为母亲，训练她们如何抚育孩子"，告诉她们"必须成为母亲"，乔德罗认为，这是女性角色认同关系的产物。对于女儿来说，她们在成长的过程中会对母亲的身份逐渐认可，而这种认可促使她们自己也成为母亲。① 由此可见，母女之间的统一性是对彼此的占有以及对彼此身份的认同。

第二代的华裔虽然生长于美国，甚至过着别无二致的美国人生活，但他们华人的外貌和家庭背景随时提醒着他们自己在这个国家里也几乎是个外乡人，因此他们会逐渐产生一种独特的心理状态，那就

---

① Chodorow, Nancy & Contratto, Susan, *The Reproduction of Mothering*: *Psychoanalysis and the Sociology of Gender*, Berkeley: University of California Press, 1978, pp. 70 – 71.

是沉重的历史失落感。他们既得不到所居国的文化认同，又脱离了祖辈们赖以生存的母国文化，中断了与母国文化之间的历史联系，他们不了解家史，不再保持与祖辈之间的记忆，不太懂得上一代的语言与文字，也不太明白自己祖先的传说和神话究竟意味着什么。也就是说，他们已经丧失了对于自己家庭、族裔的历史记忆，丧失了原来固有的与他们的形体、身份相匹配的传统文化标记，他们的历史记忆出现了断层。虽然他们未必愿意接受并遵循中华文化观念，但当他们模糊了自我身份，体会到历史失落感的时候，只有母亲可以解答他们的困惑，因为母亲是离文化之根最近的人，母亲也是最了解他们的，是知道全部历史的权威。《喜福会》中吴晶妹在母亲死后重新思考她生命的意义时说："她（母亲）是我唯一可以询问的人；唯一可以告诉我生命的意义，可以帮助我承担我的悲哀的人。"①

在华裔母亲边缘化的生活里，女儿是与母亲最亲密、最相像的人。母亲既希望女儿能够讲纯正的英语，接受美国最好的教育，成为地道的美国人，为美国主流社会所接纳，有一个幸福的人生；同时又害怕美国化的女儿与自己有隔阂，会失去女儿，因而会向她灌输大量的中国文化信息，以确保与女儿之间交流的可能。如《女勇士》中的母亲勇兰，她总是给她的孩子们讲中国的故事、中国的传统。勇兰在讲故事的过程中，也传达了她对女儿身份的定义：她希望能通过这些故事将女儿塑造成另外一个勇兰，一个在满是"西洋鬼子"的美国主流文化中保卫传统家庭和传统文化的人。勇兰是成功的，有了她的讲述，女儿才能将本该刻在岳飞身上的字刻在了木兰身上，变成了一个用话语做武器的当代女勇士。而谭恩美对于母女关系的描写则更为细腻，其作品凸显了已与民族历史割裂的美国华裔后代所面临的历史与现在的矛盾以及他们对于生活、命运和人生选择的思考。

谭恩美的故事往往通过母亲的讲述或者手稿，追溯家族的往事，把母女几代人的故事交织在一起，中国的老祖母、移民母亲、美国女儿，将现在的美国与过去的中国联系在一起，形成了既是时间上又是

---

① Amy Tan, *The Joy Luck Club*, New York: Penguin Group, 1989, p. 197.

地域上的强烈对话形式和张力关系，解构历史与现在的二元对立，说明历史和现在既相互包容又相互继承；同时，母女几代人的故事又使小说具有共时的宏阔和历时的纵深与沧桑，让家族的历史烛照未来，从而赋予那些没有历史、没有传统、没有身份、没有根的"浮萍人"以和谐的族裔身份。这就是母亲用记忆的碎片把历史缝合起来呈现给女儿的真正意义。

（二）母亲隐喻着母国文化

母亲的形象在华裔美国女性小说中占据着重要的位置。这一形象是一个具有原型特征的形象。她"体现了一个家族或者一个民族的历史，具有她的群体的古老的智慧和言语能力"①。母亲这一形象不仅是女儿精神的家园和力量的源泉，还代表着故乡、祖国、根基，是孕育她们的躯体和生命的源头。作者通过吴晶妹的口意味深长地说道："毋须别人告诉我，我也知道她（母亲）的位置必定在桌子的东侧。东方是事物开始的地方，母亲告诉过我，东方是太阳升起的地方，是风吹来的地方。"②

母亲在生活中遇到问题时，也会回忆起自己远在中国的老母亲，那里是她们的故乡，有她们的青春，而母亲则是她们在中国最深刻的记忆。在渐渐远去的记忆中，母亲与中国融为一体。母亲向女儿讲述家族的历史，讲述中国的各种神话、千奇百怪的鬼故事，通过回忆将历史与现在连接起来，女儿们则通过母亲的回忆去寻根，去寻找自我、确定自我，因为她们自身就是母亲的延续。但是，这些华裔女儿们一开始并未意识到她们能够从母亲身上寻找到自己在另一种文化中的位置，她们为母亲们凄楚的故事所打动，但仅仅是感动而已，因为她们不觉得那些发生在遥远中国的母亲的故事对她们有什么意义，她们认为自己是美国人，与母亲有着不同的文化背景，甚至认为，她们自己与母亲是根本不同的。

女儿们最后终于认识到母亲的一切对她们具有挥之不去的影响。

---

① E. D. Huntley, Amy Tan, *A Critical Companion*, Westport, Connecticut: Greenwood Press, 1998, p. 37.

② Amy Tan, *The Joy Luck Club*, New York: Penguin Group, 1989, p. 33.

不论是因为血缘，还是因为与母亲朝夕相处，都决定了她们潜在的难以摆脱的"中国性"（Chineseness）。《喜福会》中吴晶妹的母亲在告诉她这一点时，晶妹当时并不相信：

> "你决定不了的。"在我十五岁的时候母亲对我说，当时我强烈否认在我的体内有哪怕那么一点点所谓中国性的东西。那时我是旧金山伽利略高中二年级学生，我所有的白人朋友都同意：我和他们完全一样，与中国人没有丝毫相同之处。可我母亲曾就读于上海一所著名的护理学校，她说她知道所有关于基因学的东西。所以无论我承认或否认，她从不怀疑：只要你身为中国人，你就会不知不觉地用中国人的方式去感受、去思考。
>
> "总有一天你会知道，"母亲说，"这些东西生存于你的血液中，等待着机会释放出来。"①

尽管母亲从与女儿的冲突之中看出了女儿在竭力拒绝她的影响，但是她坚信，女儿迟早会接受她。因此，尽管母女之间的矛盾与冲突十分激烈，但她们最终仍能走向和解。这一和解的结局是双方努力的结果。母亲希望女儿继承她的中国性，在遭到长期的反抗之后，于是改变了方法，不再将自己的意愿强加给早已成熟的女儿；而女儿也感觉到了逐渐衰老的母亲的良苦用心，她突然意识到来自母亲的"危险"其实并不存在，意识到母亲始终将她的兴趣牢记在心，始终给予她最深厚的爱。薇弗莉最终认识到：

> 我明白自己一直是为什么而抗争，是为我自己，那个惊恐不安的孩子。她很久以前逃到了自己以为安全的地方，躲在这个地方，在看不见的屏障后面，我知道另一面是什么，是母亲的侧攻，她的秘密武器，还有寻找我最大弱点的神力。但是短暂窥视屏蔽之后，我终于发现那边存在的究竟是什么，一个老妇人，以

---

① Amy Tan, *The Joy Luck Club*, New York: Penguin Group, 1989, p. 267.

炒菜锅为盔甲，以织针为剑，她耐心等待着自己的女儿请她进来，等得有点生气了。①

在母亲一层层地剥开自己强硬的外壳、吐露自己的故事后，在女儿一点点的了解中，她们逐步开始理解母亲、接受母亲、继承母亲。战斗结束了，当硝烟散尽时，以前被认为是令人憎恶的束缚现在变成了值得珍惜的联结。

女儿因为对于母亲血脉相连的亲情和情感认同而了解了母亲，了解了自己的家族兴衰成败的往事，揭开了女人之间私语般的隐秘故事，或爱恨情仇，荡气回肠，或家庭琐事，波澜不惊。知晓了自己的家族渊源，让曾经以美国人自居、以身为华裔而感到自卑的女儿看到了自己历史的一部分，认识到了族裔文化中的价值。由此，女儿因为母亲而走进了自己的母国文化，去探寻自己的文化根性。至此，女儿最终明白了在美国只有拥有自己的族裔性，才能更好地成为美国人，才能在这个多民族的国家做一名有自豪感的少数族裔成员。自己的华裔文化不但不是自己的短处，反而是自己宝贵的精神源泉。

几乎所有的以母女关系为主题的华裔美国女性小说都以母女之间的和解、家庭关系的修复、和睦为结局：如《女勇士》中女儿劝慰母亲以地球为家，母女合作讲故事的尝试；《喜福会》中晶妹最终理解了母亲的一片苦心，她终于回到中国，见到了自己的姐姐，感受到了血液中的中国成分；《接骨师之女》中女儿露丝了解了自己的身世，理解了母亲，她与亚特的关系也得以修复；《骨》中莱拉了解了自己的族裔历史，以宽容的心态面对历史，决定与梅森搬出鲑鱼巷开始新生活，同时她也会悉心照顾父母；《梦娜在应许之地》中梦娜最终回归家庭，而母亲海伦也接纳了选择成为犹太人的梦娜。与母亲和解既是女儿成长的标志，也是构建华裔年轻一代文化身份的必由之路，还体现了作家的伦理道德观。作家对于母女之间由冲突到和解关

---

① Amy Tan, *The Joy Luck Club*, New York: Penguin Group, 1989, pp. 183 – 184.

系的描述既真切地展现了美国少数族裔的生存状态，反映了社会现实，小说中所描绘的和解、身份构建之路也为其他少数族裔家庭、身份认同等问题的解决提供了可以借鉴的范例。

此外，和解不仅表达了对人与人之间关系的美好期望，也充分体现了中国人"和"的伦理追求与价值追求。"和"是中国传统文化中的哲学观念，也是一种伦理概念和崇高的美学境界。首先，这种观念认为世界上万事万物之间虽然存在着对立与冲突，但事情的发展规律总是对立与和解的统一，万物之"和"是中国传统文化中最高的、最令人向往的哲学境界；其次，在这个世界上，人与人之间往往也会产生各种矛盾与冲突，即使是亲人之间也会有这样的冲突和矛盾，这是正常的人伦现象，但是人与人之间的关系也是以"和"为最高境界的，如中国传统文化中的"和而不同""和为贵"等。华裔小说中母女之间由"对抗—和解"模式呈现了"和"的核心思想。虽然小说着力表现人与人之间的困惑与烦恼、痛苦与悲伤、矛盾与冲突，但是，作者所追求与主张的还是一种"和"的伦理与精神取向，既体现了作者血液里所秉承的中国气质与美国气质，也体现了作者希望不同文化能够彼此尊重、相互学习、融合的愿望。

第二节 失落的追梦人

——从《骨》看华裔女性文学中
父亲形象的建构

由于美国主流社会对华裔采取的是种族歧视和偏见的态度，华裔想在美国主流社会里书写华裔的美国人身份，想在美国社会中获得合法平等的生存权利，首先就要消除美国主流社会强加给华裔的性别化标签和刻板形象。因此，在美国华裔文学100多年的发展历程中，以局内人的视角重塑华人积极正面形象一直是华裔美国作家们的追求，也是他们发出自己的声音，解构西方殖民主义主流话语的有效途径。然而，在华裔美国作家的创作实践中，却出现了两性之间的对峙和隔膜："华裔女作家专注于'母与女'关系的描述，而华裔美国男作家们则致力于追寻华裔美国的男性英雄传统。"① 与此相对应,评论者在论述华裔美国人形象的时候,也多关注母与女、父与子之间的关系研究。近三十年来,随着美国社会政治、经济、文化以及国际关系和族裔政策等方面因素的变化,华裔文学的创作和批评也开始呈现出不同于以往的新面貌。其中一种新的趋势就是作家开始跨越两性之间"不相往来"的藩篱,出现了相互示好、呼吁沟通与融合的迹象。考察这种新的变化,考察两性之间形象的相互塑造,就可以从一定程度上揭示美国华裔文学发展的新变化、新趋势,并有助于彻底解构华人的"刻板形象",展现华裔美国人丰富的内心世界,展示华裔美国作品自身的美学意义和价值。

父亲和家庭的关系是人类历史进入父系时代之后最为普遍的家庭关系,也是文学作品中最基本的成分。几乎所有涉及家庭的文学作品都不可避免地会出现父亲的身影。尤其是在中国传统文化中,父亲拥有绝对的权威。他不仅是家长,赋予孩子生命,还发挥着引领孩子成长,对孩子的行为进行身心教育的作用。父亲是家庭与社会权威的象征,是文化权威的代表。树立父亲的权威对于家庭和社会都极为重要,甚至可以说是社会文明的体现。

然而,长期以来在华裔美国文学作品中,尤其是在许多华裔美国女作家的作品中父亲的权威形象却被无情地解构了。在"华裔美国文学之母"黄玉雪的笔下,父亲是开明的儒家思想代言人,虽然他有正直、责任感的一面,但他同时也是专制的家长,女儿的成功就体现在她摆脱了这种父权的束缚与压迫上。汤亭亭在《中国佬》一书中,通过追溯祖先英雄史诗般的历史来为自己的父辈正名,但书中的父亲更多的是作为一个族裔的影子出现的,他是一个受到了不公正待遇的"冤者"形象。谭恩美的作品则致力于对母女关系的书写,父亲要么"缺席",要么沦为"失语"的陪衬。

华裔美国文学作品中的父亲通常是出生在中国,在移民美国之后

---

① 蒲若茜:《族裔经验与文化想象——华裔美国小说典型母题研究》,中国社会科学出版社 2006 年版,第 200 页。

居住在唐人街或其他贫民区的普通劳动者；一般都生活得艰辛困顿，靠从事时间长、薪水较低的工作谋生，主要从事制衣、洗衣、餐饮业等；相比中国的家庭传统，他们在家庭中逐渐退居次要地位，尤其是当子女长大之后，这种趋势就更为明显；在家庭伦理观念上，虽然普遍出现了母亲的地位和父亲平行甚至超过了父亲的情况，但在家庭范围内还是习惯性地保持着中国传统文化中对父亲形式上的尊重。父亲虽然也学习了美国文化的一些成分，但是骨子里仍然顽强地坚持着中国的文化传统，并在子女的成长过程中形成了不同程度的影响。总之，"与儒家文化传统中强大的父亲形象不同，在华裔美国小说中，父亲的形象大多是平庸的、猥琐的，被'白化的'或是被'阉割的'"①。

华裔美国女作家作品中父亲权威形象的丧失，一方面，由于美国主流社会对华裔的种族歧视和偏见采取的是一种性别化的想象和操控，通过将华裔女性化而将其边缘化，在流行文化中将华裔男性塑造成负面、缺乏男子气概的刻板形象；另一方面是华裔社会内化了的东方主义思想在作祟。学者陆薇曾将这一现象与女权主义运动影响下男女两性之间的对峙联系起来，指出"两性之间相互以牺牲对方的形象及真实性为代价，换取自身在主流社会文化中的通行证"②。

无论在何种意义上，父亲形象的缺失和他者化都是华裔美国文学，尤其是华裔美国女性文学中出现的一个重要问题。父亲形象的还原与建构有着深远的意义：首先，与母亲一样，父亲承担着养育儿女的责任，对儿女的影响最直接，对家庭的贡献不可替代；其次，从社会与文化的角度来看，华裔文学作品中的父亲形象承载着厚重的中国传统文化，他是集体想象物的代表，是传统民族文化的象征。③ 因此，

---

① 蒲若茜：《族裔经验与文化想象——华裔美国小说典型母题研究》，中国社会科学出版社 2006 年版，第 4 页。

② 陆薇：《全球化语境中跨界的美国华裔文学》，饶芃子主编：《流散与回望——比较文学视野中的海外华人文学》，南开大学出版社 2007 年版。

③ 张莉：《走失与回归——从伍慧明小说〈骨〉看华裔文学中父亲形象的建构》，《译林》2012 年第 2 期。

从某种意义上说，寻找父亲的意义就等于认同民族文化传统，确立自身的社会与文化身份。最后，从女性的视角建构华裔文学中的父亲形象，这一尝试还暗含着两性之间消除对峙局面，走向对话、沟通和融合的主题。

可喜的是，在新生代华裔作家中，已经有不少人为建构新的父亲形象做出了尝试。伍慧明在其处女作《骨》中对父亲利昂这一形象的建构就具有一定的创新意义。小说中虽然以莱拉的整个家庭和社会活动为内容，但是其中有相当大的篇幅是关于父亲利昂的。

新生代作家伍慧明的处女作《骨》1993 年一出版，即受到了极高的赞誉。该书取材于作者深刻的生活经历，带有很强的自传色彩。伍慧明于 1956 年出生于旧金山唐人街的一个第一代中国移民家庭里，父亲是 1940 年移民到美国的华人，在西海岸的加州大学伯克利分校的学生餐厅做厨师，母亲同《骨》中描述的一样，是衣厂的车衣女工，靠不分昼夜地踩缝纫机来维持生计。和许多唐人街工人阶层的第二代华裔一样，伍慧明在家讲广东话，上教会办的中文学校，作为一个女孩她还帮忙做家务和帮助分担母亲的裁剪缝纫工作，以减轻家庭的负担，与《骨》中的莱拉颇有相似之处。也正是因为这样的生活经历，才使得这部小说情感深厚真挚、感人肺腑。

《骨》一经面世就引起了很大的反响，不仅荣登畅销书榜首，随后还获得了"福克纳小说奖"提名，并被收录进"手推车奖"文选中（Push Cart Prize Anthology）。《骨》的故事情节和人物较为简洁明了，主要围绕着美籍华人利昂家二女儿跳楼自杀事件，讲述了年轻一代的美籍华人与老一代华人如何面对东西方文化冲突，如何寻找自己的社会属性，以及如何在美国社会中奋斗与生存的心路历程。小说中的父亲利昂·梁是一个生活在社会底层靠卖苦力养家糊口的男人，他常年出海，借以谋生或逃避社会和家庭的各种矛盾。母亲杜尔西是个衣厂女工，嫁给前夫傅里满，却连肚里的孩子一起遭到抛弃，生下长女莱拉后，为一张绿卡又嫁给了利昂，生下了安娜和尼娜。三姐妹中的老大莱拉是社区教育咨询员，负责帮助移民的孩子与学校和老师沟通交流，并照顾父母。二女儿安娜和家里生意上的伙伴翁家的儿子奥斯瓦尔多相恋，但由于翁家骗走梁家所有的投资，两家关系破裂，安娜的婚事也因此遭到家里的反对，为此安娜跳楼自杀。小妹尼娜在姐姐出事后只身去纽约当空中小姐，借此逃避家庭的愁云惨雾。莱拉在悉心照顾父母，充分了解老一代移民的心路历程之后，选择和丈夫梅森一起搬出唐人街，开始新的生活，但没有忘记保留她在唐人街的根。该小说在简明的故事里隐含了两性、家庭及民族兴衰的命运。借用后现代主义理论家弗雷德里克·杰姆逊的话说，这是一个"民族寓言"，一个将个人家庭及历史与政治问题编织到一起的民族寓言。①此外，与以往华裔美国女性作家作品中的人物描写不同，伍慧明在书中塑造了一个勤劳善良、宽厚坚强、在处处受排挤的美国社会里屡屡碰壁，经历无数失败的打击而终于潦倒、失落的父亲形象，在华裔美国文学史上具有积极的意义。

一　美国社会背景下的华裔父亲形象

父亲利昂是梁爷爷的"契纸儿子"（paper son）。梁爷爷的中文名字叫做梁海昆，美国名字叫阿福·梁，他是早期华裔劳工的一个典型形象。他曾经在加州金矿上干活，然后在马里斯维尔的一个农场工作。由于1882年美国政府通过了排华法案，限制华人移民和他们的妻子到美国与丈夫团圆，同时禁止白人与华人结婚，使华人男性被迫过着单身生活。梁爷爷就是排华法案的牺牲品，一个终身未能成家的华埠单身汉。家庭的缺失使他成为被"阉割"失势的华人男性。虽然他一生都在美国辛勤劳作，但一直都被排斥在主流社会之外，没有获得应有的尊重与认同。在回归故土无望后，他以利昂为"契纸儿子"，条件是日后利昂要把他的遗骨送回故乡。梁爷爷一生辛劳，"当他步履蹒跚得跟不上工作的时候，他把所有的东西塞到一个棕色的购物袋里，迈出木棚走到大路上拦下一辆灰狗公共汽车去南面的旧

---

① 陆薇：《译序——身份的追问与历史的天问》，伍慧明：《骨》，吉林出版集团有限责任公司2011年版，第21页。

金山"①。梁爷爷晚年住进"三藩公寓","三藩公寓"是单身汉畸形社会模式的缩影,这里住着很多像梁爷爷这样的老年单身汉。莱拉去"三藩公寓"找利昂时看见那里大部分的老人都闲得无事可做,"他们看上去像黑乎乎的破布片。走得越近,他们身上的种种细节就越发清楚:破旧的领子,脱落了的扣子,衣服上用别针别住了的脱了线的针脚,揣着拳头、缝着补丁的衣服口袋"②。"我从来不喜欢作为唯一的女孩出现在公园的北边。曾经不止一次,一位老人会走到我身边,问道:'到我的房间去?跟我约会怎么样?'这情景看上去真让人心酸。"③单身汉常年的禁欲生活也对他们的身心造成巨大的伤害。在那个时期,唐人街被极度地边缘化、他者化,形成一种畸形的发展模式,华人被剥夺了过正常家庭生活的权利,在生理和心理上被双重阉割。面对主流社会的排斥和孤立,华人没有选择权,他们总是被动地置身于美国西部的矿山、铁路、农场等地,像奴隶一样从事体力劳动,而年老后置身于"三藩公寓",则是美国赤裸裸的排华政策的恶果。在华人的传统观念中,"儿孙满堂"是老年人生圆满的集中体现,而在美国做了一辈子苦力的华裔劳工最后却孤独无依,唯一的心愿就是在死后能够魂归故里,享受家族后代子孙的祭祀,而不至于在异地他乡成为孤魂野鬼。

梁爷爷虽然在美国劳作多年,但老年依然孤苦、贫穷。去世之后,"他身后留下了两样东西,一条装在罐子里的蛇和一只系在他的窗台上的温驯的家鸽"④。"妈只好四处找寻捐款来支付棺材和丧服的费用。"⑤他只能穿着"借来的蓝色西服"⑥,棺材被停放在甚至连名字都没有的穷人停尸房里,躺在连小安娜都觉得"寒酸"的、"带有裂纹的""不稳妥的"⑦棺材里,被埋葬在租来的墓地里。尽管利昂

---

① 伍慧明:《骨》,陆薇译,吉林出版集团有限责任公司 2011 年版,第 97 页。
② 同上书,第 7 页。
③ 同上。
④ 同上书,第 97 页。
⑤ 同上。
⑥ 同上书,第 104 页。
⑦ 同上书,第 103 页。

曾经答应将梁爷爷遗骨送回中国，但是现实的贫穷使诺言无法兑现，最终梁爷爷的遗骨丢失了，永远地留在了美国。这也许暗示着作为暂居者的梁爷爷始终无根的身份和命运。书中有意模糊梁爷爷的生平经历，采用"隐无的叙事"手法透视出美国正统历史的"空洞"，隐喻梁爷爷这批早期华工在美国官方历史中的"销声匿迹"，借此表达对美国正统历史的质疑。①

依据利昂的身份文件，利昂原名梁来安，出生于 1924 年 11 月 24 日，是萨克拉门托山谷中一个工人家的第四个儿子。他在 1939 年以梁爷爷的"契纸儿子"的身份，以 5000 美元为代价移民美国。这意味着他以一个伪造的身份开始在美国谋生，背离并丢失了自己同原先的家族与祖先一脉相承的姓氏及历史。根据华裔美国文学评论家唐纳德·戈尔尼治（Donald C. Goellnicht）的观点，利昂通过"契纸儿子"的身份移民美国是一个象征性的自杀行为，从此他再也没有恢复成原先的自我。由于利昂怀疑美国政府的赦免运动，他始终无法把真实名字换回来。② 丢失真实自我的利昂在美国依靠虚假身份度日，这一切注定了他的悲剧人生。他在美国的虚假身份是建立在一个又一个的谎言之上的。他不得不用新的谎言去掩盖以前的谎言。美国华裔男性的整个存在意义就在隐喻的层面上遭到了否定：父亲人生的一切都是建立在谎言之上的，他因此在这个社会中失去了自我。然而，制造这个谎言的不是别人，正是一向以诚实、民主、理性自居的美国政府，还有它所制定的移民政策。③

与"契纸身份"相对立的是美国社会合法公民身份的"坦白计划"。其本质是一个打着倡导美国民主与自由旗号排斥华裔的骗局。"坦白计划"的荒谬逻辑在于，如果如实坦白"契纸身份"，非法移

① 何娜娜：《解析〈骨〉中华裔美国人身份的构建历史》，《湖北经济学院学报》（人文社会科学版）2011 年第 10 期。
② D. C. Goellnicht, "Of Bones and Suicide: Sky Lee's Disappearing Moon Cafe and Fae My-enne Ng's Bone," *Mfs Modern Fiction Studies*, 2000, 46（2）: 305.
③ 陆薇：《超越二元对立的话语：读美籍华裔女作家伍慧明的小说〈骨〉》，《外国文学研究》2002 年第 2 期。

民将会被剥夺美国的合法身份；如果拒绝坦白，那么非法移民只能掩藏着虚假身份度日如年。于是，拥有虚假身份的利昂无法在美国政府推行的"坦白计划"中找回自己的真实身份。于是，他既不能摘下合法身份的面具，又不能暴露非法的真实身份，只能永久地悬置于进退维谷的两难境地。

利昂当初怀着和其他华人一样的"美国梦"来到美国，然而，代表着财富、自由的"美国梦"竟是从一个"集中营"开始的。他到达美国的第一站就是在天使岛上接受审查。一般移民审查需要经历很长时间，通常最短三四天到一周，或者一两个月，甚至一年两年不等，而这期间"自杀屡见不鲜，死亡如家常便饭"①。每年要求入境的华人成千上万，但是"在二十世纪最初 25 年里，只有四分之一的移民获准上岸。有些移民在天使岛上被困达两年之久，案子才获解决"②。就这样在经历了天使岛站之后，新移民的脑海里已经产生了对美国政府和社会的深深疑虑和不信任态度，再加上中国旧社会长期以来统治阶层和被统治普通民众之间本来就势同水火，移民们在踏入美国的那一刻开始，就已经形成了他们和政府的对抗和疏远，基本上避免与其发生任何的牵连，再加上他们虚假的身份证，使得他们对自己的身份总存在着刻意隐藏的心理，因此"像所有老一辈人那样，里昂对身穿制服的人，甚至对陵墓安全警卫这类穿着制服的人，心里都怀着恐惧和尊敬的奇怪感情。……最让我气恼的事情是：每次我为他翻译的时候，他总是两面派：一边自我辩解，一边巴结讨好"③。阿尔都塞认为，在一个社会中，人人皆受意识形态影响。美国的主流社会创造了华人刻板的印象，并且通过大众媒体等形式灌输到人们的大脑中，长此以往，少数民族就把这种刻板印象内化了。拉康认为，幼儿在 6—18 个月大的时候，就会通过镜中的影像来认识自己。同样，少数民族也通过主流的刻板印象来界定自己，久而久之，少数民族就会"变成刻板印象，把它活出来、谈论它、相信它，并以它来测量团

① 张龙海：《美国华裔文学研究在中国》，《外语与外语教学》2005 年第 4 期。
② 胡爱华：《20 世纪 70 年代的美国华裔文学》，《云南民族大学学报》2005 年第 6 期。
③ 伍慧明，《骨》，陆薇译，吉林出版集团有限责任公司 2011 年版，第 92 页。

体与个人的价值……少数民族内部的刻板印象，是由个人和集体的自卑感而强化的。"① 利昂对待白人的态度体现出他长期受到主流社会的偏见和歧视而将白人强加给华人的这种刻板印象内化而形成的自卑。

华人在天使岛被质问只是一个开始，美国社会永远质疑华人身份的合法性。在美国待了 50 多年的利昂去社会保险局申请社保金时，被不停地质问，如被问到为什么有那么多化名，那么多不同的生日，是否有护照、出生证和驾驶执照，"就好像他这么多年做的工作都不算数似的。……利昂什么都没有，有的只是气愤，就像被点燃的爆竹一样，他的火气一下子被点燃了起来。他开始骂人，但除了等待没有别的办法，得让他将他那长长的怒气发泄出来。然后，就像是为了证实什么似的，他先亮出了他的驾驶执照（过期了的），之后是社会保险卡。他的语气不容置疑：'我在这个国家已经很长时间了！'"② 华人的身份是通过美国社会的立场来认定的，美国社会人为地在华人身上镌刻上"他者"身份，并通过不断地反复申述和区别的过程得以巩固，这也是权力产生差异并巩固差异的过程。

年轻的利昂满怀梦想地来到美国之后，却没有得到"他听说的那好工作"和"兴旺发达的生意"，相反，美国这个国家并不属于他。利昂虽然有绿卡，但他依然是白人眼中的华人，他成了一个拿着美国绿卡的外国人。在申请工作、寻找工作机会时，他屡受歧视和排斥：

> 我们不需要你。
> 从军队寄来的一封信：不合适。
> 找工作收到的拒绝信：没有技术。
> 找房子收到的回信：没空房。
> ……

① Frank Chin, et al. , *Aiiieeeee! An Anthology of Asian American Writers*, New York: Anchor Books, 1975, pp. 10 – 11.
② 伍慧明：《骨》，陆薇译，吉林出版集团有限责任公司 2011 年版，第 68 页。

等军队可以接受他了,仗却打完了。

等他有了工作的技术与经验:焊接、建筑和电焊工活儿,但他却不会英文。

等房子的大小没有了问题,但社区却不合适。①

尽管利昂吃苦耐劳,有较高的机械能力,这一点从他惯于摆弄各类机器并加以改装就可以看出来:"他在海上漫长的旅途中继续着他的发明创造。船上的床铺就是他干活的唯一场所,所以每项发明都很小巧精致。利昂把每种东西都做成了微型的,如扇子、收音机、电饭锅。"② 但作为华人他总是受到主流社会的排斥和歧视,利昂只好长年在海上,甚至申请谁都不愿意干的发动机房管水工。他的大半辈子都贡献给了美国的海运业,在大海里的远洋轮上,他把每间工作室都干遍了;发动机室、甲板、导航室。为了多挣加班费,"他值两个班——一个夜班紧接着下一个班,而且想靠几个小时的睡眠撑过去。他告诉我说,他不是在时间中度日,而是在汗水中。他认为生命就是工作,而死亡却像一场梦"③。和梁爷爷相比,第一代的梁爷爷在美国的西部大陆卖命,而第二代的利昂则是在美国的海上做苦力,从陆地到大海,毋庸置疑,华人对美国社会的贡献是巨大且全面的。

当利昂结婚后,希望能够照顾家庭而不愿再出海,想在陆地上找一份安稳的工作时,他只能从事"炒菜厨师、烤肉厨师、门卫、跑堂、夜班搬运工,在钢厂值夜班"④ 等工作。这显然和美国的种族歧视有着密切的联系,虽然罗斯福总统于 1943 年就签署了《废除排华法令》的文件,宣布自即日起所有排华法令无效,但美国主流社会对华人 100 多年来所形成的固有偏见早已根深蒂固,对于华人的偏见和歧视充斥着社会的方方面面,无论这些新移民在中国曾经有着多么显著的特长或者显赫的身世,当他们到了美国之后,他们当中绝大部分

---

① 伍慧明:《骨》,陆薇译,吉林出版集团有限责任公司 2011 年版,第 70 页。

② 同上书,第 3 页。

③ 同上书,第 213 页。

④ 同上书,第 190 页。

人都面临着必须依靠出卖劳力，从事最耗时、盈利最小的血汗工作来谋生。"宰制的白人文化对于华人设下限制的、排外的法律阉割了这些移民男子，强迫他们进入无力、沉默的'女性'主体位置，进入没有女人的'单身汉社会'，进入找不到女人填补的'女性化'的工作"。而这种现实又进一步强化了华裔男性缺乏男子气概的刻板形象。① 即使到了小说的讲述者莱拉成年以后，这种状况依然没有发生改观，新移民依然做着白人不愿做的工作，依然在唐人街重复着早期华人的艰难生活：

> 我的大部分学生都是新近来美的移民。父母都上班，而且倒班休息，有看墓地的，有洗碗工、看门人和餐馆服务员。……每次走进他们狭窄的公寓，我都会感到心情格外沉重。我总是想起我们以前也是住在那样的地方。缝纫机就在电视机旁，饭碗摞在桌子上，卷起的毯子被推到了沙发一边。到处都是纸盒子，它们被重新拾掇之后被当成凳子、桌子或做功课的课桌使用。饭桌上父母总是谈到钱，谈到他们不懂和无法理解的事情。杂乱不堪的房间，无聊乏味的生活，这一切都在明白无误地告诉我，他们每天的生活除了谋生和养孩子之外没有任何其他的内容，一切都是那么艰难。②

长年饱受歧视的利昂既无处申述，也无法申述。作为一个"契纸儿子"，他的真实身份是隐藏的、秘密的，他不是不愿意像个真正的中国人那样"行不更名坐不改姓"，表明自己的姓氏和出身，而是不能。"对于一个契纸儿子来说，契纸就是血液。"③ 只有当"身份之谜"成为无人能够破解的谜团，他才会觉得安全。他们这一代人，这个群体，要做的不是寻找和确认身份，而是隐藏身份，淡化它，直至

---

① 单德兴：《"开疆"与"辟土"——美国华裔文学与文化：作家访谈录与研究论集》，南开大学出版社 2006 年版，第 28 页。
② 伍慧明：《骨》，陆薇译，吉林出版集团有限责任公司 2011 年版，第 17 页。
③ 同上书，第 75 页。

没有人提起（审查），才是最好的。① 而当政治和历史环境相对宽松之后的寻根时代来临之时，虽然他们当中也有很多这样的父亲能够看到这一天，让他们隐藏多年的真姓大名终于重见天日，但更多的像梁爷爷那样的人则已经魂归黄土，至死也不能使"遗骨"回归自己正确的姓氏家族，更难以达成"叶落归根"的愿望。

久而久之，利昂面对歧视和偏见形成一种习惯性的沉默，他的逻辑是："如果你不说真话，你说谎时就不会被人抓住。"作为边缘人，利昂害怕唐人街以外的事，他曾经对妻子说："你不知道。你就住在唐人街里，这里很安全。你根本不明白外面的世界是完全不同的。"② 因为对于许多下层华裔来说，唐人街以外的空间不但不属于他们，反而是高高在上的权力的体现，无时无刻不在压迫着他们，而唐人街以内的空间才是属于他们的，适合他们的，是和他们的族群和身份相对应的。在唐人街，利昂显得更自在和放松，他喜欢去"大叔小吃店"或"大众小吃店"吃饭，早上在"三藩公寓"的休息厅里数萨克拉门托市 5 路公共汽车的来往时间，每当司机晚点的时候，他都会和他们争吵，他们和他开玩笑，叫他"大老板"，或者在街上无所事事地闲逛。在一个种族歧视的社会里，华人划地自限，自我聚落，并形成一些商会、堂会或家族势力，是为了寻找一点家庭般的温暖，也是为了更好地应对外在主流社会的各项宰制、歧视。

利昂为实现自己的"美国梦"努力拼搏过，他曾经想要开一间中餐外卖店，一个面条加工厂，倒卖过针厂的机器和咖啡豆，开过杂货店，但是都没有赚到钱。正如妈妈所说的："像利昂这样一个经历了无数次失败的人，却始终保持着一颗充满希望的心。每个新点子，每次旅行都是他向我们展示他心灵的方式。"③ 对"翁·梁洗衣店"，利昂付出了全部心血：

---

① 刘会凤：《潦倒的父亲，沉寂的声音——以〈骨〉为例析美国华裔文学中的草根父亲形象》，硕士学位论文，广西师范大学，2007 年。

② 伍慧明：《骨》，陆薇译，吉林出版集团有限责任公司 2011 年版，第 213 页。

③ 同上书，第 193 页。

他喜欢和他的机器待在下面。听着所有的洗衣机开动的声音，抽水机转动的声音和烘干机发出的嘶嘶声，这让他感到一种平静。……他能通过声音识别出每一台机器。他说每个发动机的声音都不一样，他可以根据这个说出哪台工作得太久需要休息、哪台马上就要坏了。那个夏天它们全部一部接一部地坏掉了。可是利昂不知是怎么弄的，总能让它们重新运转起来。①

然而，利昂和梁家做生意却不知道签合同，也没有任何合法的合作关系，"翁·梁洗衣店"倒闭了，利昂被骗光了全部血汗钱。大受打击的利昂在暴怒之下，用断绝父女关系来威胁安娜断绝与翁家儿子的恋爱关系，这件事情间接导致安娜的死，这让利昂对这个社会彻底绝望了，彻底陷入了痛苦的深渊。

我（莱拉）觉得他是上了发条。他根本就安静不下来，在房子里转来转去，没事就找茓和妈、和我，甚至和梅森吵架。他在唐人街来回乱转，要把每笔欠款都收回来。他想找个人把他这辈子受的苦都赔偿给他。他的老朋友们开始躲他，就连梅森都尽可能呆在教会大街不露面。②

里昂想找个人来指责，所有他以前的老板、所有以前出卖过他的工友。他甚至指责整个海运业，因为就是它使得他大半辈子都扔在了海上。最后他开始埋怨整个美国。是她做出过那么多美丽的许诺，然后又一一把它们打碎。……他没命地干活儿……没完没了地加班……可他的幸福在哪儿？"美国"，他怒吼道："这个说谎的国家！"③

作者在小说中从莱拉的视角侧面描述了继父利昂的人生，在美国社会利昂勤奋努力、积极乐观、与人为善，却处处受到排挤，最终失

---

① 伍慧明：《骨》，陆薇译，吉林出版集团有限责任公司2011年版，第200页。
② 同上书，第126页。
③ 同上书，第125页。

败潦倒，由此发出愤怒的质问，并指出美国政府的排华政策以及美国社会对华人的歧视和偏见才是真正的罪魁祸首。这份勇气和犀利在华裔女性作家中是首屈一指的。

二 家庭关系当中的父亲

利昂和妻子杜尔西的关系是互相依存和扶持，同时相互抱怨，但最终又会相互妥协。一方面，尽管利昂勤奋努力，但作为华人，他总是受到主流社会的排斥和歧视，总是怀才不遇，只能做一些女性化的打下手的不入流的零碎活儿，但是他始终会为家庭负责，努力工作养家。利昂虽然也明白妻子嫁给他只是为了获得绿卡，但他依然善待继女莱拉，忠于自己的家庭，每次出海归来，他的大洗衣袋里总是装满了礼物，他把挣的钱都交给妻子，照着妻子写下的清单修理家里坏掉的东西。为了养家糊口，他一直想在陆地上找一份安稳的工作。他"想待在家里，可以留意着妈，也可能如他自己所说的那样——他想待在家里看着我们长大"。① 但是利昂在陆地上安定不下来，无法找到合适的工作而不得不长期漂泊在海上。另一方面，妻子杜尔西整天都在"血汗工厂"劳作，并且兼顾女儿们的教育。她其实是爱着利昂的，一直努力做个好妻子，每次都像欢迎国王似的迎接利昂出海归来，花好几天时间精心为利昂做他喜欢的饭菜。然而，杜尔西与汤米·洪的暧昧使他们夫妻关系遭遇危机，虽然杜尔西承认是她错了，但实际上她是一个不断受到生活压抑的传统女性。她美貌却摆脱不了拼命劳作却依然贫困的命运，不分昼夜地努力缝纫挣钱，连吃饭的时间都没有。梁爷爷死时利昂还在海上，杜尔西只能带领着三个女儿勉强支撑着主持了葬礼上大大小小的事情，这时汤米·洪提供了很大的帮助，战战兢兢的恐惧和孤独无助的她投入汤米·洪的怀里哭泣。而汤米其实也不是一个道德败坏的人，他总是在她最困难的时候毫不打折地帮助她以及她的孩子们，但他俩的婚外情却使利昂深深地受到了伤害，给这个艰难的家庭蒙上了一层浓重的创痛和悲哀。利昂知晓

---

① 伍慧明：《骨》，陆薇译，吉林出版集团有限责任公司2011年版，第190页。

后，一怒之下住回三藩公寓，但是最终在女儿们的恳求，妻子的哭诉哀求下，尽管气得下巴抖动着，他还是点头表示了谅解。他在出海一段时间后像往常一样回到了家里，脸上挂着笑容，给每个人带来礼物，还给妻子买了鳄鱼皮的手包。这里面除了由于贫穷无奈之外，还有一个重要的原因就是他依然爱着他的妻女，在美国这样一个处处对华裔抱有敌意的国家，外部的世界只有风刀霜剑，工作只是长时间的苦役，只有妻子和女儿是他心头最后的温暖；另一个原因就是他潜意识里关于丈夫、父亲的责任，正是这种责任感迫使他妥协、回归家庭。但这之后利昂一直很忧郁、难过，妻子也很沉默。二女儿安娜出事之后，利昂又搬回了三藩公寓，他和妻子吵个不停、相互抱怨：

　　　　那么第一个孩子呢？你连医院都没想来。那可是第一胎啊！不管是儿子还是女儿，是死还是活，你连来都不来！
　　　　生和死又怎么样？我当时背上的矫正器还没摘下来，你就催着我去上班，那时你是怎么想的？
　　　　钱！钱！钱！吃饭要钱，买衣服要钱，过日子要钱！
　　　　别再提这些了！我在那个鬼地方挣得每一分钱都交给……
　　　　那又怎么样……
　　　　什么怎么样……
　　　　所以呢……①

　　利昂和妻子的关系虽然一度濒临崩溃的边缘，在女儿的眼里"妈和利昂的生活一直是争吵不断的。他们工作得太累了，他们的婚姻就像服苦役一般，是两个人一起服苦役"②。然而，正如莱拉所说："妈和利昂逼迫自己在这个国家忍辱负重地过日子，为的就是我们能生活得好些。"③ 无论在什么情况下，他们内心深处对彼此的亲情关怀还是一刻都没有停止过，几十年异域漂泊的风风雨雨使他们之间的关系

---

① 伍慧明：《骨》，陆薇译，吉林出版集团有限责任公司 2011 年版，第 41 页。
② 同上书，第 39 页。
③ 同上书，第 42 页。

早已超越了普通的两性关系，形成了融亲情、友情、爱情为一体的最为深厚的情感。即使是和利昂分居，杜尔西也会让莱拉给利昂带去一罐子人参汤，而利昂在被莱拉拉去见杜尔西时则买了一个二手扬声器，说只是要买点东西送给妻子而已。

《骨》的一个很明显的特征就是不但写了母女关系，还花了大量笔墨描写了父女关系。莱拉不仅是维持家庭成员之间交流的主角，而且作为故事的叙述者，还是试图努力解决家庭纠纷、化解危机的中心人物，也是小说关注的中心。他们之间的父女关系与以往的有所不同，首先他们不是血缘意义上的父女，不是传统意义上的父女关系模式；其次他们更倾向于朋友之间和亲情之间的关怀和理解，莱拉在某种意义上不是受疼爱和保护的女儿，而是时时刻刻为父母操心的关怀者，是父母的保护者、重要的依赖对象和必不可少的助手，没有这个女儿的周旋帮忙，父母的生活会更加痛苦不堪。

莱拉和利昂的关系一直都是比较友好的。莱拉是一个"弃腹子"，她的父亲是个不负责任又充满发财梦的浪荡游子，移民美国之后，觉得情况没有他想象得那么好，就到澳大利亚那座金山上寻求发财梦了。后来莱拉的母亲杜尔西为了生活的需要而现实地选择与利昂结婚，因为利昂不但有绿卡，还会是一个适合的、称职的父亲。事实上，利昂对莱拉确实很好。他们的第一次直接对话和接触是利昂在面对莱拉询问对他的称呼的时候，他友好而坦率地让她叫他的名字"Leon"，当他看出莱拉喜欢一个价格不菲的时尚皮包时，利昂毫不犹豫地为她买了下来。在之后的岁月里，莱拉和父亲实际上一直处于朋友般平等的状态中。莱拉甚至希望利昂从海上"回来的时候就变成了我的父亲"。这对于一个继父来说就是最大的赞誉了。利昂比他那个时代的许多华裔男性都更为和善、平等，当外人翘着下颌儿摇着头说："没用的家庭，那个杜尔西·傅家。你知道我说的是谁吧，就是那个秃头的利昂。他没生别的，光生了女娃。"利昂不但没有像以往华裔美国文学作品中的男性那样有"厌女症"，反而劝慰女儿们别在意别人怎么说："别人说那是嫉妒，五个儿子也抵不上一个好女儿。"① 在当时华人社区重男轻女的环境中，他的这种深情厚爱尤其显得难能可贵。莱拉长大后长期充当父母之间沟通的桥梁，会做父亲的"翻译官"，她对父亲有着平等互助的友情和亲情混杂的情谊，更有着女孩特有的细腻关怀，关注和抚慰着父亲的精神和物质生活需求。尤其是在老年时期，莱拉和父亲的关系完全转型为女儿对父亲的赡养和扶持。小说就是从莱拉在"三藩公寓"寻找父亲开始的。"三藩公寓"里孤独老人们的凄凉晚景使莱拉想起了梁爷爷，而有家庭和妻女的利昂却回到了老年公寓与孤寡老人为伍，这让莱拉的心中充满了苦涩：

> 在这个国家，"三藩"就是我们家最具历史的地方，是我们的起始点，是我们新的中国……里昂过去过单身生活时住的就是这个房间……我们的梁爷爷临终前的日子也是在"三藩"度过的，所以这个地方对我们很重要……利昂的一生似乎是画了一个圈。②

此时利昂在莱拉的眼里已经不是那个"兜里揣着刚发的薪水，帆布包里放着三只考拉熊的长毛绒玩具。他看上去精神很好，皮肤被太阳晒得黝黑，肌肉也结实，他为能给妈挣了钱回来而感到自豪"③ 的利昂了，而是一个和母亲一样脆弱、敏感、神经质的孤独老年人，比母亲更为糟糕的是，利昂还时时表现出某些使莱拉无法忍受的怪癖，比如克制不住地收集被认为是"垃圾"的东西而使房间显得凌乱无比。但是莱拉还是会把和梅森结婚的消息最先告诉利昂，这足以证明利昂在她心目中的地位。在他们之间，血缘已经不重要了，感情的纽带才是最重要的。

在安娜的丧葬期间，尼娜的回归给利昂的心里注入了一丝暖意，在"妈"到中国探亲期间，利昂颓废的情绪有了一些改善，"他已经

---

① 伍慧明：《骨》，陆薇译，吉林出版集团有限责任公司 2011 年版，第 1 页。
② 同上书，第 2 页。
③ 同上书，第 185 页。

找到了在悲伤中生活的方法。我能听见他在说：生活中快乐与悲伤并存。"① 他开始做一些有意义的事情，并要莱拉为他办理社会保险申请，但利昂不记得准确的身份证件。查找利昂身份证件的过程令莱拉大为震惊，莱拉在父亲的行李中找到了他搜集一生的所有文件，这些文件看上去只是一堆发霉的纸张，一堆无用的垃圾。但是，随着莱拉的阅读辨认，莱拉揪心地了解了父亲一生所经历的艰辛，一张张求职申请和回绝单，住房回绝单，官方文件，各个时期搜集的中文旧报纸，发黄的旧照片，寄回中国的汇款收条。而他的身份证件上只有照片是他自己的。在这些文件里，利昂不再是英雄，而是一个莱拉不想认识的利昂。这些写满排斥和心酸话语的文件使幼年时父亲所讲的那些幽默故事瞬间凝结成为苦涩的坚冰，痛彻肺腑：

> 我的双肩又紧张了起来，很想喝一杯苏格兰威士忌。利昂一直在编故事骗我们，这样我们就能笑，就能理解那些拒绝了……在这些文件里保留着一个我不想认识的利昂。为什么他要保留这些拒绝信？这些写着"我们不需要你"的信件在我看来没有任何用处……我不停地翻着，告诉自己我要寻找的答案，也就是他真实的生日，一定会写在什么地方。②

回忆父亲一生，莱拉似乎找不到美好的时期，想到他青年时代的辛苦漂泊，中年时期面临过妻子的婚外情和生意的失败，老之将至又遭逢了丧女之痛。莱拉瞬间理解了父亲利昂做事情虎头蛇尾，以及他现在变得恍恍惚惚、魂不守舍样子的原因。于是，莱拉陪着利昂去寻找梁爷爷的遗骨，寻找藏在利昂心里的那些伤痛往事。而在寻找的过程中，莱拉了解了家族和族裔的历史，学会理性、宽容地看待历史，也为自己，一个华裔美国女儿，找到了平衡的文化身份。

安娜作为利昂的第一个亲生女儿和父亲的关系十分亲密，可以算

---

① 伍慧明：《骨》，陆薇译，吉林出版集团有限责任公司 2011 年版，第 124 页。
② 同上书，第 70—72 页。

得上是父亲的小甜心，是利昂的精神慰藉和骄傲。如果说莱拉作为大女儿对父亲充满理解和关爱，那么安娜的爱则是直接的、热情奔放的自然流露。童年时代，安娜对父亲的依恋非常突出，表现出一个小女儿的娇痴和至情至性。

> 她的情绪太容易波动，她和利昂关系最好。在她还小的时候，利昂每次出海她都会哭上好几天，然后就开始等他，情绪低落又固执，她一天天地数天数，直到利昂回来。每次他丢掉工作的时候，安娜也会跟着一起沮丧。当他为某个计划而情绪高涨时，安娜也同他一起沉醉其中。①
>
> 安娜一直都是个凡事向前看的人。她总是为新的一天，为明天而兴奋……想成为一位充满智慧的老仙女。她还想做一名女水手，环游世界，去看看利昂曾经见过的一切。安娜还是个喜欢数数的人……她一天天的数天数，一直数到利昂回家为止，然后就站在巷子口，数过往的出租车。每个利昂出门的夜晚，她都会吻他九十九下，以保证他能安全地回来。②

安娜对父亲的依恋和濡慕之情足以让任何一个父亲为之动容，这固然与父亲常年在海上漂泊有关，也与安娜真挚执着的性格有关。此外，安娜比家庭中的任何其他成员都更在乎父亲的存在。最为突出的是，当母亲发生婚外恋情而伤害到父亲时，年仅10岁安娜几乎动用了所有的能量来争取父亲回归家庭：

> 安娜决心让利昂看看她不是忘恩负义的，她想向利昂证明她是多么需要他。为了让利昂回家，我想我们几个中安娜下的力气是最大的。每天早上她都去三藩公寓，然后和利昂一起走到汤森大街上的工会大厅。（陪伴父亲一起等待得到工作的机会）（当

---

① 伍慧明：《骨》，陆薇译，吉林出版集团有限责任公司2011年版，第203页。
② 同上书，第109页。

利昂情绪激动咒骂和抱怨自己倒霉的运气时）安娜在一旁听着。她是很有耐心的。安娜有着像利昂一样的耐力，她任他像火山一样地爆发，当他骂完的时候，她就开始劝他回家。过了大约一个月后，利昂终于同意和妈见一面。①

安娜的聪明、善解人意和至情至性对于父亲来说必将是难以磨灭的记忆。而利昂对安娜也是无比宠爱，安娜小时候因为在一家商店偷了一支口红而被扣押，前去领人的利昂不但没有像其他父亲那样责备女儿的错误，反而训斥了店主，并嘱咐女儿别告诉妈妈，而安娜也丝毫没有受到惊吓，好像她知道父亲会救她而根本不会责骂她一样。然而，父女之间一直以来的深厚情感又使得他们后来的冲突变得不可调和，后果也是灾难性的。翁·梁洗衣店的破产不但使利昂被骗光了所有积蓄，也使他最炽烈的脱贫致富的梦想变成泡影。盛怒之下，利昂迁怒翁家的儿子，拼命阻止女儿与奥斯瓦尔多恋爱。尼娜和莱拉都建议安娜顺着利昂说话，但可以按自己的心意做事，"但安娜却拒绝说谎，她直接告诉利昂说，她爱奥斯瓦尔多。利昂用断绝父女关系来威胁她。"② 这使利昂的挫败感越来越强，安娜成为他发怒的对象，而利昂逼得越紧，她和奥斯瓦尔多的关系就越好。安娜开始变得沉默躲藏，像影子一样出没于家庭。然而，她既不能融入唐人街以外的社会，又得不到唐人街以内乃至家庭以内的保护，她被双重边缘化了，安娜从声音的消失最终走向肉体的消亡。③ 安娜选择忤逆父命与心爱的奥斯瓦尔多在一起，却难以克服内心被撕裂的痛苦而选择了自杀。管建明认为，安娜的自杀不仅是她在父亲和男友之间难以克服内心被撕裂的痛苦的结果，而且从文化身份的角度来讲，是她无法协商华人社会父权制文化价值观与白人主流社会价值观的结果：

---

① 伍慧明：《骨》，陆薇译，吉林出版集团有限责任公司 2011 年版，第 187 页。

② 同上书，第 203 页。

③ 邹创：《在真实和想象的空间中建构自我身份——读华裔美国作家伍慧明的小说〈骨〉》，硕士学位论文，江西师范大学，2010 年。

她之自杀实际上是她难以协调美国所赋予她的个人主义价值和她内化的中国文化中父命如天的价值所造成的冲突。历史深处的她选择了与生命决绝的方式来拒绝家族历史中叠加在她身上的重负，在坠楼的一瞬间，她永远告别了历史，也成为两种文化剧烈冲突的牺牲品。①

安娜的死几乎给利昂带来毁灭性的打击，他又搬回了三藩公寓，白天靠搜集修理废品疗伤度日，夜里做回国的残梦，偶尔借出海排遣心中的苦闷。他认为，家庭的坏运气是他没有兑现对梁爷爷的许诺带来的，于是他坚持去找梁爷爷的遗骨，虽然没能如愿，但祭扫梁家的坟墓却使他获得了些许慰藉。

在小说中尼娜是一个十八九岁的少女，活泼好动、青春亮丽。因为年纪小，利昂对她比较放纵，而她上有父母的疼爱，下有两位姐姐的照料，她也成为姐妹三人中最为美国化的一个，外向、任性又自我。虽然她也是关爱家庭的，但是她会选择自己的生活方式，较少顾及家庭因素。她会和父母争吵、顶嘴，说完后就扬长而去。尽管尼娜知道自己应该像莱拉一样为家庭做得更多，但是她会直接说：我做不到。唐人街华人社区的边缘化，父母的辛苦和困顿，家庭的种种贫困窘迫带给她痛苦。尼娜还认为是父母传统的中国思想把安娜逼上了自杀的绝路，这些痛苦和创伤性的记忆使得尼娜排斥一切与中国文化有关的事物。譬如她在选餐馆吃饭时故意挑西餐馆，在席间也是轻描淡写地告诉莱拉她现在只用筷子插头发；她穿着红色衣服参加安娜的葬礼；当利昂想为安娜的死办一个中国式的守灵仪式时，尼娜竟然说不必搞那些骗人的把戏，惹得利昂很愤怒。尼娜最后选择一走了之，离开唐人街去纽约做空中小姐，在组织欧洲的游客去中国旅游中寻找精神慰藉。对此，黄秀玲是这样评价的：

---

① 管建明：《独特的叙事形式和主题的多重指涉——评华裔美国作家伍慧明的〈骨〉》，《广东外语外贸大学学报》2010 年第 2 期。

　　三女儿选择了飞行，成了泛美航空公司的空中乘务员。她的行为似乎是最奢侈的，然而她空中的航行很像火车制动员在火车上的迁徙一样：被监禁在一个可移动的监狱里与鸟儿们真正自由自在的飞行相比，她处处可去却又无处可寻，被迫永久地停留在了这段航程，把她从少数族裔的社群中割裂出来。在这里，没有人类社群的重力给她安全感，给她一个可以去发现和实现真正的奢侈征程的基地家园。①

　　然而，尼娜的逃离之旅并没有使她解脱。失去了唐人街的历史文化传统，她就成了断线的风筝，感受到的只能是米兰·昆德拉所说的"生命不能承受之轻"。尼娜的逃离以割裂她和家庭及华人群体的族裔联系为代价，如同离开水的鱼，她摆脱不了内心深处的孤独，看上去更加虚弱。远离家人的她并没有因逃离而获得完全的解脱，她找不到建立自己新身份的空间。

　　总的来说，家庭中的利昂是一个温和开通、勤奋努力、有责任心、有爱心的人，一个合格的丈夫，一个爱护子女的父亲。作者把利昂置于家庭生活中，以局内人的眼光描写了他的喜怒哀乐，塑造了一个更为真实具体的华人男性形象。利昂虽然不是英雄，他甚至是失败落魄的，但他是个有血有肉、有梦想有奋斗、与其他美国人并无二致的人；他的形象并不高大，却令人可敬、同情，他的遭遇发人深省。

　　美国作家詹姆斯·亚当斯在其 1931 年的一部历史著作《美国史诗》中认为，"美国梦"就是"对这样一个国度的憧憬，在那里每个人都可以生活得好，更富足，更充实，每个人都有依照自己的能力实现目标的机会"②。这个诱人的承诺吸引和凝聚着许多美国人以及想要成为美国人的人不断为之努力。许多中国人也怀揣着在充满机遇的国度里闯出一片新天地的梦想，然而，在这片"希望之乡"（The

---

①　Sau-ling Cynthia Wong, *Reading American Literature: From Necessity to Extravagance*, New Jersey: Princeton UP, 1993, p. 157.

②　许爱军:《"五月花号公约"——"美国梦"的精神原点》,《国际关系学院学报》2012 年第 1 期。

hope land），成千上万的华裔并未看到幸福的"金山"。相反，等待他们的是无尽的劳作和美国主流社会的种族歧视与排斥，他们从未被当作真正的美国公民。美国政府总是根据自身政治经济需求制定各种针对他们的法律，特别是其中的《排华法案》明确表明了美国政府对华人的歧视迫害，禁止华工的妻子、子女等家人入境，这样就造成了世界移民史上绝无仅有的"华埠单身汉"现象。虽然这些华工开山筑路，淘金挖矿，做各种苦力，为美国的经济做出巨大的贡献，但是他们却不被允许有自己的家。这些华人移民长期无法得到土地、住房和财产，不能拥有属于他们自己的家庭生活，整个族裔在很长时间内得不到任何发展。已经延续长达一个世纪之久的"单身汉社会"也没有被时间消解。在莱拉生活的 20 世纪 90 年代，"（它）的幽灵也并没有完全从唐人街上空销声匿迹，它在华人后裔中造成的伤痛至今仍然记忆犹新"[①]。

　　种族歧视不仅给男性带来了伤痛，同样对于女性以及家庭也带来了巨大的阴影和伤痛。这一点在很多文学作品中都有所反映，以钩沉这段被刻意忘却的历史。《骨》的高超的叙事手法、凝练简洁的文字、散文诗般的语言风格、精致细微的心理刻画将个人、家庭、民族的历史与未来结合在一起，重写了华裔被排斥被掩盖的真实故事，探究了个人与族裔的文化身份。作为早年华人移民的代表梁爷爷在美国艰辛求生存，但却缄默孤独，死后也无人送其遗骨回家乡的一生正是那一代华人移民的缩影，也是对美国非人性的种族主义政策的有力控诉。利昂一生的潦倒和落魄，与其归结为他个人的原因，还不如归因于种族歧视政策下的美国社会根本不给予华人移民以工作、生活和个人发展的机会。利昂这一代虽然有了家庭，而这一家庭却是婚姻的双方出于现实的"便利"，出于生计的考虑而建立起来的，而且由于被边缘化，生活压力重重，导致悲剧不断，杜尔西一度迫于感情和生活的压力投进了汤米·洪的怀抱，翁·梁洗衣店的破产，安娜的自杀，使家庭一直处于风雨飘摇的愁云惨雾之下。除却个人的因素，也间接

---

　　① 薛玉凤：《美国华裔文学之文化研究》，人民文学出版社 2007 年版，第 34 页。

地反映出种族歧视对于华裔家庭的影响，美国给予华人不多的个人发展的机会逼迫他们为了生存不得不胼手胝足，流血流汗，生活艰辛无比。他们的梦想和需求是多么的卑微，仅仅是能够靠劳动供养家中的妻子儿女过上比较轻松的平民生活，能够让妻子脱离"血汗工厂"或者少一些辛苦操劳，能让日益长大的儿女获得更好的教育，能够得到更好的发展机会。而那些更为老迈的移民寡佬们，仅仅希望有一天能够"遗骨还乡"而已。这些"美国梦"在很多美国人的眼睛里，根本就不能称其为"梦想"。但事实是，即使历尽艰辛，操劳一生，这些异域的寻梦人最终也无法实现他们卑微的"美国梦"。

《骨》以大量的笔墨刻画了利昂这一华裔父亲形象，对于东方主义意识形态，也具有一定的解构作用。东方主义简而言之就是西方世界用殖民主义的偏见将东方描写成他们想象中的东方，把东方"他者化"，描绘成愚昧、落后、野蛮、神秘、柔弱、男性女性化、女性妖媚化，这样做的目的就在于证实西方征服，控制东方的合理性。对于这些塑造的东方化的刻板形象，霍米·巴巴曾一针见血地指出："刻板化不仅仅是简单化的过程，因为它是对于现实的一种虚假的再现；它同时又是简单化，因为它是一种僵化、封闭的再现方式。"① 这种刻板形象实际上是将东方本质化，而不顾刻板形象所形成的历史原因。利昂和善、开通，勤奋努力，积极适应，他也有很多的梦想和发明创造，一生都在卖命地干活却仍摆脱不了他者潦倒失落的命运。利昂失去了中国传统父亲的高大英雄形象。然而，在特殊的历史语境下，利昂在家庭和事业上失败的根本原因是种族歧视环境下的美国社会拒绝给予华裔个人发展和创造美好生活的机会和权利，而非他们天生就软弱无力，只能从事洗衣业、服务业等女性化的职业，那一份份拒绝信恰恰说明种族歧视使得他们无从实现其生活理想。因此《骨》对于个人、家庭和族裔的历史叙事彻底使华人的刻板形象历史语境化，从而对于种族主义的意识形态以及与之有着共谋关系的东方主义

---

① Olson, Cary A. and Worsham, Lynn, *Race, Rhetoric and the Postcolonial*, Albany: State University of New York Press, 1999, p. 24.

意识形态进行了一定程度的解构。

联系此历史语境，还可以看到《骨》通过对于个人、家庭和族裔的历史叙事再现了华裔美国人在美国艰辛奋斗的生存状况，在重建华裔美国人历史方面做出了努力和贡献。在以白人为中心的种族主义权力话语下，华人在美国奋斗和生存的历史成为被隐没和压抑的历史。这种权力和知识合二为一的意识形态左右着美国官方历史对于华裔美国人历史的表述，华裔美国人的历史可以被隐没和被歪曲以符合白人至上理论下的权力话语，符合白人创造单一、完整的国家形象的目的。而《骨》让读者深入官方正统历史之外的"小历史"，通过片段化的历史记忆重建了华裔美国人的历史，这一独特的历史再现质疑和诘责了美国官方正统历史的合法性。正如伍慧明在一次访谈中所说的：

> "骨"对我来说似乎是形容移民不屈精神的最好比喻。这本书的题目就是为了纪念老一代人把遗骨送回中国安葬的心愿。我想记住他们未了的心愿。我写《骨》的时候非常理解他们的遗憾，所以就想在书中用语言创造出一片能供奉我对老一代的记忆的沃土，让这思念在那里永远地安息。①

可以说，这正是伍慧明这部小说所要传达的意义。

---

① 陆薇：《直面华裔美国历史的华裔女作家伍慧明》，吴冰、王立礼主编：《华裔美国作家研究》，南开大学出版社 2009 年版，第 361 页。

第三章 华裔美国女性小说的主题研究

第一节 流散者的身份困惑
——华裔女性身份认同困境成因探析

一 身份认同的相关理论研究

"探寻自我"是人类的一个原命题。基尔·克鲁斯和尼尔·瑞维克认为："身份的建立，无论是个人还是集体的，都是社会生活一个普遍、重要的方面。"① 对于每一个人来讲，不论是在物质还是精神层面上，身份问题都是十分重要的。一般来讲，人的身份由以下七个方面来决定：种族、性别、阶级、年龄、出生排行、国家和文化。② 英国学者斯图尔特·豪尔认为，人的身份既是相对静止的又是变化着的。在通常情况下，这七个方面似乎可以预先决定人的身份，但在当今这样一个社会文化交流越来越频繁的时代，人的身份总是处于一种相对的变化状态。同时，人有着多重身份，对于流散人群来讲，他们的族裔身份尤其重要。

在当前文化研究领域，"identity"作"身份"理解时是指个体或群体确认自己在特定社会中的地位时所用的某些明确的、具有显著特征的依据或尺度，如性别、阶级、族裔等，据此确定人的某些共同特

---

① Jill Krause, Neil Renwick, eds. , *Identities in International Relations*, Hampshire：Macmillan Press, 1996, p. 39.

② 程爱民、邵怡、卢俊：《20世纪美国华裔小说研究》，南京大学出版社2010年版，第93页。

征；"identity"作"认同"的意思时是指个体或群体对自己"身份"的追寻与确认。身份认同既包括个体在社会生活中的角色定位，又包括个体自我的认同以及他人对自我的认可，其内涵包括三个方面：第一，它是主体性的反思；第二，它是一种精神上的归属感；第三，它是一种社会文化的结果，它会受性别、阶级、民族、种族等意识形态话语的影响，它也会被文化、历史、社会的想象所塑造。① 身份认同也是随着社会历史环境的变化而变化的。如今身份认同已成为一个重要的文学主题，也是文学批评的一个焦点，特别是在当今全球化的视野下，在流散文学及其批评中，身份认同已成为一个不容忽视的问题。

1995 年，芝加哥大学出版社出版的论文集《身份认同》（Identi-ty，1995）引发了美国文学批评界对于身份认同问题的热烈讨论。编者在该论文集的前言中指出，来自各学科的学者都开始探讨政治认同的话题，包括种族、阶级、性别在内的诸多议题②，可见社会身份认同问题已成为当代政治文化中的核心问题。美国哲学家琳达·艾尔科夫甚至认为，西方当代社会斗争的主要特征，首先是社会地位的斗争，其次是社会阶层的斗争，最后是社会身份的斗争。在全世界范围内都存在着基于各种区别性社会身份的反抗压迫的政治斗争，特别是在种族、性别、族裔、宗教、文化、民族等群体分类方面。要了解身份，就需要研究心理学、文化、政治、经济、哲学和历史，特别是身份发展方面的历史；分析身份不仅要结合当时的文化地位，还要与其历史时代相联系。③

身份既可以针对个人而言，也可以针对群体而言。群体或民族的文化身份只是部分地由其国家身份所决定。虽然美国《独立宣言》

---

① 黄晖、周慧：《流散叙事与身份追求——奈保尔研究》，浙江大学出版社 2010 年版，第 26—28 页。

② Kwame Anthony Appiah, Henry Louis Gates（eds.），*Identities*, Chicago：University of Chicago Press, 1995, p. 1.

③ Linda Martin Alcoff, "Identities：Modern and Postmodern," *Identities：Race, Class, Gender, and Nationality*, Linda Martin Alcoff, Eduardo Mendieta（eds.），Malden, MA：Blackwell Publishing, 2003, pp. 2–4.

和美国宪法宣称美国奉行自由、平等、公正的民主原则，但毫无疑问，美国社会种族主义的观念根深蒂固。20世纪60年代以后，随着民权运动、社会与文化运动接踵而至的是少数族裔和边缘弱势群体正名的努力。种族或人种宣言，民族主义或寻求独立的运动使种族和性别歧视、少数族裔和边缘弱势群体获得关注，西方少数族裔的族性意识开始觉醒，一直被压抑而寂静无声的群体开始发声，以致许多被消音、被置于边缘的声音逐渐出现并呈现出多种不同的声音。爱德华·萨义德（Edward Wadie Saïde）、佳亚特里·斯皮瓦克（Gayatri C. Spivak）和霍米·巴巴（Homi K. Bhabha）等人指出，西方的殖民主义话语是通过构建种族、肤色、血缘等他者特征而形成的，欧洲文明所谓的"普遍人性"正是通过对种族上的他者进行排斥、边缘化而历史地形成的。[①] 族裔对阶级、性别、文化等方面的影响尤其受到美国少数族裔作家的关注。他们对自身的种族身份在整体文化观念中的地位进行描述和反思，揭示他们所遭受的歧视，并探寻维护本族裔权利和争取平等社会地位的可行途径，为融入主流社会而不懈努力。

　　阶级是影响身份认同的重要因素。100多年前，马克思提出的阶级和阶级斗争理论对西方政治学和社会学产生了重大的影响，尽管马克思并未对"阶级"这一概念下过明确的定义，学界通常认为，阶级是一个经济范畴，其社会划分表明人们在社会经济关系中所处的地位不同。阶级也是一个历史范畴，它不是从来就有的，也不是永远存在的。阶级是社会发展到一定阶段的必然产物。[②] 马克思主义理论认为，在分析身份地位时绝对不能脱离社会物质环境的作用，社会存在决定社会意识，社会关系决定阶级身份，尽管人的主观意识可以给予自我一定的自由来选择存在的方式，但是自我与他人所形成的社会关系对这种自由却具有制约性。在一个个体或群体的状况未能在经济、政治和文化领域发生根本性的改变之前，仅阶级意识发生改变，并不能改变其阶级地位或整个社会的阶级结构。马克思主义阶级理论对分

---

① 曾军：《文化批评教程》，上海大学出版社2008年版，第281页。
② 李晓光：《阶级、性别、种族与女性身份认同》，《华中女子学院学报》2009年第6期。

析文学人物的阶级身份意识和认同倾向有着重要的指导作用。

社会性别身份是文化身份认同的一个重要构成成分。社会性别理论认为，性别的区分是由社会文化因素造成的，强调文化在人的性别身份形成中的关键作用，强调两性之间的差异并不是建立在生理上的，而是由社会建构的。社会性别概念的提出为重新思考性别问题带来了新的契机，使形成性别问题的文化因素和社会历史因素得以被考察。① 男性长期以来对社会权力体系的占据，使女性主义者长期致力于打破整个男权社会的霸权体系和揭示男权文化对女性的迫害。社会性别研究指出，男女性别的不平等并不仅仅是政治原因造成的，性别的不平等存在于整个社会文化体系里，男性和女性都受到社会文化的规约，都具有被压迫的一面。社会性别研究吸纳了女性主义的革命性与批判精神，以性别分析为主要手段，透过社会表征系统重新审视社会文本中的男性与女性，具有重要的方法论意义。"从社会性别的角度追求两性平等将不再是女人从男人手中夺回自己的权利或者把男人视为女人的敌人，而是由此发现男女两性在社会性别的机制中都受到了归训，都具有被压迫的一面，因此，对性别平等的追求实际上是男女两性共同发展的过程。"② 随着社会性别理论的发展，社会性别逐渐被视为一种全新的研究视角，与阶级、种族一样，成为研究人类社会与历史的一个基本的分析范畴，在社会学、人类学、政治学、历史学、文学等人文社科学术领域被广泛运用。

流散和移民也是引发身份认同的一个重要原因。由于政治、经济及文化等因素，移民离开家园故土，旅居异国他乡，由此导致的社会地位边缘化对原有的身份带来一定的冲击。他们既不愿回到祖居国，又不被旅居国完全接受，这就造成了身份认同的不确定性，群体归属感变得模糊，对自己所处的边缘化地位产生或多或少的痛苦和焦虑，进而积极思考原有身份和现在处境之间的关系，形成新的认同。移民

---

① 1971 年，安·奥克利（Ann Oakley）的《生理性别与社会性别》一书问世，使社会性别的概念被广泛使用。

② 沈奕斐：《被建构的女性——当代社会性别理论》，上海人民出版社 2005 年版，第 3 页。

各自具体的生活经历与心灵体验促成了许多不同的自我身份意识，其中颇具代表性的主要有三种：一是超然身份观；二是杂糅身份观；三是流动身份观。①

持第一种身份观的代表人物是后殖民主义理论家爱德华·萨义德，他认为，流散之路虽然艰辛，造成了身份认同的断裂，但却让他对世界与人们之间差异性的认知更为深刻，使他对世界的洞察力更加敏锐，视角更为全面，对身份的理解也更为透彻。他说："一个人离自己的文化家园越远，越容易对其作出判断。整个世界同样如此，要想对世界获得真正的了解，从精神上对其加以疏远以及以宽容之心坦然接受一切是必要的条件。"② 他拒绝任何本质主义的文化认同观，把精神上的漂泊当作知识分子的理想家园，秉持知识分子的游移身份。他认为："移居对我来说尤其难以忘怀：从一种确定、具体的生活方式转变入或移入另一种方式。……人们需要理解、学习某一传统，但是不能真正归属于它。"③ 萨义德持一种超然的身份观，不为任何一种身份所约束，极力淡化社会对人的影响。

持第二种身份观的代表人物是另一位后殖民主义理论家霍米·巴巴。在他的著述中，他探讨了与身份相关的一系列概念，如文化差异、翻译、杂糅性、第三空间、少数族群等。他认为，使用"身份"这个概念就意味着将人定性为某种属性，以区别于其他属性，从而为一系列的不平等现象奠定了基础。他将身份视为处于不断变化之中的临时聚合体，立足于"当间"（in-between）和"之外"（beyond）。他指出，宗主国文化和殖民地文化之间存在着一个交互混杂的第三空间，两种文化在这一空间中彼此交织杂糅，殖民者与被殖民者在彼此交互混杂中构建对自己的文化认同。换句话说，只有超越主流文化与

---

① 李红燕：《身份的焦虑——任璧莲移民小说研究》，浙江大学出版社 2014 年版，第 38 页。

② 爱德华·W. 萨义德：《东方学》，王宇根译，生活·读书·新知三联书店 1999 年版，第 331 页。

③ 陆建德：《流亡者的家园——爱德华·萨义德的世界主义》，《世界文学》1995 年第 4 期。

自身文化的束缚，被殖民者才能重新找到属于自己的文化定位，新的文化身份意识才能生成。在文化多元化的大背景下，巴巴的混杂和第三空间理论为遭遇身份建构以及文化归属难题的族群提供了一种解决文化身份的途径。他最直接的意图就是为这些族群找到心灵归属和出路，使他们摆脱旧文化身份的束缚，找到真正合适的身份归属，构建自己的文化认同感，从而找到一种超越民族种族、兼具两种文化特征的混杂性文化身份。

持第三种身份观的代表人物是英国著名的文化理论家和社会科学家斯图亚特·霍尔（Stuart Hall）。霍尔认为，身份是一种永未完结的"生产"，永远处于生成的过程中。这表明我们根本无法确立一个人或一个共同体的身份。视身份为不断的生产与视身份为一种结构的观念相契合，表明了文化身份并不是固定不变的，而是可以不断建构，并随建构者和建构时间、地点的不同而变化的。流动的身份认同体现了自我与他人、个人与社会间协调互动的过程，这是许多移民构建新身份的方式。在这三种观点当中，萨义德"出入于多种文化而不属于其任何一种"的超然身份观符合其世界公民、专业批评家的身份和立场，但这种主动疏远任何一种文化和群体身份的观念与更为普遍的融入主义思想截然相反，似乎不大适宜大多数的流散移民；巴巴的杂糅身份观有助于大多数的移民在旅居国构建新的身份；霍尔强调了身份的流动性，其观点比巴巴更进一步，是一种解决移民身份问题的持续性策略。三者之间的共同点在于：身份认同是开放的，不稳定的，非本质化的，社会环境对身份认同具有一定的影响力，但个人可以选择认同方向。[①]

二　影响华裔美国女性身份认同的因素

全球化进程的加快，使世界范围内移民潮进一步高涨。移民潮引发了族裔散居现象的共生，这也使流散写作方兴未艾。伴随流散写作

---

① 李红燕：《身份的焦虑——任璧莲移民小说研究》，浙江大学出版社 2014 年版，第45 页。

而来的另一个现象就是作者民族和文化身份认同，几乎每个流散作家都会在作品里表露自己对身份的关注以及自己所持的身份观，身份问题一直都是流散文学创作与研究中备受关注的焦点。正如阿兰·德·波顿（Alain de Botton）所说："他人对我们的关注之所以如此重要，主要原因在于人类对自身价值的判断有一种与生俱来的不确定性——我们对自己的认识在很大程度上取决于他人对我们的看法。我们的自我感觉和自我认同完全受制于周围的人对我们的评价。"①

与其他少数族裔相比，华裔美国人具有更为鲜明的群体特征和文化身份。他们虽然生活在美国社会，骨子里却受到中国思想文化的影响，而在美国的主流话语霸权统治下，华人处于失语状态，华裔的自我表述往往陷于国家政治许诺与现实种族歧视相矛盾的痛苦之中，大熔炉的宏大叙事无法表现华裔的情感和心理积淀。华裔无法用美国主流话语形成华人自身的独特意识，也无法依赖中国传统文化的传承树立自己的身份。作为少数民族，华裔常常被边缘化，受到歧视，这种地位使他们高度重视个人和群体的认同。对此，单德兴也指出："华裔美国作家由于独特的中美双文化背景，以致在成长过程中无可避免地遭遇到许多来自美国主流社会的歧视和压力，这些成为他们挥之不去的梦魇，也是日后创作中重复出现的主题。"② 因此，文化身份成为华裔作家严肃写作首先要解决的问题。而华裔美国女性移民则身处多重文化、族裔和性别的夹缝中，身份认同尤其困难——作为少数族裔，她们是白人主流社会的他者；作为女性，又是男权社会的他者。

（一）美国社会的排斥

虽然在200多年前《美国独立宣言》就已经清楚地表明美国是一个民主、平等、具有天赋人权思想的国家，但毋庸置疑，时至今日，美国实际上仍然是一个具有种族从属关系的国家。美国有100多个民族，源自盎格鲁—撒克逊裔的白人新教徒一直被认为是美国社会的主流。占美国总人口1.1%的华人，不仅是数量很小的民族群体，而且

---

① 阿兰·德·波顿：《身份的焦虑》，李健鸣译，上海译文出版社2007年版，第7页。

② 单德兴：《铭刻与再现：华裔美国文学文化论集》，麦田出版股份有限公司2000年版，第197页。

是美国种族阶梯中的最下层。华人及其他亚裔、拉美裔、黑人一直是遭受种族歧视的少数民族。

从在美华人的移民史可以看出，美国社会对华裔的排斥和歧视自他们踏上这片新大陆起就已经存在了。1848 年，大洋彼岸的美国加利福尼亚发现了金矿，消息传到中国，饱受战争和贫穷折磨的中国人开始了美国"淘金梦"。此时的中国正是晚清最为贫弱、饥荒流行的时期，因此，华人在国内越来越恶化的生存环境和美国工业化发展需求劳动力的双重作用下，开始大量向美国移民，很快在加州成了廉价劳动力。华人移民主要是男性，大多做了矿工，忍受着与美国经济发展极不相称的低工资和来自各个阶层的歧视和排挤。在种族偏见横行的美国社会里，华人不但不被承认为平等的成员，而且遭到美国白人的仇视，成为被排斥和歧视的对象。1882 年，美国国会通过的《排华法案》，使排华成为美国的国策。19 世纪 80 年代中期，在美国太平洋沿岸诸州和各淮州又发生了一系列暴力排华惨案。此后，美国政府制定措施来限制中国移民。到 1904 年，美国国会的立法形诸由联邦最高法院的判例，实际上已经完全禁止华工赴美。1924 年，美国种族主义的法律《移民法》① 拒绝和阻碍华人融入美国社会，实际上形同对华人进行阉割，企图造成华裔在美国的减族甚至是灭绝。直到第二次世界大战期间，在抵抗德、意、日法西斯侵略的共同斗争中，美国和中国结成了并肩作战的盟国，《排华法案》才于 1943 年被废止。在长达 60 多年的时间里，华人一直受到美国白人的歧视和排斥，忍受着被认为是"劣等民族""黄祸"的屈辱。在美华人往往只能从事卑微行业，如经营餐厅、洗衣房、杂货店等，许多华人女性只能沦为男性的玩物。直到第二次世界大战期间中国和美国成为战略同盟国，美国国内的舆论宣传才从妖魔化中国转向宣扬中华民族智慧、勤劳和勇敢等美德。至此，华裔美国人的情况才开始好转并被视为"模范少数民族"，华人在美国获得了法律上的同等地位，强化了他们由

---

① 1924 年，美国国会通过的《移民法案》明确禁止中国妇女、妻子和妓女入境，同时规定任何与中国女子通婚的美国男子将失去美国公民身份；任何嫁给中国公民的美国女子也将失去其美国公民身份。此外，美国很多州还颁布了反对种族通婚法。

叶落归根到落地生根观念的转变。

（二）种族、性别歧视

象征强势文明的西方主流社会对"他者"种族尤其是弱势种族概念化的假设和想象，常常是将弱势种族性别化，并通过其在体制、权力、意识形态、文学艺术等方面的支配地位将弱势种族描述为智商低下、低劣、孱弱甚至是女性化的他者，这种描述又通过不断地强化而形成固定的观念，深植于西方种族主义的意识形态中。种族歧视表现为弱势种族的政治权利和经济利益在社会生活中的丧失，将弱势种族去势并使其女性化是种族歧视更加鲜明的表现。种族与性别之间特殊的隐喻与关联，使种族和性别都不再处于简单的生物学范畴，而成为重要的社会文化范畴。对种族平等和性别平等的追求必然是对整个社会文化体系中不平等的思想和霸权理念的清理与解构。

美国主流社会对华裔的种族歧视采取的是一种性别的形式，无论是华裔男性的女性化还是华裔女性的异域化一直是华裔难以摆脱的刻板形象。① 美国白人主流社会对华人的想象性描述是自相矛盾的：当他们想排斥华人时，便凸显华人是永远不能也不肯被同化的异类，是居心叵测的异教徒；当白人想推卸压迫少数民族的责任时，便将华人描述为勤劳、有进取心、纪律性强的所谓"模范少数族裔"。

美国从 1882 年到 1943 年实施了长达 61 年的排华政策，文学一直充当着有效的排华工具，与美国公共舆论和法律共谋，使华人遭到美国白人的歧视和排斥。华人身份交涉中涵盖性别、种族等多种因素的复杂性。美国主流意识形态通过将种族他者（ethnic Others）性别化来实现对他者种族的边缘化和弱化。由于在历史上华裔除了作为劳工，更多的是从事一些烹饪、洗衣和熨烫之类传统上分配给女子的工作，因此在白人世界里，他们同女性一样没有发言权。长久以来，美国白人对华裔最严重也是最令华裔愤怒的刻板形象就是将华裔男子女性化，将华裔刻画为富有美感的、被动的、顺从的、"缺乏男子气"

---

① 张卓：《社会性别身份与美国华裔文学研究》，《西南民族大学学报》（人文社科版）2008 年第 2 期。

的刻板形象。一个好莱坞塑造的家喻户晓的华人典型形象就是傅满州（Fu Manchu），他瘦高，面色萎黄，性格乖张，仇恨人类，是个令人厌恶的邪恶化身。在种族与文化方面，美国公共舆论工具大肆宣扬美国文化是先进文明的代表，并将华裔的文化想象为从根本上缺乏勇气、自信、活力和创造力的过时文化。

　　20世纪60年代，美国的主流媒体不断宣传和强化华人是成功地融入美国民族大熔炉的"模范少数族裔"，并不是因为华裔所取得的成就或所作出的贡献，而是因为华裔顺从、不好斗、悄无声息、没有任何反抗的声音。更为严重的是，顺从、友好的"模范少数族裔"形象更进一步强化了去势的、女性化的华裔男性形象。

　　第二次世界大战前的华埠住的几乎是清一色的男性华工，由于《排华法案》的实施，中国妇女很难进入美国，加之中国传统文化强调妇女的从属地位和忠义仁孝的美德，华工经济条件的限制，只有很少数的中国妇女能够抵达美国这座"金山"。而华人又不能与白人妇女结婚，因为跟华人结婚的白人将自动失去其美国公民身份。因此，实际上华埠的华人已经被美国社会阉割，"失语""沉默"二词可以说是华人移民长期压抑及麻木心态的写照。

　　相对于华裔男性被美国主流文化的去势和女性化，华裔女性也必须面对弱势族裔普遍遭受的种族歧视。在历史的发展演变中，华裔女性也不断被美国强势文化想象和表述着。在美国主流社会文化中，早期华人妇女形象主要有两种：一种是"娇小、温柔、屈从、橄榄肤色以及具有异国情调"的"中国娃娃"，另一种则是邪恶狡诈的"龙女"。① 除了遭受种族歧视之外，美国华裔女性还必须面对美国华裔社会中仍然留有的重男轻女、男尊女卑的中国文化传统，遭受族群内部来自男性的性别歧视。因为受到双重文化的压迫，华裔女性常常陷入被两个世界所挤压的状态，成为生活在两个世界之间的人。

　　阿尔都塞认为，在一个社会中，人人皆受意识形态的影响。美国

---

① Betty Lee Sung, *Chinese American Intermarriage*, New York: Center for Migration Studies, 1990, p. 55.

的主流社会创造了刻板印象，并且通过大众媒体等各种形式灌输到人们头脑中，长此以往，少数民族就把这种刻板印象内化了。少数民族也通过主流的刻板印象来界定自己，久而久之，少数民族就会"变成刻板印象，把它活出来、谈论它、相信它，并以它来测量团体与个人的价值……少数民族内部的刻板印象，是由个人和集体的自卑感而强化的。"① 在《华女阿五》中，幼小的黄玉雪在放学回家的路上被白人男孩儿辱骂，却不敢作出任何反抗。汤亭亭在《女勇士》中写道："我的妈妈警告我，要保持沉默，因为我们是中国人。"《喜福会》中在美国长大的华裔女性身上，都不同程度地体现出了这种因为将刻板印象内化而形成的自卑。《喜福会》中的四个华裔女儿吴晶妹、薇弗莉、丽娜、露丝，除了吴晶妹独身外，其他几位都嫁给了白人或与白人同居。面对白人伴侣，她们总是不自觉地采取了仰视的态度，一方面抬高对方的形象，另一方面贬低自己。美国主流社会对华裔的排斥和歧视不仅造成第一代华人移民的苦难和受迫害，同时也影响了中华文化的传承与认同：由于渴望被主流社会所接纳，华裔美国人往往选择疏离中国文化，不愿意提及自己的中国血统而渴望成为一个"真正的美国人"。在对自我的身份认同上就表现出困惑、混乱和不确定性。

美国主流社会对华裔的种族歧视和偏见采取的是一种性别的形式，通过对华裔的性别化实现将华裔边缘化、华裔文化他者化，使华裔一直以来都经历着文化变形的生存体验，甚至生活在自我蔑视、自我否定和人格残缺之中。因此，华裔文化身份的建构，首先应该是华裔性别身份的建构，其次借以重新建构华裔形象、置换被美国主流文化歪曲的形象，最后重新定义美国人和美国历史，在处处可见的历史的断裂处建立华裔在美国生存的根据，使华裔在美国获得平等的国家身份和广泛的社会认同。因此，华裔美国文学中性别身份的建构是华裔自我赋权，改变华裔不平等的社会政治处境，获得平等权利的必要而有效的途径。

（三）阶级压迫

阶级是社会经济发展到一定阶段的产物，是影响一个人的经济状

---

① Frank Chin et al. , *Aiiieeeee! An Anthology of Asian American Writers*, New York: Anchor Books, 1975, pp. 10 – 11.

况和政治地位的重要因素。在西方后殖民时期文化语境下，阶级地位必然会影响身份认同。

第一代来到美国的华人移民主要是难民或工人，文化知识水平普遍较低，他们受到《排华法案》的排斥和迫害，只能从事社会最底层的工作以勉强维持生计。他们受制于中国人的身份，虽然受到美国主流的压迫却不敢要求政治上的平等。而华裔女性的处境则更加悲惨，她们大多数不会说英语，没有生活技能，所以她们当中很多人被约束在唐人街做家庭主妇，或成为工厂劳动强度大却工资极低的女工，甚至沦为妓女。同时，低下的社会地位和经济状况又反过来使华人无从参与政治生活以改变他们的阶级地位。虽然第二代华裔美国移民的情况要好一些，他们大多数接受了美国主流教育，能讲一口地道的英语，但族裔身份却使他们很难为主流社会所接纳，是他们实现"美国梦"的最大障碍。例如，黄玉雪虽然最终被美国主流社会因为政治上的需要而树立为"模范少数族裔"，但她找工作的经历同样也很艰难。她就读学校的就业指导办公室老师对她说：

> 如果你是个明白人的话，你就应该只到华人办的公司去找工作。你不能指望在哪家美国人办的公司找到工作。我想你一定意识到太平洋沿岸的种族歧视对于你是一大障碍。①

虽然黄玉雪以优异的成绩从旧金山大专院校毕业，但因为她是华人，她就不能与白人公平竞争。由于历史和现实的原因，华裔美国人在美国社会中的阶级地位很低，他们在政治和经济上受到白人主流社会的压迫，无法掌握社会资源分配权。如果美籍华人想提高自己的阶级地位，就不得不突破重重障碍，付出加倍的努力。

（四）文化差异

文化差异是造成身份焦虑的又一重要原因。东西方文化在宗教信仰、价值观念、传统习俗、饮食习惯等方面的巨大差异以及两种文化

---

① 黄玉雪：*Fifth Chinese Daughter*（《五姑娘》），山西教育出版社2002年版，第118页。

之间缺乏相互了解必然导致文化冲突，而强势的西方文化傲慢地以主流文化自居，使两种文化之间无法实现自然、平等的交流，因此，文化的调和与融合就不可能实现。处在文化夹缝里的华裔美国人既无法完全抛弃中华文化传统而被主流文化所接受，又不可能脱离美国社会文化，他们必须在两者之间找到一个平衡点以使二者结合在一起，这就必然会引起文化身份认同的困惑与焦虑。

1. 宗教信仰

宗教信仰是文化的重要组成部分，宗教信仰不同是文化冲突的原因之一。美国是一个宗教色彩浓厚的国家，基督教毫无疑问占有绝对优势，因而体现出宗教文化的一元化；而中国传统文化却是以儒、释、道三教为基础，以儒学为中心的多元文化。在美国白人眼里，缺乏一种虔诚的宗教信仰的中国人是可怕的，这也是美国主流社会排斥华人的一个重要原因——认为华人是异端。因而许多华人移民想融入美国主流社会的第一个尝试往往是加入基督教会。

多神论与一神论分别是中西宗教精神重要的不同之处。基督教是严格的一神教，认为宇宙间的主宰只有一个，即上帝。宇宙间的一切事物都是上帝按照等级秩序和预定的目的安排的。由此信仰出发，基督教建立了一套包括上帝论、创世论等在内的完整的教义。中国的宗教却给予个人较大的自由，让人们在自己内心把握宗教情操。无论是儒家的人际关系条文，还是道教的生命情调，抑或是佛教的各种修身养性方法都在自由选择的方式中求取个人的宗教经验。因此，大多数中国人心目中崇拜的神并不是统一的。它可能是法力无边的如来佛，也可能是尊贵威严的玉皇大帝，有时又是那不拘小节的教主太上老君和知书达礼的祖师爷孔丘。多数中国人不隶属于某种组织形式的宗教，然而他们身上却或多或少地存有儒与佛、道并重、相宜、各为其用的精神。一神论强调了基督教"天人相分"的精神，而多神论则体现了中国宗教中"天人合一"的精神。

宗教是人对神的信仰，所以神与人的关系是宗教的重要内容之一。在基督教中神与人之间是一种相分离但同时又是很紧密的关系。神是人的创造者，人信仰神，遵从神的旨意，向神祈祷，求神保佑，人的得救与否完全取决于神。基督教禁止人们通过道德实践或修炼成为基督教圣人，从而使人对基督教的圣人或上帝有种高不可攀的感受，这便形成了基督教客观的神人精神。而在中国宗教中，神与人是一种合一但又很松散的关系，人可以通过自身修养，即可成佛、成仙、成圣。中国佛教甚至认为，众生无需长期修习，一旦突然觉悟到自身的清净本性，就可以顿悟成佛。

中西宗教信仰的差异导致美国白人误以为中国人没有宗教信仰，认为这是野蛮、落后甚至是退化的表现。事实上，不同信仰的人应该有一种平和的心态，相互理解，而不是粗鲁地自以为优越。事实上，目前，世界上许多国家和地区的冲突是由宗教信仰的分歧引起的，但这并不意味着宗教信仰不同的人们就不能沟通。只要人们尊重彼此的宗教信仰，通过沟通就可以缓解或消除冲突和矛盾。

2. 价值观

价值观是人基于一定的思维感官而作出的认知、理解、判断或抉择，也就是人认定事物、辨明是非的一种思维或取向，从而体现出人、事、物一定的价值或作用；在阶级社会中，不同阶级有不同的价值观念。价值观具有稳定性和持久性、历史性与选择性、主观性的特点。价值观对人们自身行为的定向和调节起着非常重要的作用。价值观决定人的自我认识，它直接影响和决定着一个人的理想、信念、生活目标和追求方向的性质。东西方文化不同的核心价值观是误解与冲突的根源之一。

中西方文明由于建立在各自自成系统又迥然各异的文化背景上，造成双方在价值追求和伦理取向上旨趣迥异，从而使得中西方现实人格特征大异其趣。中西文化双方分别归结为内陆型文化和海洋型文化，也即所谓的"黄色文明"与"蓝色文明"。作为西方文化源头的古希腊与古罗马均处在半岛之上，多面临海，海上交通发达，海上贸易繁荣，因而这些国家形成了打破血缘关系的开放式的社会。西方激烈的社会动荡、频繁的人员往来和波涛汹涌、变幻莫测的海洋造就了开放的文化品格，铸就了其灵活、进取、开放、勇敢的民族精神。所以，西方人倡导艰苦奋斗和自强不息，喜欢标新立异、革故鼎新，富于冒险精神和挑战的勇气。也正是这种自然环境下形成的文化传统养成了西方人那种外向型人格。

在人与自然的关系上，古希腊、古罗马的哲学家们从一开始就把目光投向自然，探求自然的奥秘，征服与主宰自然，做自然的主人。古希腊哲学把自然作为人们思考和探索的对象。在天人相分的二元对立的思维模式支配下，自古以来，西方社会就把自然与人区分并对立起来，自然仅是被人认识、利用、征服的对象，强调人的独立自主和积极进取，追求自由意志和独立精神。在此基础上就形成了功利主义、实用主义的作风，并试图以此为基础协调真、善、美三者的关系。在处理人与人关系上，西方文化认为，个人是人类社会的基点，每个人的生存方式及生存质量都取决于自己的能力，有个人才有社会整体，个人高于社会整体，因而家庭和集体观念比较淡薄，关注个人兴趣，个体感受，强调自我奋斗，平等意识和竞争意识强烈，靠竞争来取得自己的利益，实现自己的价值，从而形成了率直、豁达、刚硬的文化品格。

中华民族文明起源于黄河流域，三面内陆一面靠海的地理环境使中国几乎处于与世隔绝的状态，从而使自身文化具有很强的稳定性和历史延续性。这种独特的自然环境造就了中华民族独有的文化传统和社会心理。诞生于半封闭大陆自然环境下的儒家伦理，教诲人们重土轻迁，安贫乐道，日出而作，日落而息，使人们在久远的传统中形成了一种较为封闭的惰性心理和惯性思维方法，眷恋家园故土，提倡清静无为，保守，缺乏开放的意识；安于现状，因循守旧，欠缺风险意识和竞争精神，时间观念和进取意识淡薄。

中国文化传统强调人道与天道的融合统一，强调人与自然的契合无间，强调道德精神上的内在修炼，忽视人的物质需求。① 所以，中国古代文化更多的是重人事而轻天道，重道德而轻知识。在处理人与人的关系问题上，中国文化自古至今就一直重群体轻个体，重和谐轻抗争，强调宗法性、纪律性。中国文化始终把谋求人与自然、社会的

---

① 张军华：《关于中西价值观比较的粗浅思考》，《社会科学家》1996 年第 6 期。

和谐统一作为人生理想的主旋律，反对人的独立意志和锐意进取，培养人的群体观念、顺从诚敬意识等，寻觅的是一种中庸的、调和的处理途径。因而中国人家族观念强烈，强调孝道和"长幼尊卑"的等级观念，提倡"忍""让"，缺少对公平竞争的尊重和向往，从而也造成了谦虚谨慎、含蓄内向的柔弱的文化品格。而由家族观念派生的宗族、亲属观念和地缘政治使中国社会相对封闭，这也就是为什么即使是在海外，中国人也依然可以聚在一起生活，并且会出于孝顺父母和其他长辈而沿袭世代相传的观念和风俗。这也是美国主流社会对华裔有偏见的原因之一，认为中国人固守民族文化传统，不易同化。

3. 饮食文化

饮食不仅是人生存的基本条件，它还能将一个社会群体中的各个成员彼此连接在一起，是一个群体内成员沟通的媒介，甚至定义不同群体的身份，区别一个群体与另一个群体。饮食与文化密切相关，不同的民族形成了不同的饮食文化，不同的饮食文化也是一个群体文化身份的标志。

中国与美国关于饮食的观点和态度、饮食内容以及饮食特点等方面都存在着显著的差异。西方饮食观念是一种理性的、讲究科学的饮食观念。西方人在饮食方面特别强调的是其营养价值，在饮食时尽量保持食物的原汁和天然营养，并不完全追求食物的色、香、味、形的完美。西方人过去以渔猎、养殖为主，吃、穿、用都取之于动物，荤食较多。此外，美国人的烹饪方法比较简单，主要是煎、烤、炸、焖和蒸煮，各种原料很少集合烹调，正菜中鱼就是鱼，鸡就是鸡，即使调味料也是现吃现加。烹饪的全过程比较规范，调料的添加量精确到克；对烹饪时间和成熟度有严格的要求，这也体现了美国人强调分析和精确的理性思维方式。在宴请客人时，主人不喜欢奢侈，他们会根据自己的喜好准备足够的食物，较为简单、随意。美国的饮食文化尊重个人主义，虽然菜是共享的，主人一般会请客人自主食用，若客人不要，也不会硬让人家吃，不会按中国人的习惯频频向客人劝酒，为客人夹菜。吃东西时，不宜发出响声，但客人要注意赞赏主人准备的饭菜。

中国饮食文化源远流长，博大精深。中国菜注重食物的色、香、味、形、质，较少考虑饭菜的营养价值。中餐食材丰富，据西方植物学者的调查，中国人吃的菜蔬有600多种，比西方多6倍。除了各种禽、畜、鱼类和蔬菜水果外，各地还有许多奇珍异味。如《女勇士》中描述的：

> 母亲什么都给我们做着吃：浣熊、黄鼠狼、老鹰、鸽子、野鸭、野鹅、矮脚鸡、蛇、院子里的蜗牛、乌龟和泥鳅。皇帝喜欢驼峰……他们也喜欢鸭舌和猴唇。①

而后文汤亭亭对于宰杀黄鼠狼和"猴宴"的描述则非常血腥，令人恶心。这里汤亭亭的描写虽然有些夸张，但也从一个侧面说明中国人的食材的确十分多样，有的食材，如狗肉，让美国人难以接受。此外，中国人烹饪也十分多样化，炒、炸、焖、爆、煎、烩、煮、蒸、烤、腌、冻、拔丝、糖醋等，做出的菜肴让人眼花缭乱。在宴会观念上，中国与西方国家也存在着根本区别，中国人秉承"持家要俭，待客要丰"的观念，宴席讲求排场。通常，中国人请客吃饭采取的是一种"共享"的方式，共享桌上的菜肴，主人会殷勤地布菜、劝酒，否则会被认为不够礼貌、周到。

4. 社会习俗

社会习俗是由相同文化背景的人们长期形成的一种生活方式，也是区分不同社会群体文化身份的参照物。不同的文化首先会在习俗上频繁地产生碰撞、冲突。中美社会基于不同的文化和价值观念，社会习俗迥异，如缺乏相互了解必然会导致冲突和误解。

社会习俗体现在许多生活细节中。例如，在西方，白色象征着欢庆、真诚与纯洁，因此新娘会身着洁白的婚纱，头戴白色花环，手捧白色花束；而在中国传统文化中，白色则与厄运、死亡相联系，所以它通常用于葬礼。红色在西方文化中则象征着流血、危险和死亡；在

---

① 汤亭亭：《女勇士》，李建波、陆承译，漓江出版社1998年版，第82页。

中国传统文化中，红色则是吉祥和喜庆的颜色，所以通常用于春节和其他喜庆场合。在传统的婚礼中，新娘和新郎必须穿红色礼服，婚房要贴上红色喜字，点上红色的蜡烛。两种文化关于"龙"的含义也完全不同。在西方文化中，龙是残暴、邪恶的化身。然而，在传统的中国文化中，"龙"是高贵、吉祥的预兆，是中华民族的图腾，中国古代皇帝被称为"真龙天子"，中国人自称是龙的传人。美国文化重视个人价值，崇尚青春，不喜欢别人说自己老。例如，在公共汽车上给一个美国老年人让座位反而会使对方不高兴，因为他会认为这是在暗示他不再年轻、没有活力了。西方人把年龄视为个人隐私，尤其是女士，更是忌讳别人询问她的年龄。而中国人历来就有"尊老敬老"的传统，长者不仅是智慧的化身，也是权威的象征。"老"在中文里大多表达尊敬的意思，如老爷爷、老先生、老工人等。而"张老""王老"这样的称呼更显得尊崇有加。总之，中美之间社会风俗差异巨大，存在于社会文化生活的方方面面，不胜枚举，不同的风俗习惯会给身处其中又缺乏必要了解的人们带来麻烦和误解，加大了交流与融合的困难。

　　除了美国社会的法律排挤、种族歧视、文化妖魔化以及中美之间的巨大文化差异等因素之外，早期移居美国的华人（包括部分华裔）根深蒂固的"逗留者"心态、不愿入乡随俗的文化印记、怀揣机会主义式的发财梦和衣锦还乡的愿望等，无疑限制了广大华人完全融入居住地社会和文化的机会。① 早期许多华人赴美是为了躲避天灾人祸、求得生存和发展机会，然后荣归故里，而不是像欧洲的"定居者"那样要为自己建立一个自由民主的国家。家园意识的欠缺使他们对于在居住国获得自由和民主的期望就没有那么迫切了。无论他们如何成功，内心深处依然是无根的"逗留者"，总是揣着"叶落归根"的过客心理，与"定居者"在文化和社会理想方面格格不入，因而不愿融入也不能融入美国主流文化社会，并且人数上又处于劣势，自然而

---

　　① 李贵苍：《文化的重量：解读当代华裔美国文学》，人民文学出版社2006年版，第18页。

然就处于边缘化的状态。

其后，在美国出生和受教育的第二代华人成长起来，作为土生土长于美国的第二代移民，他们视美国为自己真正的家园，想要跻身于美国主流社会。"叶落归根"的思想逐渐转化为"叶落生根"的本土化思想意识。他们从父辈受排挤和被欺压的苦难经历中看到：必须依靠自我改善和斗争才能争取平等的权利和利益。因而第二代移民表现出了强烈地想得到美国主流社会承认的意图，这种思想印记也深深地烙在华裔美国文学中，如《华女阿五》刻画了华人成功挤入美国社会的故事。虽然第二代华裔所面临的社会政治氛围较他们的父辈要宽松一些，但来自美国主流社会的种族歧视依然无处不在，华裔既无法利用美国主流话语形成自身的独特意识，也无法依赖中国传统文化的传承树立自己的身份，身份焦虑依旧不可避免地成为他们的宿命。

作为少数民族的女性，美国华裔妇女在美国的处境是边缘人中的边缘人：首先，她们是欧美世界中的中国人；其次，她们是东方男性世界中的妇女；最后，她们还是西方男性世界中的中国女性，她们不仅要因此遭受普遍存在的种族歧视，而且要经历来自东西两个世界男性优越感对她们的冲击，她们要从巨大的强势话语中突围出来，找回失落的女性本真的存在，探寻和确认女性的自我意识，是一个极为艰难的任务。

华裔女性面临着双重埋没，被置于社会、文化和语言的边缘地带，受着双重的歧视和压迫。她们既要反抗白人种族主义，又要与性别歧视作斗争。一方面，女性作为"第二性"在父权社会的历史上是套着沉重枷锁，处于从属地位的。在中国传统文化中，对女人早已有了一些固定的道德规范：她应该是女儿、姐妹、妻子、母亲……是男人的附件而已。传统的"男尊女卑"观念还是根植于不少女性的思想中。这一观念要求妇女居于客体、忠于家庭。他们一旦来到美国，由于经济上的不独立，生活上的孤立无助，很容易使她们产生"重返家庭"的想法。另一方面，从清教主义时期到现在的几百年间，虽然美国历史上经历了巨大的改变，但父权社会的意识形态和妇女观念仍深深地扎根于美国这个多民族国家的传统文化和传统意识的土壤中，始终左右着妇女的生活，使她们带着沉重的精神枷锁生活在现代文明的世界中。近代西方女权主义的兴起虽然在一定程度上提高了女性的社会地位，改善了女性在社会生活中的境遇，但基本上限于白人女性，而在很多华裔社区，女性依然深受性别歧视和压迫。华裔妇女在文化互渗、适应、同化的过程中遇到了许多问题与困难，甚至迷失了自己，但是她们依靠自己柔弱的肩膀顶住来自方方面面的压力，从沉默中发出自己的声音，定义自己的身份属性，在美国的多元文化中找到自己的位置。

关于美籍华裔女性在历史上并没有现成的定义，她们需要用自己的方式为自己创造一个定义。在这个过程中，她们经历了与父母、与男性、与种族、与中西文化的各种冲突和矛盾，从对自我身份的迷惑、质疑到顿悟、觉醒，终于到用自己的亲身经历与体验去创造属于自己的话语，完成了自我的定义。特殊的处境使得她们具有更为独特、敏锐的视角。对于她们来说，写作"不仅是自我肯定，而且是向历史与社会命令的挑战"①。她们在写作中对于身份的构建表现出既复杂又灵活的特征。不仅如此，在为自己寻求定义的同时她也将家庭与民族的矛盾症结梳理了出来，使人们能够重新审视官方书写的"正统历史"，以及它背后的政治、文化霸权，重新书写福柯所谓的"有效的历史"②。

第二节　流散者的寻根之旅
——华裔美国女性身份认同的流变

近半个世纪以来，华裔作家以其流散书写为美国文学增添了浓墨重彩的一笔。一方面，流散者的身份使他们身处两种文化的边缘，使其以他者的独特视角将东西方的相互审视铺陈在神秘的文字里，以独特的身份、独特的视角以及独特的魅力丰富着美国的多元文化；另一

---

① Amy Ling, *Between Worlds*：*Women Writers of Chinese Ancestry*, New York：Pergamon, 1990, p. 187.

② 陆薇：《超越二元对立的话语：读美籍华裔女作家伍慧明的小说〈骨〉》，《外国文学研究》2002 年第 2 期。

方面，华裔身份又是他们苦恼、挣扎的根源。正如学者王宁所指出的，民族—国家概念日益不确定，华裔的民族文化身份日益模糊，介于两种或两种以上的民族文化之间，他们的民族和文化身份就不可能是单一的，而是分裂和多重的。①

当今，人们对身份的认识跳出了本质主义的窠臼，认为身份是流动的，并非固定不变的。身份认同的流动性在许多美国华裔作家作品中都有生动的表现，我们可以从中看到从对峙、共存到杂化的发展趋势。

对于第一代移民来说，中国以及中国文化永远在他们心目中占有重要的位置。当他们在美国因为语言、文化、社会习俗等原因而无法适应新生活，并且遭到种族歧视时，他们"沉浸在有朝一日能够腰缠万贯，荣归故里，安度余生"的想象中；"他们同时也在优秀的中国文化传统中寻求精神慰藉"②。中国曾经是世界四大文明古国之一这一事实，激发了华人移民的民族自豪感，为他们提供了与种族歧视作斗争的"内在力量"③。

然而，对于那些出生在美国的第二代华裔而言，他们讲英语，形成了独特的亚裔群体，拥有自己的亚裔文化和社会圈子，与中国有着较少的文化和情感维系。对于生于美国的他们而言，美国就是唯一的家园。由于从小深受美国主流文化的影响，他们大多数人对于美国的了解要远远多于对中国的了解，以致"早在二十世纪二十年代他们就被称为'外表是华人，内里是美国人'"④。为了融入主流社会，他们唯有加倍努力，有时甚至不惜否定自己的华人文化传统。

美籍华人曾经被称为"东方人""中国佬"（Chinaman）、"华裔—美国人"或者"华裔美国人"⑤。汤亭亭在《美国评论家的文化

---

① 王宁：《流散文学与文化身份认同》，《社会科学》2006 年第 11 期。
② 尹晓煌：《美国华裔文学史》，徐颖果主译，南开大学出版社 2006 年版，第 129 页。
③ 杰拉尔德·哈斯拉姆：《被遗忘的美国文学》，波士顿：霍顿·米夫林书局 1970 年版，第 80 页。
④ 尹晓煌：《美国华裔文学史》，徐颖果主译，第 129 页。
⑤ 李贵苍：《文化的重量：解读当代华裔美国文学》，人民文学出版社 2006 年版，第 21—22 页。

误读》一文中呼吁："我们应该取消'华裔—美国'术语中的连字符号，因为这个符号给这个术语两边同等的重量……取消符号后，'华裔'成了形容词，而'美国人'成了名词，意味着华裔美国人是另一种美国人。"① 此后，虽然去掉了连字符，但是华裔仍然因为美国主流社会的偏见和政治需要而不能被完全平等地接纳为"美国人"，他们往往会被纳入"亚裔美国人"这一标签下。华裔学者黄秀玲认为，为了摆脱少数族裔被漠视的普遍社会现实，文化背景不同的亚裔团体必须在政治上保持团结以维护各自不同的利益，同时又要保持各自的族裔性文化区别与特色。②

20世纪60年代的民权运动促进了族裔意识的普遍觉醒，也促使华裔开始抗争并置换美国主流意识形态建构的种族主义文化身份。20世纪60年代末的美国华裔文学描述了种族歧视的社会现实，成为华裔表达政治意向的重要且必要的方式。文化身份问题是关乎美国华裔社会政治处境的问题，写作是华裔叩问自身文化身份的有效途径。华裔美国作家赵健秀在《哎呀！亚裔美国作家选集》的前言里阐述了界定华裔美国人的紧迫性，因为"在某个时刻，弱势族裔作家被问到他为谁写作，在回答那个问题时，必须决定他是谁"③。他沉痛地指出："在连续的七代人的时间跨度里，由于种族主义司法过程的压迫和变相的白人种族社会偏向，使得今天的亚裔美国人生活在自我污蔑、自我否定和人格残缺之中。"④ 在他的作品中，赵健秀奋起反抗白人种族歧视、努力塑造华裔男性的英雄形象，坚持正统的中国文化，坚持亚裔美国人的感性，坚持纯粹的华裔族性。而汤亭亭则不断

---

① Maxine Hong Kingston, "Cultural Misreading by American Reviewers," *Asian and Western Writers in Dialogue: New Cultural Identities*, ed. Guy Amirthanayagam, London: Macmillan, 1982, p. 60.

② Cynthia Sau-ling Wong, *Reading Asian American Literature: From Necessity to Extravagance*, Princeton: Princeton UP, 1993, p. 7.

③ 单德兴:《书写亚裔美国文学史:赵健秀的个案研究》，单德兴主编:《铭刻与再现:华裔美国文学与文化论集》，麦田出版股份有限公司2000年版，第217页。

④ Frank Chin, "Foreword," *Aiiieeeee! An Anthology of Asian-American Writers*, eds. Frank Chin, et al., Washington D. C.: Howard UP, 1974, p. Ⅷ.

强调自己的美国身份，她说："我是华裔美国人（Chinese American）而不是美国的华人（American Chinese），我强调的是美国；华裔美国人绝对是整体的，不是分裂的，并不是一半这个，一半那个的混合体。"① 她需要建立的是在华裔生活经历之上的独特文化身份。作为美国华裔文坛的后起之秀，谭恩美的文化身份观沿袭了汤亭亭的融合思想，她意识到东方—西方、自我—他者的二元对立是构建华裔女性移民自我身份的最大障碍，只有消解东西方二者之间的文化对立才能建构华裔女性的独特自我身份：正视自己的族裔身份，走进中国文化，连接东西方文化，不排斥任何一方，促进二者的融合，才能构建华裔美国女性的恰当身份。② 伍慧明在她的小说《骨》中表达了与谭恩美相似的身份观，但不同的是，伍慧明笔下的新一代华裔女性虽然也有夹在两个世界之间的苦恼，但主人公莱拉却坦然接受了自己的族裔历史，不再对立地看待两种文化、两种身份，而是以努力找到平衡的方式重建杂糅式的族裔文化身份。而任璧莲则在她的作品中淡化了族裔色彩，试图超越在两种文化身份之间挣扎的困境，以更为开放的心态、多元并存的态度面对华人在美国的境遇。任璧莲的《典型的美国佬》试图从内部解构关于典型美国人的整体性定义，证明根本不存在"典型的美国佬"这一事实；《梦娜在应许之地》中的梦娜则宣称自己的文化身份可以任意转换，美国人就是自由选择的代名词，最后她选择了做犹太人；《谁是爱尔兰人?》展现了不同少数族裔在美国由冲突转为融合的境况，有意淡化族裔性特征；《妾》更是降低了人物与生俱来的血缘和种族历史的地位，而突现了成长环境、文化氛围、超越种族的人与人之间爱的关键性。值得注意的是，谭恩美在2005 年发表的新作《沉没之鱼》中也呈现出淡化族裔背景的倾向。

美国主流社会的排斥，文化环境的多样性，再加上传统中国文化与西方文化的巨大差别，使得华裔美国人的身份认同异常困难，几乎

---

① 徐颖果：《美国语境里的中国文化：华裔文化》，《南开学报》（哲学社会科学版）2005 年第 4 期。

② 张良红：《华裔女性的自我身份构建——解读谭恩美的小说〈喜福会〉》，《忻州师范学院学报》2005 年第 5 期。

成为移民们不可避免的宿命，而对于移民文化身份的探寻也成为华裔美国文学的一个传统。华裔美国作家通过重新建构华裔的积极正面形象、替换被主流社会贴上的身份标签，构建新的华裔美国人身份，进而重新定义美国人和美国历史，以使华裔在美国获得平等的公民身份和广泛的社会认同，获取与身份相应的社会地位与权利，真正实现美国的建国理念——自由、平等和民主。

一　"水仙花"——一位中国女性

"水仙花"（Sui Sin Far）是第一位用英语写作的华裔作家，被称为"最早的美国亚裔小说家"[1]"北美第一位华裔女作家……一个在罕无人迹、新领域中的开拓者"[2]。她于1912年发表的短篇故事集《春香夫人》（*Mrs. Spring Fragrance*）以独特的视角和真挚的情感记录了19世纪晚期在美中国移民的生存状况，表现了种族、身份、性别、文化冲突与融合等多个主题。她为亚裔/华裔美国文学的发展作出了重要的贡献，后来的华裔美国女作家多从"水仙花"那里汲取了精神力量和创作灵感，成为"水仙花的精神孙女"，而她则被尊为北美华裔写作的鼻祖。

由于一半的华裔血统，"水仙花"从小就受到族裔问题的困惑，遭受过冷遇和歧视。既受到白人社会的歧视，也不被华人社区完全接受。这位具有白人面孔的华裔女子，如果为了保护自己，她完全可以借白人的血统来掩盖自己的真实身份。事实上，她的兄弟妹妹不是以英国人就是以墨西哥人在外人面前搪塞，而她同样出名的作家妹妹温妮弗莱德则为自己取了个日本名字。"水仙花"不仅没有向世俗与偏见低头，相反却公开对世人承认自己的华人身份。在她发表的作品前面，更是执意使用中文发音的"水仙花"笔名（Sui Sin Far——广东音）来昭示自己的族裔背景。"水仙花"自称"血管中的白种血液在勇敢地为我们的中国人的另一半而斗争"。

---

① Amy Ling, *Between Worlds*: *Women Writers of Chinese Ancestry*, New York: Pergamon, 1990, p. 21.

② 尹晓煌：《美国华裔文学史》，南开大学出版社2006年版，第119页。

　　"水仙花"虽然从小身体孱弱多病，但她的父母却教会她做一个勇敢正直的人。在自传里，她回忆了一段童年往事：她目睹幼弟与一位身材高大的白人男孩为了种族认同差异而大打出手，小弟不但没有因为身材矮小而吃亏，反而打胜了。回到家里，在跟父母坦白说明在外闹事的缘由后，他们并没有因为在外边打架而受到父母的责骂或惩罚。幼小的她深深地体会到打抱不平的正义感和真理的存在。

　　作为一位混血作家，"水仙花"在两种文化之间迷茫、徘徊，不断进行探索和追寻。从早期的英国女性伊迪丝·莫顿·伊顿到后来的华裔作家"水仙花"，她的思想日趋成熟。她采取女作家常用的"大题小做"策略，以恋爱、婚姻、家庭和儿童生活为创作题材，在描写爱情、亲情和友情的同时，着意表现破坏这些感情的种族、性别、阶级关系和霸权势力，尤其是针对华人的种族主义和东方主义话语。在当时猖狂排华的政治气候下，作为欧亚裔混血儿的"水仙花"敢于彰显自己的中国血统，献身于用笔墨为华人抗争的事业，其勇气令人钦佩。

　　（一）一位英国女性伊迪丝·莫顿·伊顿

　　"水仙花"本名为伊迪丝·莫顿·伊顿，生于英国柴郡（Cheshire）麦克尔斯菲尔德（Macclesfield），父亲爱德华·伊顿是一位英国商人，母亲荷花是中国上海人。她出生在英国，后移居美国，不久又到了加拿大的蒙特利尔。当时，在她的生活环境中中国人很少，在整个蒙特利尔她能接触到的中国人主要是她母亲、兄弟姐妹及屈指可数的中国移民。因而直到 1897 年离开蒙特利尔为止，她对中国的认识可能仅来自她母亲讲述的故事、自己读的介绍中国的书以及对蒙特利尔中国移民的访问。对中国及其文化的有限了解决定了这一时期"水仙花"对东方的认识不可能像她后来那样深入，仍主要是从西方人的视角审视东方，在文化身份认同上她还处于"一个英国妇女"的阶段。[①] 这一立场明显地表现在她早期的作品中。

---

　　① 程爱民、邵怡、卢俊：《20 世纪美国华裔小说研究》，南京大学出版社 2010 年版，第 22 页。

"水仙花"幼时家境贫寒,全靠父亲伊顿画风景画赚来的微薄收入维持生计。她自学写作技巧,靠自己的勤奋成为《蒙特利尔之星》速记员,同时为这家报纸采写新闻。这使她得以记者身份进入华人社区。报道华人生活的工作使伊迪丝迈出了她在文学中寻找自己声音的第一步。虽然不会说汉语,但她以自己对华人的关心和帮助而被华人社区所接纳。晚上,她常常在华人社区教中国移民英语,同时为自己的"中国故事"搜集素材。

"水仙花"有关中国的最早创作可追溯到1890年发表在《蒙特利尔日报》上的三篇文章:《自由之土》《秦桧的一段经历》和《一个中国晚会》。此后,特别是在她1896年访问纽约唐人街到她1898年正式迁往美国之前这段时间里,她陆续发表了多篇有关中国的小说和报刊杂文,其中包括《赌徒》《苦云》《伊索的故事》《东方爱情故事一则》《中国世仇》以及《为中国人请愿》等。这些被著名"水仙花"研究学者阿奈特称为"水仙花第一批富有创造性的有关中国人的作品"[1]。与"水仙花"成熟时期作品相比,这些早期作品的一个最明显特征是署名大多仍使用她的真名"伊迪丝·伊顿"。这是"水仙花"当时"身在西方"的一个标志。这一时期,她"继续对外保持着'英裔加拿大人'的身份,以不暴露他们的中国人身份"[2]。在这一身份认同下,"水仙花"不可避免地以一种"局外人"的身份观察东方,因而作品中留有一些"白人眼光"的痕迹。

在"水仙花"生活的时代,"东方几乎是被欧洲人凭空创造出来的地方,自古以来就代表着罗曼司、异国情调、美丽的风景、难忘的回忆、非凡的经历"[3]。因而当时以华人为题材的文章大多体现出强烈的异国情调,以此吸引读者。受这种写作倾向的影响,她早期的几篇以中国为创作背景的小说表现出一种将熟悉的西方浪漫情节嫁接在

---

① 转引自 Sui Sin Far/Edith Maude Eaton, *A Literary Biography*, Urbana: University of Illinois Press, p. 84.

② Ibid.

③ 爱德华·萨义德:《东方学》,王宇根译,生活·读书·新知三联书店1999年版,第1页。

东方文化背景中的倾向。《东方爱情故事一则》和《中国世仇》就是其中典型的两篇。这两个故事讲述的都是家族压力下的爱情悲剧，以误解与巧合推动故事的发展，不论是情节内容还是情节设计都与"罗密欧与朱丽叶"有几分相似。"水仙花"这种将东方文化背景引入西方爱情经典中的创作手法使故事笼上了一层神秘的东方色彩。

此外，"水仙花"也受到她成长年代如火如荼地争取女性普选权益社会运动的感染和影响。她在自传里回顾说，既然自己身体里流着父亲（白人）与母亲（华人）的血液，就应该以父亲的强势血液为弱势的母亲血液打抱不平。所以她创作的小说主题一直流露出这种为弱势群体伸张正义的使命感，为被美国社会歧视的弱势美国华人打抱不平，为处于被动的女性申诉被压抑的弱者心声。

在她的作品中，"水仙花"不仅有对中国移民的同情，而且有着为他们鸣不平的非凡勇气。在《为中国人请愿》一文中，她强烈地批判了加拿大政府对华人的歧视性政策，指出华人的到来为北美铁路建设、农业、服务业诸多事业做出了巨大的贡献。她力图纠正一般人心目中华工"不道德""不自重"的刻板形象，认为"绝大多数中国人正直、勤劳、强壮、健康""他们虽然远离家乡，远离他们的孩子和妻子，但是他们安分守己、自尊自强"①。这是"水仙花"早期非常重要的一篇文章，流露出对华裔的强烈同情感。

（二）一位中国女性"水仙花"

为了更加坦荡有力地反抗种族压迫和歧视，伊迪丝在 31 岁时放弃"英国女性"的公开身份，开始使用"水仙花"这个笔名写作，并完全以华裔身份出入各种场合。"水仙花"是寒冷的冬天里生命与美的象征，它只需一碗清水，却以清香回报世界。这个美好的笔名也许象征了在当时种族歧视严重、排华气焰嚣张的美国社会里自己作为一个中国人的高洁人格。

文化身份的这一转变带来的是她观察东方视角的变化。她不再像

---

① Sui Sin Far, *Mrs. Spring Fragrance and Other Writings*, Amy Ling, Annette White-Parks eds. Urbana: University of Illinois Press, 1995, pp. 193 – 195.

早期作品那样突显东方的异域情调，而是努力打破传统东方主义中东方"妖魔化"的原型，还原它真实与人性的一面。1898年，"水仙花"从蒙特利尔来到美国西海岸，由于工作的需要，她频繁出入唐人街，与华人的接触频率大大增加。在此期间，她撰写了大量反映唐人街与在美华人生活的文章，如1903年她在《洛杉矶快报》上发表的《中国城的婚约》《中国城需要一所学校》《中国城的男孩女孩》《中国人在这里的生意》以及《中国洗衣工的捡衣法》等。在这些文章中，"水仙花"力图从华人社会风俗习惯、宗教信仰、经济生活诸多方面向读者展现一个全面、真实、人性化的唐人街图景，从而打破由主流美国媒体创造出的唐人街刻板丑陋的形象。

1912年，"水仙花"的作品集《春香夫人》出版。这部在美国文学史上占据开创性地位的文学作品，其中大部分故事的背景是西雅图和旧金山，表现华裔家庭的喜怒哀乐，尤其是以亚裔和新移民所感受到的文化冲突为主。这些"为中国人说话"的故事在当时能够发表，在很大程度上是由于她采取了一种迂回的战术。在故事的基本框架上，"水仙花"往往以西方社会能够接受的婚姻家庭为主题；在叙事手法上，她往往通过英国人所熟悉的简·奥斯丁式的讽刺，而不是直截了当地表明自己的观点；同时在对婚姻进行描写时，她又往往以妇女为主角，以便赢得更广泛的读者。

《新智慧》中胡三贵（Wou Sankwei）通过数年努力成为旧金山华埠里一个颇有成就的年轻商人，于是他安排已经分离多年的留守妻子宝莲（Pau Lin）及儿子来美国与他团圆，共享天伦。宝莲是典型的"三从"善良华人妇女，忠实持家，对丈夫唯命是从，对家庭以外的事物毫无认识，最终因为不适应西方社交生活方式而产生隔膜和恐惧。宝莲因害怕儿子长大后会像丈夫一样洋化，使自己老无所依而不愿三贵送儿子上学，在感到彻底绝望后带着孩子自杀。而在另一则相似的故事《宝珠的美国化》中，年轻有为的万霖福（Wan Lin Fo）离开留守家乡的未婚妻宝珠（Pau Tsu）前往西雅图发展事业，事业有成后接未婚妻宝珠来美国团聚，建立家庭。宝珠跟宝莲一样，美丽、贤良、淑德，是一个典型的传统中国妇女，对丈夫唯命是从。霖福鼓励她适应美国生活，学习英语，宝珠认为，丈夫是要把她改造成为白人女子那样的人，心中十分酸楚。后来宝珠病了，霖福不顾宝珠的反对，决定请男医生给妻子看病，恪守中国妇道的宝珠在男医生诊病过程中感到万分羞耻，觉得丈夫的西化行为把她的女性尊严完全摧毁了，自己是丈夫西化的牺牲品。宝珠痛苦万分，传统的"出嫁从夫"观念崩溃，于是她不告而别，留下一封信给丈夫，要求离婚分手。

在这两对夫妻关系的故事中，"水仙花"对宝莲和宝珠这两个中国女性极为同情，她们拥有中国女性的优良特质，只是中国女性传统的"妇道"思维不适宜开放式的美国社会生活，令这两个中国女子在美国无所适从，迷惘失落而走向极端；对三贵和霖福这两个中国男子的批评则非常尖锐，他们虽然表面上西化，但骨子里还是根深蒂固的中国思维，在家里压迫、不尊重妻子，令她们感到孤立，没有安全感。透过对在美华人家庭生活模式的展现，"水仙花"试图探讨华裔是否可以放下中国文化传统以融入生活方式不同的美国社会这一问题。

"水仙花"甚至还无惧地挑战当年社会上的种族隔离与排斥歧视的法定常规，尝试探讨当时被视为禁忌的异族通婚问题。在《一个嫁给中国人的白人女子》(*A White Woman Who Married a Chinaman*)中，"水仙花"一改她惯用的第三者叙述方式，采用主角自述手法。这种自传叙述是现身说法，强调个人经历与主观体会。在两个一体的连续故事里，由主角人物白人女子宓妮（Minnie）自述她失婚后与华人丈夫的际遇。宓妮因其白人前夫卡斯纳逼迫而离婚，在她无家可归后却又常常骚扰她，她在绝望自杀时，被中国人刘康义（Liu Kwanghi）所救，并把她带回华人社区，为她找了住处和工作，还请一户中国人照顾她。她"在他脸上找到了安慰"，感到与卡斯纳相比，刘康义才是一个真正的男子汉，于是她嫁给了刘康义。卡斯纳得知此事后，恶狠狠地污蔑刘康义，并骂她堕落，而她则痛斥卡斯纳虽然长得五大三粗，但是灵魂渺小，根本比不上刘康义的高尚人格和内在品德。然而，好景不长，思想进步的刘康义在华埠突遭暗杀死亡，毁坏了这个美好幸福的异族婚姻。

第三章 华裔美国女性小说的主题研究

"水仙花"勇敢地在作品中探索了敏感的种族问题，写了一对异族男女的理想爱情故事，而且把华人男性的男子气概予以改写，只是这种理想故事在异族不能通婚的社会现实大前提下，为社会现实所不容，个人的努力难以逆转现实，所以她只能选择让异族人物突然死亡。但这并不能说明"水仙花"接受了美国当年种族隔离与文化对立的意识，通过这个故事她希望向读者展示华人积极正面的形象，以及异族通婚能够获得幸福生活的图景，希望得到更多的支持和关注，从而缓和美国社会的种族隔离和文化对立局面。但是仍然可以想象这篇小说的发表会给当时的读者带来不小的冲击，因为作者以极大的同情心正面肯定了这种异族婚姻。

《潘特和潘恩》讲述的则是一对不同种族兄妹之间的感人故事。"水仙花"独具匠心地设计了一个普通的中国三口之家和一个白人养子组成的特殊家庭，并以这个家庭中人与人之间的关系，特别是潘特和潘恩这对兄妹之间的关系构成充满爱的和谐意象。哥哥潘特虽然是个白人，但在家中除了外表之外，他和其他家庭成员没有什么不同。在这个家庭里，没有了种族间的界限，联结他们彼此的是一种真诚的爱。朗余夫妇对潘特视如己出，两个孩子亲密无间，如小潘恩为了帮助调皮的潘特免受逃学的责罚而宁愿挨老师的杖罚，而当潘特看到妹妹受杖罚时，则向老师的脸上挥上了他的小拳头等。潘特虽然在他人眼里是白人，但在他自己以及妹妹眼里却是个"中国人"。当朗余夫妇不堪周围人的眼光，决定将潘特送走时，潘特哭喊着："我也是中国人！我也是中国人！"潘恩也哭着说："他就是中国人！他就是中国人！"这两个孩子当时根本就不理解"中国人"的含义，但对他们来说这是证明两个人是一家人的符号。在大人眼里区分人的重要依据轻而易举地就被儿童解构为毫无意义的符号。

"水仙花"试图通过解构传统观念下种族与生俱来的自然属性，她含蓄地表达了人人平等，种族没有优劣之分的观念，人的真正自然属性是共通的人性。在系列文章《在美国的中国人》中她指出："中国人可能是偏习俗的……显然他们是这样……但是他们是人。""的确，这些中国人像其他民族的人一样有自己独特的风俗习惯、行为方式和性格特征，但是从广义上来说他们和地球上其他人没有什么两样。"①

"水仙花"由于特殊的身份而使她以一种超越时代的眼光和博爱的胸怀体察世界，使她在100多年前就开始探索族裔身份问题，而在当时的社会情况下这只能是一个无结果的焦虑。当时美国社会尖锐的种族对立，怎能容忍兼具"白""黄"两个族群血缘，同时具有两种文化背景的人成为一种合理合法的、平等的、独特的存在呢？她认为，中美文化的巨大差异使华裔族群很难融入美国社会，而只有人性之善与和而不同的思想才能勾画出"世界一家人"的大同图景。虽然她没有可能自由地探寻文化"身份"，也没有提出少数族裔确切可行的身份认同之路，但她以惊人的勇气强调了自己的桥梁作用："终究我是不具民族性的，也不必焦虑地把自己归属于哪个民族。个性高于民族性。……我把我的右手交给西方，我的左手交给东方，希望他们不要彻底毁掉他们之间的这条无足轻重的连接线。"② 她的探索无疑引领了后来的华裔美国作家对于身份认同的不断追寻。

"水仙花"一生都在为华人伸张正义，面对华人被扭曲、被歧视的事实，她在作品中真实地再现了华裔的生活和遭遇，正面塑造了华人的形象，第一次向主流社会全面展现了那个神秘的、被"妖魔化"的华人世界，展现了在这些沉默无言的华工内心深处，是与西方人一样人性化的世界。虽然她的声音在当时社会上并未引起强烈的共鸣，但"其'存在主义'式的终极追问精神，其面对真理、为弱势群体讲话的勇气，其敢为天下先的先锋精神，是我们今天一些华裔美国文学文本所缺乏的"③。

二 黄玉雪——美籍华人（American-Chinese）

中西文化的巨大差异以及西方盛行的个人主义注定了美国人排斥

---

① Sui Sin Far, *Mrs. Spring Fragrance and Other Writings*, Amy Ling, Annette White-Parks eds. Urbana: University of Illinois Press, 1995, p. 234.

② Ibid., p. 230.

③ 蒲若茜：《族裔经验与文化想象：华裔美国小说典型母题研究》，中国社会科学出版社2006年版，第85页。

和抵制一切非西方人的文化，认为他们的文化优于其他任何民族。尽管美国被称为是开放的、多民族的大熔炉，但实际上，源自盎格鲁—撒克逊裔的白人新教徒一直被认为是美国社会的主流，而美国的少数族裔和他们的文化都是被排斥和歧视的，包括美国华裔和中国文化在内。然而，在经历了"珍珠港事件"之后，美国人发现有必要重新在国内树立一些少数族裔的榜样，使之成为精神和政治盟友。这时的种族主义已不是以摧残身体、掠取生命的暴力形式出现，而是以文化压迫为主要形式了，要求华裔以"顺民"的姿态被同化。

在这样的主流文化语境下，尽管社会政治氛围变得相对宽松，然而，华裔作家创作依然比较艰难：他们用英语写作，读者为美国白人，因此在写作中华裔作家们不得不考虑如何用动人的故事吸引西方人的眼球，使自己的作品能够顺利地进入美国主流社会的视野，以便含蓄委婉地表达自己的诉求，在以美国主流文化为主体的文学圈获得自己的一席之地。

正是在这样的背景下，年方 26 岁的黄玉雪于 1945 年出版了以家庭生活为主要背景的自传体小说《华女阿五》，这简直就是一个奇迹。《华女阿五》的出版在美国引起轰动，取得了作者黄玉雪意想不到的成功，不仅拥有数千万读者，作品还被选为初中和高中文学课的教材，甚至与马克·吐温、杰克·伦敦、约翰·斯坦贝克等大作家的作品一起入选《加利福尼亚文学》。到 1995 年，《华女阿五》已经再版四次，"是美国华裔文学发展史上的一部具有十分重要意义的作品，也是今天研究美国华裔文学、社会和历史的必读之作"①，黄玉雪本人则成为旧金山的传奇。

不仅如此，1951 年，美国国务院资助她去亚洲 45 个城市做了为期 4 个月的巡回演讲。此外，国务院资助翻译她的小说，把它译成日语、汉语（在香港翻译的）、乌尔都语、孟加拉语、泰米尔语、泰语、缅甸语等亚洲各国的文字和地方语言出版。

黄玉雪取得的成就使她一直被主流社会当作少数民族成功的典

---

① 程爱民：《论美国华裔文学的发展阶段和主题内容》，《外国语》2003 年第 6 期。

范。正因为这一点，黄玉雪受到不少美国华裔批评家的指责，认为她利用中国文化来取得主流文化的赏识，是被美国政府"招安"了。2002年，黄玉雪女士在南京接受张子清教授的采访时说："种族多元化的观念在我写这本书三十多年之后才有。这并非说我不了解今天的现实。今天的现实不是二十世纪四十年代的现实，不是四十年代美国国民的精神状态。在那个时候，我的爱国热情高涨。而今，美国政府的政策太令人失望，我再也不会接受邀请，在亚洲作四个月的演讲，为美国政策赢得朋友。"① 由此可见，黄玉雪是一个有高度原则的作家，并没有"背叛"华人，毫无原则地"投靠"或"依附"白人。此外，黄玉雪书中所写的是她自己23岁之前的生活，她所接触的美国白人大多来自于学校和学术圈，而且确实曾经给予她一定的帮助，故而书中较少涉及敏感的种族问题也是正常的，把她称为是"一个精明的女生意人"而不是"一个严肃的或非常敏锐的作家"② 显然是有失公允的。在20世纪40年代，美国还没有多元文化的气候和土壤，年轻的黄玉雪竟然单枪匹马，成功地闯入美国文化和文学的禁地，我们对她还要求什么呢？黄玉雪作为"文化边界的闯入者"，有理由为此感到骄傲。③ 在谈到创作发表《华女阿五》的首要目的时，黄玉雪多次强调："我写这本书是为了使美国的大众读者能对中国文化有一个更好的理解。我觉得他们许多人对于我们优良的文化，我们家庭的力量，以及我们的行为准则都一无所知。"④ 这一创作动机在作品中得到了很好的体现，如书里有对庆祝传统节日、结婚、生孩子、殡葬等仪式，以及对中国饮食的极为细致的描写。

作者采用了第三人称的书写方式，对此，黄玉雪在《华女阿五》的初版序言中解释道："对任何一个在中国礼节范围中长大的人来说，

---

① 张子清：《美国华人移民的历史见证：美国著名华裔作家黄玉雪访谈录》，《外国文学动态》2003年第2期。

② Chin Frank, et al. eds., *Aiiieeeee! An Anthology of Asian-American Writers*, Washington, D. C.: Howard University Press, 1974, p. xxx.

③ 张子清：《华裔美国文学之母：充满传奇色彩的黄玉雪》，《当代外国文学》2003年第3期。

④ 黄玉雪：*Fifth Chinese Daughter*（《五姑娘》），山西教育出版社2002年版，第39页。

一本由华人用'我'写成的书似乎很不谦逊，令人无法忍受。"① 黄玉雪将一位在美国生长的华人女子23岁之前的经历娓娓道来，文笔优雅简洁，故事生动有趣且不乏幽默感，详细描写了如何通过自己的努力，以坚强的信念和执着的精神，冲破层层阻力，在美国主流社会取得成功并得到尊敬的故事。中间穿插了大量关于唐人街人情世故的描写，形象地再现了一位处于弱势群体中的华裔女子"五姑娘"在华人聚居的唐人街长大，接受中国传统的教养，勤劳努力，通过在白人家里帮工，以优异的成绩分别取得了美国和华人学校的文凭，并在毕业典礼上代表毕业生发言。从旧金山初级大专院校毕业后，玉雪得到米尔斯女子学院院长和系主任的支持与帮助，获得到米尔斯女子学院继续深造的机会，使个人的能力、兴趣得到提升和培养。毕业后，她冲破美国社会对于华裔的歧视，在一家美国人的造船厂找到了一份属于自己的工作，在第二次世界大战期间为国家做出了自己的贡献，并因征文获奖而有幸能为新轮船举行下水典礼。最后她独立创业，开设陶艺店，从事一份体面的职业，赢得华人社区和美国主流社会的尊重。玉雪的故事可以说是世世代代美国移民及其后裔所追求的"美国梦"理想的完美体现。

黄玉雪成长在传统的华人家庭里，其父黄恒是一位开明、爱国的商人，曾任旧金山自由共济会会长，为孙中山的革命活动筹过款。玉雪的家在旧金山华人聚居的唐人街，五岁之前，她完全生活在中国人中间，遵从中国人的生活习惯和思维方式。玉雪的父亲思想开明，重视子女的教育，坚持让自己的女儿接受传统教育。每天早上，在玉雪上英文学校之前，他会亲自辅导玉雪学习中文，练习毛笔字，晚上还要女儿去中文夜校学习，并要求女儿学弹钢琴。这种教育持续到玉雪高中毕业，使她在成长的过程中一直与中国文化保持着密切联系。此外，华裔家庭浓厚的中国文化传统和智慧也陶冶着她。父亲要求玉雪做人要诚实、勤劳、有责任心；玉雪的母亲勤劳坚忍，教玉雪做家务，与人为善，尊敬长辈；而玉雪的外婆，不但给玉雪讲故事，和她

---

① 黄玉雪：*Fifth Chinese Daughter*（《五姑娘》），山西教育出版社2002年版，第41页。

玩游戏，还能平等地对待玉雪。外婆亲手教玉雪把葵花籽种成苗壮成长的向日葵，让她看到虽然是相同的种子，但只有"那些不断努力的种子"才能最终长大开花，"就像生活一样，那些不好好努力的就要掉队"①。在多年的中国传统道德教育和熏陶之后，玉雪长成了一个具有中国传统美德的中国人，成功地完成了对自己华人身份的认定。受父母爱国思想的影响，玉雪在大学毕业典礼上发言时，提出作为美国华裔的价值："美国华裔最佳展示、应用其教育的场所是中国。中国需要搜罗其所有的人才。"②尽管实际上她并没有回到中国，为其效力，但一直保持着对中国的热爱，她是 1972 年尼克松访华后首批到达中国的美国人之一。

玉雪从中国文化中汲取营养，为自己的血缘而感到骄傲，尽管有时她也会遭遇到种族歧视的侵扰。一次，在从英语学校回家的路上，白人男孩理查德骂她"中国鬼"，并把粉笔擦朝玉雪砸去，但玉雪理智地选择了保持沉默，并从中华文明中找到了安慰："每个人都知道中国人有着优越的文化。她的祖先创造了伟大的文化遗产，并作出了对于世界文明有重要影响的发明创造——指南针、火药、造纸术以及许多其他重要的发明。"③在种族歧视严重的情况下，年幼的玉雪并没有因此而感到迷惘自卑，而是敢于拿自己的长处和白人孩子作比较，正是因为她身后灿烂的中华文化，使其在面对歧视时不卑不亢。

中华文化滋养了她，父母培养了她优秀的品质，为她奠定了成功的基础。但是随着玉雪慢慢长大，她在白人英文学校里注意到中美文化的不同，自我独立的平等意识开始觉醒。当中学毕业时，玉雪提出要读大学，但是一贯支持她读书的父亲此时却认为，在受教育的问题上，儿子要优先于女儿，因为他要全力支持哥哥读医科大学，并且觉得玉雪所受到的教育已经高于一般的华裔甚至是美国女孩了，所以父亲拒绝帮她支付上大学的费用。坚强的玉雪没有放弃，靠为白人家庭做家务而上了旧金山大专学校，可她心里却在抗议。

---

① 黄玉雪:《华女阿五》，张龙海译，译林出版社 2004 年版，第 29 页。
② 同上书，第 122 页。
③ 黄玉雪: *Fifth Chinese Daughter*（《五姑娘》），山西教育出版社 2002 年版，第 64 页。

在专科学校，玉雪接受的教育完全是美国式教育，个体和个体权利得到进一步肯定和鼓励，逐渐学会以美国人的思维方式思考问题，学习怎样适应美国社会和文化，怎样活出美国式的人生。渐渐西化的玉雪和华裔父母终于在是否应该自由地和男孩子出去一事上产生了激烈的争执：

> 在美国曾经有一段时间，父母生养孩子就是为了让他们干活；但是现在外国人把孩子当成个人看待，他们有自己的权利。我也曾经干过活，但是现在我除了是您的五姑娘，我还是一个人。①

辩论的结果是玉雪获得了自己寻找答案的自由，但受中国文化教育长大的她并没有在拥抱美国式自由的同时抛弃自己的中国属性——她仍然是个孝顺的女儿，她向父母保证："你们应该有信心，我牢记你们的教导，把学到的新知识向你们汇报。"②

在米尔斯学院，玉雪充分肯定了西方教育在鼓励人独立思考方面所具有的卓越作用，全身心地拥抱西方文化，但是玉雪没有忘记自己的中华文化传统。因为在米尔斯学院，帮助玉雪成功打入白人交际圈的正是她与众不同的中式烹饪技能，而她学术上最成功的地方也正是那些关于中国的小说《金瓶梅》的论文。玉雪通过努力在美国这个大千世界中找到了自己的位置，但她明白自己永远也不可能完全脱离对她的成长有着深刻影响的华裔家庭和中国文化。

玉雪以优异的成绩从米尔斯学院毕业，真正地成了一个全面发展的自由个体。她不仅在家里和学校追求自己的个性独立，还向美国的职场——"男人的世界"发起了挑战。在那里，她充分展示了自己的才干，深得上司的赏识与器重。不仅如此，她还赢了一次重要的征文比赛，获得了为一艘战船命名并主持新船下水仪式的殊荣。但是，在

---

① 黄玉雪：*Fifth Chinese Daughter*（《五姑娘》），山西教育出版社2002年版，第118页。
② 同上书，第120页。

当时的美国社会，女性——即使是美国白人女性，也无法在以男性为主导的社会中争取同工同酬的权利。在深思熟虑之后，她决定以陶瓷艺术和旨在沟通中美文化的写作为事业，因为在她的心灵深处有一种强烈的渴望，希望能为西方世界更好地了解华人作出贡献，使美国主流社会认同华人为美国社会所作出的成绩，能够平等地接纳华裔。

玉雪的成功之处在于她站在中美两种文化之间，理解、接受两种文化：中华文化滋养了她，为她奠定了成功的基础；美国文化为她提供了成功的机会和自由发展的空间，使她充分实现了自我价值。她接受父亲的建议，从不把外面的思想（即美国文化和价值观等）带回家里，将社会生活同家庭生活区分开来。尽管双重的属性容易造成主体的困惑与焦虑，可玉雪却成功地平衡了二者的关系，知道何时该以何种身份出现。她努力不懈、力争上游，成功地进入美国主流社会，实现了自己的社会价值；同时，她珍视自己的华裔传统和文化，非常小心地避免与家庭发生决裂，努力得到父亲的认可。最终，她成功地完成了自己的双重文化身份认定：在家里玉雪是父母争气而孝顺的阿五，在白人社会中玉雪是一个成功地获得自由全面发展的个体。即使在多年后，黄玉雪依然认为："我的成功在于我把美国选择职业的自由、中国高度的责任心、我的正直和勤奋工作完全结合起来。例如，我从没看到我的母亲偷过懒，我的父亲总是为家庭的幸福着想。"①

在书中，黄玉雪使用了自己的真实姓名，并坦然称自己是"美籍华人"（American-Chinese），宋伟杰认为，这一定位暗指美国人是徒有其表的，中国人倒是名副其实的。② 黄玉雪深厚的中国传统文化家庭教育以及唐人街相对封闭的状况使她从小受到中华文化的滋养，产生了对中华文化的坚定认同；长大后所受到的美国式教育使她迅速接受了美国社会的文化理念，她深深地明白要想在美国社会成功，必须成为一个美国人，因而对美国文化产生了认同。毕业之后，玉雪经过

① 张子清：《美国华人移民的历史见证：美国著名华裔作家黄玉雪访谈录》，《外国文学动态》2003 年第 2 期。
② 宋伟杰：《中国·文学·美国——美国小说戏剧中的中国形象》，花城出版社 2003年版，第 346 页。

冷静的思考，完成了自己的双重文化身份的认定：两种属性对她同等重要。黄玉雪写书的目的是向处于霸权地位的主流文化介绍自己少数民族的文化，因而也就难免有过分赞誉主流文化之嫌；同时，作为中国文化的介绍者，她又非常强调自身的族裔属性。由此可见，玉雪所称的"American-Chinese"是个偏正短语，American 用来修饰 Chinese，书中的玉雪虽然倾慕白人文化，但她还是把中国文化当成自己的根。她甚至曾在书中表明要回到中国。当玉雪无法在白人社会寻求发展时，她在中华文化的宝库里找到了答案，后来成为成功的美国陶器艺术家。

玉雪是通过自己的才华和勤奋打动美国主流社会，从而被美国社会和男权氛围所接受和肯定的，并通过自我调节和太极式的自我克制，达到了在两种文化之间的平衡，完成了对于自己"美籍华人"的身份认同，而不是通过向美国主流社会发起革命性的战斗来取得这一切的，但评价一个作家离不开当时的社会文化大背景。在 40 年代美国社会种族和性别歧视严重、华人集体消音、华裔在美国主流社会里的形象消极刻板的时候，26 岁的黄玉雪还远远没有到写自传的年龄，却勇敢地登上了文学的讲坛，向美国主流社会讲述了一个华人姑娘和她的家庭的故事，这的确是令所有华裔都感到自豪和振奋的。她说："如果他们（白人）阅读了有关我日常生活和受到教育的故事，他们将会尊敬我们的家庭文化。"[1] 事实证明，黄玉雪不仅打破了白人语境中华人的"失语"状态，展示了华人的优秀品质和文化，改善了华人形象，而且成功地完成了自己的中美双重身份的认定。

作为继"水仙花"之后走进文坛的一位华裔女性，黄玉雪的写作无疑对美国华人英文文学的繁荣发展起到了先驱者的作用，极大地鼓舞了女性从事写作的信心和勇气。她的身份认同也为其他的华裔以及华裔作家的身份认同提供了借鉴。她是当之无愧的"美国华裔文学之母"。

---

① 张子清：《美国华人移民的历史见证：美国著名华裔作家黄玉雪访谈录》，《外国文学动态》2003 年第 2 期。

三　汤亭亭——华裔美国女斗士

第二次世界大战以后，美国华人社会发生了巨大的变化。首先，由于《排华法案》的废除和中国国内形势的动荡，更多的华人移民美国，早期中国移民的家人，尤其是妻子和子女，也终于能够赴美与家人团聚。这一方面意味着在美华人人口的增长，另一方面也意味着更多的在美华人终于能够过上正常的家庭生活。数据表明，华人男女性别比例逐步从 1940 年的 2.9∶1，变为 1950 年的 1.8∶1，1960 年的 1.3∶1。[①] 其次，中美两国的盟友关系使美国主流社会对华裔的态度有了很大的好转，华人的社会经济地位逐渐提高，民族力量和文化特色也逐渐彰显，慢慢地在美国文化中占有一席之地。

然而，在新中国成立以后，由于意识形态的差异，中美关系陷入僵局，再加上美国政府对于红色中国的负面宣传，许多华裔移民逐渐放弃了叶落归根的打算。在美国国内，随着民权运动、妇女运动以及青年运动等如火如荼地开展，多元文化逐渐兴起，在民族多样性的大背景下，美国化是所有少数族裔包括华裔必须经历的过程。要被这个社会接受，就必须将本族裔的文化和特征与美国本土文化相融合。在此过程中，面对强势的主流文化，少数族裔只有削弱和消解自我的民族特征、缩小差异才能与之共同生存。然而，接受一种新的文化特征，就意味着完全失去自己的传统文化特点，因而被同化也意味着人格的撕扯和心灵的痛苦，甚至导致家庭的异化。在这个痛苦迷惘的转变过程中，美国少数族裔也开始自我反思和内省，逐渐意识到完全抛弃自己的族裔文化也就失去了自我，失去了文化的根性，挖掘、保护和发扬本族裔独特文化遗产的意识逐渐觉醒。同时，20 世纪 60 年代以美国黑人为主的民权运动在美国国内风起云涌，唤醒了在美少数族裔对自身权利以及身份的思考意识，受到女权主义的影响，女性的自我认识加深，并希望加入各种社会生活中，起到自己应有的作用，维

---

① 令狐萍：《金山谣——美国华裔妇女史》，中国社会科学出版社 1999 年版，第 146 页。

护男权意识笼罩下的女性生存状况。因而，从 70 年代起，美国少数族裔知识分子重拾在美国这个"大熔炉"里被消解、被融化的自身的民族文化残片，将之拼合起来，寻找被他们一度遗忘和丢弃的本民族文化，加以重新整理和评价，"寻根"的主题继而成为之后很多美国少数族裔作家关注的焦点。①

如果说黄玉雪认同、顺从美国主流社会文化，那么 70 年代以来的作家则明显表现出对主流文化中种族歧视和偏见的激烈反抗，他们反对同化，力求建立属于华裔美国人——既非美国也非中国的独特的文化传统。但是在新的历史语境下，什么是华裔美国人的文化呢？正如汤亭亭在《女勇士》中所说："作为华裔美国人，当你们希望了解在你们身上还有哪些中国特征时，你们怎样把童年、贫困、愚蠢、一个家庭、用故事教育你们成长的母亲等等特殊性与中国的事物区分开来？什么是中国传统？什么是电影故事？"② 第二代华裔美国作家再次发出了"我是谁"的历史天问。

汤亭亭的三部长篇小说使她成了美国最具实力的女性作家之一。她的作品成为美国作家中被各种文选收录最高、大学讲坛讲授最多、大学生阅读最多的作品之一。③《女勇士》获当年非小说类美国"国家图书奖"；1980 年，她的第二部作品《中国佬》出版，该书再次使汤亭亭获得 1981 年非小说类美国"国家图书奖"；她的第三部作品《孙行者：他的即兴曲》获"西部国际笔会奖"。这三部小说分别从华裔神话、英雄史诗与族群寓言三个方面表达了作者对于文化身份的诉求：将中国传统文化与华裔的实际生活相结合，创造出华裔自己的文化，要求真正成为美国多元文化社会中的一分子。④

在她的成名作《女勇士》中，汤亭亭把古老东方文明古国中种种

---

① 文培红：《"大熔炉"、"种族主义之爱"与 ABC 的美国梦——有关〈华女阿五〉的两个悖论》，《西南民族大学学报》（人文社科版）2004 年第 9 期。

② 汤亭亭：《女勇士》，杨剑波、陆承译，漓江出版社 1998 年版，第 4 页。

③ 石平萍：《汤亭亭与移民文学》，《世界文化》2008 年第 12 期。

④ 胡春梅：《汤亭亭作品中的文化身份问题探讨》，《广州大学学报》（社会科学版）2000 年第 9 期。

充满神秘、剽悍、仙道之气和闭塞的氛围，以一个生活在充满艰辛、恐惧和自卑感的华人街和充满鬼怪气、贫寒的勤劳华人家庭中的小女孩的视角展现出来，通过她深有感触的亲身经历向读者描绘了其周围华人的生活以及自己在两种文化的碰撞与交融中不断寻找自我，逐步成长的艰难心路历程。她将中国的神话、传说及历史典故进行了颠覆性的改写，加入其美国化的思想，使它们在新的历史语境下焕发出独特的生机和色彩。汤亭亭从中华文化视角寻找了三个在男权社会中已有定论的女性形象，对她们进行巧妙改造，成功地颠覆了她们原有的形象，使她们成了华裔女性的代言人，让她们诉说作者自己的理想和愿望。汤亭亭通过对无名姑妈通奸事件的重新演绎，解构了男权社会中贬抑妇女的传统观念，展示了她理想中的女性敢爱敢恨、敢做敢当的坚强性格，塑造了一个尊重自我的欲望主体；在"白虎山学道"一章中，汤亭亭创造性地把花木兰和岳飞的故事移植合并在一起，她说："我要表现女人的力量，用男子的力量去增加女子的力量。如果女子知道男子汉大英雄有故事，那她就必须有自己去借用男子汉的能力和理想，这样她才变得强大。"[1] 通过改写，她创造了一个以暴抗暴，在服务社会的过程中实现自我的全新艺术形象——华裔美国女英雄花木兰，兼备男女之优势，战无不胜，所向披靡，表现出对性别歧视和种族歧视的反抗；通过对才女蔡琰被掳经历的重新建构，汤亭亭描述了一个完全适应异邦生活的女勇士形象：蔡琰将自己的民族文化用胡人的乐曲传播开来，不但让自己的孩子理解了自己以及自己的故国文化，而且赢得了胡人的同情和尊重。因为她的才华，汉皇派使者将她赎回。蔡琰巧妙地运用了话语权为自己赢得了解放。蔡琰的经历可以看成是华裔美国人经历的写照，借此汤亭亭表达了对话语权的重视，提出了自己对妇女地位改变方式这一问题的独特思考，指出妇女地位改变的根本出路在于抓住话语权利，把握自我命运。同时，蔡琰的故事也说明人类不同的文化之间存在着共性，

---

[1] 张子清：《东西方神话的移植和变形——美国当代著名华裔小说家汤亭亭谈创作》，《女勇士》，杨剑波、陆承译，漓江出版社1998年版，第193—194页。

必然可以找到相互融合的点。《胡笳十八拍》能够千古传唱，正是由于吸收了不同文化的优点，将"胡乐"与"汉辞"相结合，谱写出胡人和汉族都能欣赏的歌曲。由此可见，汤亭亭笔下的蔡琰俨然化身为一位在"胡""汉"两个民族之间进行文化沟通的使者。总之，汤亭亭心目中的"女勇士"是一个能够把握自我命运，在家庭和社会的舞台上游刃有余的勇敢女性，她是无名姑妈、木兰和蔡琰三者的完美结合。

　　然而，汤亭亭在《女勇士》中所塑造的女英雄形象恰恰反映了现实中的"我"，一个华裔美国小女孩对于移民社会种族歧视、男权压迫的无力反抗。梦想中的女英雄战无不胜，强大有力，"如果我不吃不喝，也许能使自己成为梦里的武士，就像梦里常出现的那位"①。成为女勇士就不会做"人家（男人）的累赘"，就可以摆脱附庸和被歧视的命运。而现实中的小女孩觉得她在美国的生活真是令人失望。镇上的华侨邻居常说："养女好比养牛鹂鸟""'养女等于白填。宁养呆鹅不养女仔'！"② 当过江洋大盗的大伯，当他星期六早上要上街购物，叫"孩子们来呀，快来快来时"，如果他一听到有女孩子的声音就会转身大吼一声"女孩子不行！"，而弟弟们总是能满载而归，获得糖果和新玩具。③ 在父权压制及种族主义歧视之下，女孩儿的"自我之路"陷入了迷途。首先，女孩性别的主体性迷失。小女孩努力用功地学习，门门功课都得了 A，只是为了能像男孩那样出人头地。此外，她甚至在外形上也偏执地追求男性化：她想拥有一个粗壮的脖子，希望自己的牙齿长得又大又黄又结实。不仅如此，她坚决不做饭，对自己未来职业选择在传统上属于男性的——到俄勒冈去伐木。很显然，女主人公已经"内化"了父权制社会所赋予女性的"他者"地位，因而她反抗的途径是效仿男性的种种言行。其次，女孩的主体性迷失也体现在族裔、文化主体性的迷失上。故事中的小女孩也内化了美国种族主义对华裔的"他者"凝视，形成了对自我族裔文化的

---

①　汤亭亭：《女勇士》，杨剑波、陆承译，漓江出版社 1998 年版，第 44 页。
②　同上书，第 42 页。
③　同上书，第 43 页。

自卑心理，所以她才那么不顾一切地要做"美国女性"。为了成为"地道"的"美国女性"，她故意压低自己的声音，因为"中国人说话不仅声音大，而且也难听……我们发言古怪，像老农民一样，我们的名字拗口难记……正常华人妇女的声音粗壮有威。我们华裔美国女孩子只好细声细气，显出我们的美国女性气。很显然，我们比美国人还要低声细气"①。"如果我能使自己具有美国人的美丽，那么，班上五六个中国男生就会爱上我，其他每个人——纯种白人、黑人和日本人也会爱我的。"② 这种情形很像托尼·莫里森《最蓝的眼睛》中的情节：黑人女孩佩科拉梦想拥有一双最蓝的眼睛。可见，在充满种族偏见和歧视性话语的美国，华裔美国人要建构自己族裔和文化的主体性是多么困难。显而易见，小女孩已经被种族主义的"内部殖民"话语俘虏了，成了美国种族主义的牺牲品。

在《女勇士》中，作者还借母亲之口叙述了姑姑有辱家门的故事：姑姑在丈夫赴美之后因受诱惑或胁迫而怀孕并最终携婴儿投井自杀。但在"我"看来，对姑姑"真正的惩罚不是村民们的突然袭击，而是全家人故意要把她忘掉"③。姑姑的不贞行为使她在家族中缺席，而令她失贞的男人却没有受到任何惩罚。女性的无权和受压制状况激发了"我"以"自报家丑"的反抗行为打破女性的一贯沉默、挣脱中国传统社会对女性的桎梏，从而开始建立女性独立的自我。作者在故事里还写到了坚强的母亲勇兰和脆弱的姨妈月兰。母亲年轻时干练坚毅，勇敢地追求自我发展，进学堂学医，敢于睡在"鬼屋"里，成为一名乡村医生后更是四处奔走，行医救人，是一个不遵循传统、有着强烈女权主义色彩的勇敢女性。而移民使她从一位受人尊敬的中国乡村医生转变为一个美国社会底层的劳动者，她曾经纤弱，但"同样是这个母亲，搬着100磅得克萨斯大米上楼下楼。她在洗衣作坊从早上6:30干到半夜，一边还要把孩子从熨衣案子上移到衣服包裹之间

---

① 汤亭亭：《女勇士》，杨剑波、陆承译，漓江出版社 1998 年版，第 155 页。
② 同上书，第 10 页。
③ 同上书，第 14 页。

的架子上，又移到橱窗上。"① 女儿还是和母亲充满着矛盾：一方面，她佩服年轻时候的母亲的勇敢和自信并从母亲所讲述的故事中汲取力量；另一方面，她对母亲的言行举止有诸多的不满，母亲成为她反抗的对象。而真正促使汤亭亭从沉默中走出来、进行坚决反抗的是姨妈月兰的经历。月兰谦虚隐忍，缺乏勇气和自我认知，软弱的她不仅遭到丈夫的遗弃，也无法适应美国的生活，最终精神失常，悲惨地死在疯人院里。姨妈的经历使她意识到，一个人没有了自我可能会发疯。"我认为讲不讲话是正常人与疯子的区别所在。疯子从来不会解释自己的行为。"② 于是在病床上躺了 18 个月后，她决心发出自己的声音，为自己赢得应有的权益。最后，她要按自己的方式和母亲共讲一个故事，母亲讲故事的前半部分，她讲故事的后半部分：这意味着她是一个兼具中美两种文化的美国华裔。在她改写的蔡琰的故事中，蔡琰的歌就是她这样一个华裔美国人的歌：她的歌声是两种不同文化的融合，在她歌唱中国和中国亲人的汉语歌声中，匈奴人也能听懂其中的悲愤和感伤，他们甚至觉得歌声中有匈奴词句，唱的是他们漂泊不定的生活。而她也像蔡琰一样，终于在自己的歌声中找到了自我。

　　不同于《女勇士》以一名女孩的成长经历为线索，在《中国佬》中，汤亭亭以家族移民史为原型，通过讲述自己家族几代华裔男性在美国艰苦奋斗的历程，重新书写了被美国社会遗忘，被抹杀的华裔移民的英雄史诗。曾祖父因贫困而作为淘金第一代被迫到檀香山的种植园辛勤劳作，然而，他却被无情地剥夺了"话语权"；在"内华达山脉的祖父"一章中，祖父的经历更能让人感受到早期华裔移民在美国所经历的不公正待遇。为了修建这条贯通美国东西的铁路，许多和祖父一样的华工流血流汗，用生命立下卓越功勋。然而，在白人欢庆的时刻，当地政府却开始驱逐华工，"白鬼"出于有趣和仇恨而杀害华人。祖父不明白："经用自己的血汗建造了一条铁路，为什么他不应

---

① 汤亭亭：《女勇士》，杨剑波、陆承译，漓江出版社 1998 年版，第 96 页。
② 同上书，第 169 页。

该得到一个他渴望得到的美国孩子?"① 此外，汤亭亭还写到了在洗衣房里勤恳工作、一度保持沉默的父亲，以及拼死参加越战的弟弟。几代华裔在不同的历史背景下，和其他美国人一样为美国作出了贡献，他们的经历代表了华裔在美国生活的共同历史。汤亭亭在《中国佬》中对于华裔美国移民历史的重塑肯定了他们在美国历史上的地位，弥补了本族文化的缺失，重置了那些被忘却了的联系，为找寻和重建华裔美国文化身份奠定了基础。

值得注意的是，《中国佬》全书分为七个部分，而每一部分的叙述又都是从一个神话故事或民间故事开始的。如第一章"从中国来的父亲"从"关于发现"开始，讲述的是清朝李汝珍所著的《镜花缘》里女儿国的故事，并且认定女儿国就在北美，只是故事的主人公变成了唐敖，他被变成了女人。汤亭亭将这个故事置于小说的开始，可能意味着华裔美国人在离开本土文化之后将不得不放弃原有的中国文化，也预示着在新的美国文化中华裔男性被女性化的命运；又如"在越南的弟弟"这一部分运用的是屈原被流放的故事，反映了华人离开故国后丧失了原有的身份经验。

在《中国佬》中，汤亭亭重写了华裔英雄史诗，刻画了金山勇士的英雄形象以取代邪恶的傅满州、狡诈的陈查理等负面刻板的华人形象。"她想用《中国佬》中她创造的英雄传统来取代主导文化中'有选择的传统'，在这种英雄传统中，美籍华裔不再受到边缘化。"② 并进而表明华人是美国土地上理所当然的主人，确认其文化身份。在汤亭亭的笔下，每一位在美国作出贡献的华工都应该是美国的英雄，都是真正的美国人。他们拥有讲述历史的发言权，美国的历史也应该是属于华裔的。

出版于 1989 年的《孙行者：他的即兴曲》是汤亭亭第一本以小说为名公开发表的作品。该书讲述了一位 60 年代的青年华裔嬉皮士惠特曼·阿新想要建立"西方梨园"的实践，展现了美国华裔青年

---

① 汤亭亭:《中国佬》，肖锁章译，译林出版社 2000 年版，第 153 页。
② P. Linton, "What Stories the Wind Tell: Representation and Appropriation in Maxine Hong Kingston's *China Men*," *MELUS*, 1994, 19（4）: 38.

阿新对自己身份的寻求和定位。作为一名从加利福尼亚大学伯克利分校英语文学专业毕业的第五代华裔美国人，阿新蓄着长发，说话像黑人，走路像日本武士，爱穿牛仔靴，总称自己为"美国的猴王"。他组建剧团、上演戏剧，将中国文化传统移植、改编，创造出全新的美国神话。他努力恢复华人社群的传统，在增强华人族群凝聚力的同时，团结所有被边缘化的人结成边缘者的泛种族联盟，消除一切边界。阿新通过自己的戏剧实践，发掘出华裔对美国文化所作出的独特贡献。然而，虽然他认为自己是个地地道道的美国人，认同美国的价值观和当时的社会思潮，反对种族歧视，但是，主流社会并不认同阿新是美国社会的一员，华裔社区也因为种族歧视而被置于边缘化的境地。

在小说中，汤亭亭创造性地改写了中国的梨园文化和猴王精神，提出了"西方梨园"和"美国猴王"的文化构想。小说以主人公阿新的西方梨园实践活动为核心线索，展现了在美国语境下，中西文化元素的整合与再现所构成的"西方梨园"文化盛宴。这位猴王阿新既是一位充满反叛精神的嬉皮士，又是一位反对种族歧视的诗人，像大诗人惠特曼一样高唱"自我之歌"；既是一位剧作家，在美国文化的土壤里建立了西方梨园，又是一位致力于找回族裔文化传统和身份的取经人。华裔移民的历史、社群的组织、华裔文化传统以及现实的生存环境共同塑造了阿新独特的华裔美国人身份，也为他融入美国社会提供了言说的最有力支撑。从他身上，汤亭亭发现了中美文化的契合点，猴王精神就是美国华裔精神。

因此，汤亭亭在《孙行者：他的即兴曲》中提供的是一副"混杂文化"的乌托邦图景。"西方梨园"是一个从形式到内容都糅杂化了的华裔族群的文化象征。作者理想的文化解决方案是消除"文化本真主义"的界限而建立起不丧失族裔属性的多元文化，宣称华裔文化对美国的归属权。汤亭亭试图构建的不再是一个非此即彼的主体，而是一个超越国界、民族、文化的想象主体，从而使不同民族、不同文化走向"大同"。

综观这三部小说，汤亭亭在经过身份缺失、身份困惑之后，试图从华裔神话、英雄史诗与族群寓言三个方面追溯华裔移民的历史，重建华裔文化传统以及再现现实的生存环境，从而提出将中美文化与华裔的实际生活相结合，创造出华裔自己的文化，建构起独特的糅杂性的华裔美国人（Chinese American）的文化身份。这里"华裔美国人"是偏正关系的构词方式，"'中国的'是个形容词，'美国人'是个名词。中国的美国人是美国人的一种"①。《女勇士》记叙了一个小女孩的成长史，隐喻着华裔美国人的成长经历；《中国佬》追溯了家族男性四代人对美国的贡献，以此要求美国社会认可华裔；《孙行者：他的即兴曲》则强调主人公阿新及其家庭的"杂化"特征，弱化了华裔美国人中"华裔"这一修饰语的作用，强调了其美国性。汤亭亭认为，在一个能够正视自己族裔特征的多元共生的文化环境里，华裔美国人应该成为美国真正的一分子。她深刻地认识到在多元文化的美国社会中，华裔只有借助自己的中国传统文化资源，结合自己独特的华裔美国经验，才能有效地建构起有别于其他族裔的文化身份，形成与主流文化不同且平等的华裔文化，在美国的土地上开拓出一片属于自己的文化家园。

四 谭恩美——华裔美国人

这一时期与汤亭亭并驾齐驱的另一位女性作家谭恩美于 1989 年以处女作《喜福会》的发表而一举成名。在接下来的几年中，谭恩美有较多的作品问世，且大部分作品引起了广泛的关注，这对于一个作家来讲，尤其是华裔美国作家来讲的确是可喜可贺的。

作家的创作会受到个人的文化印迹、创作心理以及社会语境的影响，因此有必要了解作家的经历和文化视域，了解她处理文化冲突或协商、调整文化冲突时的态度或策略。谭恩美出生于美国奥克兰的一个华裔家庭，是家中唯一的女儿，但是，伴随着谭恩美成长的却是伤痛：在谭恩美 15 岁的时候，她的父亲和哥哥在 8 个月内因脑肿瘤而

---

① M. H. Kingston, "Cultural Mis-readings by American Reviewers," *Asian and Western Writers in Dialogue*: *New Cultural Identities*, ed. Guy Amirthanayagam, London: Macmillan, 1982, p. 59.

相继去世，她的母亲因此患上了严重的抑郁症。为了逃离厄运，谭恩美一家搬到了瑞士。处于青春期的谭恩美狂热地追求美国式的价值：为了融入主流社会，她不惜用夹子把鼻子弄得像西方人那样高耸；为了和自己不齿的中国文化决裂，她不惜反叛母亲，和贩毒男友私奔；为了对抗母亲中国式的教育，她不惜放弃博士学位……母女冲突既是文化的也是两代人之间的。在接受《纽约时报》专访时，谭恩美说，她最早对中国的看法是带有美国式成见的（American pastiche of stereotypes）。1986 年，谭恩美的母亲因病住院，守在病重的母亲身边，谭恩美发誓要写出母亲的故事。同年，谭恩美与母亲第一次访问了中国。这趟中国行让谭恩美看到了她自己的某些家庭习惯或者行为规范是多么的中国化，同时也让她看到了自己身上的美国性，使她更好地面对和接受了拥有双重文化的华裔美国人这一混合身份。

生活上的中美双线运作深深地影响着谭恩美，成长的经历使她不再像过去那样疏离中国文化。她说："（我）不再把中国看作一个负担和还人情债的地方，而是看做孕育我家族不可思议的历史的起源之地。"① 作为华裔移民的后裔，谭恩美意识到无法摆脱与生俱来的华裔身份的尴尬，但同时她意识到自己的华裔身份也是其独特的创作源泉，使她能够从独特的视角审视东西文化，以其动态的身份在两种文化的交融中发挥着关键性的作用。以拥有两种文化的独特身份客观地审视、思考文化交融中的机制与问题，这种独特的身份是其他人所无法替代的。② 因而她以博大精深的中国传统文化作为构建自己作品的基石，以美国华人移民及其后代在文化边际之间的生存状态为素材，反映中美两国文化相互碰撞、谅解与融合的过程，同时以其特有的叙事手法书写了华人华裔在异国他乡生活的尴尬、焦虑和苦闷，表达了华裔急切地寻找文化位置、迫切地想获得身份认同的共同体验。她的生活经验使其创作风格与其他华裔作者相比又呈现出鲜明的个性和特色，更多地围绕着华裔家庭中的成员关系，特别是母女关系而展开，

---

① "Amy Tan's Evolving Sense of China," *NY Times*, Feb. 2, 2014.
② 陈靓：《美国本土文学研究中的杂糅特征理论探源》，《西安外国语大学学报》2009 年第 3 期。

关注着华裔女性的身份地位以及文化认同建构的艰难过程。

亲身经历的文化碰撞所带来的痛苦和割裂成了谭恩美创作的源泉，她小说中主人公的身份困惑正是作者对身份的反思和寻觅。《喜福会》讲述了四对华裔母女之间由冲突走向和解的故事，以晶妹代替自己刚刚去世的母亲参加喜福会开始，在宴会后晶妹与母亲的昔日好友琳达、映映、安美一起打麻将，在打麻将的过程中晶妹和其他三位母亲回忆了她们母女之间的故事，最终，晶妹前往中国见到了自己的两位姐姐。同作者本人一样，《喜福会》中的华裔美国女儿对抗母亲与中国文化身份：薇弗莉用棋子来说明她和母亲的对立关系："在她的手上，我永远只是一个小卒子。"① 晶妹拒绝学钢琴："我不是她的奴隶，这里又不是中国。"② 丽娜因为别人说她"长得像爸爸，英国爱尔兰血统，骨架大"而暗暗高兴。与作者年轻时一样，女儿们在美国出生、成长，虽然依旧是黄皮肤黑头发，却讲着流利的英语，接受着美国教育，过着美国式的生活，有着她们自己的美国梦。尽管母亲们期待她们按照中国的传统生活，但她们渴望像所有美国人一样为主流社会所接纳，因而本能地排斥自己身上的中国文化印记。她们抗拒母亲的中式教育，不懂中文，不了解中国，极力否定她们身上"卑劣"的华裔成分。从本质上讲，华裔女儿的身份认同困境源于中美双重文化，她们无法进入其中的任何一个，因而成为游离于边界的他者而产生巨大的焦虑。这正如后殖民主义理论家霍米·巴巴所说："焦虑的核心正在于自我与他者之间的模糊、晃动的边界。"③ 女儿们的焦虑在于模糊的、晃动的华裔身份。虽然她们有意识地认可西方文化，但母语的集体无意识的超理性是不可抗拒的，这注定了她们的身份总在理性和超理性、美国身份和中国身份之间摇摆。④ 当然，正如

---

① Amy Tan, *The Joy Luck Club*, New York: Penguin Group, 1989, p. 120.

② Ibid., p. 141.

③ 贺玉高：《霍米·巴巴的杂交性身份理论研究》，中国社会科学出版社 2012 年版，第 108 页。

④ 李军花、俞宝红：《质疑、肯定、平衡的轮回与升华——谭恩美身份寻求的轨迹》，《西安外国语大学学报》2001 年第 4 期。

谭恩美多年后的自述，女儿与母亲之间的冲突不仅有文化因素，还有普通母女之间的代际冲突。

小说中的华裔母亲们大多是在中国出生中国成长的移民，对于中国传统文化具有深厚的感情。在移民至美国后，由于语言的障碍和文化的差异，她们大多生活贫困艰辛，难以融入周围的美国环境之中，甚至无法如愿地按自己的方式教导女儿。正如饶芃子所说，母亲们"常会由于生活在从语言到文化习俗、风土人情全然陌生的社会而强烈地思乡，又由于受歧视不为该社会完全接受而牢牢地固守故国的传统，并害怕出生在外国的子女与该国文化传统认同而与自己产生隔阂，便特别迫切地向子女传授故国的文化与习俗，希望子女能接受自己的价值观念"①。然而，现实正如母亲龚琳达所说：

> 她学成这个样子都是我的错。我一直希望我的孩子能得到最好，美国的环境和中国人的品行，可我哪能料到，这两样东西根本是水火不容……她学会了这些美国的东西，但我没法教会她中国人的性格。②

但是，单方面的高期望必然导致母女之间的冲突，又由于母亲不会说英语，女儿也不善于讲中文，致使母女之间误解丛生。

如果说中国母亲代表的是传统的中国文化，那么美国女儿则是西方文化的代言人，谭恩美将母亲与女儿的冲突植入文化冲突的层面，并且在中美文化传统的大背景下将它象征化和寓言化。美国学者成露茜说过："美国人是一个文化系统，中国人也有一个文化系统。后者有一些文化成分与美国文化系统一致，但有许多则相迥异。若中国人能把美国文化系统不一致的成分抛弃掉，那么美国人和华人都会满意的。问题是他们（华人）能不能以及愿不愿意把他们抛弃掉。"③ 中国母亲把中国传统文化看作安身立命的精神支柱，不仅自己不愿将其

---

① 饶芃子、费勇：《海外华文文学与文化认同》，《国外文学》1997 年第 1 期。
② Amy Tan, *The Joy Luck Club*, New York：Penguin Group，1989，p. 254.
③ 成露茜：《美国研究华人问题概况》，地平线出版社 1981 年版，第 26—29 页。

改变或者抛弃，甚至希望女儿也能成为中国文化的传承者。而在美国出生、成长的女儿们则坚定地认为她们是美国人，不必遵循中国的价值观，强烈的希望和同样强烈的排斥构成了一种不和谐的张力，使母女之间的矛盾日益激化。

但是，在女儿们成长的过程中，她们的同化梦破灭了，在困苦彷徨中她们在情感和意识上逐渐理解了自己的母亲，深刻地意识到母亲某些人生经验的确有可取之处，这些宝贵的人生经验恰恰是中国的优秀文化传统在母亲身上的积淀。在《喜福会》中，薇弗莉终于能够欣喜地承认自己和母亲的脸庞是那么相像，露丝和丽娜也真诚地听从了母亲对于她们婚姻的建议，而晶妹在母亲去世后偶然通过抚琴，理解了自己的母亲：

> 我打开舒曼的乐谱，找到了当年我在演奏会上弹奏的那一小段令人伤感的乐曲，《请愿的孩童》，它在左半页。它看起来比我记忆中的还要难。我弹了几小节，惊诧那些音符竟那么轻而易举地又回到我的指尖。
>
> 第一次或者说似乎是第一次，我注意到了右手边的那支曲子，曲名为《心满意足》，我也试着弹了这一首。它的曲调更轻盈，节奏同样流畅，弹起来易如反掌。《请愿的孩童》比较短，但节奏却比较慢；《心满意足》比较长，但节奏比较快。把两首曲子弹了几遍后，我才意识到它们原来是同一首乐曲的两个对等的乐章。①

美国女儿们因为母亲而走进中国文化，终于抛却了那种对中国文化不屑一顾的眼光。晶妹最终能够"轻而易举"地弹奏出两部分迥异的、表征中西文化的乐章，意味着文化的混血潜流在女儿灵与肉的最深处，熔铸在精神的血脉中，不可分割。或者说文化是相互引发、译写、映衬生成的一首乐曲的两个对等的乐章（two halves of the same

---

① Amy Tan, *The Joy Luck Club*, New York：Penguin Group, 1989, p. 144.

song），它们互相商讨（negotiation）、相互转化（translational），从而催生出文化认同的混血状态。① 这也证明她们在定位文化身份时，向中国传统文化作出了部分回归。她们通过母亲们的回忆去寻找自己的族裔和文化身份，去探寻华裔族群的文化根性。在小说的最后，晶妹已经不再紧张和疑惑，她可以从容地面对两位中国姐姐。

晶妹对于乐曲超越这一左一右两乐章的演绎和理解昭示了她已经形成了一种透视中西文化和文化认同的能力，这样的文化姿态已不再针对二元对立的中美文化归属，而是洞悉了不同文化认同的建构特性，开拓出暧昧模糊的越界地带，显现出第三空间里文化混血的杂糅性（hybridity）。这样谭恩美建构了杂糅性的文化认同，就像这首乐曲的演奏，对标签化的"中国"和"美国"文化既双重疏远，又双重暧昧，于错置中生成多重身份的文化主体，解构文化和认同先验论与二元论原则。② 正是通过构建多元文化主体，第二代华裔女儿们不再因自己身上的中国性而感到焦虑，她们已经能够探索性地游走于中美文化边缘。

《灶神之妻》是谭恩美根据母亲的经历书写而成的，同样地，在母女冲突情节中描述了华裔女性对于身份的极度困惑。"每当我母亲跟我说话，一开头总像跟我吵嘴似的。于是，我拒绝和她对话。""我感到我们之间有着巨大的鸿沟！我简直感到要窒息，我想逃走。"③ 但最终母女走向和解，女儿也愿意用中草药治疗自己的病。

《喜福会》和《灶神之妻》两部小说都叙述了作为"香蕉人"的华裔美国女儿们通过了解母亲的中国故事而改变偏激的观念，走进中国文化，去寻找自己族裔根性，重新定位自己的身份，最终走出身份的困惑和迷茫的经历。然而，女儿们对于接受中国文化和身份的态度是试探和保留性的，并未予以完全的信任和接受。这首先体现在小说对中西冲突的处理途径上。女儿的双重文化身份困惑表征于母女关系

---

① Homi K. Bhabha, *The Location of Culture*, London：Routledge, 1994, p. 18–28.
② Lisa Lowe, *Immigration Acts：On Asian American Cultural Politics*, Durham and London：University of Mississippi Press, 1998, p. 103.
③ 谭恩美：《灶神之妻》，张德明、张德强译，浙江文艺出版社1999年版，第29页。

上，表征在对母亲爱恨交织的矛盾心态上，而女儿们在了解了母亲的故事后，才理解并接受了她们的中国母亲，这体现了处于中心地位的西方文化对于边缘化的东方文化的包容，细心的读者或许会敏感地意识到这是西方文化霸权的体现，而并未实现真正意义上的平等与和解。其次，小说用大量篇幅描述了中国文化的迷信落后、野蛮专制，比如"割肉疗亲"、童养媳、战争中脏乱饥饿的桂林、安美母亲在过年前吞鸦片自尽以为她的女儿和儿子争取应有的地位的做法，无一不透露着落后、奇特的异域色彩。这表明谭恩美在审视自己的中国文化身份上还不够成熟，在中国性与美国性之间疑虑、摇摆是其达到文化身份肯定、平衡的一个成长过程。

小说《灵感女孩》是一部奇特、深刻、颇具魔幻现实主义色彩的小说，展开了一幅涉及异国爱情、隐秘的感觉、幻景与现实因袭相传的神奇画卷。小说中李邝对本族文化的坚持，奥利维亚的姓氏改变和东方救赎都表明作者在对身份的认识上表现出疏离西方文化，接近自己民族文化的趋向。

18岁的李邝在父亲死后被继母接到美国，是一位有着"阴眼"的看起来傻乎乎的中国女性，因为能和鬼魂交流而被家人送到精神病院，受尽歧视和严酷的电疗，却并没有改变李邝，反而使她更加说个不停，表现了边缘文化越挫越勇的不息战斗力。李邝虽然没有被美国同化，也没有努力去求得美国主流社会的认同，但是邝的身份认同却是极端错位和扭曲的。邝的到来改变了这个美国家庭，她把"中国奥秘挤压进我的大脑，改变了我对世界的思维方式。不久，我甚至做起中国式的噩梦来了"①。这体现了谭恩美对中国文化价值体系的认同，也显示出谭恩美身份定位的微妙转变。

名字本身也与身份认同有着很大关系。奥利维亚在自己身份认同过程中所遇到的最大障碍是姓氏。无论是易、拉贾尼，还是西蒙，都被她认为是不合适的。奥利维亚·易在其华裔父亲死后随继父姓氏改

---

① 谭恩美：《灵感女孩》，孔小炯、彭晓丰、曹江译，浙江文艺出版社1999年版，第12页。

叫奥利维亚·拉贾尼，而中国姐姐李邝把她叫做"利比—阿"。结婚后，她改随夫姓，叫做毕晓普。离婚后，她又改回父姓易，后来李邝告诉她父亲本来不姓易。最后，奥利维亚以姐姐邝的李姓结束了自己身份的探寻之旅，她还为自己的女儿选择了邝的姓氏，因为正像邝所理解的那样："把我们俩联系在一起的是一根广大无边的中国脐带，这根脐带给了我们相同的遗传特征、个人动机、命运和运气。"①

奥利维亚在姐姐邝的特意安排下在回乡之旅中获得救赎是作者肯定中国身份的有力证据。在中国长鸣，一个未被工业文明污染的地方，邝用自己的生命不但让妹妹奥利维亚和西蒙重拾失去的爱和激情，而且使西蒙在生理上康复，在邝消失九个月后，他们迎来了女儿萨米·邝的诞生。在这里东方成为拯救者，以智者的姿态引导着迷茫焦虑的西方人走出精神牢笼，找回了灵魂和生命的真谛，这也体现了谭恩美对于东方文化从质疑到肯定的微妙转变。

《接骨师之女》延续了母女关系的主题，同样表现了两种文化身份的激烈碰撞。但这部小说既没有像《喜福会》和《灶神之妻》那样一再美化美国文化，将其喻为东方女性的救赎者，也没有像《灵感女孩》中那样把东方文明看作西方精神危机的拯救者，抛弃了非此即彼的绝对化的身份观，从而客观冷静地书写了在两种文化之间完美平衡的身份观。

露丝是一位代人捉刀的作家，在与男友同居 10 年后陷入了感情和事业的低谷。母亲茹灵患上了老年痴呆症，为了防止遗忘，她将自己的身世和家族秘密记录在案：茹灵的生母宝姨是一位接骨大夫的女儿，却因为美貌而遭人算计，在结婚当天被抢劫，她的父亲和新婚丈夫被杀，她自杀不成，毁了容貌，最终因为遗腹之女而活了下来，却只能作为女儿茹灵的保姆生活在夫家；茹灵长于北京郊区的一个制墨世家，见证了家族兴衰和北京人骨的发掘，于国仇家难之中幸存下来，与妹妹高灵抛下过去的种种伤痛，最终来到美国。女儿露丝在读

---

① 谭恩美：《灵感女孩》，孔小炯、彭晓丰、曹江译，浙江文艺出版社 1999 年版，第 21 页。

了母亲的记录之后，才理解了母亲的过去，明白了母亲性格中种种的别扭与为难，于是谅解了母亲早年对自己的伤害，反省了自己年少青涩时所犯下的种种错误，因此更加深层地挖掘到自己性格中的问题，与母亲和男友的关系最终也得到和解。她决心为亲人创作，讲述她们的故事。

对茹灵影响最大的是她的母亲宝姨，这位没有姓氏，只有半边脸的女人。在手稿的记载中，宝姨不同于传统女性，她坚强、自信且勇敢。她像男孩子一样，"认字读书，勇于发问，猜字谜，写律诗，一个人跑出去游山玩水……老人们常常劝他说，这般纵容女儿肆无忌惮地快活，见了生人也不回避，毫无女儿家羞涩之态。"①她拒绝嫁给自己不爱的棺材铺老板的儿子，而面对所爱则能毫不犹豫地把握住机会，毫不忸怩作态。对未婚夫一见钟情，一句"可是老天有眼，把你带到这里来了"②把握住了爱情的主动权。宝姨的性格也遗传给了茹灵，茹灵"调皮、好奇"，敢爱敢恨。这无疑与东方女性柔弱顺从、愚昧无知、守旧贞洁的形象相去甚远，彻底颠覆了东方主义的女性形象。不同于前两部小说中好色贪婪、粗暴专制的中国丈夫，这部小说中的中国男性也首次以正面形象出现：宝姨的丈夫单纯善良、有爱心、有进取心；而茹灵的丈夫潘开京则是一位有学识、有志向、有情趣的考古研究者和勇敢的革命战士。对中国男性女性形象套路的颠覆，表明作者认知上的飞跃和对新身份已经不再质疑和否认。

在这部小说中，身份认同仍然是作者探寻的一个主题。身份的混乱使成年后的露丝一直处于创伤状态。露丝是一名代人捉刀的作家，她一直得不到别人的认同，也没有发言权。她的名字被用小字印刷在主要作者的后面，或者根本不出现。虽然她对这样的事情一直表现得很谦虚和不以为然，但是"她希望别人能自己发现她工作的价值，赞赏她妙笔生花，沙里淘金的本事"③。

茹灵的身份焦虑在于忘记了自己的姓氏。在讲述自己的故事、回

---

① 谭恩美：《灶神之妻》，张德明、张德强译，上海译文出版社1999年版，第159页。
② 谭恩美：《接骨师之女》，张坤译，上海译文出版社2010年版，第141页。
③ 同上书，第39页。

忆母亲的过往中，茹灵逐渐地释怀了过去，逐渐找到了宝姨的姓氏，也找回了过去那坚强、勇敢的自己。"她不再总是回忆那些悲伤的片断，只是记得自己曾经得到很多很多的爱。她记得，当年，自己就是宝姨活下来的全部理由。"① 在这部小说里，宝姨用她的自杀使女儿了解了真相，让女儿选择了另一条道路；当母亲茹灵一直困于宝姨的诅咒，又是女儿露丝最终帮助母亲走出阴影。这似乎表明作者放弃了绝对认同美国或中国文化的身份观，希望追寻一种完美的中西平衡、交融、不断变化的文化身份。

随着阅历的不断丰富和思想的日趋成熟，谭恩美从对族裔文化属性的探索中跳出来，把目光投向更广阔的视野，主题由单一的中美文化冲突转向整个人类的和平相处，真切地关心生活在恶劣环境中的弱势群体，积极地思索如何帮助他们摆脱苦难。《沉没之鱼》的主人公是漂浮的"幽灵"——63 岁的美国华裔女性陈璧璧，她曾是旧金山富有的社交名人，经营着一家东方艺术品商店，却在故事开始时意外死亡。陈璧璧生前计划带领她的 12 位朋友，从中国的丽江开始，然后进入东南亚某古国游览。虽然领队在出发前夕意外死亡，但她的朋友们仍然按照原计划启程。他们游览了丽江和东南亚地区，在东南亚腹地缅甸旅行的过程中遭遇绑架，被科伦人困在一个原始森林的"无名之地"，后来，他们的事件被电视媒体大肆报道，他们被印度派出的飞机从原始森林里救出，回到美国旧金山。

在《沉没之鱼》中，作者有意识地采用解构的策略对小说中逻各斯中心主义的拯救与被拯救主题进行颠覆与解构，从全球化和多元化的视角探讨人类不同文化、不同种族之间的相处。小说的开头引用了一段寓言，暗示了小说关于"拯救"与被拯救的主题。美国人有"救世情结"，美国主流社会始终有一种优越感，认为美国是"上帝的选民"，有"拯救世界的义务"，美国人深信自己负有神圣的使命，把先进的观念和制度传播到世界其他地方。所以当美国旅行团来到东南亚腹地缅甸一处隐蔽的被称作"无名之地"的丛林里时，看到住在

---

① 谭恩美：《接骨师之女》，张坤译，上海译文出版社 2010 年版，第 289 页。

这里的自称为"神之军队"的科伦人部落，目睹了惨遭王国政府和军队残酷迫害的部落的人们，了解到他们长期以来所经历的悲惨生活，产生了一种深深的同情。他们决心帮助这些可怜的人们，要把他们拯救出去，以此改变他们的生活和命运。看到科伦人的苦难，他们首先想到的是用金钱去拯救他们，改变他们的生活。在小说的最后，这群自以为是的美国人凭借着自己的理解，试图"拯救"无名之地。但结局却是悲惨的，"神之军队"被政府军队全部消灭，而备受关注的那兰王国也最终成为大众媒体消费的场所。美国旅行团的愿望是拯救"神之军队"，结果却是更深地伤害了他们。不了解一个地区的文化习俗，以自己的文化标准衡量他人并对其进行所谓的"拯救"，不但愚蠢而且致命。"这种强烈的唯我独尊的心态，在实际生活中必然表现为把自我价值观强加给东方。其结果往往是给对方带来伤害。"① 如乐黛云所说："反对用某一文化体系的价值观念去评判另一文化体系，承认一切文化，无论多么特殊，都自有其合理性和存在价值，因而应受到尊重。"② 所以，文化的相互尊重和文化的多元共存才是真正的"拯救"。

谭恩美的人文关怀深深地感染了读者，她以一贯的轻松幽默反衬现实的荒谬和滑稽，以全球化和多元化的视角探讨人类的各种问题，如道德、理想、原则、生态、宗教等问题，表达了丰富的哲理内涵。其中关于人类的痛苦、责任问题，以及生活在现代社会中人的精神荒原的拯救问题等发人深思。在西方文化中，西方人总是扮演着拯救者的角色，拯救身陷苦难之中的受难者。这种思想表现了东西方关系中西方与东方之间被隐喻为一种支配和被支配的关系，拯救与被拯救的关系。然而，谭恩美采用解构的策略否定了西方价值体系，暗示人们要放弃自我中心论，尊重不同文化和不同习俗，表达了人与人之间、民族与民族之间、文化与文化之间都需要相互关爱与尊重的主张。这也意味着她对于身份的认同已经超越了族裔的界限，转向了具有普世

① 朱颂：《闪光的球体：〈沉没之鱼〉主题的多重性》，《外国文学研究》2008 年第 6 期。

② 乐黛云：《差别与对话》，《中国比较文学》2008 年第 1 期。

性价值的命题：相互沟通与尊重。

谭恩美的小说在结合她个人感受和家族经历的基础上描述、记叙了华裔母女在种族、性别、阶级认同等方面的生存困境，展现了无法确定自我身份的华裔在文化夹缝中寻找和构建身份认同的艰辛历程。第二代华裔的身份给了谭恩美独特的审视视角，文化的全球化又给文化研究的深入带来了契机。与在美国出生的华裔女性一样，谭恩美深深地感到传统中国文化与美国文化的反差，不得不在中美文化的碰撞中重构华裔美国人身份，所以她常在自己的中国性与美国性之间摇摆、调适。她试图把自己的过去、现在和未来联系在一起，以求达到完美的平衡，建立多重的身份主体，寻求身份临时的合理的居所。正像采访中她所说："经过一段时间之后，你会意识到，不可能说你一半是中国人，一半是美国人，因为每个人都是流动、变化的，而且放在不同背景下会有不同结果。"[①] 谭恩美以她独特的身份和视角将中西文化相互审视，关注了当代美国社会的家庭和人际关系，她抵达情感深处的历程，使她的言说对于不同种族、不同文化的读者来说都是深刻的。她最终意识到在全球化语境下少数族裔的身份认同并不是消融不同种族、不同文化之间的差异，而是要更有力地推动文化之间的交流和沟通，它要求尊重民族文化而不是消除民族文化，在尊重民族文化的基础上，积极促进民族之间的交流。这类似于伽达默尔所说的"视野融合"："学会理解与自己所习惯的文化不同的其他文化。只有持一种开放的意愿，放弃中心的心态，才能平等地看待不同文化的价值。"[②]

五　任璧莲——典型的美国人

20世纪末，由于之前赵健秀、汤亭亭等华裔美国作家所作出的不懈努力，发掘了美国华人被忽略和掩盖的历史，坚持表现美国华裔文学的族裔性，构筑了美国华裔文学传统，显示出美国华人的独特

---

① 谭恩美：《故事雕塑家》，《新京报》（网络版），2012-2-13，http：//www. bjnews. com. cn/ent/2012/02/13/182265. html，2017-1-30。

② 中国社会科学院文学研究所：《走向世界的中国文学》，社会科学文献出版社2010年版，第76页。

性，也在打破白人对华人的刻板印象，争取平等权利的斗争中获得了一定的成功，华裔的社会地位有了较大提高。同时，随着新移民浪潮和多元文化主义呼声的高涨，美国国内社会文化氛围趋于宽松。但是，美国白人主流社会中有部分人因感到其文化主导地位受到威胁而惶恐不安，并对少数族裔和移民产生了敌视和排斥情绪。在一些保守派文化精英的推波助澜之下，这种情绪颇有蔓延之势，甚至出现了一股所谓的"白人土著主义"，要求捍卫白人的主导地位。如美国保守派代表人物阿伦·布鲁姆就在《美国精神的封闭》一书中惊呼美国正在分裂，美国文明正在面临前所未有的严峻挑战，并将之归咎于移民潮和多元文化主义。① 美国右翼学者亨廷顿更是直接鼓吹只有 WASP（White Anglo-Saxon Protestants，具有盎格鲁—撒克逊血统并信奉基督教新教的白人）才能体现美国精神的内核，而外来移民和黑人等要使他们成为美国人，就不得不成为白人那样的人并遵奉盎格鲁—撒克逊文化。② 因而在美国这样一个多种族共生的移民国家里，身份认同依然是一个少数族裔必须直面的问题。身份是少数族裔作家在写作中一直关注的概念，这个概念不光指一个人的族裔，还有其他方方面面的维度，包含着一个人社会"存在"的全部。

在这种情况下，华裔美国文学界出现了一批新生代的女作家，其创作表现出不同的特点。主要有任璧莲、张岚、邝丽莎等人，上一代作家的创作和影响为她们开辟了道路，使她们的作品更容易被出版商所接受，但她们往往不愿意被贴上"华裔美国作家"的标签，而希望能够超越族裔的界限，让她们的作品成为美国文学作品而被主流社会所接受。她们无心关注汤亭亭、赵健秀等人曾经展开激烈论战的"亚裔感性"，也不再纠结于上一代作家关注的诸如家庭、祖先、根等问题，认为其含义太过类同化和单一化，根本无法表现美国华裔的复杂经历和丰富情感。她们不愿局限在美国华裔作家的小圈子里，开始用超越二元对立的方式重新审视她们所面对的问题，也即否定的认

---

① Allan Bloom, *Closing of the American Mind*, New York: Simon & Schuster, 1987.

② Samuel Huntington, *Who Are We? The Challenges to American's National Identity*, New York: Simon & Schuster, 2005, pp. 108 – 110.

同，超越族裔性的界限，以整个世界为家，与多元文化并存。任璧莲的创作更鲜明地表现出华裔美国文学的这一变化。

任璧莲是继汤亭亭、谭恩美之后又一引起美国读者和评论界关注的华裔作家。作为成长于美国东海岸的华裔作家，任璧莲认为，她的创作和西海岸的美华文学不同，因为她们中的许多人在东部社区里是仅有的亚裔家庭，并不希望自己被当作华裔的代言人。并且作为一个美国华裔，她不想仅仅被局限在少数民族作家的圈子里，希望扩大华裔作家的视野，向她所欣赏的犹太裔作家索尔·贝娄和马拉默德看齐，为他们在作品里揭示犹太人所特有的"真情、幽默、牺牲、忍耐、同情的精神"所折服，"希望能像犹太裔美国作家一样被主流社会接受，希望有一天她被接受时是凭作品本身的价值，而不是社会学的、历史的价值"①。因而任璧莲的作品超越了华裔移民的经验，更多地关注了移民的经验，她笔下的人物常常是华裔、犹太裔、爱尔兰裔等，以全球化的多元文化为背景，审视了每个移民都有可能面临的身份认同问题。

任璧莲的第一部长篇小说《典型的美国佬》（*Typical American*，1991）出版后即获美国国家批评界奖提名，被评为"《纽约时报》年度好书"。当年的《纽约时报图书评论》《洛杉矶时报图书评论》《波士顿环球报》《华盛顿邮报图书世界》等报刊上都刊载了对此书的赞美性评论。正如小说背面上的评论："任璧莲远不止讲述了一个移民的故事……她在此书中所写的内容在某些方面比以前任何人所写得都多，都好。"

《典型的美国佬》以她自己的父母，40年代留美中国学生为原型，再现了华裔中产阶级人士的奋斗史。小说第一句话就指明"这是一个美国故事"②，但主人公拉尔夫（张意峰）及其一家却是华人移民，作者显然想要重新定义"美国人"这一概念。拉尔夫为了以后回中国做工程师而到美国求学，但是新中国建立后中美关系紧张，美

---

① 李茂竹：《文化属性与华裔美国文学座谈会上的发言》，单德兴、何敬文主编：《文化属性与华裔美国文学》，第164、165页。

② 任璧莲：《典型的美国佬》，王光林译，华东师范大学出版社2015年版，第3页。

国政府对共产党进行负面宣传并阻止中国留学生回国。因为没有身份而被学校开除的拉尔夫没有签证、没有钱、没有工作、没有家庭，甚至没有未来。在他东躲西藏，穷困潦倒，濒临绝境之际，他姐姐特蕾莎和未来的妻子海伦找到了他，三个人开始了新生活。小说展现了第一代华人移民贫困的处境和由此生发的对于金钱的重视，他们将建立经济基础的需求放在首要的位置，因为这是最基本的生存需求。起初，他们总是以中国人自居，看不惯美国人，他们认为，"典型的美国佬不知道如何行事""典型的美国佬就是想做万物的中心""典型的美国佬没有道德""典型的美国佬使用蛮力！"[①] 在这里，任璧莲不仅描述了欧裔歧视华裔，而且也描述了华裔对欧裔的歧视，尝试以这种方式解构主流和边缘的界限。但随着时间的推移，他们的生活方式越来越像典型的美国人，拉尔夫和特蕾莎先后得到博士学位，拉尔夫还得到了美国大学的终身教职，有了两个可爱的女儿，买了房子车子，并戏称自己为"张家佬"。"同化"不仅体现在生活方式上，而且体现在人物的思维方式和价值观上。故事开始时，拉尔夫的思想完全是中国式的。他重视家庭，要把博士学位证书送到父亲手上，并且要"修德""为全家争光"；结婚以后，他仍然和姐姐特蕾莎住在一起，"家庭成员意味着不许脱离"[②]。这种思想在特蕾莎身上体现得更突出，她重视家庭胜过一切：为了使失意的拉尔夫恢复心理平衡，她宣称自己的奖学金被取消了，为了使全家住上更好的房子，她利用一切时间来赚钱。但这一切都无法阻止"张家佬"逐渐向主流文化靠拢和同化，正如任璧莲在一次访谈中所说："故事中的人物是外来的，在故事里一直说典型的美国人这样，典型的美国人那样，当然结尾时他们自己都变成了典型的美国人。"[③] 拉尔夫开始相信《积极思维的力量》，相信美国"一切都有可能"的神话，在格罗弗的影响下，拉尔夫开始狂热地追求财富，开了炸鸡店，每天坐在现金出纳机前面数

---

① 任璧莲：《典型的美国佬》，王光林译，华东师范大学出版社 2015 年版，第 67 页。
② 同上书，第 125 页。
③ 单德兴：《"开疆"与"辟土"——美国华裔文学与文化：作家访谈录与研究论文集》，南开大学出版社 2007 年版，第 239 页。

钱，想办法逃税；他的妻子海伦则从一个事事需要别人照顾的娇小姐变成能干的家庭主妇，但却投入了格罗弗的怀抱，梦想着过有大房子和很多仆人的生活；姐姐特蕾莎因为与格罗弗格格不入而和家人产生矛盾，并搬了出去，她和有妇之夫老赵发生了婚外恋，作出了中国人不能接受的事情。拉尔夫在追逐财富的路上越走越远，直到梦想破灭，雪上加霜的是，由于拉尔夫怀疑海伦红杏出墙，他在愤怒之下差点丧失理智，开车时不小心将特蕾莎撞成植物人，高额的住院费使得拉尔夫夫妇不得不卖掉大房子，重新住回公寓里，拉尔夫则重回大学教书。拉尔夫终于认识到："人在这里和在中国一样受到命运的主宰。……他不是想要做什么就能做什么的。一个人就是他限度的总和，自由只不过使他看清了自己的限度所在。"① 他和海伦也达成了夫妻之间的谅解，所幸特蕾莎醒了过来。在经历了一场"家庭悲剧"之后，小说的结尾以"信念"为题，暗示出拉尔夫的转变和张家人依然有着充满希望的未来。小说中的三位主要人物，不再是中国文化与中国经验的载体，作者以深入人物内心的笔触着重展现了人物形象在新的社会环境下的新发展。

《典型的美国佬》的一个显著特点在于它的华裔主人公家境优渥，拉尔夫和特蕾莎出身于书香门第，父亲是政府官员，海伦是娇生惯养的大家闺秀，将移民美国视作"堕落和流放"②。拉尔夫和姐姐特蕾莎受过美国高等教育，乐于接受主流社会的强势话语，因而很快便适应了主流社会的游戏规则。拉尔夫一家日复一日、年复一年地辛苦打拼，希望找回在中国失落的上层阶级地位，想获得和"美国人"WASPs 一样的地位。但是，最终无论是在经济地位还是在政治地位方面，他们都没能重回上层阶级，而是陷入"中间人"的境地。张家人已经拥有了美国国籍，并且学业有成，从事大学教师和医生等受人尊敬的职业，然而，当他们去球场为他们喜爱的球队加油的时候，白人球迷却骂他们，叫他们滚回洗衣房去。拉尔夫教授的力学在发展

---

① 任璧莲：《典型的美国佬》，王光林译，华东师范大学出版社 2015 年版，第 285 页。
② Gish Jen, *Typical American*, New York：Plume, 1992, p. 61.

太空科技的时代属于不受重视的冷门专业，除了种族歧视之外，还要遭到学术界同仁的歧视，因而他抛弃自己的中国文化传统，弃文从商的一个重要动机就是试图摆脱种族歧视，通过发财致富来战胜种族歧视，进入白人主流社会。然而，拉尔夫却为他的"美国梦"付出了沉重的代价。究其原因，经济水平是一个因素，另一个重要因素是美国上层阶级圈子的构成与种族和族裔的密切相关性，拉尔夫所缺乏的白人种族身份和欧洲族裔身份限制了他们在阶级地位方面的无限上升。

该小说的另一个特点在于它以"典型的美国佬"为题目，而小说的主人公却是华裔，其形象解构了所谓的"典型美国人"的含义，她不再在美国人和中国人之间画出一条界线，不再把人物置于唐人街的背景下，也不再通过暴露黄种人的稀奇古怪而吸引白人读者的关注，而是有意淡化华裔移民的种族特性，使他们像土生土长的美国人一样，全身心地投入"美国梦"的奋斗中去。这意味着在现代美国社会里，大家都是一样追寻梦想的普通的美国人，没有什么所谓的"典型"。"当然我最终要质疑'典型的美国佬'的表面意义，提出张家不比任何人更少美国性……他们探讨过自己的属性，他们问自己：他们是谁，正变成什么样的人。最后结论：他们是美国人。"① 此外，任璧莲不仅描述了欧裔歧视华裔，而且描述了华裔对欧裔的歧视，尝试以这种方式向读者暗示：所有族裔的人都是一样的，都会因为肤色或文化的差异而互相歧视。

任璧莲通过对拉尔夫"美国梦"幻灭的描写意在指出抛弃族裔文化传统、完全"同化"的危害。拉尔夫正是因为盲目地认同主流文化，并将自己的文化价值观全部抛弃，才将家庭拖入一场灾难中，几近家破人亡。"同化"并不能解决问题，给新移民应有的身份，只能使他们成为"大熔炉"里的牺牲品。正如她在访谈中所说："我想重新审视将同化看作完全罪恶的东西这一观点。我确实反对片面的强制

---

① 松川幽芳：《任璧莲访谈录》，《典型的美国佬》，张子清译，译林出版社 2000 年版，第 312 页。

性的同化，并视之为不健康和不受欢迎的做法。另一方面，我又认为当今美国许多人的反同化态度无知而又幼稚，而且与赶潮流之风息息相关。每一个活着的文化都会经历不断的同化过程，同样每一个健康的个人也会如此。当我回顾我的一生时，我不得不承认我身上最好最真实的部分是继承和学习的混合体。"1955 年出生的任璧莲是伴随着民权运动的风风雨雨成长起来的，90 年代开始写作的时候正好赶上美国国内多元文化主义的兴起，她所提倡和拥护的自然是"美国色拉碗"的概念，提倡肤色不同、传统各异的各民族生活在同一个国家里，平等相处，互相尊重，保持自己的族裔文化，没有谁有权规定谁是优等的，谁是劣等的，任何种族和文化都应该被平等地对待和接受，无所谓主流和边缘。

任璧莲的第二部长篇小说《梦娜在应许之地》（*Mona in the Promised Land*, 1996）则是一部更富于想象力的现实主义作品，继续了张家的传奇，讲述了梦娜和凯莉（拉尔夫和海伦的女儿，《典型的美国佬》中的两位主人公）在美国一个叫斯卡希尔的犹太人聚集区的成长经历，并着重描写了梦娜皈依犹太教的过程。在这里，梦娜结识了一帮同学和朋友，有犹太裔、日裔、非洲裔和盎格鲁—撒克逊裔白人。梦娜在与这些不同族裔的人交往过程中，体验了不同文化之间的影响、交融和冲突，对不同文化加以审视、思考和实践，在追寻自我的过程中建构自己的文化身份。小说反映了任璧莲"对美国多元文化背景下少数民族之间的联系和发展，以及对民族身份不定性的独特见解"①。

作为第二代华裔，梦娜对中国文化的认同经历了"炫耀—拒绝—认同"的曲折过程。当张家搬到斯卡希尔时，梦娜年方十三，正处于自我意识开始萌芽的青春期，虽然清楚自己的华裔身份，但是她对中华文化的了解都来自父母，并不是自己所探寻的。由于犹太邻居对中国文化和中国菜肴的极大兴趣，梦娜也受到大家的欢迎并被视为中国菜的"专家"，在一片赞叹和夸奖声中，梦娜不仅收获了众人的关注

---

① 程爱民等：《20 世纪美国华裔小说研究》，南京大学出版社 2010 年版，第 42 页。

和友谊，还有作为孩子虚荣心的极大满足。梦娜到处炫耀自己是"正宗的华人"，说明她对自己的族裔身份已经有了很强的意识，然而炫耀自己的中国性并不意味着梦娜对自己华裔身份的认同。作为出生和成长于西化家庭、从未有过唐人街生活经验的她，对于族裔文化的认识仅限于表面性的片言只语，根本谈不上认同中华文化。实际上，她仅仅意在利用其与众不同的族裔身份作为炫耀的资本，作为其获得关注的工具。伴随着梦娜的成长，她因为与父母特别是与母亲海伦的矛盾而开始"厌烦当华人了"①。海伦期望自己的女儿能够按照她所设计的蓝图来实践自己的人生和实现自己的价值，但是作为出生在美国的第二代华裔美国人，梦娜深受美国价值观和文化的浸染，她对自己的人生、自我的身份有着不同的追求——在美国，她有自由成为任何她想成为的人，在美国，"你要以什么身份出现都可以"②。母女之间文化观念和价值取向的差异，使梦娜渐渐认识到中国文化与美国文化之间的差别，面对无法调和的矛盾，梦娜选择皈依犹太教，做一名犹太人，因为梦娜居住在犹太社区，在与犹太邻居和朋友相处的过程中，她发现犹太教与犹太文化中以自由精神为核心的思想与价值观与自己在成长阶段的个人价值取向是契合的。通过成为犹太人，梦娜可以实现自我表达、自我选择的愿望。但是，随着梦娜对各种文化的深入了解和思考，她发现自己的感觉越来越接近霍拉威茨拉比所预言的"你越是犹太人，就越是中国人"。在很多情况下，她的行为和想法都不自觉地体现出中华文化对她的影响，比如，她为人谦逊，会设身处地为他人着想等。离家多年的梦娜与母亲的重归于好，预示着梦娜对华裔文化身份的回归。然而，梦娜对中华文化的回归恰恰印证了霍米·巴巴的后殖民文化杂合理论。梦娜建构多元族裔身份的过程同样经历了"否认、商讨和杂合的过程"，只不过梦娜对犹太身份的选择与认同使得这个过程更具复杂性，她不得不在三重文化间进行文化转化并寻找到一个平衡点进行文化间的商讨，最终建构一个杂合的文化身份——犹太

---

① Gish Jen, *Mona in the Promised Land*, New York: Alfred A. Knopf, 1996, p. 29.
② Ibid., p. 14.

教华裔美国人。但是梦娜所追寻的是一个在多元文化身份间自由转化的美国人。正如她所说的："这是个自由的国家，只要我愿意，我可以去礼拜堂。事实上，我要是愿意，我也能去清真寺。"① 故事传达了任璧莲想要的理想的族裔本质：不同族裔成员都是美国这个大家庭中的一分子，平等相处、兼容并包。每个美国人都有自我族裔身份的选择权。通过梦娜的经历，作者期望揭示的是在多元文化趋势下，美国社会的各种族裔和文化间的关系远比想象得复杂。对于美国的少数族裔来说，他们所要"超出"的可能不仅仅是"第三空间"。

在重构文化身份中存在不断的肯定与质疑，通过对不同文化的学习比较，梦娜对文化间的差异有了更加深切的体会，她领悟到认同是个人的选择，但又不仅仅是个人的选择，它还涉及与家庭、族群、社会和主流社会间的相互影响。即使他族文化（如犹太文化、美国主流文化）中有令人羡慕和值得学习的地方，也不排除它们有自己的缺陷；每一种源远流长的文化中都有精华和糟粕，扬弃不合时宜的成分，继承和发展优秀文化因子，才是更理性的做法。因此，作为华裔美国人，不必完全抛弃自己的文化遗产。

《爱妾》讲了一个组合式家庭的故事，第二代华裔卡内基·王违背母亲的意愿娶了白人女子简妮·贝利为妻，两人领养了两个亚裔养女并生了儿子小贝利。王妈妈去世前留下遗嘱让中国亲戚兰兰（她实际上是王妈妈的亲生女）来家里当保姆。由于族裔、文化背景差异以及对彼此关系的猜忌，在这个成分复杂的家庭里每个人都对自己的身份产生了困惑：卡内基和两个女儿都觉得兰兰很亲切，这让女主人简妮感觉自己被忽视了；莉兹因为不知自己有哪国的血统而感到很痛苦；温蒂知道自己来自中国的一家福利院，但不知自己的亲生父母是谁；兰兰在这个家里虽然受到女孩们的喜爱，也得到卡内基的关心，但是却被简妮当作真正的佣人，还当作王妈妈送给卡内基的妾，在外面她被当作抢本地人饭碗的异邦人，她结婚不久就守寡，再次寄居卡内基家。简妮觉得这个家是她的，兰兰的存在使她觉得自己的权威受到了

---

① Gish Jen, *Mona in the Promised Land*, New York：Alfred A. Knopf, 1996, p. 248.

挑战,于是带着儿子离家出走。随后,卡内基和兰兰结了婚。但是,在后来的日子里,孩子们发现兰兰并不能取代简妮的位置,简妮才是自己真正的妈妈。卡内基也发现他仍旧爱着简妮,只有她才真正了解自己,虽然兰兰和自己一样有中国人的肤色和外表,从小在美国长大的他在其内心和思想深处根植的是美国文化,但兰兰却是一个地地道道的中国传统女性。后来卡内基发现自己是王妈妈的养子,震惊到心脏病发作。在故事结束时,简妮带着儿子、两个养女和兰兰都守在手术室外,一起祈盼着卡内基手术平安。任璧莲以此表明了事物的不确定性和偶然性,再一次向读者展示了她擅长流动性主题的写作手法。

小说为读者呈现了多元文化时代美国社会诸多复杂的关系,诸如"中国儿子"与"美国儿子""养子"与"亲子""主"与"仆""妻"与"妾"几对隐喻性、歧义性的关系,着力描写这个组合家庭中成员之间的矛盾、困惑和情感纠葛,也隐喻了美国少数族裔在多元文化语境下文化身份的困惑和焦虑,表现了文化身份问题的复杂性,并对建构多元文化身份进行超越性的探索。① 卡内基代表了第二代华裔,与其父母辈有着全然不同的文化价值取向,在面临接受中国传统文化成为母亲的好儿子与成为美国人得到主流社会的接纳的选择时,他疏离甚至鄙弃了自己的祖先文化,并不顾母亲的反对与白人女性结婚。然而,他以抗拒中国传统文化作为追求美国性的代价却又使他陷入困境。此外"收养"这一意象也被赋予了象征意义,隐喻了在美国的少数族裔,无论其是否在美国土生土长,无论其为美国社会作出多大贡献,他们始终都会感受到自己身上的他者烙印。对此,任璧莲本人也深有体会:"但我又必须说有时候我确实仍能感觉到自己身上的'他者'的烙印。如果哪一位亚裔美国作家没有这种感觉,我会感到惊讶。"② 简妮与兰兰之间微妙的"主"与"仆""妻"与"妾"的关系也喻指了美国白人与少数族裔移民之间的不平等关系。兰兰名为

---

① 许双如:《族裔、文化身份追寻中的超越与传承——从任璧莲的〈爱妾〉说起》,《暨南学报》(哲学社会科学版) 2010 年第 6 期。

② (佚名)《多元文化主义语境下的当代华裔美国文学——美籍华裔作家任璧莲访谈录》,《国外文学》1997 年第 4 期。

保姆，但她漂亮优雅，在婆婆眼中更像是王家的主妇，女儿们认为，兰兰更善解人意，这也许意味着美国也是少数族裔和移民的家，他们也是这个国家的一分子。而卡内基最后发现自己只是王妈妈的养子，而自认为王家仆人的兰兰原来却是王妈妈的亲生女儿。种种似是而非、不断变动的身份，似乎表述着这样一种文化观：文化身份并非固有的、与生俱来的，也非静止的，而是处于不断变化之中的。

在小说最后，人物通过主动选择获得了身份认同：莉兹和温蒂最终承认养母简妮才是她们真正意义上的母亲，从而走出了身份困扰；兰兰接受新文化，融入新生活当中；而卡内基在母亲去世后却深深感受到与中国的情感联系，对中国诗歌产生了狂热的兴趣，努力学习中文，将中西两种文化加以调和，从而得以从文化身份分裂的痛苦中获得解脱。这就颠覆了血统和种族对于身份认同的决定性作用，对血统、种族的淡化不仅通过无血缘关系的家庭成员之间的相互认同来彰显，而且借王妈妈之口加以明确，构成家庭的不单是血缘关系，同样依赖于家庭成员之间的认同和关爱，正是彼此的爱与共同的生活理想使得这一家人得以超越血缘、种族和文化背景的障碍，和谐共处在同一个屋檐之下。

任璧莲的小说虽然依旧从华裔美国人这个视角出发，但摆脱了华裔作品中一直以来的"讲古"风格，也全然没有通过对于华裔及其文化的奇异描写来迎合西方人的猎奇口味，作品中的中国元素很少，作品不再有对种族气息的浓厚描述，取而代之的是对人物在主流社会中自身生活方式的刻画，这使得她笔下的人物更具有现实感和美国文化的内涵。因为作者意识到，展示异国情调的结果只会让华裔在美国人眼中更为野蛮、怪异，并不能真正反映移民的正常生活。任璧莲的作品逐步深入，由表及里，跨越了族裔问题的界限，这种立场对白人既不卑躬屈膝，也不是完全对立，而是处于平等相融的最佳状态，摆脱了狭隘的地区意识，消解了一方压倒另一方的紧张关系，从而超越了之前几代华裔美国人在两种文化身份之间挣扎的困境，以更开放的心态、多元并存的态度面对华人在美国的境遇。

综上所述，20世纪以降，华裔美国文学是美国华裔作家对自身弱势族裔处境的回应，反对美国主流文化对美国华裔的种族歧视和性别歧视一直是他们的创作诉求和动力。华裔美国作家从沉默中发出声音，从早期的恳求宽容，抗议歧视，到逐渐打破美国主流社会强加在华裔美国人身上的刻板形象，力图展示真实的自我，以求主流社会的理解和接纳，努力在美国社会寻求一席之地。如今，华裔美国文学已从被边缘化的境地挺进美国文学的中心，在美国文化的"色拉碗"里保持了自己的族裔特色，以独特的视野反映出在美华人的奋斗史，展现了他们丰富的情感生活。流散者的宿命使身份认同不可避免地会在他们的作品中反映出来，并作为华裔美国文学的一个永恒主题被反复表现。

由于美国主流社会对华裔的种族歧视和偏见采取的是一种性别化的想象和操控方式，通过将华裔女性化而将其边缘化，进而将华裔文化异己化，从而剥夺了华裔在美国社会中的合法生存权利，因此，要想在美国主流社会书写华裔美国人身份，首先要消除美国主流社会强加给华裔的性别化标签和刻板形象。以黄玉雪、赵健秀和汤亭亭为代表的美国华裔作家坚决投身于美国华裔文化身份的书写中，努力消除主流社会强加在美国华裔身上的刻板形象，建构美国华裔男性和华裔女性的主体性，并借助文学文本的影响力重新定义美国人和美国历史，修正以白人为主流的美国历史，努力呈现出被白人选择性遗忘的美国华裔的历史，挖掘华裔在美国历史上的成就，宣告美国华裔是美国历史的参与者和建设者，他们也是真正的美国人，从而牢固地树立起华裔在美国历史文化中的国家身份。

在构建身份的过程中，华裔美国作家最终都转向中国文化来寻找支持，祖先的文化成为面对现实的力量源泉。根据霍尔的身份理论，在美国华人的身份构成中，中国文化始终是代表相似性和连续性的向量，但不同的社会背景和文化环境导致中国文化在每一时期的表现形态的不同，并因此出现不同的身份定位。在 20 世纪初美国国内猖狂排华的政治气候下，"水仙花"公开宣称自己的华人身份，在作品中真实地再现了华裔的生活和遭遇，正面塑造华人的形象，为华人的权益而呼吁，其勇气令人钦佩；40 年代中美关系缓和，黄玉雪得以真名实姓发表作品，并宣称自己是美籍华人，详细呈现了唐人街的人情世态，同时也迎合了美国白人的价值观，表现出对主流文化的顺从；

在文化"大熔炉"的 70 年代,华裔美国文学发展到一个新阶段,汤亭亭通过对传说故事的改写打破了沉默,以祖先文化的资源证明了自己美国人的合法身份;在多元文化的 80 年代,谭恩美在两种文化之间摇摆、调适,选择适合时代的平衡点来确认自己的身份;90 年代之后,随着文化环境的更加宽松自由,任璧莲则用"一个美国人的故事"解构了"典型的美国人"这一概念并告诉我们抛弃文化传统的危害性,其创作中的族裔特征也逐渐淡化,关注的内容超出了华裔的范围,更具有一种普遍意义。在这 100 多年的风雨历程中,华人移民表现在文学中的身份诉求也经历了一个逐渐嬗变的过程,从"顺从""对抗""调适"再到"共生"阶段。在美国多元文化背景下,一个人的族裔身份不是与生俱来、一成不变的,而是后天养成、具有流变性和杂合性特征的。埃琳·肖沃特指出,在亚文化群体中存在着一个普遍的文学现象,即第一阶段是模仿主流模式,第二阶段是抗议主流文化的标准和模式,第三阶段是探索自己的模式,这一论断大致适用于美国华裔文学,它的身份定位始终受到主流文化的影响。

　　就华裔美国作家对中国文化的了解和运用而言,本书所涉及的作家均在美国出生、成长、受教育,除任璧莲曾在中国执教外,其他几位均无在中国的亲身经历和感受。另外,相对于在美国接受教育、阅读大量美国典范文学作品以及对西方文学传统的广泛了解,华裔美国作家的中国文化多来源于父母所讲述的中国故事或阅读英译本的中国文学。可以说,她们在文本中所呈现的中国文化是以间接的方式获得的,文本中的"中国"是她们想象中的中国,因此,来自族群内外的误读和指责一直伴随着华裔美国文学的发展。比如,关于汉学家对篡改中国神话的批评,汤亭亭说:"他不明白,神话必须改变,必须有用,否则就会被遗忘。神话就像携带着他们漂洋过海的人们一样,也变成了美国式的。我写的神话就是新的、美国的神话。"① 而面对批评家和读者对其写作中东方主义的指控,谭恩美则为自己辩解道,

---

① 转引自赛勒斯·R.K.帕特尔《新兴文学》,萨克文·伯科维奇:《剑桥美国文学史:散文作品 1940—1990 年》,孙宏等译,中央编译出版社 2005 年版,第 574 页。

尽管中国文化为她的小说创作提供了文化背景，但这并不意味着她一定是在写中国文化。① 而任璧莲希望被认为是美国主流作家，而不是族裔作家，她在《典型的美国佬》的开头便申明她写的是一个美国故事，将故事的主人公当作美国历史的一部分加以讲述。这表明华裔美国作家尽管在文学创作中大量使用中国文化／文学资源，但他们仍认为自己创作的是美国文学。

然而不可否认的是，华裔美国文学的存在打破了美国华裔纯粹"被"言说的局面，由华人的立场出发主动定位自己的文化身份，同时向美国读者宣传中国文化，客观上促进了中美文化之间的交流和沟通。从其创作的历史轨迹可以看出，每一代作家所面对的社会文化环境相较于上一时期都有改善，美国主流文化日趋包容和多元化，这与华裔等少数民族文学的努力是分不开的。

从华裔美国女性文学自身来看，它多以中国文化为立足点，而其主题、思维方式却常常是美国式的，再现了当代普通华裔美国人的生存状况和情感生活，展现了在男权主导的美国多元文化下华裔女性的成长历程，探索了华裔女性的身份认同问题。在成长过程中，华裔女性作家面临着比男性作家更多的挫折，她们一边要克服少数族裔被边缘化的文化地位和身份，一边又要挣脱作为女性而受到的歧视，为了赢得女性话语权并改变女性的从属地位，女性作家勇敢地把自己的境遇写进故事里，成就了如此多的优秀作品，具有较强的时代性和足够的社会历史文化价值，而且对于全球化语境下所有处于流散状态的人们来说，特别是少数族裔的移民，华裔女性作家在作品中所构建的文化身份具有重要的借鉴意义。

第三节　美国梦的诱惑与虚幻

——《典型的美国佬》中华裔美国人的寻梦之路

美国是一个多梦的国家，第一批移民踏上美洲大陆就是为寻梦而

① E. D. Huntley, *Amy Tan: A Critical Companion*, Westport: Greenwood Press, p. 39.

来的，所以美洲大陆被称为"希望之乡"（The hope land）。《独立宣言》声称："人人生而平等，造物主赋予他们若干不可让与的权利，其中包括生存权、自由权和追求幸福的权利。"从而将美国定义为一个自由、平等、民主的天堂，而美国文学更是将美国描述为不可动摇的神话，如惠特曼描绘的民主梦，海明威、杰克·伦敦的强者梦，德莱塞、菲茨杰拉德的富裕梦等。美国梦成为美国神话的集中体现，吸引和凝聚着许多美国人以及想要成为美国人的人不断为之努力。

美国华裔作家任璧莲的长篇小说《典型的美国佬》以自己的父亲——40年代留美中国学生为原型，讲述了华裔知识分子的奋斗历史，描写了一个华人版的"美国梦"。

一 时代背景下美国梦的诱惑

"美国梦"从广义上讲，指自由、民主、平等的国家理想；从狭义上讲，指任何人只要努力奋斗、锐意进取，就一定能在北美这个充满希望的大陆上发财致富、过上幸福生活的个人理想。[①]"美国梦"的内涵与不同时期的社会经济等因素有着千丝万缕的联系。《典型的美国佬》的故事发生在第二次世界大战后五六十年代的纽约，这一时期，美国经济增长出现了一个被西方经济学家称为"黄金时代"的时期，整个社会沉浸在繁荣、保守而恐共的社会氛围之中。当时资本主义世界经济增长迅速，物质丰富，宣扬消费主义，电视机、洗衣机、汽车、郊区别墅等都是中产阶级奋斗的目标；社会文化趋于保守，报纸、电视和收音机等媒体极力宣扬勤奋工作、中规中矩等美德，强调核心家庭的重要性。在这种社会风尚下，美国人以及一些想要成为美国人的人，都信奉中产阶级的梦想：只要努力工作，终能勤劳致富，社会地位与家庭幸福都将随之而来。人人热衷于"自我实现"，自我实现是美国个人主义价值观的主要表现形式，它鼓励个人最大限度地实现自我。自我实现表现为三个层面：物质层面；精神层面；物质与精神双重的层面。大多数美国人将物质财富视为衡量个人

---

① 王萍：《美国梦释疑》，《武汉理工大学学报》2001年第2期。

生存能力的标准，他们认为，物质成就的获取标志着个人价值观的实现和对个人自立与独立精神的社会肯定。① 对物质财富的侧重，在一定程度上可以说是自由竞争资本主义社会的必然结果。美国人所谓的成功，也更多地强调物质方面。这种观念也深深地影响到了移民。实际上，在一个经济快速增长、物质充裕的年代里，越来越多的人以为那样的增长是没有止境的，人们很容易自信心膨胀，过度乐观。

《典型的美国佬》中拉尔夫一家竭尽全力想要跻身于上流社会的一个重要原因就是受到当时美国梦的诱惑。拉尔夫初到美国，即受到美国梦的浸染，不自觉地成了这一主流意识形态的意识主体。去美国之前的拉尔夫是一个典型的中国年轻人，他是怀着"学者梦"去美国的，在去美国的航班上专心复习功课，并为自己制定了一系列的人生目标，其中一条就是光宗耀祖。初来乍到的拉尔夫因爱上了教学秘书凯米而求助于小吃店的老人，后者作为美国社会中的一个传播主体向拉尔夫灌输了美国主流意识形态："钞票。这是这个国家的人所知道的一切。钞票，钞票，钞票。……你知道女人需要什么吗？钻石。珍珠。又大又厚实的裘皮大衣。"② 但拉尔夫的礼物并未为他赢得凯米的爱情，相反，直到离职手续办妥之后才告知拉尔夫她要离开的事。由此拉尔夫形成了他对于美国社会人际关系基础的理解：虚伪和欺诈；爱情关系，甚至家庭关系都可以靠金钱来建立。而事实并非如此，拉尔夫的姐姐在任何情况下总是尽心竭力地帮助他，而他的妻子是在他穷困潦倒之际与他结合的，这更进一步证实了金钱话语的虚幻本质。

拉尔夫在搬到 125 号大街时，其房屋管理人彼得对他说："一个人想做什么就能做什么。'这个人在愚弄自己！'拉尔夫摇了摇头。"③他并不相信这样的豪言壮语。不久，他的导师皮尔斯教授十分郑重地送给他一本畅销书，美国著名牧师、演讲家和作家诺曼·文森特·皮尔的《积极思考的力量》，他手不释卷地读了起来，"根据作者的旨

---

① 胡文仲主编：《英美文化辞典》，外语教学与研究出版社 1995 年版，第 453 页。
② 任璧莲：《典型的美国佬》，王光林译，华东师范大学出版社 2015 年版，第 19 页。
③ 同上书，第 66 页。

意，他写下了一段声明放进钱包：基督给我以力量，通过他，我可以做出一切。他可以做出一切！这是一个信仰和想象的问题，一件拉尔夫从未考虑过的事情。一个'想象'的问题。他需要信仰，用他的全部身心去描述他的信仰"①。尽管任璧莲笔调轻松，但依稀透露出对这本鼓励"自我实现"的书能够给拉尔夫带来的"无限可能性"的嘲讽。拉尔夫看完这本书之后，先是幻想成为一个强大的人，就像他的父亲，接着"他想做一个那样的人神。更为现实的是，他做人神的助手"②。此后，拉尔夫视此书为自己的《圣经》，书中积极思维的理念确实激励了拉尔夫努力奋发，认为只要积极思维，积极行动，就一定能够达到目标，但也使他无视自我能力的局限性，自我极度膨胀。后来，在拉尔夫取得终身教职后，他一方面为此感到自豪，另一方面却觉得这个工作令人窒息，他想起"教堂里的牧师有一次说过：'冒险信仰，怀疑怀疑。'拉尔夫尝试着。他背诵诺曼·文森特·皮尔的话：'我相信我一直受到神的指引。我相信我永远会踏着正确的道路走。'"③ 在这种观念的影响下，拉尔夫与衣着光鲜、资产无数的投机商格罗弗一拍即合。格罗弗美化了自己的发家史，使之具有诱惑力，并向拉尔夫灌输了这样一种观念：真正的成功者要有欲望和能力去取得物质上的成就，"你在这个国家就是这个样子，如果你没有钞票，那你就是个唱歌的中国佬"④。而拉尔夫也深深地为格罗弗身上所体现出来的财富的力量和自信的态度所打动，在拉尔夫心中格罗弗成了美国梦的化身和代表，吸引着他不顾一切地追求物质财富。于是，当格罗弗向拉尔夫推销炸鸡店时，受美国梦激励的拉尔夫毫不犹豫地同意了，他接受了格罗弗的观点："这是一个成功故事的开始，这能使你成为一个白手起家的人。"这样的观念一直影响着他：当他看见炸鸡店仅是一间非常小的木板房时，他很失望，但由于意识形态的控制，他随即又想到："不过谁又知道这间小店会带来些什么呢？

---

① 任璧莲：《典型的美国佬》，王光林译，华东师范大学出版社 2015 年版，第 88 页。
② 同上书，第 88 页。
③ 同上书，第 183 页。
④ 同上书，第 105 页。

甚至通过这样一个特殊的角度，他看到一个帝国在升起，比他父亲所管辖的（即使是在他的鼎盛时期）要雄伟得多，高大得多。拉尔夫为之心神动荡。"① 狭小的炸鸡店被拉尔夫想象性地表述为一个帝国！格罗弗通过对拉尔夫进行美国梦的灌输，成功地将这间地基下沉、濒临倒闭的小店转手给了拉尔夫，从而赚取利益，而拉尔夫也在格罗弗金钱至上观念的影响下，变成一个"令人惊奇的勤奋"、偷税漏税、努力攫取利润、亲情淡漠、以自我为中心的商人。

　　拉尔夫的妻子海伦虽然是家庭妇女，但她也逐渐受到美国文化的同化和美国梦的诱惑。刚刚来到美国的海伦是一位典型的中国女性。她有着瘦长的身材、娇嫩的手、纤小的脚、节制的步伐。她生性纯良，喜好安静，她的生活抱负就是永远待在家里。当她与特蕾莎远涉重洋，开始流放生活时，海伦过不惯：上课时她给家里写信，渴望回家；她尽量少走路，这样鞋子就可以穿到国民党解放中国，那时她就可以回家了；她不愿学英语；没有中国饭吃的时候，她就不吃。但是，最后信仰动摇了，海伦意识到她得"正式接受看上去已经是事实的东西——她确实已经跨越了一个狂暴而漆黑的大洋。现在是她尽量习惯这种流放生活的时候了。"② 她与拉尔夫结婚是因为他们的父母是朋友，而且他是她的朋友特蕾莎的弟弟。婚后，海伦遵守"三从四德"的传统观念，尽力打理好家庭，处理好与丈夫、姑姐的关系，寻找家的感觉，渐渐地成长为一个精明能干的家庭主妇，也由中国淑女变成物质主义、自我意识强烈的美国女性。美国的杂志、电视等一切媒体不但使海伦英语水平大大提高，还向海伦灌输了对于中产阶级家庭模式的渴望。海伦梦想中的家也并非只有家庭的亲情与温馨，同时也是物质财富的象征。书中在写到全家人一同观赏康涅狄格的豪华住宅时，尤其突出海伦当时的陶醉心情，她一遍一遍地念叨着"真美，真美"，因而流连忘返。海伦憧憬着中产阶级的生活，当拉尔夫在炸鸡店拼命赚钱，海伦不停地添置家具：家电、新衣服、烤架、桥牌

① 任璧莲：《典型的美国佬》，王光林译，华东师范大学出版社 2015 年版，第 188 页。
② 同上书，第 63 页。

桌、包食品用的塑料制品、大画册，他们还准备去大峡谷游玩，并且
受到格罗弗引诱而发生了婚外恋：

> 思念他几乎是她最大的乐趣。这个人有这么多缀有交织字母
> 的衬衫，一个女仆，一幢大厦，而他所要的一切就是摸摸她的肚
> 脐。她觉得自己已换了个人，变得更漂亮了。气宇轩昂。柔顺的
> 力量多大啊！如果没有丈夫牵挂多好……①

海伦的女性自我意识觉醒了，胆小、家庭意识强烈、对丈夫百依
百顺的她不但主动出去找工作，而且变得自我意识强烈，开始敢于和
丈夫吵架甚至打架：

> 她要告诉他许多事情——说她想离开他，说她但愿没有嫁给
> 他，说许多男人在追求她。她的话真多，一辈子的话全在这儿
> 了。但是她说的话算数吗？她的话从来没有这么淋漓尽致。她说
> 这些话是想伤害他，但是一旦成功，她又感到惊愕。她不停地叫
> 他失散者，失败者，失散者。拉尔夫一把将她推到地上。她反手
> 拿起一把发刷向他扔去。这是一把她喜爱的发刷，象牙一样洁
> 白，后面还有浮雕图案。她以前从来没有扔过东西，所以像个孩
> 子一样——实际上她把发刷放在耳边，发刷梳理了几绺头发，然
> 后才像直升机一样向拉尔夫冲去，既沉重又危险，使人感到
> 吃惊。②

然而海伦知道她不会嫁给格罗弗，因为格罗弗的中国出生并不高
贵，她的父母不会同意的，而她也逐渐意识到格罗弗并不是真的
爱她。

特蕾莎是一位兼具中西美德的现代独立女性。作为中国一名正直

---

① 任璧莲：《典型的美国佬》，王光林译，华东师范大学出版社 2015 年版，第 209 页。
② 同上书，第 255—256 页。

官员的女儿，特蕾莎既聪明又贤惠，受到了良好的教育，她母亲送她上过女隐修会学校，学过棒球和舞蹈。她重视家庭，关爱家人，在家时为自己的妹妹着想，出国后处处帮助弟弟的家庭和事业。她解救了处在困境中的拉尔夫，且促成了弟弟与好友海伦的婚姻。她勤奋学习，获得了奖学金以减轻家庭负担，同时为了不伤害处于学业低谷中的弟弟的自尊心，她谎称奖学金被取消了。虽然特蕾莎也受到了美国物质社会的浸染，她并没有像海伦那样过多地受到美国消费文化的负面影响，更多的是吸取了美国主流文化中更为传统的美德与理念，尤其是自由和平等的思想。在这种思想下，特蕾莎摒弃了儒家传统的束缚女性的思想，通过自己的努力不仅获得了医学博士学位，而且选择了以男性为主体的医学行业。在婚恋观方面，她在自由、平等的理念下大胆追求自己的爱情，却不愿影响对方的家庭。当全家都把格罗弗的话奉为真理时，只有特蕾莎努力抵抗着这种浸染：反对开炸鸡店，指出格罗弗不过是个骗子。格罗弗入住张家一事则隐喻了中美两种文化观念的冲突。在张家人齐聚客厅聆听格罗弗的歌声时，特蕾莎却独自在楼上冷静地分析着格罗弗的企图。张家屋檐下特蕾莎的离开与格罗弗的进驻意味着在这个家里中国传统文化观念受到了美国主流文化意识的压制，沦为了非主流。

二　重返社会上层之梦

《典型的美国佬》用中美两种文化的双重视角重新定义和审视主人公的社会角色并走向知识分子梦。拉尔夫·张去美国前叫张意峰，生于紧邻上海的一个小镇，家境优越，父亲是个学者，曾为政府官员。1947 年，拉尔夫的父亲对中国到处是废墟、通胀、道德败坏而感到憎恶不已，因此他送拉尔夫去美国读书，希望儿子将来回国光耀门楣，报效国家。张意峰对未来充满希望，在漂洋过海的旅途中，他仍然坚持不懈地学习。他给自己列了数条富兰克林语录式的洁身自好、奋发向上的行为准则和努力的目标。他的英文名拉尔夫（Ralph）是一个欧裔白人女孩（留学生事务办的秘书凯米）即兴给他取的，全然没有中国名字"意峰"（"意在巅峰"）的高远意境，暗示着他陷入了一个命运被他人随意掌控的危境里。1949 年新中国成立后，美国政府因为怕这些工科留学生回国帮助共产党建设新中国而不准他们离开。拉尔夫既对美国的霸权做法感到义愤填膺，又因为美国政府对于共产党的负面宣传而对回国感到惊恐万分，以致忘记了签证续签事宜，成为一个"没有身份"的人。他失去家庭联络、没有钱、被房东轻蔑地拒之门外、学业停止、签证过期、求助无门，甚至不得已到餐馆当屠夫。移民使拉尔夫的角色身份从少爷降至屠夫，从中国的富裕阶层跌落为美国社会的贫困底层。就在他走投无路、极度绝望时，姐姐特蕾莎找到了他，把他从绝境中拯救了出来。拉尔夫与姐姐的朋友海伦结了婚，海伦是一个娇生惯养的大小姐，和特蕾莎像逃难一样来到美国。海伦将移民美国视作"堕落和流放"，希望等到国民党收复政权就回归中国。然而时事变迁，拉尔夫和海伦这对遗落在美国的少爷和小姐最终结成了夫妻，和姐姐特蕾莎一起搬进了一座破败不堪的公寓楼里开始了新生活。

移居造成了他们阶级地位的下移，"尊贵"的张家人不但未能将钱和家产带到美国，而且，由于张家姐弟还处于读书阶段，权力和社会声望也无从谈起。然而，他们无时无刻不记着自己的"尊贵"，仍然延续着旧的贵族心理定势，将自己归类为美国的上层阶级。因此，当他们发现自己在落魄时不小心住进了有很多黑人居住的公寓楼时，感到非常震惊。特蕾莎表示，他们不是过这种日子的人①，他们的痛苦无以言表。

失落贵族的心理使他们产生了重返上层的强烈渴望。拉尔夫和姐姐特蕾莎通过个人努力获得了博士学位，乐于接受主流社会的强势话语，因而很快适应了主流社会的游戏规则。拉尔夫博士毕业后做了大学教师，获得了向往已久的终身教授一职。当时恰逢美国大力发展航空航天事业之际，力学在发展太空科技的时代属于不受重视的冷门专业，不肯改换研究方向的拉尔夫除了遭受种族歧视之外，还遭到学术界同仁的歧视。在格罗弗金钱至上、极端个人主义的影响下，他弃教

---

① Gish Jen, *Typical American*, New York: Plume, 1992, p. 65.

从商，希望通过发财致富来战胜种族歧视，进入白人主流社会。在现实又急功近利的美国社会里，拉尔夫夫妇和姐姐特蕾莎都发现了某种版本的美国梦，不过，万变离不开"钱"。

> 拉尔夫的办公室里贴了很多灵感语录：
> 一切财富均来自思想。
> 能够想到的就能都做到。
> 不要等船驶过来，自己游过去。
> 除非你为追求金钱而工作到白热化的程度，否则你就绝不会赚到大笔的财富。①

拉尔夫的办公室里到处都是《赚钱》《做自己的老板》《90 天成功之道》这类书，而千辛万苦得来的博士学位证书却被束之高阁。非但如此，拉尔夫还教孩子们：

> 你们知道在这个国家什么最重要吗？钱。在这个国家，你有钱，你什么事都能做。你没有钱，你就不中用。你是中国佬！就是这么简单。②

拉尔夫认为自己"可以无所不能"，无限扩张，"不断上升"，他相信自己能快速赚到钱，尽管快餐店主的身份和地位无法与大学教授相比，但金钱可以使他获得中产阶级的社会身份，有能力为下一代提供更好的生活和成长环境以及良好的教育资源。此外，当上炸鸡店的老板还意味着对他的雇员有一定的操控权，拉尔夫始终"喜欢一副大人物的派头，老以为他在中国呢"③。

特蕾莎虽然无法同意，但也无话可说，因为她看到穷人在医院里等死。她明白"在这个社会里，做一个非白人确实需要教育，需要成

---

① 任璧莲：《典型的美国佬》，王光林译，华东师范大学出版社 2015 年版，第 193 页。
② 同上书，第 194 页。
③ 同上书，第 39 页。

就——从而赢得某种尊严。白人生来就是上等人。其他的人则需要在他们的心上方安上一根钢筋"①。为了多赚点钱帮助弟弟按揭买房子，她压缩睡眠时间，愿意干更多的工作。

即使是在大洋彼岸的美国，拉尔夫也仍然延续了他的贵族心理。这首先表现在他有很强烈的控制欲望，有强烈的性别身份意识上。他反复强调他是一家之主，是父亲。此外，他认为，在家里应该由丈夫发号施令，妻子必须顺从。② 在家吃饭的时候，"拉尔夫眼也不抬地将碗递给海伦。他心不在焉地将肘放在桌上，等着海伦将饭盛回来。他把手心伸向空中，就好像一个人在测试是否在下小雨。……海伦小心地将米饭放到他桌前"③。在和格罗弗谈生意的时候，拉尔夫甚至将海伦和孩子看成自己的财产。而在拉尔夫开了炸鸡店之后，他的双眼完全被遮蔽了，什么也看不见，只有现金出纳机，无视妻子的感受，终于使海伦禁不住诱惑投入了格罗弗的怀抱。此外，拉尔夫在觉得不如他人的时候也会焦虑。在父亲眼里他是个又懒又笨的"饭桶"，因此希望他向绰号为"百晓"的姐姐学习，而他不愿听，而且拼命地捂住耳朵，以示逃避与反抗。拉尔夫在签证出问题、学业受阻时，特蕾莎拿到了医学院的奖学金，但是考虑到拉尔夫的自尊心，她谎称奖学金被取消，直到数年后，等拉尔夫拿到博士学位、成了助理教授时方告诉他真相，而拉尔夫也承认他因此感觉好一些。拉尔夫的统治欲还表现在他不能长期处于从属地位上。他之所以不喜欢老赵，主要是因为当年老赵和他一样是留学生，但是在拉尔夫处于人生低谷时，老赵的生活却开始上升，他不仅身材高大，住"黄砖房子，有现代的推拉窗，有电梯，自动的"④，还在一次教堂设计中赢了一辆汽车；当拉尔夫好不容易博士毕业成为大学的助理教授时，老赵早已取得了终身教职，而且成为拉尔夫这个系的代理系主任；拉尔夫拿到了

---

① 任璧莲：《典型的美国佬》，王光林译，华东师范大学出版社2015年版，第194页。
② 同上书，第72—74页。
③ 同上书，第124页。
④ 同上书，第91页。

终身教授的职位，但是想到要和老赵一起工作就让他感觉"太惨了"！① 这也是导致他后来放弃终身教授的职位转而去开店的一个重要原因。甚至在他的炸鸡店关闭之后，拉尔夫也不忘保持他的绅士派头，他觉得自己"百炼之后，确已成钢。……他成了孔子。他成了佛陀"。② 他还养了一条狗，给狗报了个培训班。拉尔夫虽然不喜欢狗的那种"亲热、下流的"摩擦，但认为养狗使自己成为美国绅士，"拉尔夫感到非常骄傲，他的狗在接受培训。……他感到有一种巨大的成就感，所有的器官都感到放松，安静"③。他教狗蹲，认为他的狗蹲的时间比班上其他狗都长，他带狗出去散步时，觉得别人对他非常尊敬。

海伦虽然一直作为家庭主妇，但她认为"教养"能显示一个人究竟属于哪个群体和阶层。她对自己的品位要求很高，比如她对服装、配饰、整体气质的要求都非常高，她很在意体态的优雅，也注重培养女儿们应有的大家闺秀气质。海伦还有意识地不与阶层较低的人来往。海伦看到拉尔夫的炸鸡店生意红火，她高兴地认为"魔术商标似乎将一碟碟松瓣丘疹皮似的杂色鸡变成了一个幸福的家庭"④。她将房子和车子等视为美国梦的物质化表征，在还没钱买房时，海伦就经常去看房子，对房子的热情使她很快学会了区别各种各样的房子的建筑样式，关于房产领域的英文进步也很快。虽然在美国买房子之前，拉尔夫和海伦早就拥有美国国籍，但只有在美国买了房子之后，他们才感觉到重新回到了有产者群体，阶级地位立刻实现了跳跃性上升。他们感到现在的生活"光彩灿烂，充满了真理和新发现！"海伦说"优秀家庭来自优质的房屋"⑤。搬家之后，她觉得连丈夫都变得性感了！海伦确信草坪与房子的质量代表了家庭的品质，象征着主人的阶级地位，上层阶级应该拥有优质的住宅与环境。并且他们选择住在白

---

① 任璧莲：《典型的美国佬》，王光林译，华东师范大学出版社 2015 年版，第 177 页。
② 同上书，第 244 页。
③ 同上书，第 247 页。
④ 同上书，第 195 页。
⑤ 同上书，第 156 页。

人区，远离唐人街和黑人区，在居住地上与底层群体保持距离。马克斯·韦伯曾指出："在社会分层方面，实践中用于展示地位的最主要的方式就是共同居住。"① 他们凭借自己所拥有的资本努力提升自己所占据的空间范围和品质。如果阶级指的就是在社会空间里位置相接近的人，那么拉尔夫一家就是在物理空间上尽量接近他们的目标阶级。

三　美国梦的困境与反思

拉尔夫的困境是在他追求财富的过程中开始出现的。当他在郊区购买了一栋优质房屋之后，美国文化中的个人主义和功利主义渐渐占据了他的头脑。他不安于现状，内心完全接受了格罗弗所代表的物质主义和极端个人主义，背离了中国传统美德，又把代表儒家伦理的姐姐特蕾莎赶出家门，与妻子海伦失和，疯狂地追求物质财富，失去了灵魂和伦理信仰，最终滑向拜金主义的深渊。拉尔夫的困境折射出美国梦的复杂性。拉尔夫不光要定居美国，还想重返上层，成为美国社会受人尊敬的一分子，因而拉尔夫的美国梦实际上是新一代中国知识阶层移民的美国梦。这样，拉尔夫在一个文化转型的社会中追求他的美国梦，就要意识到美国主流文化的双重影响，清楚其自身的文化传统以及这种传统对他所产生的制约。美国梦虽然能激励人们奋发努力、乐观向上、勇于拼搏的精神，但也由于美国大众对它的理解过于物质化而使人们形成拜金主义，道德沦丧，最后酿成个人和家庭的悲剧。

张家在经历了家庭失和、生意失败、拉尔夫撞伤姐姐等困难和挫折后，对于美国梦有了自身的反省。美国并非可以赋予人无限的可能，不加任何限度的自由。拉尔夫开始反思、开始怀旧，"他像一个陷入了危机的国家，不断向回看——其历史也许是丑陋的，但是其过去却是闪闪发光的"②。他痛苦地意识到："一个人在中国注定要灭

---

① 戴维·格伦斯基：《社会分层》，王俊等译，华夏出版社2005年版，第122页。
② 任璧莲：《典型的美国佬》，王光林译，华东师范大学出版社2015年版，第276页。

亡，在这儿也同样要灭亡。看不见，听不见。他不是想要做什么就能做什么的人。一个人就是他自己限度的总和，自由只不过使他看清了自己的限度的存在。美国根本就不是美国。"① 应当说，拉尔夫认识到美国不是他想象的美国，他真正体会到了美国的含义，体会到了自由与限度的辩证关系。小说结尾，拉尔夫独自一人站在漫天飞舞的雪花间，身后是自己的公寓，眼前是一望无际的雪地。身后的"有限"与眼前的"无限"这一画面，隐喻着拉尔夫对于有限与无限的认识以及对于自我的认识。而所有一切也表明张家是与其他人毫无例外的真正的美国佬，因为对于美国人来说，美国梦之所以吸引人、具有强大的生命力，就在于它给人以希望和信念。

怀有美国梦并努力奋斗去实现它，成为吸引世界各地人民移民美国的主要原因之一——无论过去还是现在。关乎自由与成功的美国神话，历来被所有美国人包括美国的移民所认可。通过描述拉尔夫一家追求美国梦的经历和他们极力融入美国社会的文化同化过程，任璧莲意在向读者揭开美国神话的神秘面纱，拉尔夫由于受到当时社会上金钱至上观念的诱惑，并且自己出身良好，却由于移民引发的阶级错位而使他渴望重返上层，希望通过发财致富而进入美国主流社会，在极端个人主义的驱使下生意失败，差点儿家庭破碎，作者意欲以此提醒美国人，尤其是移民：美国既有神话，也有值得珍惜的价值观；美国既能提高个人自由的可能性，也能使这种可能性大为降低；除非个人洞悉什么样的行为规则和价值需要抵制，什么样的又需要加以维护，只有这样才能享有真正的自由。作为无限制的自由的美国形象实际上是不存在的，只不过是个梦幻而已。最后，作者还暗示了一个最终从幻灭中醒悟的并充满反思的拉尔夫，虽一直经历并仍要经历身份的困惑，但不会再盲目地接受和模仿主流社会中的一切观念和思想，也不会再轻易地摒弃自身文化价值中的精华。

---

① 任璧莲：《典型的美国佬》，王光林译，华东师范大学出版社2015年版，第285页。

第四章　华裔美国女性小说的
叙事策略

第一节　新现实主义视域下谭恩美小说
《喜福会》的解读

华裔美国作家谭恩美的一系列小说一经出版即大受欢迎，赢得了美国和中国评论界的一致关注，尤其是她的处女作《喜福会》，不但成为畅销书，为她赢得多项大奖，也成为国内学术界的一个研究热点。据笔者统计，仅2011—2015年，在中国知网上以"喜福会"为关键词可检索到的相关学术论文题目共计591条，其中硕士论文86篇。这些文学评论主要有五个角度：文化、小说主题、与其他作品对比、政治、艺术手法，前两大类的论文数目较多。① 然而，目前尚无论文从新现实主义的角度对该小说进行文本分析。考察20世纪80年代以后的美国文坛，可以清楚地发现当时新现实主义文学思潮已大行其道。作为一位美国作家，谭恩美的写作不可能不受美国文坛主流思潮的影响。细读文本可见，《喜福会》无论是族裔和母女关系的主题、"线性"与"碎片性拼贴"相结合的叙事策略、立体的人物刻画手法，还是修辞性主体地位的叙事语言都表现出明显的新现实主义色彩。从新现实主义的视角分析该小说，有助于将其纳入美国文学的大框架下作出更为恰当的解读，以期进一步发掘其文学性内涵。

---

① 宋晓璐、王林：《〈喜福会〉文学评论综述》，《湖北经济学院学报》（人文社会科学版）2015年第4期。

第二次世界大战后美国社会渐趋稳定，人们逐渐走出了战争的阴影，科技迅速发展，文化得以多样化发展，但同时垄断资本主义形成，社会矛盾日益尖锐。作家们开始反思传统价值观，意识到他们的使命不仅仅是发泄对现实状况的不满，不仅仅是控诉和揭露现实的弊端和阴暗，而应是向读者展示高尚的精神，那种经历了许许多多磨难之后对一切事物的理解以及超然的品格。① 同时，尽管时代变迁，美国小说的现实主义传统仍然有着顽强的生命力，传统现实主义小说至今仍为广大美国公众所喜爱，对当代美国作家产生着深刻的影响。② 新现实主义应运而生，博采各种文学流派的创作手法之长，强调艺术应客观真实地反映生活，同时关注人的内心世界，重视人与社会环境的关系，多元化地反映社会生活。

一 母女关系的主题

在 20 世纪 60 年代的美国，一方面，随着民权运动、妇女运动以及青年运动等如火如荼地进行，多元文化逐渐兴起，人们开始对不同的文化采取包容的态度，民族融合加强，民族间的差异渐趋消融。同时，随着社会地位的提升，少数族裔对于挖掘、保护和发扬本族裔独特文化遗产的意识也逐渐加强。另一方面，妇女运动的二次浪潮推进了女性主义的发展，爱德莉安娜·里奇（Adrienne Rich）的著作《生于女人》（*Of Woman Born：Motherhood as Experience and Institution*，1976）启动了对母性以及母女关系的研究，自此探讨母女关系的文学作品不但增多且影响力加大，成为女性研究的中心课题之一。③ 在这样的社会背景下，谭恩美选取在中美文化冲突中审视母女关系这一时代性和严肃性兼具的主题，打动了读者关注社会现实问题的心弦，她的成功也就不难理解了。

---

① 姜涛：《当代美国小说的新现实主义视域》，《当代外国文学》2007 年第 4 期。

② 程锡麟：《虚构与事实：战后美国小说的当代性与新现实主义》，《外国文学研究》1992 年第 3 期。

③ 王立礼：《畅销华裔女作家谭恩美》，吴冰、王立礼：《华裔美国作家研究》，南开大学出版社 2009 年版，第 247—248 页。

《喜福会》讲述了四对华裔母女之间由冲突走向和解的故事。母亲们在旧中国都经历了各自的心酸和苦难，依靠自己坚韧、奋进、乐观和智慧的品格克服重重困难，绝处逢生，最终为自己赢得了尊严和新生。在异国他乡，她们无法融入美国的主流社会，语言不通，生活贫困，却依然想方设法让女儿们享受良好的教育，成为"天鹅"。然而，对女儿单方面的高期望必然导致母女之间的冲突。女儿们在美国出生、成长，虽然依旧是黄皮肤黑头发，却讲着流利的英语，接受美国教育，过着美国式的生活，有着她们自己的美国梦。尽管母亲们期待她们按照中国的传统逻辑生活，但她们渴望像所有美国人一样为主流社会所接纳，因而本能地排斥自己身上所具有的中国文化的印记。她们抗拒母亲的中式教育，不懂中文，不了解中国。但是，在经历了"练琴风波""围棋事件"和婚姻危机后，她们在情感和意识上逐渐理解了自己的母亲，并通过母亲们的回忆去寻找自己的族裔和文化身份，去探寻华裔族群的文化根性。她们也因为母亲而走进中国文化，逐渐从身份迷失的困惑中走了出来。这样特殊的母女关系对普通美国读者来说不但有感性认同上的普遍意义，而且带有独特的东方色彩，因而具有巨大的感染力和吸引力。

当然，除了母女关系这一最重要的主题之外，《喜福会》还探讨了中美文化冲突与融合、华裔美国人的身份构建等主题。谭恩美以女性细腻的笔触满怀深情地再现了当代普通华裔美国人的生存状况和情感生活，探讨了弥合人际情感裂痕的可行渠道，为当代的美国社会倾注了一种独特的人文主义道德关怀。

二 "线性"与"碎片性拼贴"相结合的叙事结构

一部作品的成功当然不可能仅靠一个恰当的主题和历史背景，在更大的程度上取决于作者独具匠心的叙事策略。纷繁复杂的故事在谭恩美的手中编织成一个精妙无比的整体，全球著名杂志《时尚》称赞道："《喜福会》就像一个中国的魔盒——复杂精致，神秘诱人，环环相扣，又简洁利落……结构上有神话的浓厚氛围，仿佛是谢赫拉莎德那奇妙动人的传说娓娓道来……书中有很多故事，一个比一个引人入胜，令人难忘，相互辉映。"①

《喜福会》运用了多层次叙事结构。叙事分层指叙述本身有着不同的层次分界，当一个故事包含在另外一个故事之中时，叙事就产生了不同层次。热奈特以小说情节的变更为依据将小说分为三个层次：故事外层、故事内层、元叙事。② 学界通常将以上三个层次称为超叙述层、主叙述层和次叙述层，其中占文本主要篇幅的层次被称为主叙述层，为它提供叙述者的上一层次可称为超叙述层，由它提供叙述者的下一层次则称为次叙述层。③《喜福会》的文本内包含着三个叙事层次：超叙述层、主叙述层和次叙述层，这三个层次之间的转换是以叙述者的改变为依据的。

全书由 4 章共 16 小节构成。在每一章的开始，谭恩美用斜体字讲述叙事片段，如果将这些片段串联起来，则会构成一个完整的线性叙述故事：多年前一位中国妇人带着一只鹅远赴重洋来到美国，期望将来自己的女儿能讲一口流利的美国英语，过上独立自主、快乐幸福的生活。但是鹅却被美国移民局夺走了，只留给她一根羽毛作为纪念，她渴望在恰当的时候把这根看似毫无价值的羽毛送给女儿。但是因为她无法讲纯正的美国英语，她无法与女儿交流，无法教导女儿；女儿不听教诲，处处与她作对，不能理解她的中国传统文化思想；最后，老妇人只能在逗弄咿呀学语的小孙女的独语中圆了自己的教女夙愿。谭恩美将这样一个完整的故事拆成片段放置在各章的开始，让这个母女之间的故事成为全书的故事主线，奠定了小说的叙述基调和主题。这个叙述层可视为超叙述。

小说的正文由七位叙述者以第一人称叙述自己的身世或故事。由晶妹首先开始讲述，她代替自己刚刚去世的母亲赴"喜福会"，并与母亲的昔日好友琳达、映映、安美一起打麻将，阿姨们告诉晶妹她的

---

① Amy Tan, *The Joy Luck Club*, New York: Penguin Group, 1989, p. 2.

② Gerard Genette, *Narrative Discourse*, Tran. Jane E. Lewin, Ithaca. New York: Cornell University Press, 1980, p. 234.

③ 施洛米丝·雷蒙·凯南:《叙事虚构作品：当代诗学》，赖干坚译，厦门大学出版社 1991 年版，第 107 页。

中国双胞胎姐姐的事，并决定资助晶妹去中国见她的姐姐；期间，如同打麻将的轮流坐庄一样，其他三对母女分别讲述了自己母女之间的故事；最终，晶妹前往中国见到了自己的两位姐姐。晶妹和母亲的故事是贯穿整部小说的一个重要线索，因此，她的讲述构成了小说的主叙述层，而其他六位叙述者的讲述则属于次叙述层。主叙述层情节线简单，使整个故事的布局呈现出较大的开放性，其他六人的故事被拼贴嵌入其中，貌似松散无序，实则按照"打麻将的顺序"安排①，精心编织。各个碎片本身是情节完整、相对独立的小故事，表面上只是讲述个人的经历和感受，实际上每组故事都关注母女关系这一主题：母亲们通过回忆将历史与现在连接起来，女儿们则通过母亲们的回忆去寻找自我、确定自我，去构建自己华裔美国人的身份；将母女的故事并置，两相对比，凸显了母女之间的爱与冲突，以及她们在跨文化语境下的迷茫和求索。这样的复调咏叹诗化、强化并普遍化了华裔母女关系和中西文化冲突的主题。将次叙述层碎片化的故事拼贴嵌入主叙述层，使得整个叙述既具备完整的情节同时兼具后现代实验小说精美、多变的叙述技巧，增强了故事的可读性，颠覆了平铺直叙的讲述方式，而使读者经历了别开生面的阅读体验。

三　立体的人物刻画

作为构成小说的三要素之一，人物形象的刻画在美国新现实主义小说的创作中占据着举足轻重的地位。新现实主义小说家一反后现代实验小说家削弱小说人物塑造重要性的做法，开始重视小说文本与现实的联系，凸显人物在叙事结构中的重要性，将小说人物放大，不但关注他们的外在体验，还重视小说人物在典型环境中内在情感的细腻变化。② 此外，利用互文性也是新现实主义小说家常常用来凸显小说人物逼真性的有效手段。

---

① 徐劲：《在东西方之间的桥梁上：评〈喜福会〉文本结构的特色》，《当代外国文学》2000 年第 2 期。
② 佘军、朱新福：《美国新现实主义小说中的人物概念与人物刻画》，《当代外国文学》2013 年第 2 期。

（一）外在与内心并重的人物刻画

《喜福会》从性别和种族两个视角审视母亲和女儿在本族文化和主流文化中的遭遇，探寻了华裔女性在美国社会中的双重文化身份。她们既是种族的"他者"又是性别的"他者"，身处文化的夹缝和被"边缘化"的困境，加深了华裔女性自我认同的矛盾和困惑。作为第一代华侨，母亲们是对中西文化冲突感觉最强烈的一代，她们有着根深蒂固的中国传统文化思想，讲着蹩脚的英语，无法融入美国社会，甚至无法如愿按自己的方式教导女儿。以龚琳达为例，她是一位智慧、灵动又坚韧的东方女性，也是四位追逐"美国梦"的华裔母亲中最成功的一位。她两岁就凭媒妁之言、父母之命与黄家定亲，12岁就不得不到夫家忍气吞声做个乖巧的童养媳，与小丈夫和急于抱孙子的专制婆婆周旋，之后巧妙地逃出婚姻的牢笼远赴美国。结婚那天，她哀戚自己的命运，而窗外狂暴地鼓荡着窗帘的风给了她启迪，虽"无法看见风，但我能看见它带动河水缓缓地朝同一方向前去，风吹得人们叫喊、挣扎"①。她看到镜中美丽健康的自我，对生命的体悟也使她感受到自我的力量，"我看到了更有价值的东西，我强健又纯洁。我有深藏于内心的智慧，别人无法看到，更无法从我身上夺走。我就像风一样"②。她"发现了一个真正的自我"，并立志从此永远不会忘记自我。作者在这里通过龚琳达的叙述向读者详细交代了琳达自我认识和转变的心理过程，正是她的这种智慧、勇气和柔韧使她坚定地走向新生活。在"棋盘上的较量"一节里，龚琳达教育女儿薇弗莉"风最厉害了，它无影无踪，却强劲有力。聪明人就该会察言观色，不会顶风硬干"③。她总是向子女传授生活经验以帮助他们在逆境里求生。她的话语和艰辛遭遇也有力地证明了旧中国社会对女性的残酷压迫，以及在美国这个"人人平等"的社会中少数族裔所遭受的歧视和困境：尽管琳达聪慧颖悟，在男性主宰的旧中国社会里，女性没有话语权，她只能服从；在美国，作为一个边缘人，面对迥异

① Amy Tan, *The Joy Luck Club*, New York: Penguin Group, 1989, p. 58.
② Ibid.
③ Ibid., p. 89.

的生活环境和卑微的社会地位，她依然只能在暗处观望，凡事不露声色，寻找有利的时机，选择对自己有利的做法。龚琳达的话语颠覆了西方人心中东方女性"一种是娇小、温柔、屈从、橄榄肤色以及具有异国情调"的"中国娃娃"，另一种则是邪恶狡诈"龙女"①的刻板形象，让读者看到了一个勇敢地面对困难和挫折，从不放弃，努力适应，最终能够把命运牢牢地掌握在自己手中的华裔女性。

（二）互文性手段的运用

"互文性"（Intertextuality，又称为"文本间性"或"互文本性"），这一概念首先由法国符号学家、女权主义批评家朱丽娅·克里斯蒂娃提出，指文本之间的相互依赖性，以及一个文本与先前任何文本的相互依赖性。通过互文性，作者不仅将文本与其他文本联系起来，融为一体，而且还使不同的话语得到置换，让一个文本或者话语的意义通过另一个文本、话语表现出来。②

在《喜福会》中，谭恩美通过对中国民间故事进行改写和重构来帮助塑造华裔女性形象。在第一章的第四小节里，谭恩美借映映之口重述了中国古代神话"嫦娥奔月"的故事。四岁的映映与家人中秋游太湖不慎落水，幸被渔人救起，却找不到家人。慌乱中她来到了一个戏台旁，看到台上演出的是"嫦娥奔月"剧目，尽管戏里的月亮娘娘美丽柔情，她的丈夫后羿依然无视她的存在；她偷吃了后羿长生不老的仙桃而飞升成仙，却只能永远在月宫里忍受寂寞的煎熬，开始忏悔自己的私欲。映映深深地被月亮娘娘哀怨凄美的形象所打动，她想祈求月亮娘娘让她快点找到家人，但没有人理睬她，她只好走到月亮娘娘身旁，却发现这位"月亮娘娘"是个眼睛里布满血丝的满面疲惫的男人！谭恩美从映映儿童的视角重述了这个故事，暗示了在男性主导的社会中，女性的形象完全由男性来定义，女性的幸福也取决于男性——尽管嫦娥高洁而美好，但她依然被男权社会定义为自私自

---

① 于秀娟：《刻板印象下的华裔女性之自卑——谭恩美〈喜福会〉中的华裔女儿形象》，《武汉大学学报》（人文科学版）2007 年第 6 期。

② J. A. Cuddon, *Literary Terms and Literary Theory*, London：The Penguin Group, 1999, p. 640.

利而痛苦终生。映映的失望是对男权社会的失望，她从月亮娘娘身上看到了自己——一个渴望被发现的小女孩——她渴望家人发现她的天性，而不是一味地被塑造成听话、安静、沉默的刻板形象。像月亮娘娘被永锁月宫一样，映映的渴望无人聆听，她从此沉默失语。通过互文手法，谭恩美成功地塑造了一个活泼好动但饱受旧中国封建制度压迫和束缚的女性形象。

此外，谭恩美在小说中还改写了"千里送鹅毛""割肉疗亲"等故事，通过互文性手段的运用，一方面解构禁锢妇女的中国传统文化，另一方面也改变了华裔女性在西方社会里的脸谱化形象，使小说中的人物形象更具立体感。

四　修辞性主体地位的叙事语言

在美国新现实主义小说家笔下，小说语言修辞性主体地位是指小说语言受到重视，既不再是传统现实主义小说家笔下那扇"透明的窗户"，也不是后现代实验小说家的语言游戏，而是呈现出小说主题、塑造人物形象、构建小说情节的艺术手段。

（一）杂糅性的语言

海德格尔认为，语言的本质功能是存在确立自身的方式，或者说是意义发生的方式。既然语言摆脱了工具论的本质，那么隐藏在语言中的意识形态就被凸显了出来。① 也就是说，对于华裔美国人来说，语言不仅仅是人与人之间交流的媒介，它更为真实地传达出这个移民群体的思想意识和对自我的界定。对于小说语言的选择和使用表明了作者对特定文化的认同或抵抗。《喜福会》中给人印象最深的就是拼音、与英语书写规范结合的拼音以及用中文结构组织的英语句子等杂合语言的广泛使用，不仅有单词，还有完整的句子。有时候，为了降低英语读者的阅读难度，作者还会用英语作出解释。如"chabudwo"（差不多），"butong"（不同），"not the same thing at all"，"hulihudu"（糊里糊涂），"cunwangchihan"（唇亡齿寒），

---

① 刘心莲：《论美国华裔女性写作的语言特征》，《海外文坛》2007年第3期。

"hounu"（火炉），"wanton"（馄饨），"jyejye"（姐姐）等。又如
"The hostess had to serve special dyansyin foods to bring good fortune of all
kinds——dumplings shaped like silver money ingots, long rice noodles for
long life, boiled peanuts for conceiving sons, and of course, many good-
luck oranges for a plentiful sweet life. （做东的还得提供特别的点
心——带来各种好运道，比如银元宝形的饺子啦、长米粉象征着长
寿、煮花生为早生贵子啦，当然还有许多福橘以祈求丰足甜美的生
活。）① 作者先用拼音说到了点心（dyansyin），然后又用大段英文来
解释。还有一些结合英文发音的中国地名的汉语拼音，如"Chungk-
ing"（重庆）、"Kweilin"（桂林）等。谭恩美认为："我想要刻画语
言能力考试无法显示的方面：她的意图、她的激情、她的意象、她
的语言节奏以及她的想法本质。"② 谭恩美认为，母亲们那不符合英
语语法规则的支离破碎的英语正是她想要塑造的母亲一代人物形象
的理想语言，因为这种杂糅性的语言不仅真实地再现了华裔家庭的
真实生活和文化背景，同时也喻指了母女两代人之间的差异和她们
所面临的中美文化二元对立关系的逐渐消解。杂糅性的英语既表明
母亲们对自己根深蒂固的中国传统文化的守望，也表明母亲们对美
国文化的学习和尊重，还体现了她们对自己的美国女儿的宽容和期
待：一方面，她们希望自己的女儿讲标准的美国英语，像白人一样
成功地实现美国梦；另一方面，她们又希望女儿能继承中国人的优
良传统。这种矛盾心理也就体现在她们杂糅的英语上。谭恩美将汉
语与英语、中国意象与美国意象成功地糅合在一起，暗喻了在文化
的混血中逐渐形成的杂糅性的华裔美国人身份：不是单一的美国身
份，也不是单一的中国身份，而是二者的完美融合。因此，小说中
诸多不合乎语法规则、"不够正确"的语言不但没有造成理解困难，
反而带来新鲜感，产生了一种"陌生化"效果，增强了小说的艺术
张力，增加了文本的内涵意蕴，也为小说人物的刻画提供了修辞性

---

① Amy Tan, *The Joy Luck Club*, New York: Penguin Group, 1989, p. 23.
② Amy Tan, *The Opposite of Fate: A Book of Musings*, New York: G P. Putnam's Sons,
2003, p. 279.

特征。

（二）黑色幽默

黑色幽默是披着喜剧的外衣来表现悲剧内容，让人感到笑语背后所隐藏的伤痕和苦涩的一种文学方法。它起到了娱乐、与读者互动、使读者关注文本、影射现实等作用。[①] 作为女性题材的小说，虽然《喜福会》总体上语言朴素、细腻而充满深情，但也传承了美国文学黑色幽默的传统，黑色幽默以反讽、自嘲、反复等形式点缀其间，使得小说语言充满张力，更富于表现力。

在《喜福会》第二章第四个故事"另类"中，黑色幽默的运用尤为突出。"另类"讲述了坚信美国梦的母亲吴夙愿一心想把女儿培养成天才，但叛逆的女儿拒绝听从母亲的安排，师从一位听力障碍的退休钢琴老师学琴却因为抵触母亲而学无所成。直至母亲去世之后，晶妹才理解了母亲的良苦用心。故事以母亲对女儿晶妹的殷切期望开始，"我妈妈相信在美国你能成就你想干的一切。你能开餐馆。你能为政府工作并拿到一笔优渥的养老金。你能几乎不花钱就买下一栋房子。你能发家致富。你能一夜成名"[②]。重复是深得黑色幽默小说家偏爱的一种表现技巧。作家通过对语言进行不厌其烦的简单重复，使其产生独特的语言感染力。[③] 文中连用六个"You could"（你能）凸显了母亲在中国失去一切来到美国后对女儿的殷切希望，也委婉地表达出晶妹对于母亲过高的不切实际的期望的无奈和反感。母亲在电视上看到艾德·沙利文的演奏会后想让晶妹学钢琴的描写也很精彩："电视是旧的，声音时有时无。每次刚要从沙发上站起来调电视机，就有声音了，艾德就讲话了；她刚一坐下艾德就没声了。她站起来，电视中传出震耳的钢琴声，她坐下来就没声。起来、坐下，前前后后一会儿有声一会儿没声，就好像她跟电视机跳着一种呆板的不用搭手

---

① 游南醇：《黑色幽默小说中的语言游戏》，《华南师范大学学报》（社会科学版）2006 年第 4 期。

② Amy Tan, *The Joy Luck Club*, New York：Penguin Group, 1989, p. 132.

③ 游南醇、徐特辉：《黑色幽默特点探析》，《华南师范大学学报》（社会科学版）2004 年第 6 期。

的舞蹈。最后，她站在电视机旁用手扶住按钮。"① 作者通过近乎泛滥的简单重复描写透露出身处社会底层生活贫困的母亲急于想让女儿看到这个节目，急于想让女儿成才、实现母女两代人的"美国梦"的迫切心情；而女儿对于母亲的一厢情愿只是冷眼旁观，并且认为母亲的想法荒唐可笑，只能是又一个实现不了的狂热幻想。热烈崇高的期望和冰冷残酷的现实形成辛辣的讽刺，将母女俩错综复杂的心理状态表现得恰如其分，令人感同身受，也预示了学琴之路的重重困难。而晶妹跟着钟老师学琴："我学着他，弹着简单的音阶、简单的和弦，接着莫名其妙地乱弹一气，好像小猫在垃圾箱上窜来窜去。"② 而老师则满面笑容地拍手叫好！寥寥数语即描绘出琴艺不精又迟钝昏聩的老师和调皮叛逆的顽童的荒诞教学场景。晶妹搞砸了演出之后，她看到"母亲的表情使我六神无主：安静、呆滞，表明她失去了一切。我也有同感。好像所有的人正围上来，像事故现场看热闹的人，想看看到底撞丢了什么"③。自己的不幸反倒成了他人的娱乐笑料，现实的冷漠残酷与人生的荒诞可悲至此显露无遗。黑色幽默反映出对现实人生的刻意疏离，而现实的荒诞无趣更加烘托出叙述者精神挣扎的苦闷与苍凉。

《喜福会》以独特的视角将东西文化相互审视，关注母女关系、少数族裔身份的主题，再现了当代普通华裔美国人的生存状况和情感生活，具有较强的时代性和足够的社会历史文化价值；同时，小说在艺术形式上也表现出突破和创新，既传承了现实主义传统的写实手法，又融入了后现代的艺术形式，以独有的魅力推动着美国的族裔文学向主流文化中心挺进，从而丰富了美国文学。《喜福会》的成功也从一个侧面说明小说艺术的发展既离不开社会现实，也离不开新颖巧妙的艺术手法。

---

① Amy Tan, *The Joy Luck Club*, New York: Penguin Group, 1989, p. 135.
② Ibid., p. 137.
③ Ibid., p. 141.

第二节　向后看,向前走

——《骨》的叙事策略与华裔美国人文化身份的构建

　　华裔女作家伍慧明十年磨一剑所创作的小说《骨》倾注了她多年以来对旧金山唐人街生活经历的观察,从而凝结成作为华裔后代的她感悟冷暖人生的心血结晶。《骨》以简洁凝练的语言和散文诗般的笔触讲述了旧金山唐人街一个普通的华裔家庭梁家是如何面对家中二女儿安娜跳楼自杀的故事,并由安娜的死引出这个不幸的华裔家庭的种种不幸。小说的故事虽然简单,但它消解了传统的、历时的线性叙述,采用了多层次的、与意识流融合的非线性叙述方式,让梁家的故事以安娜的死亡为中心在叙述者莱拉一波波的回忆和想象中逐渐呈现出来,艺术性地将个人、家庭和族裔的历史叙事编织在一起,再现了华裔美国人在美国艰辛奋斗的生存状况,在重建华裔美国人历史方面作出巨大的努力和贡献,让读者深入官方正统历史之外的"小历史",通过片段化的历史记忆重建了华裔美国人的历史,在这一独特的历史再现中质疑和诘责美国官方正统历史的合法性。同时由莱拉通过回顾家庭历史,探寻族裔文化的根性而勇敢地面向未来,建构起属于自己的新的文化身份,说明族裔历史是当代华裔个体在建构自我身份认识的过程中需要商榷的重要因素之一。

一　非线性的叙事时序

　　热奈特认为:"研究叙事的时间顺序,就是对照事件或时间段在叙事话语中的排列顺序和这些事件或时间段在故事中的接续顺序。"①对于小说的时间顺序,可以区分为叙事时序和故事时序两种:故事时序是被讲述的故事的自然时间顺序,是固定不变的;而叙事时序是指文本展开的先后次序,叙事者往往以种种时间运行方式,干扰、打断或倒装时间存在的持续性,使之出现矢向上的变异。时序变形有很多

---

① 巴赫金:《巴赫金全集》第三卷,河北教育出版社1998年版,第451页。

种，诸如倒叙、预叙、插叙、交错等，但基本的时序变形只有倒叙和预叙两种。倒叙指某个事件的叙述在迟于"故事"应该发生的时刻进行，或者对某个人物的交代在迟于应该交代的时刻进行；预叙则相反。简而言之，倒叙"是在事件发生之后讲述所发生的事实"，预叙是"提前叙述以后将要发生的事件"。① 它们不仅是单纯的文学技巧，而且隐藏着叙述者的态度，导致叙事评价的强化或弱化。

《骨》所涉及的真正故事时间并不长，大概只有几周或一个月左右，但是由于作者巧妙地通过预叙、倒叙以及交错的运用，使现在与过去交织在一起，复杂且令人迷惑，尤其是多重性的倒叙的采用，不但凸显了主题，而且给人一种似乎经历了老一代一生的时间和下一代前半生的时间一样的感觉，使得小说读起来感觉沧桑而厚重。

《骨》由 14 章组成。前 11 章为第一部分，讲述的是安娜葬礼后、葬礼上以及葬礼前的事情。第十二到第十四章为第二部分，讲述发生在安娜自杀之前的事情。前 11 章又可以分为两个层次：第一到第八章是距离安娜死后一段时间内的事情，为第一个层次，而第九到第十一章是安娜刚死时的事情，为第二个层次。所以小说的顺序是按安娜死后一段时间（第一到第八章）、安娜刚死（第九到第十一章）和安娜死前（第十二到第十四章）这样一个倒叙的时间展开的。② 安娜的死在读者心中留下悬念，读者在叙述者的指引下一步步回到过去，由远及近，穿越那些痛苦的回忆，一步步地到达中心事件——安娜的自杀。正像杰夫·特威切尔—沃斯所指出的那样："安娜自杀的最重要之处也许是家庭的每个成员如何对这个事件产生反应，最终接受损失和内疚。每个人都感到对此有责任，觉得自己也许会防止它发生。……在这种情况下，安娜的自杀成了显露父母内疚，婚姻失败，生活失意而必须面对的重大时刻。"③ 安娜的自杀这一让人惊愕的事情在梁家卷起了滔天巨澜，也因此形成了整个小说追溯华裔美国

① 张寅德：《叙述学研究》，中国社会科学出版社 1989 年版，第 62 页。
② 杨霞：《伍慧明小说"骨"的叙事策略》，《安徽文学》2013 年第 7 期，第 54 页。
③ 管建明：《独特的叙事形式和主题的多重指涉——评华裔美国作家伍慧明的〈骨〉》，《广东外语外贸大学学报》2010 年第 2 期。

人个人、家庭和族裔的历史叙事的出发点：正是安娜的坠楼使得利昂和妈妈的矛盾爆发，利昂再次搬到了"三藩公寓"，而妈妈则留在家里抱恨不已；正是因为利昂将女儿的自杀认作是自己未能兑现送梁爷爷的遗骸回乡的诺言而遭受的报应，才有了他邀莱拉和梅森一道去华人公墓寻找梁爷爷遗骸的事情，也才有了莱拉对于梁爷爷那一辈最早的华工的回忆……总而言之，正是因为有了安娜的自杀才有了小说中相关人物的内疚、自责和痛心疾首的一系列情感反应以及由此而生的一系列的行为，才使得小说叙事的笔锋触及华裔美国人个人、家庭和族裔历史的不同阶段和层面。安娜自杀这一中心事件在整个叙事结构中发挥着控制和组织的功能，让小说破碎的历史碎片得以借助这一中心动态有序地连缀组合在一起。此外，安娜的死由叙述者莱拉在故事开始进行了预叙，而叙述者的自我倒叙往往赋予文章一种感伤色彩，[①]因而莱拉深深的自责使小说通篇都沉浸在感伤悲哀的氛围之中，在这一氛围中，叙述者的价值取向得以表达。强烈的感情色彩使叙事评价显得分外醒目。如果没有自我倒叙，叙述者很难将"悲哀和反思"之情表现得如此动人心弦。

　　小说前8章的时间顺序是不够清楚的。第一章主要写了莱拉找到利昂把自己和梅森结婚的消息告诉他和妈妈。第二章讲了尼娜回来后，和莱拉一起去吃饭，然后尼娜陪同母亲回到香港。第三章叙述了莱拉在家和梅森之间往来奔波以及梅森对此的不满。第四章讲了安娜死后家里痛苦的生活，利昂成了一个老流浪汉，妈妈整天痛苦不堪，而莱拉则要照顾父母。第五章讲莱拉帮助利昂申请社会保险金，但是因为利昂记不住自己的生日和身份证件号，莱拉在利昂的旧手提箱里找利昂的证件时无意中看到了利昂的各种文件，了解到利昂"契纸儿子"的身份和他一生所遭遇的种种挫折。第六章主要讲利昂无法面对安娜之死，他选择了为期14天的航海，但返航后依然不愿回家，为他准备好了饭菜的妈妈很痛心。第七章讲述了梅森和莱拉先后陪同利昂来到

墓地去寻找梁爷爷的骨灰，但不幸的是，梁爷爷的骨灰已被移走并不知去向，莱拉追忆了梁爷爷的葬礼。第八章又回到了母亲的香港之行。前八章以倒叙为主，同时又有预叙的介入，大部分事情发生在安娜死后和莱拉结婚之后，但每件事情的发生都没有一个清晰的先后顺序，时间在这里被回忆分割成了许多的碎片，现在与过去交叉在一起，过去的内容压倒了现在的内容，这一切使"现在"在小说中事实上也成为不确定的时间。流露于小说中的，不是时间的精确，而是时间的错乱，以及错乱中一种难以名状的失去亲人的痛苦和迷乱的情绪。

　　除了整体上的倒叙外，《骨》中每一章还有不同程度的倒叙。如第一章的故事主线，是莱拉找到父母并将她要结婚的消息告诉他们。在寻找利昂的过程中，莱拉遇见了利昂的老朋友尤金泰，叙述就回到了利昂和尤金泰初来美国的经历上，这样就很自然地讲述了他们的身世秘密。为了通过天使岛上的盘查审问，他们不得不熟记关于伪身份的许多细节，甚至包括家里养了多少头猪。通过这段回忆，作者不仅为我们提供了利昂的背景信息，使人物形象更饱满、丰富、真实，而且引出了《骨》中利昂信奉的一句至理名言："在这个国家里，纸张比血液还贵。"这就为后文莱拉在利昂的一只旧手提箱里发现利昂保存了大量各种各样的文件埋下了伏笔。对于"契纸儿子"利昂来说，一张纸，哪怕是一份求职拒绝信也是重要的，也值得保存。这使得莱拉以后能够发现这些标志利昂失败的求职、租房、入伍拒绝信，从而了解了利昂，明白了为什么每次利昂都有一个宏大的计划，每次却有始无终。因为安娜的死，莱拉变得忧郁而敏感，各种各样的事情以及在此过程中的感受、思绪、幻觉、联想和想象都可以成为莱拉跳回过去的机缘和触发点，而且过去的叙述又会转接到现在的叙述中，因此现在和过去前后跳跃，参差交错，相互渗透。过去和现在已经失去明显的界限，个人家庭生活中破碎的现实，过去生活片段零散的回忆往返穿梭，呈现出空间并置的景观。又如莱拉在与妹妹尼娜用餐时，由吃乳鸽肉想起妈妈当年即便在制衣厂拼命缝衣服的间隙也要省下鸽子肉让孩子们吃而自己却甘愿吮吸鸽子骨的情景；甚至在安娜火化前的吊唁告别会上，莱拉感受到的强烈痛苦又突然让她想起安娜与奥斯瓦尔多交往受父亲阻挠的情景。不仅如此，在莱拉由现在生活的节点向后跳跃的回忆中，过去生活中的人物和事件又可以成为向离现在较近的过去或更远的过去跳跃转换的机缘和踏板。譬如莱拉陪利昂去"中国人公墓"时，思绪一下子回到了利昂这个"契纸儿子"的父亲梁爷爷上，而对于梁爷爷的回忆又让她瞬间想起妈妈在父亲出海时单独料理梁爷爷丧礼的情景；而莱拉在回忆安娜和奥斯瓦尔多交往时又可以牵拉出利昂和鲁阿西诺·翁由生意上的伙伴到睚眦相向相互交恶的往事。

小说结尾是莱拉带着回忆平静地离开了鲑鱼巷，给人一种结婚离家的感觉，似乎照应了开篇的结婚事件，所以有人说《骨》的叙事是环形的。但是读者通过细读最后一章就会发现，莱拉这次搬家是发生在安娜自杀之前，读者之所以会造成错觉是因为作者巧妙地安排了安娜和尼娜的缺席——她们去参加一个社交活动。这暗示了莱拉和家人最终走出了安娜死亡的悲痛，重拾勇气继续坚强地活下去，如利昂所说"生活中快乐与悲哀并存"。所以小说的叙事时间看似环形，其实是开放向前的，这正是作者独具匠心之处。

二　不同的叙事频率

热奈特所说的叙事频率指的是叙事频率和话语频率的关系。他将二者的关系区分为三种形式：单一叙事——事件发生一次，就叙述一次；重复叙述——事件发生一次，但叙述多次；迭代叙述——多次发生的事一次叙述。

在小说《骨》中，这三种叙事方法交错相织。大体上说，故事是由单一叙事编织而成的。除了单一叙事外，还有许多重复叙事——事件只发生了一次，但却不止一次地被提到。安娜之死就是最典型的例子：在小说的开头，莱拉就已经提到了她的二妹，安娜"从南园的 M 层楼上跳下来了"。在后面的章节中"安娜之死"时不时被提到，每件事都与安娜之死有关，对安娜死的描述看似漫不经心，实则贯穿全文，是影响全部家庭成员生活方式的重要原因。安娜死后，父母分居，妹妹尼娜到纽约当了空姐，姐姐莱拉留下来照顾父母却难舍梅森一直以来的等候。全家人都陷入深深的自责之中，这种自责心绪挥之不去，无法忘怀，欲言又止，欲说还休，然而，作者直至第十一章才完整地叙述了安娜的死。安娜死了，但安娜又无所不在，影响着家里的每一个成员，使家庭笼罩着浓重的悲剧色彩。莱拉通过一波波的回忆重复叙写了安娜之死给每个家庭成员所带来的创伤，每一次的重复都叠加了哀伤的情感，弥漫成令人窒息的氛围，使读者在阅读中不禁为之动容，于是便会积极思索安娜之死这一事件的真正始末并进一步思考安娜之死的原因。

除了重复叙事之外，读者经常会在文中遇到迭代叙事——多次发生的事件一次叙述。第二章开始就有一个典型例子：

> 私下里我为自己不用和她们一同去而感到高兴。我能感受到妈的心情，感受到她的羞耻和悔恨。回去是为了寻求安慰，而不是为了宴请亲朋好友，向他们炫耀自己幸福的生活。在一片铺满黄金、充满好运的土地上生活了二十五年之后回到故里，突然间向他们诉说自己在血汗工厂劳作的艰辛，说金山王子变成了癞蛤蟆，说三个女儿中有一个没结婚，一个在哪儿都不在乎，一个死了。我甚至能听到他们沙哑的声音在问："为什么？这到底是怎么了？太惨了！"①

这段叙述生动地表现了母亲在美国的现状和她25年来的艰辛生活。每一天，她的生活都是一成不变的，拼命地工作，养家糊口。然而，叙述者仅仅叙述了一次，一方面，在美国的生活是悲惨的，25年的含辛茹苦换来的并不是充满希望的未来，不是幸福的家庭，而是破碎的心灵和破碎的美国梦；她带回家乡的不是巨大的财富和甜美的微笑，而是痛苦的记忆和一颗疲惫的心。这些情节也反映了母亲这些年所经历的艰难挫折。另一方面，用几句话来总结25年的生活也确保了小说语言的简洁。

---

① 伍慧明：《骨》，吉林出版集团有限责任公司2011年版，第27页。

总之，《骨》通过不同的叙事频率不仅确保了叙事的正常进行，而且还强化了核心事件，深化了主题，同时确保了小说行文的简洁美。

三 不对等的叙事时距

除了叙事顺序和叙事频率之外，热奈特还提出了时距这一概念，即"对比故事时间以衡量叙事时间长度"。根据热奈特的理论，常见的时距分为场景、停顿、省略。

场景是"为使叙事时间和故事时间看上去相等，通常用场景来协调"。场景实际上指故事时间和叙述时间的一致。在莱拉寻找利昂时，她在老年公寓看见一个迷路老人的情景被详细地进行了描述，这是一处典型的场景描写。通常，小说文本不可能对所"发生"的整个事件都进行叙述，而是集中叙述那些重要事件，省略次要事件或对这些事件进行简要叙述。而在这一段中，莱拉在老年公寓所看到的这位老人走失事件几乎被全景式地记录下来，生动地再现了当时的场景，因为这位迷路老人孤苦无依的悲凉处境是早期华裔男性曾经面临的也是利昂即将面临的共同遭遇。这一场景描写表达出细心体贴的莱拉对利昂的关怀和忧虑，而华裔男性的处境也得以凸显。广场上的华裔男性，他们下棋、闲聊，还不时对过路的女性加以评价。在莱拉的眼中，他们都是"无事可做的人"，作者随即在后几章中对这种现象的原因加以分析，深化了小说的主题。

变换叙事时距的方式是停顿，停顿是"进一步强调叙事时间从而超出故事时距"。停顿通常发生在角色的描述、评论、倾向，或是直接跟读者的交流当中。它就像电影中的慢镜头，叙述者通常慢慢叙述主人公在某一事件中的心理活动，并试图延长事件发展的过程来强调该事件。在《骨》第三章里有一个描述梅森的例子："梅森在阳光下看上去很帅，不论是夏天还是冬天他都这样。他身上的味道很好闻，他的头发总是散发出淡淡的金属的味道。"[1] 这里是关于梅森的外表和气味的描写，叙述者停下来给梅森做了一个让人浮想联翩的描述，

---

[1] 伍慧明：《骨》，吉林出版集团有限责任公司2011年版，第53页。

好似电影当中的蒙太奇特写，流露出莱拉对梅森的深深眷恋。

此外，故事不但可以被再现和延长，还可以被省略和总结。例如，在《骨》第一章中莱拉的结婚旅行只是一笔带过，并未深入叙写。又如，安娜之死这一核心事件虽然被反复提及，在读者心中留下了悬念，但叙述者最终却故意省略掉安娜自杀的确切情景，因为安娜的死已成为大家无法面对又必须面对的事实，所以没有必要再描述那令人心碎的情景。而这样的省略又恰恰给读者留下了想象的空间，让其去体会叙述者无法言说的痛，从而加快叙事速度，增加文章的紧凑性，也使行文更为简洁。

四　华裔美国人新的文化身份的构建

安娜的死是小说的中心情节，从安娜死后—安娜之死—安娜死前，伍慧明通过叙述者莱拉对安娜的回忆，使整个故事以倒叙的方式展现在读者面前，与之相对应的是在此过程当中莱拉心理的成长。如果说从故事发生的时间看，小说是一个不断"向后看"的过程，那么对于莱拉而言，回顾家族、族裔历史是为了更好、更坚定地"向前走"。莱拉正是通过修正自己对族裔历史以及华族文化的认识，来寻求身份认同的最佳答案的。因此，整部小说对华裔美国个人、家庭和族裔历史的追溯，也就成为莱拉个人成长与身份建构的基础。

《骨》以非直线性的回忆为结构，揭示了华裔美国移民史对出生于美国的华裔年轻一代在自我认识方面的影响。伍慧明对历史的态度与其说是鲜明拥护，不如说是批判和扬弃：一方面，她意识到历史对第一代移民在经济、文化和心理等方面的束缚，压制了他们及其孩子摆脱历史束缚的渴望；另一方面，她也敏锐地意识到历史并不是出生于美国的新一代华裔的负担，而是他们在身份寻求中应该汲取的财富。

历史与现在的对抗主要体现在充满屈辱和心酸的华裔移民史对移民及其下一代人的束缚和羁绊上。利昂的"契纸儿子"身份使他成为美国人，但是却失去了真实身份，迷失了自我。在某种意义上，利昂的入境象征着他的中国身份及与之有关的一切历史的消亡，而他既没有想办法像尤金泰那样找机会恢复自己的真实姓名和身份，也无法以虚假的身份为美国社会所接受。他成了一个在夹层当中的无根者，他固执地认为旧的东西都是好东西，对收集废旧物品的神经质般的狂热象征着他企图与被遗忘的过去建立联系，是重获自我认识的尝试。然而，夹在消失了的过去和虚构的现在之间，利昂深感迷惘，无法区分真实和契约的双重身份。

不明朗的历史和身份不仅对利昂造成物质上的损失和心理上的创伤，而且对下一代产生了不利的影响。中国移民父母与下一代之间的矛盾冲突，以及作为华人的族裔散居地的唐人街自身的封闭性和外界对它的排斥，使得小说中三个女儿极其艰难地蹒跚于父母狭小的世界（中国城）与外面的陌生世界（主流美国社会）之间。① 父母和孩子之间的鸿沟在小说中由一个苦参汤的比喻勾勒出来：母亲坚持为莱拉熬参汤，而女儿却痛恨它的苦味。如果说食物是文化的载体，那么参汤可以被视为传统文化与历史的表征。母女对参汤的不同态度揭示了过去与现在之间的对立，尼娜一语道出这种对立："他们（父母）根本不知道我们的生活是怎么样的。他们也不想走进我们的世界中来。我们得一直生活在他们的世界中，而他们连一点点都不能改变。"②

和父辈们相比，新一代华裔有很多不同，虽然他们也受到家庭和唐人街中国文化的熏陶，但这种文化浸染只是间接的，中国文化对于他们来讲更多的只是一种想象之物。他们接受的是美国的教育，如莱拉和安娜分别在旧金山州立大学及城市学院学习，尼娜从伽利略中学毕业；在生活习惯上，她们已经渐趋美国化，如母亲建议女儿不要老吃美国饭，但实际上莱拉和尼娜的饮食口味已经改变了。

充满辛酸和屈辱的移民史对于新一代的破坏性影响集中体现在二女儿安娜的自杀上。安娜是梁家的二女儿，是夹在中间的女儿，用莱拉的话说，她像是被卡住了，动弹不得。安娜聪明温顺，和父亲利昂关系十分亲密，家庭观念很强，这体现在父亲因为母亲的婚外恋而离家出走时，年仅 10 岁的安娜能想办法把父亲劝回来，使家庭保持完

---

① Kakutani, Michiko, "Building on the Pain of a Past in China," *The New York Times*, 1993 – 01 – 29.

② 伍慧明：《骨》，吉林出版集团有限责任公司 2011 年版，第 38—39 页。

整。然而，她对奥斯瓦尔多的爱情却成为两家合营的生意破产的牺牲品，她既不能融入唐人街以外的社会，又得不到唐人街以内，乃至家庭的保护，她被双重边缘化了。安娜选择忤逆父命与心爱的奥斯瓦尔多在一起，却难以克服内心被撕裂的痛苦而最终选择了自杀。安娜的死象征着移民在不断进行自我调整以适应新文化和新环境的过程中所遗失或不得不牺牲的珍贵财富，比如历史、记忆、文化等。

小女儿尼娜"看到我（莱拉）是如何被锁在了妈和利昂的生活里面。她看到了他们的要求是怎样毁掉了安娜。尼娜说，到了她这里，妈和利昂好像对家庭都绝望了，所以尼娜决定用自己的方式生活。"① 她用各种反传统的行为表达对中国生活方式的反抗和对立，排斥一切与中国文化有染的事物，最终选择了逃离唐人街。然而，尼娜的逃离以割裂她和家庭及华人群体的族裔联系为代价，如同离开水的鱼，她摆脱不了内心深处的孤独，看上去更虚弱。远离家人的她并没有因逃离而获得完全的解脱，她找不到自己的身份。

历史是沉重的，作者在书中对自己的族裔历史充满了尊敬。在一次采访中，伍慧明充满感情地指出，这些老移民是她写作的灵感，"这一代人为我的写作，尤其是这本书带来了灵感。""'骨'对我来说似乎是形容移民不屈精神的最好比喻。这本书的题目就是为了纪念老一代人把遗骨送回中国安葬的心愿。我想记住他们未了的心愿。我写《骨》的时候非常理解他们的遗憾，所以就想在书中用语言创造出一片能供奉我对老一代的记忆的沃土，让这思念在那里永远地安息。"② 伍慧明对历史的关注部分地由主人公莱拉对历史与自我关系的认知揭示出来。莱拉曾经羡慕尼娜可以逃离，她也渴望拥有追求自我的自由，然而，即使周末在梅森那里得到了身心上的抚慰和自由，她也感觉到了"睡在别人家临时床铺上"的尴尬，始终无法从几乎就是"新家"的此地建立起对家的认同；她甚至在原以为更适合自己的西餐厅里体验到了瞬时的"恐旷症"（agoraphobia），觉得在周围充

---

① 伍慧明：《骨》，吉林出版集团有限责任公司 2011 年版，第 135 页。

　② 转引自陆薇《直面华裔美国历史的华裔女作家伍慧明》，吴冰、王立礼主编：《华裔美国作家研究》，南开大学出版社 2009 年版，第 36 页。

满西方情调的环境里因肤色和外表的不同，自己是个极不协调的"外来人"。她渐渐地理解了尼娜周游世界背后的实质是自我流放，看到了尼娜"内心深处的孤独"。在来自家庭和未婚夫的多重而持续的压力下，莱拉已经习惯了忧虑，她通过陪同父亲利昂寻找梁爷爷的遗骨、祭扫梁家墓地，以及看到利昂的所有身份文件，她认识到："我是契纸儿子的女儿，我继承了这一箱子的谎言。所有这些都是我的。我所拥有的就是这些记忆，所以我想把它们全都保留下来。"[1] 在经历了几番心理斗争之后，一度使她厌恶的唐人街在她心中重新成为心中的桑梓地，是她生活经历的重要组成部分，也是她重新建立身份不可剔除的基础，更是她汲取力量的源泉之一："这些昔日的声音让我平静了许多，他们使鲑鱼巷又恢复了往日带给人的那种轻松感。这些熟悉的声音像蚕茧一样将我裹住，让我得到安全，使我感到是在温暖的家里。时间停止了，我想起我们姐妹三人曾在一间屋子里嬉笑、哭喊、打闹，然后又和好的情景。周围四面薄薄的墙围起来就是一个充满温情的世界。"[2] 循着迂回的记忆路标，莱拉在小说接近尾声处找回了那段在唐人街和谐的时空体验，离散的记忆终于得到了回归。她也终于明白，那些饱含艰辛但为了梦想脚踏实地、百折不挠的华裔奋斗的历史才是她最珍贵的时空瞬间，永远赋予她信心和力量。这种传承的意义，无论以用游客们纯属猎奇的"远观"态度，还是用尼娜一走了之的态度，都是体会不到的。它需要冒着近观的危险才能领会到。莱拉最后明确了有一个自己可以回去的"家"之后决定搬出唐人街，与梅森开始新生活，这不仅是与母亲妥协的结果，而且是她找出了处理过去、现在、未来的方法的结果。她逐渐意识到她的自我与族裔的历史紧密相连。她曾经视为分裂对立的历史与自由、责任与自我，在心中最终得以协调、和解。

　　莱拉积极直面历史的态度赋予了她力量。她在学校做社区关系专家的工作不仅使她积极协调了新移民家长的工作，她也在沟通族裔社

---

① 伍慧明：《骨》，吉林出版集团有限责任公司 2011 年版，第 75 页。
② 同上书，第 154 页。

区和主流美国社会、年老一代和年轻一代中起到了桥梁作用。小说的中心意象"骨"凸显了历史在人物身份建构中的重要作用。文中有两处关于"骨"的比喻：梁爷爷的"骨"与鸽子的"骨"。前者表明赋予利昂及其整个家庭身份的"契纸儿子"的历史，没有梁爷爷，这个家庭在美国就失去了身份；后者指代用鸽子的骨头所煲的汤，在中国文化里，骨汤对于人体有滋补作用。因此，这两个比喻结合在一起，可以理解为历史对人物取得自我认识的滋补作用。伍慧明认为："记住过去就会让现在充满力量。记忆是可以堆积的。我们的记忆不能唤回梁爷爷和安娜，但是这些记忆慢慢地累积，会永远不让他们成为陌生人。"① 历史虽然不能为族裔个体在建构身份、认识自我时提供直接有效的帮助，但却可以减少人们在新的环境中迷失自我的程度。

《骨》以安娜的死为轴心，通过非线性时序、不同叙事频率和不对等时距串联起往返交错、互相渗透的过去与现实生活，成功地把过去和现在融合起来，莱拉正是通过回忆和追溯家族与族裔历史而将中西方文化融合在一起，构建了华裔美国人新的文化身份。由此，作者透过小说暗示了关注历史不仅有助于实现亚裔的美国特性，同时也有助于彰显多元和差异的身份认知。正是在这一层意义上，族裔个体有可能从过去和现在、族裔集体身份和个人自我追求的二元对立中解放出来，从而有可能拥有"中间状态"，凭借这一状态，他们得以重新构建自我。

第三节　魔幻褶皱里的族裔现实

——汤亭亭与谭恩美作品中的魔幻现实主义色彩

在全球化背景下的今天，民族文学要想屹立于世界文学之林，就要有自己的鲜明特征，而民族文学特征的构建主要依托的是民族文化身份的认同，而民族文化身份的认同，首先要解决"我们走向何

---

① 伍慧明：《骨》，吉林出版集团有限责任公司2011年版，第154页。

方"，即民族文学追求的艺术目标和艺术走向问题，一言以蔽之，就是全球化进程中民族文学的文化策略或文学策略问题。

1967 年，《百年孤独》的出版轰动了欧美两大洲，再版不下百余次，甚至有一个时期竟达到每周一版的纪录，成为魔幻现实主义的扛鼎之作，20 世纪六七十年代拉美"文学爆炸"的最高潮。一个经济相对落后的地区，一夜之间将其文学推向了世界，这在世界文坛上是极其罕见的现象。而拉美的魔幻现实主义正是以自己的民族文化为立足点，在广泛接受西方各种文学流派，特别是法国的超现实主义的影响之后，形成了自己的特色并取得了令世界瞩目的成就。

马尔克斯获诺贝尔奖所引发的魔力令世界文坛为之震惊、赞叹、效仿。例如在中国，寻根文学从魔幻现实主义的成功经验中，找到了重新书写民族文学的道路，"于是模仿《百年孤独》中马孔多镇那种具有神奇文化背景、展示几代人命运、人物怪僻、思想深刻、具有哲学历史象征意义的'寻根文学'迅速在中国文坛上掀起了一股热潮"①。以莫言、贾平凹、韩少功、陈忠实等为代表的作家以中国化的魔幻现实主义风格呈现了民族"寻根"和世界文化的完美融合。而在美国，1993 年诺贝尔文学奖得主托妮·莫里森启用诗意的魔幻现实主义书写了非洲裔美国人民的历史和现实境遇，她的小说《宠儿》被誉为魔幻现实主义的杰作；汤亭亭与谭恩美则通过人鬼交融、时空交错和夸张、荒诞的描述等艺术手法，产生了一种特殊的审美效应，以魔幻现实主义震撼人心的艺术魅力展示了人类的生存状态和境遇，构建了具有独特审美意蕴的华裔美国文学。

一 魔幻现实主义

魔幻现实主义是兴盛于拉美的后现代小说创作模式，刚开始时是用来研究欧洲后期表现主义绘画的，后来经过翻译流传，才进入包括拉丁美洲在内的西班牙语文学领域。魔幻现实主义是在现实主义、未来主义、超现实主义的理论基础及复杂的西方文化和殖民社会背景下

---

① 潘天强：《寻根文学中的文化意识》，《光明日报》1991 年 4 月 7 日。

成长起来的，具有复杂性、开放性和发展性的特点。在不同的地方，在不同的作家那里，它的含义是不同的。

拉丁美洲魔幻现实主义的形成来自两方面的影响：一方面是印第安人古老的神话传说和东方阿拉伯的神话故事；另一方面则来自西方卡夫卡和福克纳的现代派文学。简而言之，它是在继承印第安古典文学的基础上，兼收并蓄东、西方的古典神话、某些创作方法，常常运用异化、夸张、怪诞、象征、梦魇、打破时空界限等手段来进行非理性描写（但并非采用夸张、怪诞、象征等手法的作品都是魔幻主义文学），借以反映或影射拉丁美洲的现实，达到对社会事态的揶揄、谴责、揭露、讽刺和抨击的目的。① 魔幻现实主义文学源于拉丁美洲，但并非拉丁美洲所独有，其技法已被世界各国的作家所仿效与采用。

魔幻现实主义作品的叙事往往以非线性的方式展开，故事情节被打乱分割，叙事角度变幻莫测，时空交错混杂，以此方式将魔幻元素嵌于现实的背景中，为现实披上了魔幻的外衣。魔幻现实主义的叙事不仅超越了时间的框架，同时也将传统的空间概念由物质空间延伸到精神空间。魔幻现实主义叙事视角的切换也为非线性叙事模式提供了更开阔的视野。

魔幻现实主义是个偏正短语，落脚之处还在"现实"上。其核心创作原则是变现实为幻想而不失其真实。正如阿根廷著名文学批评家和作家安徒生·因贝特所说："在魔幻现实主义小说中，作者的根本目的是借助魔幻来表现现实，而不是把魔幻当成现实来表现。"② 这就决定了魔幻现实主义不像超现实主义那样从梦幻世界里寻找创作源泉，也不像神话文学或科幻文学，通过歪曲现实世界去创造幻想世界。魔幻现实主义首先是对现实所持的一种态度，即不是臆造用以回避现实生活的幻想世界，而是要面对现实，并深刻地反映这种现实，表现存在于人类一切事物、生活和行动之中的那种神秘。如果说现实主义是社会的一面镜子，那么魔幻现实主义似乎可以被比喻为社会的

---

① 陈光孚：《魔幻现实主义评介》，《文艺研究》1980 年第 5 期。
② 柳鸣九：《未来主义·超现实主义·魔幻现实主义》，中国社会科学出版社 1987 年版，第 241 页。

一面哈哈镜。虽然它披着一层神秘的外衣，但通过它的折射，也能在一定程度上反映出光怪陆离的现实世界。魔幻现实主义确实是作者对现实有意地夸张和折射。作者给现实披上了一层虚幻的色彩，但并不等于提出的问题不是社会的主要矛盾。就大多数作品来看，一般都具有一定的反霸、反帝和反封建的积极内容；在艺术技巧方面，由于能够做到古为今用和洋为己用，为广大读者所欢迎，社会效果显著，于是，魔幻现实主义遂成了世界文坛上的重要流派之一。积极的社会内容与新颖独创的形式的有机结合是它能够风行欧美两洲的根本原因。

二　汤亭亭作品中的魔幻现实主义手法

作为在创作中大胆吸收西方艺术表现手法，博采众家所长的华裔女作家汤亭亭，她的作品所具有的活力和开拓性的发展是在不断学习融会新的艺术手法中获得的。毫无疑问，她深受在当时文坛上引起强烈震撼的拉美魔幻现实主义风潮的影响。她的代表作《女勇士》被称为"充满幻想的自传"，是一部被广为阅读的美国华裔文学作品。[①] 汤亭亭将虚幻置于现实，将现实融入虚幻，创造性地运用中国神话和传说等新颖独特的叙事手法和颇具传奇色彩的人物情节，使该作品成为美国华裔文坛上一部争议最多且意蕴丰厚的佳作，充满了魔幻现实主义色彩。

（一）人"鬼"混杂的梦幻现实

魔幻现实主义是没有自己独特的创作手法的，而是兼容并蓄了西方现代小说的意识流和荒诞、夸张、神秘等表现主义的叙述技巧，巧妙地将现实和梦幻交织在一起，打破主观和客观世界的界限，创造一个人鬼相通、生死轮回的诡秘的梦幻世界，以表现现实生活或深化作品。

现实可以分为自然、社会、历史方面的现实和主观、心理方面的现实。魔幻现实主义也是以现实为依据，跟其他艺术流派的不同之处

---

① 悉尼·史密斯：《女性自传的诗意：边缘化与自我表述小说》，印第安纳大学出版社1987年版，第159页。

就在于要通过作家的想象把具体的现实上升为幻想，创造一种魔幻或虚幻色彩的新"现实"。这种新"现实"是一种艺术化了的现实，是一种"超自然而又不脱离自然氛围"的现实。这种把具体现实变成新"现实"的手法，就是魔幻现实主义所采用的艺术手法。作者常常会在文中插入鬼魂和荒诞离奇的情节。

《女勇士》通过极富想象力的虚构和白描，展示了一个生活在中美两种异质文化重压下的小女孩的童年生活。作品共分五部分，前三部分是小女孩讲述的几个儿时妈妈讲给"我"的故事，后两部分由作者本人讲述。作品将白人文化背景下华人受歧视、受压抑、贫困、不安定的生活现实，与中国传统文化中的神仙鬼怪、仙风道骨、行侠仗义的女英雄的故事融为一体，给人以巨大的艺术感染力和无比的审美享受。

"鬼"故事的描写是《女勇士》的一大特色。作品从头至尾充满了各种各样的鬼。实际上，《女勇士》的副标题"一个生活在鬼中间的女孩的回忆"已经充分暗示了鬼的意象在作品中的重要性。"鬼"这一意象在作品中更是反复出现，关于这一意象的探究对正确理解作品至关重要。

其实"鬼"的形象在中外文学作品中十分常见。《现代汉语词典》中"鬼"有七义：除了通常人们所说的"鬼魂"（人死后的灵魂）外，其他的都含贬义，如讨厌鬼、胆小鬼；鬼头鬼脑、鬼鬼祟祟；捣鬼、心里有鬼；鬼天气、鬼地方等。但值得注意的是，口语中"鬼"有时也用作褒义词，意为"机灵"，如小鬼、机灵鬼等。"鬼子"更成了现代汉语中的一个专有名词，是对侵略我国的外国人的憎称，如我们称西方侵略者为"洋鬼子"，称日本侵略者为"东洋鬼子"或"日本鬼子"。

我国文学作品中也常有对鬼怪的描写，其形象有善有恶，各不相同。中国四大古典名著之一的《西游记》中的妖魔鬼怪大多青面獠牙、邪恶成性；而蒲松龄《聊斋志异》中的女鬼则往往是被描绘成美丽善良、多才多艺、敢爱敢恨的女性化身，表现了中国妇女在传统男权社会中仍坚持追求真爱和幸福的勇气。在中国传统的男权社会里，女人是不被允许追求爱情和自由的，但在文学作品中，"变鬼"成了女性追求自由和爱情的途径，不论是在《聊斋志异》还是在《牡丹亭》中，女主人公在身为"女人"时被压制的声音和欲望都在成为"女鬼"之后得到了自由的宣泄。

在英文里"ghost"指的是死人的灵魂，面容苍白、透明。美国文学中也有很多对鬼的描写，从爱伦·坡对鬼魂的令人毛骨悚然的描写，亨利·梭罗的"每一根铁轨下都躺着一个爱尔兰人"灵魂的愤怒的呐喊，到托尼·莫里森"献给六千万甚至更多"死去黑奴的《宠儿》中小鬼魂18年后对母亲的报复，再到电影《人鬼情未了》中惊天动地、催人泪下的人鬼未了情，美国文学中"鬼"的形象也可谓丰富多彩。由此看来，《女勇士》中对鬼魂的描写并非没有其文学史上的渊源。汤亭亭正是继承了前辈们对鬼魂的描述，借"鬼"发挥，从而充分阐释了自己作品的主题。

《女勇士》以一个生长于美国的华裔女孩的视角，转述了"我母亲告诉我的有关母亲和父亲家庭成员的故事，有一些是她的梦，有一些是她对中国的记忆，也有一些是不真实的记忆"①。母亲是书中中国文化的代言人，这些鬼故事是母亲讲给女儿——叙述者"我"的。女儿在母亲的鬼故事中长大，对这些鬼魂充满恐惧，通过叙述其深有感触的事件和经历向读者展示了她对中华文化的记忆和批评，同时描绘了华裔美国人的生活和她在两种文化的夹缝中独特的生存体验。该书以中国为背景，通过想象力和奇特的添枝加叶法将事实与虚构、幻想与现实、神话与梦幻、个人反思与其他故事等自由地交织在一起，形成了一个光怪陆离、亦梦亦幻的世界，就像作者所说的那样"我搞不清故事在何处结束，梦从何时开始"②。在文本的任何章节里，读者都能看到"鬼"的频繁出现并感觉到隐藏于其中的复杂情感。书中满是形形色色的中国鬼，什么墙头鬼、压身鬼、胡扯鬼、饿死鬼、扫帚鬼、蛙精、淹死鬼等，林林总总，丰富多彩。在众多中国鬼中，

---

① 何明星、蒯乐昊：《华裔女作家的世界影响力》，《南国博览》2013 年第 7 期。
② M. H. Kingston, *The Woman Warrior*, New York：Random House, 1989, p. 19.

无名姑妈的鬼魂是最为重要的一个，对女主人公影响极大。"无名女子"是全书的第一章，开首第一句——"'你不能把我要给你讲的话，'我妈妈说，'告诉任何人'"① ——为全书定下了讲故事的基调：这是一个女人之间私密的故事。母亲打破父亲"不准讲"的禁令，把无名姑妈的故事讲给了"我"，而"我"则不顾母亲的禁令，用文字言说的方式把姑妈的故事公之于众，为像姑妈那样受传统男权社会迫害、含冤而死的女性代言。

无名姑妈是中国传统男权文化的牺牲品。新婚第二天，丈夫随同村里的其他男人到"金山"淘金去了，数年后，姑妈与人私通怀孕。在分娩的那一夜，族人袭击了姑妈的家。无奈之中，姑妈在猪圈里生下了孩子，天亮后抱着孩子投井身亡。从此以后，家里人绝口不提姑妈的事，"只当她没有出生过"。"我"初潮之时，母亲把姑妈的故事悄悄地告诉"我"，一再警告"我"以姑妈为戒，恪守妇道。许多年后，全家人对姑妈的不贞仍然恼怒万分，他们故意要把她忘掉，"要让她永远受罚"。然而，

> 我姑妈缠着我。她的鬼魂附在我的身上。因为现在，经过 50 年的疏忽之后只有我一个人舍得为她破费纸张，虽然不是为她做纸房屋和纸衣服。我想，她不会总会对我心怀好意。我正在讲她的故事。她是含恨自杀，溺死在水井里的。中国人总是非常害怕淹死鬼。那是水鬼，眼泪汪汪，拖着水淋淋的长头发，皮肤水肿，在水边静静地等着，伺机把人拉下水做她的替身。②

无论在中国还是在西方，都不乏"堕落女人"自杀的故事。在传统文学中，"堕落女人"被描绘成给自己与家庭带来耻辱的人，而这些女人最终的自杀是对她们"罪行"的惩罚。这虽然有悖人性，但却体现了传统社会伦理道德的"胜利"。③ 然而，如今在接受了美国式

---

① M. H. Kingston, *The Woman Warrior*, New York: Random House, 1989, p. 1.

② 汤亭亭：《女勇士》，李剑波、陆承译，漓江出版社 1998 年版，第 15 页。

③ 尹晓煌：《美国华裔文学史》，徐颖果译，南开大学出版社 2006 年版，第 268 页。

个性教育的"我"的眼里,姑妈用投井自杀的方式将自己变成一个令人害怕的淹死鬼,一个伺机的复仇者,一个敢于反抗命运、抗争传统的"女勇士",从而成为反抗中国传统父权文化的典型。"我"为姑妈祭奠,用文字的方式为姑妈立传,为姑妈的故意被人遗忘复了仇。通过对无名姑妈鬼魂的描写,汤亭亭不动声色地将女性受害者的形象转变成"女勇士",由此将这一传统文学主题进行了改写和升华,有力地鼓舞了女性赢得权利的斗争。

在《女勇士》的第三部分"乡村医生"中,母亲所在的医学院有一间闹鬼的寝室,住在里面的人被惊吓得神经错乱无法学习。母亲克制着自己的恐惧睡在鬼屋里。而这里的鬼是没有任何具体形状的,看不见也摸不着,却能感受到是一种莫名的怪物。"她(母亲)自己也不知道睡着没有,床底下传来奔跑的声音。有个活物,呼噜呼噜地喘息着,顺着床腿往上爬。爬过她的身体,坐在她的胸口上。它喘不过气来似的,压着她,在她身上吸吮。'噢,是个压身鬼。'她心里想。"① "借着银色的月光,我看见那黑怪物装起磁性吸盘,正在往自己身上吸角落里的影子。不一会儿,它就会把这整个儿房间吸到肚子里,然后就会去吸其他房间,会把我们全吃光的。它还往我身上扔石头。有一种声音,就像山里的风在呼啸,尖厉得很,简直让人发疯。"② 这一段描写很精彩,想象丰富,瑰丽奇幻。这里"压身鬼"骑在勇兰身上的行为暗示了美国排华政策对华裔美国人身心的摧残。正是由于美国非人的排华政策,很多中国夫妇被迫长期分离,遭受着恐慌与不安的折磨。两个孩子的死亡、与丈夫长久的分离及年龄的日益增大不由使勇兰担心会遭到丈夫的遗弃。因此,勇兰与"压身鬼"的战斗不如说是与自我内心的恐慌作战。③ 而勇兰最终通过不停地说话战胜了"压身鬼"则向读者暗示获得话语权的重要性。

母亲还讲过她在乡村夜间行医的时候遇见非人非猿的怪物的事

---

① 汤亭亭:《女勇士》,李剑波、陆承译,漓江出版社1998年版,第61页。

② 同上书,第65页。

③ 何雪:《"他者"与反"他者"——解读〈女勇士〉中的"鬼"叙事》,《国外文学》2005年第3期。

情，"几乎树叶都不曾响一声，那怪物猛然间从树丛里跳了出来，拦住了母亲的去路。白狗叫了起来。那怪物跟人一般大小，两只手抱住一只脚，另一只脚在地上跳着。显然刚才那一跳，伤了一只脚。它的面部长着橘黄色的毛发。它的主人给它穿了一个麻袋，脖颈和手臂处剪出几个洞。它那人一样的眼睛冲我母亲眨来眨去，脑袋从一侧晃到另一侧，那样子好像在思量着什么。"① 母亲通过喊叫、挥动木棒并向它冲过去吓跑了怪物。母亲勇兰战胜鬼怪的故事暗示了母亲是一位勇敢、能够独立发出自己声音的女性，她把这些故事讲给女儿是希望女儿能在充满歧视和偏见的美国社会里依靠自己的勇气和声音为自己赢得应有的生活，来沟通两种文化、弥合两个世界。虽然讲述"无名姑妈"故事的母亲曾经是中国传统文化的传播者，是以父亲为代表的中国男权文化的同谋，但"捉鬼"、战胜怪物的母亲根本不是一个恪守"三从四德"的传统妇女，而是像花木兰一样勇敢、不屈的女中豪杰，是女儿效仿的榜样。

此外，母亲的故事里还有"抖动着一片片红鳞，露出一圈圈绿色花纹"② 的龙；没有名字的鬼或精灵："有一些鬼只是依附在某种东西上面，并没有自己的空间。它们弥漫在木头、金属和石头的质地里面。我们喘息的时候，微小的精灵便会在我们眼前翻腾。我们不得不在房顶上造一些角状物，那些乐意唠叨的先人可以顺着那些角状物滑上去，也许会升到星空，那里是宽恕和爱心的源泉。"③ 母亲的故事里还有打鬼的英雄高仲、吃油炸鬼的周易汉、砍掉雷神左腿的陈峦峰、什么都敢吃的魏庞、吃青蛙精的无名氏……母亲的故事为"我"描绘了一个千奇百怪、瑰丽奇异的中国，激发了"我"的好奇和幻想，以致这个美国女孩也开始做"会不断变小的婴儿"的怪梦。"这些梦都是用汉语做成的，汉语是一种拥有千奇百怪故事的语言。离开父母之前，他们用各式各样的故事塞满了我们的头脑，就像他们在箱

---

① 汤亭亭：《女勇士》，李剑波、陆承译，漓江出版社 1998 年版，第 76—77 页。
② 同上书，第 60 页。
③ 同上书，第 76 页。

子里塞满自己制作的内衣一样。"① 因此，父母口中的鬼故事其实也蕴含着中国传统文化，移民父母希望在异国他乡的子女们也能继承中国文化，能够保持一些中国性，因此常常借用一些吸引小孩子的鬼故事来向他们传递中国文化知识、价值观、处世技能，等等。

除了中国"鬼"外，《女勇士》的后两部分还描写了各种各样、各行各业的美国"鬼"。"美国也同样充满了各式各样的机器，各式各样的鬼——的士鬼、公共汽车鬼、警察鬼、开枪鬼、查电表鬼、剪树鬼、杂货店鬼。曾几何时，世界上充满了鬼，我都透不过气来，我都无法迈步，总是摇摇晃晃地绕过那些白人和他们的汽车。也有黑人鬼，不过他们的眼睛是睁开的，笑容满面，比白人鬼要清晰可亲些。"② 作者以一个天真无邪的小女孩的视角，将人与鬼交织在一起，描述、渲染出一种真真假假的气氛，充分表现了美籍华人在美国社会的种族歧视压迫下的困惑、陌生、压抑和不安全感，充分体现了边缘化生存的艰难境地。华裔母亲希望女儿继承中国文化遗产，不断地向她讲述中国文化里的鬼怪故事，使想象力丰富的小女孩相信自己生活在一个充满鬼和异端的国度里。同时，在使人"透不过气来，无法迈步"的白鬼子中，小女孩发现黑鬼的"眼睛是睁开的"，他们"笑容满面，比白人鬼要清晰可亲些"。这里，"眼睛睁开"是一个明显的隐喻。在美国，黑人和亚裔人同属少数民族，同是白人种族主义者迫害、歧视的对象，因而他们之间自然多了一种文化认同感，同病相怜，黑人自然对华裔小女孩多了一分亲切。但是白鬼是不睁眼的，或者说，在白人眼里，华人小女孩是不存在的，所以她不得不摇摇晃晃地躲过那些白人和他们的汽车，以免受到伤害。很显然，汤亭亭在这里影射了美国白人的种族霸权、文化沙文主义思想。在美国白人看来，只有白人主流文化才是唯一正统的美国文化，他们歧视甚至无视少数民族的文化传统。③ 美国东方主义者可以堂而皇之地"他者"化

---

① 汤亭亭：《女勇士》，李剑波、陆承译，漓江出版社1998年版，第79页。
② 同上书，第88页。
③ 薛玉凤：《鬼魂言说：〈女勇士〉中"鬼"的意象之文化解读》，《解放军外国语学院学报》2003年第1期。

华裔美国人，无视他们的存在，对华人及其文化任意误读。对华裔美国人而言，称所有的白人为"鬼"无疑是一种通过反"他者化"来达到颠覆美国东方主义话语的方式。① 因为美国社会的排挤和种族隔离使华裔对白人感到陌生、恐惧，就像人和"鬼"不能共处一样。而饱受排斥、常感自卑的华裔移民把美国白人称为"鬼"，这样他们可以随心所欲地对其进行任何形式的理解而心安理得，或多或少能够得到一点精神上的慰藉，从而能继续生活在美国社会的边缘。由此可见，"美国鬼"不仅指美国人，它还是一个种族的象征，指多元文化背景下的文化和种族歧视。可见"鬼"是一个多重"能指"，它的"所指"既是具体的，又是抽象的。②

（二）东西方神话和典故的改写、融合

魔幻现实主义常常会吸收外国神话传说中的精华为作品加上一层怪诞离奇的色彩，实现"变现实为幻想而不失其真"的魔幻现实主义创作原则。如《百年孤独》中描绘吉卜赛人每年都来到村子里算命卖艺的时候写到了飞毯，而关于飞毯的描写显然是《天方夜谭》中故事的引申。汤亭亭在《女勇士》中大量改写了中国传说故事，已取得深化主题的效果。

"白虎山学道"一章无疑是全书最精彩的，汤亭亭将中国妇孺皆知的女英雄花木兰的故事做了改写。花木兰的故事源于郭茂倩编的《乐府诗集》中所收录的一首南北朝时期的乐府民歌《木兰辞》，讲述了花木兰女扮男装替父从军、建功立勋之后拒绝朝廷的封赏回到家乡与亲人团聚的故事。除了称颂花木兰的才干外，还宣扬了一种孝敬父母、忠君爱国的品质。这个故事到了汤亭亭笔下便发生了大量的变形：首先，木兰不是从一个"当户织"的闺中少女直接披挂上阵，而是在七岁那年跟着一只鸟儿走入仙境般的白虎山，师从一对身怀绝技的老人。这14年中她和那对老人日夜生活在一起，老人不仅教给

---

① 何雪：《"他者"与反"他者"——解读〈女勇士〉中的"鬼"叙事》，《国外文学》2005年第3期。

② Lim, Shirley Geok-Lin, ed., *Approaches to Teaching Kingston's The Woman Warrior*, New York: The Modern Language Association of America, 1991, p. 138.

她武艺和应敌的方法，而且为了培养她独立坚韧的品格而把她送进深山。为了缓解她的思亲之苦，老人还会让她在神奇的水葫芦里看到家人。她14岁那年想下山营救自己被军队抓走的丈夫和弟弟，老人阻止了她并告诉她："我们如此辛苦地付出不是仅仅为了救两个男孩子，而是为了救无数的家庭。"① 其次，木兰终于学成下山，见到了父母。在她出征之前，她的父亲在她的背上刻下了报仇的誓言。任何一个有中国文化知识背景的人读到这一场景，都会联想到著名的"岳母刺字"的故事，汤亭亭把这一中国人耳熟能详的故事移植到了花木兰身上。她说："我要表现女人的力量，用男子的力量去增加女子的力量。如果女子知道男子汉大英雄有故事，那她就必须由自己去借用男子汉的能力和理想，这样她才会变得强大。"② 战场上的木兰所向披靡，在征途中遇到了前来寻找她的丈夫，并怀孕生子，她把新生的儿子拴在胸前继续奋勇杀敌。这一段描写很像好莱坞电影当中的浪漫桥段。最后，木兰带领她的军队杀到了北平，砍掉皇帝的脑袋，选出一位农民担任新皇帝，建立了新的制度。接着木兰参观长城，像孟姜女一样在长城上痛哭，随后返回家乡，去找那个当年抓她弟弟和丈夫去当兵的乡绅复仇。

从这些描写里面我们可以很容易地看出汤亭亭把武侠故事、好莱坞电影、中国的历史典故、近代中国的农民革命、推翻地主阶级、解放妇女等毫不相干的片段都放进了全新的花木兰故事中。故事中还穿插了兔子投火以自己的肉解救女侠客的情节，据汤亭亭自己的说法，这是在"混合运用东西方神话"，在里面她穿插了英国小说家刘易斯·卡罗尔（Lewis Carroll）的小说《爱丽丝梦游仙境》中兔子带领主人公的情节，而兔子投火的故事原型，又是取自佛教经典《一切智光明仙人慈心因缘不食肉经》中的智光明仙人与兔王母子的故事。③对于这类东西方故事的混淆，汤亭亭解释说："因为我感到这种混淆

---

① 汤亭亭：《女勇士》，李剑波、陆承译，漓江出版社1998年版，第29页。

② 张子清：《东西方神话的移植和变形——美国当代著名华裔小说家汤亭亭谈创作》，《女勇士》，李剑波、陆承译，漓江出版社1998年版，第193—194页。

③ 汤亭亭：《女勇士》，李剑波、陆承译，漓江出版社1998年版，第194页。

现象常发生在小孩的头脑里，发生在美籍华裔小孩的头脑里。我入睡时，这类故事就混淆了。我收入书中的神话故事出自电影，香港电影、好莱坞电影，我创作时，电影里的那些形象就出现在我的脑际。"① 她从自身的体验出发，以混淆的手法讲述故事，表现了在中西双重文化交融下美籍华裔体验的特殊性，也恰恰向人们展示了美籍华裔作家创作的特点。

在天马行空地想象了这个中国女英雄那意气风发的光辉事迹后，"我"回到了美国的昏暗现实里。她说："我在美国的生活真是令人失望。"② 她与妹妹生活在华人家庭的父权制阴影下，父母和同乡对女孩儿的轻视令她难过得尖叫不止，她唯一能证明自己价值的就是在学业上一直都得 A，然而，母亲却告诉她功课拿 A 也不能当粮食吃。以勇敢和独立著称的母亲勇兰告诉她，女孩子长大后就要成为别人的妻子和奴仆。更糟糕的是，在美国，女孩要面对的不止是来自家庭的偏见，还有主流社会种族主义者对华裔家庭的轻视和怠慢："当我父母的洗衣店由于市镇重建的计划被推倒，而我们居住的贫民区被改建成停车场时，我只能在想象里舞刀弄枪地予以反抗，却任何有用的事也做不了。"③ 无论是作为家中的女孩子，还是美国社会中的华裔，"我"都是势单力薄的弱女子，毫无力量反抗。可是，她从母亲教给她的中国女英雄的故事里找到了力量的源泉：像花木兰一样做一个女中豪杰。于是，在现实里遭受的挫折和对现状的无能为力迫使她从虚构的世界里寻找慰藉、建立自信。在这一章中，晦暗不明的美国生活与花木兰英勇杀敌的畅快淋漓之间的鲜明对比，表达了作家对现实的极度失望和改变现状的热切渴望，而新花木兰形象无疑是她投射在一个虚构人物身上的"理想的自我"。

（三）象征性

魔幻现实主义常常运用象征的手法来讽喻现实。比如《百年孤独》中描写了一位象征着美的姑娘拉·贝娅，谁对她存心不良，则必

---

① 汤亭亭：《女勇士》，李剑波、陆承译，漓江出版社 1998 年版，第 194 页。
② 同上书，第 41 页。
③ 同上书，第 44 页。

遭天意的惩罚。作者用这种象征的笔法无疑是想说明：美是不可侵犯的，谁侵犯了美就要遭到惩罚；同时美又是不能长存的，往往会被一阵风刮得不知去向。汤亭亭在《女勇士》中也大量运用了象征的手法，寓意丰富。

在"白虎山学道"一章中，"白虎山"是对理想社会状态的象征。在这片净土上，有着仙境般的景色，有龙的奇异意象，有可以使人长生的红云菜和松树脂……却没有阶级、种族、性别的差异。在那里老夫妇之间平等和睦地相处，他们既像夫妻又像兄妹，似乎青春年少又似乎是年迈的老人，法力丝毫没有因为性别的差异而有所不同。在一段描写花木兰经受野外训练时因为极度饥饿而产生的幻觉中，汤亭亭用一种虚幻的手法表达了她对这种理想社会状态的期望：

> 我的眼前出现了一对金人儿，在那里跳着大地之舞。他俩旋舞得很美，简直就像地球旋转的轴心。他们是光，是熔化的金子在流变——一忽儿是中国狮子舞，一忽儿又跳起非洲狮子舞。我似乎听到了清脆的爪哇钟声，转而变得低沉，听上去又像印度人和印第安人的钟声。金钟在我眼前离析为黄金丝缕，经风一吹，飘飘洒洒，编织成两件龙袍，龙袍旋即又淡化为狮子身上的毛。毛长长了，成了闪光的羽毛——成了光芒。随后，这对金人儿又跳起了预示未来的舞蹈——是未来的机器时代。我从未见过他们那种装束打扮。几个世纪在我的眼前转瞬而过，这是因为我猛然间已悟到了时间的真谛：时间犹如北极星，既在那里旋转，又是固定不动的。我明白了耕耘劳作与舞蹈并无不同；农民穿的破衣烂衫像皇帝的金冠玉带一样金碧辉煌；也明白了为什么舞者之一终究是男性，而另一个则终究是女性。[①]

这个奇妙景观的文学寓意是界限的消除和边界的融合。随着两个金人的舞蹈转换成各种奇特的形式，阶级的、种族的、时空的界限消

---

① 汤亭亭：《女勇士》，李剑波、陆承译，漓江出版社 1998 年版，第 24 页。

除了，男人和女人也在劳动的舞蹈中达到了和谐境界。随着时空界限的消除，花木兰这个本来发生在古代中国"白虎山"的故事发生了时空的转移，非洲狮舞、爪哇钟声，以及印度和印第安人的舞蹈融汇在一起，成为消除了国界和民族界限的世界大融合。很显然，这个带有魔幻色彩的中国仙境并不是真正中国的，是根据古代传奇而创造出来的一个梦幻世界，是作家理想当中的乌托邦。也就是说，这个被神话化了的中国形象折射出作家的欲望与索求，在描述这个理想之地的同时，作家构建了自我，一个以消解了性别、种族、文化二元对立的女勇士。

此外，《女勇士》中包含着大量的有关"疯女"的叙述。无论在西方文学还是在东方文学中，"疯女"都是一个人尽皆知的形象，但是汤亭亭却赋予这个熟悉的角色以新的含义。"无名女子"里被日本兵毒打后的"我爷爷""乡村医生"里的河边疯女人、"西宫门外"被男人抛弃的月兰、"羌笛野曲"里的疯玛丽和母亲眼中的"我"……就连作者本人也承认说："我对发疯这种事很感兴趣，我书里谈到好多人发疯。"①

在所有疯人形象中，月兰的疯狂具有典型性，在第四章"西宫门外"，作者描绘了她从一个旧式的富家女沦落成疯人的始末。作为中国封建传统文化的受害者，月兰被丈夫抛弃30多年后，仍然毫无怨言。更可悲的是，她只身前往美国投奔丈夫，却发现丈夫早已重婚，她不但不反抗，甚至不敢面对。在被拒之门外之后，内心痛苦失落，加上对于美国社会的陌生、恐惧，使她孤独感、焦虑感与异化感与日俱增。惶恐的她整天幻想着一直遭墨西哥鬼的跟踪窥视而不敢出门，终至疯癫，客死他乡。对传统中国女性月兰而言，丈夫就是她人生全部的依靠，正是因为她的软弱无能和对男性的依附使她处于"西宫门外"，一旦被抛弃，就只能活在痛苦与屈辱中。

文中类似的疯狂人物形象还有在"羌笛野曲"一章中看"露天

① 查尔斯·鲁亚斯：《美国作家访谈录》，粟旺、李文俊等译，中国对外翻译出版社1995年版，第305页。

电影"的疯女人和疯玛丽。在中国她们都是心理正常的健康人，到美国却都突然发了疯，探究其内在原因，会发现东西方文化的巨大差异是造成她们性格和思想扭曲与分裂的根源。一个人几十年来在一个参照系统里生活，结果到了一个新的地方，这个参照系统被破坏了，特别是语言、文化、价值观都改变了。在原有的参照系统被破坏后，人在心理上就会变得特别不安、恐慌。对移民来说，这需要许多年慢慢重新组合，而有的人则一辈子都无法重新适应。她们一方面丢失了生活的根基，另一方面又与外界格格不入，人性上受到严重的压抑和扭曲，悲观情绪与幻灭意识陡然而升。在这种情形下，一个痛苦甚至是病态的"自我"表现就在所难免了。女性主义批评家肖瓦尔特在《再现奥菲丽亚：女人、疯狂以及女性主义批评的责任》一文中曾指出："如果我们从美国女性主义批评转向法国女性主义批评，奥菲丽亚可能证实父权话语下女性除非疯狂、语无伦次、变异和沉默之外，不可能有其他的表达。"[1] 汤亭亭从自身的族裔经历出发，通过对疯姨妈月兰这一形象的塑造，控诉了中国传统的男权文化及美国社会的种族优越论对于女性身心的戕害，鲜明地表现了作者对这种压力的不满与批判及对女性生命的关注与热爱。

《女勇士》中的"我"也常常被看成是家里的"疯女人"。"每家都得有个疯女人。那么我们家的疯女又是谁呢？可能是我。……我不利索，头发总是乱蓬蓬的，灰蒙蒙的，我的手脏乎乎的，常把东西打碎，而且我还得过一次莫名其妙的病。我同我头脑里的一些英雄好汉讲话，把自己想象成轻浮粗暴的孤儿，白皮肤，红头发，骑白马。"[2] 作为叙事者的"我"是一个思维杂乱，充满反叛精神的愤怒女孩儿，对华裔文化和美国的价值观持质疑态度，因此被看作疯女。当然，她的这种"疯狂"并不是真正的精神或心理异常，只是象征着第二代华裔作为一个极为特殊的群体，对身陷中西两种文化夹层中的窘困境地的激烈挣扎与反抗。疯癫代表了一种未成年地位、一种幼稚状态。在

---

① 肖瓦尔特：《再现奥菲丽亚：女人、疯狂以及女性主义批评的责任》，转引自朱刚《二十世纪西方文论》，北京大学出版社 2006 年版，第 364 页。

② 汤亭亭：《女勇士》，李剑波、陆承译，漓江出版社 1998 年版，第 173 页。

女性主义批评中，疯女意象被视为一种复杂的女性文学策略，被认为是女性自我的化身或复写，是一种文化范畴而非生理现象。吉尔伯特和格巴在《阁楼中的疯女人》中指出，女性作家小说中的疯女意象就是叛逆的作家本身，它含载着女性作家本人的焦虑与愤怒以及女性作家自身所独有的破碎感觉和自卑情结。① 女性作家把自己的愤怒和不安投射到疯女意象中，这种愤怒和焦虑隐含着女性主体意识的暗涌，表明她们试图在自我分裂的极致化中冲破父权的压制。汤亭亭的疯女意象的书写正表明她本人决定不再沉默，努力追寻她作为一个华裔女性的自我。在一次强迫和她一样沉默不语的一个华裔女孩讲话以后，她大病一场，之后开始说出自己的想法，决心弄清对于自己的身份和传统的疑惑，想要获得独立。故事中"我"的成长经历说明，在美国出生、成长的年轻第二代华裔，对于中、美文化而言，他们都被视为"边缘人""他者"，徘徊于中心与边缘、现代与传统之间，族裔文化的根性与自己的身份认同问题始终使他们困惑、愤怒、发狂。

在"羌笛野曲"一章里，作者通过对历史人物才女蔡琰被掳经历的重新建构，描述了一个完全适应异邦生活的女勇士形象：蔡琰将自己的民族文化用胡人的乐曲传播开来，不但让自己的孩子理解了自己以及自己的故国文化，而且赢得了胡人的同情和尊重。因为她的才华，汉皇派使者将她赎回。汤亭亭将自己的处境等同于蔡琰，要在冲突的文化中找到平衡，《胡笳十八拍》则象征了两种文化沟通的桥梁。通过对蔡琰故事的改写，汤亭亭找到了自己的定位，即华裔美国人，表达了与美国主流和谐相处的愿望。

（四）叙事模式的时空错位

魔幻现实主义以频繁的或大幅度的时间跳跃来深化那种被有意割裂的情节碎片所产生的陌生化的审美效果。此外，对空间也进行了重新定义。空间概念的延伸以及以空间转移替代并淡化历时的线性叙事的手段加强了作品的魔幻色彩。这样，魔幻现实主义的现实不仅包含客观（物质）现实，也包括主观现实，即精神现实或心理现实，心

---

① 林幸谦：《女性主体的祭奠》，广西师范大学出版社 2003 年版，第 302 页。

理反映、精神活动也被纳入现实的领域。

本书以"我"听母亲讲述无名姑姑的故事开始，到对英雄花木兰的幻想，对母亲勇兰的崇敬，最后讲到被匈奴掳掠至蛮夷之地的蔡琰在沉默数年后骤然爆发，唱出自己的心声为结束。这也正是小说中"我"的成长历程，形象地揭示了第二代美国华裔女性奋力冲破传统文化对她们思想的禁锢与束缚，最终在两种文化的碰撞中寻找到真实的自我，勇敢地融入美国社会的艰辛过程。至此，小说中的"我"已经蜕去疯狂的外壳，完成了文化心理的成长过程，为"我"自我意识的升腾提供了坚实的基础，使之不再敌视和排斥中美文化，而是以独特的理性视角审视着不同文化背景下的生活，并积极地融入其中，创造属于自己的、真实的世界。

通读《女勇士》，可见全书每一部分基本上都运用了时空交错、跳跃式的叙述方法。小说的情节安排和时序运用全然打破了传统的宇宙时间观念，以作家的心理感受为基础，全凭作者的主观需要。采用这种方法，作者能够把不同条件的人与事集中在一个画面上，以各种变换的镜头角度去展示它，故事前后穿插，再将许多小画面交叉、混合地拼凑在一起，形成了一种奇妙的艺术结构。比如在第一部分"无名女子"的故事中，先是母亲对渐渐长大的"我"讲述姑姑的故事，母亲的故事讲完后，"我"回到了现实生活中来，继续叙述想象中关于姑姑故事的更多情节。在此过程中，穿插了"我"提出的众多猜测、思考、评价、质疑和反讽，完全打破了时空界限。例如，在叙述故事时，她评论道："通奸是一种放肆的越轨行为。那些自己孵小鸡，又把鸡胚胎和头当作美味食用，把爪子加醋烹调作为宴会的菜肴，除了砾石，连内脏都要吃光的人，他们能够造就出一个慷慨大方的姑姑来吗？"① 又如在故事的叙述中，在讲到姑姑那个村子里有许多亲戚的时候，叙述的声音忽然又回到了现实，在现实的生活中"我"因为称呼其他男子"兄弟"而使彼此关系更亲密，进而联想到"如果我能使自己具有美国人的美丽，那么，班上五六个中国男生就会爱上

---

① 汤亭亭：《女勇士》，李剑波、陆承译，漓江出版社1998年版，第5页。

我，其他每个人——纯种白人、黑人和日本人也会爱我的"①。这部分作者的旁批是这样的："如真如假，若幻若梦，作者虚言虚构。翻译意译，秩序紊乱，读者多费精神。"② 人物的对话、回忆、内心的独白、联想、梦幻与现实交织在一起，颇有西方"意识流"的风格，而叙事者偶然会在叙述中加入介绍、评论，甚至作者会跳出来插入一言半句的评说，从而更为有效地呈现了相同故事的不同内涵：故事显得亦真亦幻，被家族故意遗忘的姑姑，却在这混乱的叙述中，发出了含恨自杀的"水鬼"的凄厉的呼号与义正词严的控诉，发出了对吃人的旧社会的有力控诉。

汤亭亭在《女勇士》中通过人鬼交融、东西方神话和典故的改写、时空交错和夸张、荒诞的描述等艺术手法，形成一股强大的视觉冲击力，以唤起审美主体的心理动势，从而产生一种特殊的审美效应。同时，这种神秘奇特的创作形式，使人们司空见惯的世界变得陌生，以一个奇幻的天地去展示人生，展示人类的生存状态和境遇，这些都充分体现了魔幻现实主义震撼人心的艺术魅力。

三　谭恩美小说中的魔幻现实主义

谭恩美是华裔美国文坛继汤亭亭之后的新秀，她与汤亭亭的创作也不乏相似之处，因此，她也总是被和汤亭亭相提并论。珀尔斯在1998 年对汤亭亭的访谈录里透露说，汤亭亭承认谭恩美比她拥有更多的普通读者，但也意识到自己在学术界有更牢固的地位。为了说明她与谭恩美的区别，汤亭亭用托妮·莫里森与艾丽斯·沃克之间的差异为例进行比较：前者在学术地位上高，而后者在普通读者之中名气大。③ 谭恩美创作的四部长篇小说《喜福会》（1989）、《灶神娘娘》（1991）、《灵感女孩》（1995）和《接骨师之女》（2001）将汤亭亭开创的华裔母女关系的描写发挥到极致，而其中的《灵感女孩》又

---

① 汤亭亭：《女勇士》，李剑波、陆承译，漓江出版社 1998 年版，第 10 页。
② 同上书，第 15 页。
③ 张子清：《与亚裔美国文学共生共荣的华裔美国文学》，《外国文学评论》2000 年第 1 期。

与汤亭亭的《女勇士》一样充满了神秘和魔幻的色彩。

谭恩美在她的第三部小说《灵感女孩》中首次引入了魔幻现实主义的元素，打破人与鬼、前世与今生之间的界限，营造了亦真亦幻的氛围，使这部作品呈现出魔幻现实主义文学的特点。

（一）人鬼世界

《灵感女孩》是一部大胆、奇特、深刻的小说，阐释着具有双重文化背景的主体基于美国现代公民身份对生活的理解和对生命的反思。作者运用她那富于智慧、优雅和幽默的文笔，展开了一幅涉及异国爱情、隐秘的感觉、幻景与现实因袭相传的神奇画卷，情节跌宕多姿，引人入胜，颇具魔幻现实主义色彩。

小说的叙述者奥利维亚六岁丧父。父亲在弥留之际嘱托家人找到当年留在中国的女儿——李邝，替他完成生前未遂的愿望。从此奥利维亚的生活里多了一个像外星人一样的中国姐姐，对什么事情都要问问这是什么。更让人难以忍受的是姐姐的中国习惯及其讲述的怪异离奇的鬼故事。主人公痛苦厌烦之极，并经常因此受到同伴的奚落、嘲笑甚至戏弄。童年的经历和华人的族裔背景使成长中的奥利维亚刻意改变自己，加倍努力向美国标准靠近，而来自中国的姐姐则成了她必须克服和战胜的难题。然而，随着时间的推移，邝已经把"中国奥秘挤压进我的大脑，改变了我对世界的思维方式。不久，我甚至做起中国式的噩梦来了"。① 当成年的奥利维亚婚姻面临危机、生活失去方向的时候，对生活新的期许加之姐姐的反复劝诱，她最终踏上了中国这块祖先生活过的土地。通过一系列的中国经历，奥利维亚最终领悟到了邝力图通过前生来世的神秘故事向她传输的关于"一百种秘密感官"的真理，用邝的话来说"秘密的感官不是秘密的。我们说它是秘密的，因为我们每个人都有，但忘掉了。某种类似蚂蚁的脚，大象的长鼻，狗的鼻子，猫的胡须，鲸的耳朵，蝙蝠的翅膀，螃蟹的舌头，花蕊的嫩须具备的感觉。很多东西，但是混合到一起了……记忆，视觉，听觉，触觉。这些同时出现，然后你就会体会到心灵深处

---

① 谭恩美：《灵感女孩》，孔小炯等译，浙江文艺出版社 1999 年版，第 12 页。

最真实的东西。"① 就是使身心和谐的能力，回归本能，用最敏锐的感觉去接触、体会生命存在的能力。奥利维亚的这一转变包含着对自身文化身份认同的纠正，更是一个现代人从自我意识的困惑中解脱出来、实现灵魂复归的心路历程。谭恩美正是抓住主人公心理回归、成长的主线剖析作品中作为双重文化身份主体的华裔美国人的经历所带给一般现代人的启示。

奥利维亚的姐姐李邝之所以奇特，是因为她特殊的文化身份。18岁的邝从桂林长鸣移居到美国，无论是外貌、语言还是行为、习俗都与主流社会格格不入，甚至还要遭受亲人的冷漠。她迎合周围的人，一度努力地学习英语，却屡屡遭受鄙视和排挤，孤独寂寞感油然而生。"在那么多年里，邝从未融入过我们的家庭。我们每年拍的圣诞照片看起来就像那些孩子的拼板游戏，'这张照片出什么毛病啦？'每一年，邝都处于前排的中央，穿着色彩鲜艳的夏季服装，脑袋两边佩着塑料蝴蝶结发夹，傻乎乎地咧嘴笑着，嘴巴咧得都要撕开脸颊了。"作为一名族裔散居者，邝寄居在美国宿主文化里，不仅"经历着生理错位，还经历着心理错位和不确定性"②。就像小说中的一半所说："我是中国人也是外国人，这又使得我什么人也不是。"③ 文化的断裂感使得邝不断地寻求认同，寻找属于自己的文化共同体——"家"，正如她对奥利维亚说死后要成为中国人，渴望家园，思念故土，移居美国的她又回不到记忆中的家园，郁闷痛苦之际只有躲避到她自己独特的世界中，鬼魂象征着她失去的历史、过去，在与鬼魂的交流中邝得到一丝的安慰，"在传说与神话般的故事中找到自己精神上的认同感"④。在鬼魂的世界里，有她熟悉的长鸣，有关心她的同胞，有她对太平天国的历史记忆。大量的幽灵、死者聚集在一个生者

---

① Amy Tan, *The Hundred Secret Senses*, New York：Vintage Contemporaries, 1998.

② 王光林：《错位与超越——美、澳华裔作家的文化认同》，南开大学出版社 2004 年版，第 9 页。

③ 谭恩美：《灵感女孩》，孔小炯等译，浙江文艺出版社 1999 年版，第 151 页。

④ 张琼：《从族裔声音到经典文学：美国华裔文学的文学性研究及主体反思》，复旦大学出版社 2009 年版，第 145 页。

的世界中，使得小说抹去了通常的生死界限。而幽灵不是一个神话的工具，而是一种感情的现实。在这个想象的虚幻世界里，在与"家园"的认同中邝获得了一种归属感，一种关怀和慰藉。① 谭恩美将非现实的世界与现实世界穿插交融在一起，使得邝在不同的时空、场景和内心活动中对华裔群体在文化迁移中的自我进行探索和寻求。

虽然小说还是沿袭了华裔美国文学中双重文化身份主体通过追溯族裔历史而完成身份构建的主题，但谭恩美却以全新的方式呈现了这一主题。《灵感女孩》开篇便说："我的邝姐姐相信自己具有阴眼。她看得到那些已经去世、现在住在阴间的鬼，那些鬼会从冥界来拜访她位于旧金山巴尔博亚街的厨房。"② 读者一开始便会被牢牢地吸引。小说描述了邝所具有的许多"超常能力"，如未受过技术训练，却能在瞬间精确地指出电路中的出错之处；"当她把手放在你的伤痛之处时，你会觉得有一种刺痛感，仿佛有成千上万的小精灵在上蹿下跳，然后就像是一股热水在你的血脉里涌流。你并没有被治愈，但是却感到焦虑消散了，情绪平静下来了，就像飘浮在一片风平浪静的海面上。"③ 最奇特的是她可以联系阴阳两界，不仅可以与鬼魂交谈，还能借用"隐秘感官"招来阴间的鬼魂，甚至还会驱鬼、抓鬼。

在《灵感女孩》中，谭恩美动用了将近一半的篇幅让中国姐姐邝讲述离奇的"轮回转世"故事。邝相信来世今生。她认为，在前世的太平天国时期，她与来自美国的班纳小姐相遇相识相知，结成了生死至交的好友。在太平天国运动失败之际，两人阴差阳错，与各自的情人永世分离，但邝自认为是自己的过失使班纳与她的情人一半永世分离，为此，她在来生对其表达了无条件的爱与忠诚。百年之后，她们分别转世为邝和奥利维亚，相遇在美国洛杉矶。还有一则也非常离奇，五岁时邝与同村另一女孩小包子同时被淹，但后来她的灵魂转入小包子体内复活了，而小包子的灵魂则与邝的躯体一起死亡了，所以

---

① 徐春霞、林晓雯：《论〈灵感女孩〉中的魔幻现实主义》，《绥化学院学报》2014 年第 6 期。

② 谭恩美：《灵感女孩》，孔小炯等译，浙江文艺出版社 1999 年版，第 7 页。

③ 同上书，第 16 页。

说，现在的邝是两个人灵魂和肉体的结合。

鬼魂的非现实层面与叙述者奥利维亚及其周围人的现实层面，通过邝这一奇特的人物媒介而联结在一起。当神奇的非现实层面与真实的现实层面融合在一起，梦幻与现实不断交替，达到了一种水乳交融、真假难辨的状态，另辟蹊径地用百种隐秘感官创造了一个神秘奇特的鬼魂世界。作者这样形容邝的隐秘感官："［它是］爱的语言，不仅仅是恋人间的那种爱，而是所有的爱，母子之间，亲戚之间，朋友之间，姐妹之间，陌生人与陌生人之间。"[①] 这就不难理解为什么她不顾奥利维亚的反感、三番五次地伤害甚至背叛，尽心尽力地照料她的生活；后来，她又煞费心思地挽救奥利维亚与西蒙的婚姻；最终，她用生命的代价换回这对恋人的重逢，邝对奥利维亚的爱表现出超乎寻常的坚定、执着和牺牲精神。可见，邝的前生与来世孜孜以求的是一种纯洁的姐妹情谊，是爱的无偿奉献；在奉献的过程中，她了结了百年的心愿，灵魂得到了永久的安息。作者将邝的五官感觉夸张、放大，且自然地连接了现实世界与非现实世界，使文本在这两个维度上得以扩张。

（二）象征性

在小说中谭恩美描述了很多看似荒诞的情节。由于奥利维亚的告密，邝的通灵本领被看作严重的心理障碍，她因此被强行施以电疗，电疗以后，她的一头乌发不见了，"我所看到的情景使我害怕得几乎都无法动弹。她看上去仿佛是被人用手推的草坪刈割机剃了个平头，其糟糕之状就如同看到一只在大街上被车辆碾压过的动物，令人疑惑它曾经是只什么东西，不同的是我知道邝过去的头发是怎么样的。以前，邝的头发飘拂过腰；以前，我的手指徜徉在她那黑缎子般的发波中；以前，我会抓住她又长又密的头发，拽着它……"[②] 而等她的头发重新长出来时，其坚韧程度就如同"英国小猎狗的毛"。遭受电击当然不会引起头发的硬度改变，作者在这里描述邝头发的改变说明了

---

① 谭恩美：《灵感女孩》，孔小炯等译，浙江文艺出版社 1999 年版，第 238 页。
② 同上书，第 16 页。

邝内心的变化：邝刚从中国来的时候头发乌黑柔顺，象征了邝健康的身体和心灵，她顺从、迎合周围的人；然而，到了美国以后，邝人地生疏，不但没有得到家人的关怀与爱护，反而因为行为怪异而被送进精神病院接受电击，精神病院象征着以白人为中心的美国主流社会，电击象征了主流社会强势的话语权，对离散者的排斥和迫害，尽管这种迫害可能会戴着友善的面具；而邝那重新长出来的坚韧的头发则象征了邝作为边缘人的自我保护，也象征了边缘文化越挫越勇、坚强不息的战斗力。

谭恩美在小说的最后描绘了山洞这一具有鲜明民族文化特征的意象，其象征意义将文本上升到了更广阔的层面。在中国的大部分少数民族地区，山洞是女性及其生殖器官的隐喻，山洞被赋予死亡和重生的神圣意义，甚至被顶礼膜拜。例如在《沉没之鱼》中就写到了白族的子宫洞，西方游客由于误闯、随意撒尿，亵渎了子宫洞而遭到驱逐和诅咒。而长鸣的山洞也就具有非凡的意义："那景色几乎令我惊异和晕眩，就像我在梦中见过的神话境界。"[1] 在这里，前世的一半死去了，今世的西蒙获得了新生；今世的邝消失了，来世奥利维亚奇迹般地孕育了婴儿，可以说，奥利维亚的女儿是邝生命的延续，象征着东方与西方、疯癫与理性的和解，其基础乃是无私而伟大的爱。在此，生命超越了历史时间和地域局限，使文本在产生神奇效果的同时更具扩张性。山洞这一魔幻意象在彰显其独特的文化标识的同时又体现了华裔移民后代追寻其文化身份的内心变化。在奥利维亚和邝去山洞寻找失踪的西蒙的过程中，她对邝和邝的鬼魂世界，对自己的前世的态度产生了质的改变，她流淌的中国血液开始燃烧了。当邝为了寻找失踪的西蒙而牺牲自己的生命时，奥利维亚对邝才真正地释怀了，她要告诉邝："我就是班纳小姐，而你就是女怒目，你，以及我，永远都是忠诚的朋友。"[2] 她认同了邝的特异功能，接受了自己的前世，承认了自己的中国血脉。至此，奥利维亚在中美文化的夹缝间找到了

---

[1] 谭恩美：《灵感女孩》，孔小炯等译，浙江文艺出版社1999年版，第288页。

[2] 同上书，第341页。

第三空间：独特的美国华裔身份。

（三）叙事模式的时空错位

在叙事方面，《灵感女孩》利用时间的轮回与循环对传统线性时间进行消解，重造了小说叙事时间。谭恩美发挥想象力和讲故事的天赋，让爱情的轮回穿越从清末太平天国到 21 世纪的百年时光隧道继续演绎着惊心动魄的传奇，宿命的脚步跨越半个地球继续着前世今生的爱情誓言。似乎每对恋人间的爱恨都有前世今生的恩怨纠葛：主人公邝的前世是清末女怒目；邝的丈夫乔治前世是女怒目的恋人曾；邝的美国同父异母妹妹奥利维亚前世是清末的班纳小姐；奥利维亚的丈夫西蒙前世则是混血儿班纳小姐的恋人一半。小说中每个现世人物都有其前世原型：西蒙的前女友前世是奥的母亲；警官前世是阿门牧师；邝的大妈前世是女佣艾美；甚至西蒙的狗都有前世，是作恶多端的凯普将军……

在小说的宏观叙事层面，奥利维亚是叙述者，讲述了她和同父异母的中国姐姐李邝的故事；而在微观叙事层面，邝又每晚给奥利维亚讲各种鬼故事，这些故事有邝小时候的中国故事，也有她们前世在桂林长鸣的故事，这样，叙事时空就在前世与今生、中国与美国、梦幻与现实之间自由转换、穿梭形成了一种混乱的时空秩序，在这种时空跨度下，历史与现实的混杂也就给人一定程度的神秘感。这种时间的处理打破人与鬼，生与死，阳与阴的界限，传统时空限制的突破令小说在其所呈现的亦真亦幻的魔幻氛围中更有力地表现出作者对华裔移民生存状态的关心。例如，小说中初到美国的李邝跟"我"学英语，"我"很不耐烦，甚至愚弄她。但在李邝的故事中，前世的她曾经教班纳小姐（奥利维亚的前世）中文，由此"我"想到，我们认为李邝很奇怪，也许换个环境，李邝就是很正常的，而真正不正常的可能是我们自己。这样作者就消解了主流与非主流的概念，提出所谓的"正常"只是偏见而已。

谭恩美利用其文化身份的双重性，在小说中使古老的中华民族文化与美国主流文化展开对话交流，寻求一种交融共存的状态。她从中国神秘的自然和信仰出发，让人与鬼交流；让前世今生轮回循环，时空跨越；让自然神秘化，营造了魔幻氛围。通过一系列的魔幻人物、故事、情节，揭露人物的内心成长，进而展现了华裔散居者对其身份探索的内心历程，传递了她对美国华裔移民后代生存状态的关心与文化身份的反思，在小说中，现代公民所崇尚的理性主义认知模式及随之而来的怀疑主义思维惯性成为主人公获得生命原动力的障碍，而其反面即谭恩美借中国文化所传达的非理性的人生观则构成个体获得身心和谐的必要因素，故此小说获得了更加普遍的社会意义。

无论是汤亭亭还是谭恩美，她们在文学文本中所创造的这个虚实相间的魔幻现实主义的中国形象，是被她们这样的"美国作家"通过移植中国神话再创造出来的，它或者寄托了她们对理想社会的期望，或者以怪异的形式反证了美国社会的荒谬可悲之处。

在全球化进程中，富有特色的民族文学，成为世界各个民族国家共享的文化资源，这已经是普遍的文化现象和文学规律。华裔美国文学品尝了魔幻现实主义的琼浆玉液，试图立足族裔背景，弘扬民族文化，创建民族文学。汤亭亭和谭恩美的作品虽然不能被称为典型的魔幻现实主义作品，但她们借鉴魔幻现实主义的一些创作手法，力图在文学的内容与形式上有所创新，以期更有效地书写华裔美国人在美国社会中的生存状况，并通过追溯、描写华裔的宗教哲理、伦理道德、华裔美国人的族裔历史，以文学改写历史，解构和颠覆正统的历史观，塑造全新的华裔美国人形象，构建和谐、糅杂的华裔美国人身份。事实证明，她们的努力是卓有成效的。

第四节　流散女性的言说

——华裔美国女性作家小说叙事特征探析

美国是一个由多民族组成的移民国家，它的文化呈现出鲜明的多元色彩。其中华裔美国文学经过100多年的发展，至今已成功地走出边缘地位，渐趋繁荣，迎来了美好的春天。华裔美国女作家更是人才辈出，佳作不断。一些华裔女性作家如汤亭亭、谭恩美、任璧莲、伍慧明等已经成功迈入美国主流作家行列，她们的作品也已经成为美国文学中的经典。她们以独特、敏锐的视角将东西方相互审视，在互为神秘的文化之间游移，既要寻找族裔文化的归属，希望能够建立同主流文化平等"对话"的模式，同时也要探寻属于个人的文化身份。

正是随着近年来美国华裔文学地位的日益凸显，越来越多的国内外学者开始对美国华裔文学进行较为系统的研究。在国内，经过近30 年的发展，华裔美国文学已成为国内外国文学研究的重要内容。研究的范围和主题相对集中在华裔美国作家的总体概况、小说研究、中美文化冲突和认同等方面；从研究的内容看，文化研究成为主要视角。且较多的研究集中于利用女性主义、后现代、后殖民主义、解构主义等文艺理论解读美国华裔文学。这些研究涉及种族歧视、性别歧视、文化霸权、东西方文化冲突、民族文化身份等问题，取得了许多重要的研究成果。但是，正如学者孙胜忠所指出的，华裔美国文学研究已然成为国内美国文学研究中的一个热点，但调研和文献检索的结果显示，国内的华裔美国文学研究走的只是文化批评一途。他进一步指出，对华裔美国文学应走文化研究的"外部"和文学性的"内部"研究相结合的道路。① 美国学者津奇也认为，中国的华裔美国文学研究领域目前实践的大都是一些关于文学的外围研究，关注点大多集中于文学的主题思想和社会意义、"作家的文化政治策略"、作品中人物的文化身份，或者跨文化背景资源的异同等上，其中鲜有关于文学再现的虚构性和文学中介效应的分析，基本上是一种关于文学的社会研究；而对于结构与叙事形式等文学与美学传统的探究与发掘才是我国华裔美国文学批评应该努力的方向。② 近年来，已有一些学者将其研究点落在"文学性"和艺术性上。张琼在 2009 年出版的《从族裔声音到经典文学——美国华裔文学的文学性研究及主体反思》一书"导言"中强调，重视具有族裔特性的作品时应同时重视其固有的文学性价值，同时指出在美国亚/华裔文学批评中，文学性研究正逐步

---

① 孙胜忠：《质疑华裔美国文学研究中的"唯文化批评"》，《外国文学》2007 年第 3 期。

② 凌津奇：《关于文学叙事形式研究的必要性——兼论族裔文学与文化批评》，《江西师范大学学报》（哲学社会科学版）2015 年第 1 期。

回归。① 国内已有不少研究者对华裔美国文学进行叙事策略方面的研究，但是大多从某一作家的某一作品进行梳理研究，鲜有从整体上把握的。本章选取了华裔美国女性小说经典之作，作了叙事学方面的分析，本节拟以具有代表性的华裔美国女性作家的小说为例，通过对其作品的文本分析，尝试从整体上简要探讨华裔美国女作家的叙事策略，以期能够把握其总体特征发展的脉络，进一步提升其文学价值，为这方面的研究提供多样的视角。

一　家族叙事

在中国传统文化中，社会是以家族为本位和文化根基的，而男性在家族中所处的中心位置，女性被贬为人类的"第二性"，女性的生存空间被局限于庭院之间，只作为家族生命延续的工具而存在，在男权规范的框架中生存，没有自身的独立地位。男权文化中男尊女卑的思想对女性提出"三从四德"等行为规范的要求，使女性的活动受到局限，女性的话语在历史上陷于沉寂。即使华人移居海外，传统的家庭文化观念依然根深蒂固，影响着女性的解放和发展。女性意识的出现，是晚近的事情，女性意识的觉醒，一方面依赖于整个社会的女性解放程度，另一方面也需要女性自身的发展。女性自我意识觉醒的第一步就是对家庭的反叛，对自我价值的思索。女性叙事的精神实质是通过在文本中真实地表现女性经验，包括生活经验、社会经验、心理经验和情感经验、审美经验、欲望经验等，肯定女性作为人的主体价值追求，因而家庭叙事就成为女性叙事的主要内容。

（一）女性形象的书写与族裔文化的介绍

在华裔美国女性小说创作中，其家族叙事的一个突出特点就是对女性形象的书写和对母亲谱系的梳理。过往的历史都是以男性为中心的、阳刚谱系的书写史。母系制社会之后，女性的生命血脉延续史就被割断了，不再见诸记录。女性的生命链条无以追踪和接续。在父权

---

① 张琼：《从族裔声音到经典文学——美国华裔文学的文学性研究及主体反思》，复旦大学出版社 2009 年版，第 2—8 页。

制社会，女性隐匿于庞大家谱的角落里，处于"无名"状态。在一个强大的阳刚菲勒斯审美机制的垄断之中，母性的历史无从展现。女性的一切存在于男性叙事主体的解说之中。

女性在一部人类历史当中悄无声息的湮灭，或者被言说，被扭曲。现在轮到她们自己出面索引钩沉。女性作家通过对女性形象的重新刻画、族裔文化的重新书写，通过对女性血缘的重新梳理摇撼以男性为中心的历史神话链条，找寻出属于"女性"自己的历史。

黄玉雪被汤亭亭尊称为"华裔美国文学之母"，她的自传《华女阿五》对于改善华裔在主流文化中负面、刻板的形象起了很大的作用，对处于创始阶段的美国华裔文学的发展无疑起到了重大的推动作用。《华女阿五》的主题是一个备受家庭压抑的非白人女性实现美国梦的故事——也就是通常所了解的美国最基本的文化神话：通过艰苦的工作、勤俭和抓住机遇，当然，最重要的是抛弃掉不合时宜的非个人主义的价值观，移民家庭便能逐渐实现"美国梦"。

《华女阿五》中女主人公玉雪有血有肉，自尊自爱，不依赖任何人，靠自己的努力来赢得尊重。作品中的玉雪从小在唐人街家里开的成衣小作坊长大，有一个信仰基督教却又严格尊崇中国传统的家长等级制的威严的父亲，以及一个嫁夫随夫的勤劳的母亲。家里生活常有困难，但小玉雪却得到了必不可少的教育。玉雪的父亲思想开明，坚持让自己的女儿接受传统教育，每天早上在玉雪上英文学校之前亲自辅导玉雪学习中文，练习毛笔字，晚上还要女儿去中文夜校学习，并要求女儿学习钢琴。这种教育持续到玉雪高中毕业，使她在成长的过程中一直与中国文化保持着密切联系。作为一名乖巧而有异国风情的华裔女生，她如愿以偿地进入了米尔斯学院，成了一名优秀的学生。由于意外地对艺术产生了兴趣，玉雪坚定地爱上了陶艺。有困苦与失落，有寒冷中的奔波，自强不息的女孩最终迎来了人生与事业的春天。

黄玉雪在作品中不但展现了一个似乎是完全循着美国成功之路的标准路线默默坚韧前行而最终获得成功的"白人化"乖女孩，还用大量的篇幅描写了玉雪的家庭生活，唐人街的风俗文化，如中国旧式的婚礼、新生儿的满月礼、殡葬仪式、传统节日，以及中国家庭中严格的长幼次序，父母的绝对权威，鞭打犯错孩子的教育方式，等等，当然更重要的是各种各样、香气四溢的中国菜，并不厌其烦地介绍了多种菜式的烹调方法。以玉雪父亲为代表的华人移民虽然身在美国，却仍然坚持着中国的生活方式和风俗习惯与思维方式，重男轻女，生儿子以后有隆重的满月礼，亲戚朋友都交相祝贺，但对女儿却很平淡，父亲攒钱供儿子读大学，女儿却最多只能读完高中；在对孩子的教育上，中国父母恪守"打是亲，骂是爱"的原则，虽然疼爱子女，母亲悉心地照顾每个孩子的生活；父亲亲自教他的女儿学习中文，新年时把她扛在肩上让她尽情地观看街上的舞狮表演，进城办事时也会带上她，让她看看唐人街之外的美国世界。但是在犯错的时候，父亲也会严厉地惩罚她，教育她不能偷东西或者不诚实，"永远不要忘记遵守诺言的重要性和向父母汇报她们的时间和行动的必要性"[①]。通过对中国文化和中国式家庭生活的介绍，黄玉雪试图向美国的读者表明华人并不是古怪的、不可思议的人群，他们拥有自己的文化传统，这种传统有着几千年的历史，同样也是优秀的文化；中国文化中的勤奋、诚实、守信会一直支持着美国的华人，只要有适当的机会，他们一样会取得成功，就像黄玉雪一样。

尽管很多评论认为，《华女阿五》这部描写"少数民族力争上游，最终获得成功的美国梦故事被由赵健秀（Frank Chin）为首的美国华裔作家、评论家指责为'为迎合白人口味而出卖本民族文化'，这种指责从某种程度上看是不无道理的"[②]。然而在《排华法案》严苛，华人长期湮没无闻，年轻的黄玉雪所做的工作——向白人读者介绍中国文化，就是必须且重要的了。使得之后的作家在进行写作时，所面对的读者已经具备了中国文化的基本知识，她（他）们不必再从华人的衣食住行讲起，而可以更深一层进入美国华裔的文化之中。

---

① 黄玉雪：*Fifth Chinese Daughter*（《五姑娘》），山西教育出版社 2002 年版，第 58 页。
② 程爱民：《美国华裔文学研究》，北京大学出版社 2003 年版，第 91 页。

（二）母女关系的叙写与母系家族谱系的建构

　　如果说黄玉雪以温和的笔触塑造了华人"模范族裔"的典型形象，展示了华裔优秀的文化，那么谭恩美的小说则将汤亭亭开创的母女关系的描写推向极致，家庭是谭恩美叙事的核心。《喜福会》是她的第一部长篇小说，讲述了四个中国移民母亲以及四个华裔女儿在美国的生活，以及母亲们在培养下一代的过程中如何面对文化冲突、身份认同，以及与作为第二代移民的女儿在相处过程中情感上的问题，展示女性现实的生活状态，对女性在历史沉寂中的磨难与坚韧给予关怀。小说以母女之间传承的纵向关系为经，以女性在现实社会中的遭遇为纬，在对传统母女关系的继承与颠覆中解构了男权秩序价值观，建构了女性谱系。

　　母女关系的主题在谭恩美的第二部小说《灶神之妻》中得到了进一步的发挥。作品中具有不同民族身份和文化背景的母女两代人，互守秘密，并由此而引发了一连串的误解与冲突。但是，在女儿了解到母亲痛苦的过去之后，祖露胸襟，将自己隐藏多年的秘密告诉了母亲，最终，两代人僵持多年的紧张关系得以冰释。2001 年，谭恩美再次将视点集中于母女关系这一主题，《接骨师之女》仍然以中国和美国为背景，让读者穿行于过去与现在、历史与真实之间。作品叙述的话题依旧是充满张力的母女关系，小说中的主要人物露丝·杨是华人移民的后代，她为人捉刀代笔写书，却无力缓和她与母亲茹灵之间日趋紧张的关系，缩短与男友在感情上的距离。母亲茹灵患上了老年痴呆症，为了防止遗忘，她将自己的身世和家族秘密记录在案：茹灵的生母宝姨是一位接骨大夫的女儿，却因为美貌而遭人算计，在结婚当天被抢劫，她的父亲和新婚丈夫被杀，她自杀不成，毁了容貌，最终因为遗腹之女而活了下来，却只能作为女儿茹灵的保姆生活在夫家；茹灵生长于北京郊区的一个制墨世家，见证了家族兴衰和北京人骨的发掘，于国仇家难之中幸存下来，与妹妹高灵抛下过去的种种伤痛最终来到美国。女儿露丝在读了母亲的记录之后，才理解了母亲的过去，得以明白母亲性格中种种的别扭与为难，于是谅解了母亲早年对自己的伤害，反省了自己年少青涩时所犯下的种种错误，也因此更加深层地挖掘出自己性格中的问题，与母亲和男友的关系也最终得到和解，她决心为亲人创作，讲述她们的故事。

《灵感女孩》虽然不再以母女冲突为基础，但小说中同父异母的姐妹李邝比妹妹奥利维亚年长 12 岁，她在生活中实际上也承担了母亲的角色。奥利维亚是故事的叙述者，她一方面讲述自己的生活、感受，另一方面与邝在一起生活，间接讲述了邝的故事。具有"阴眼"的邝能够洞察生人和死者的生活，她向奥利维亚灌输了中国文化思想，而后者则不以为然。然而，当成年的奥利维亚婚姻面临危机、生活失去方向的时候，对生活新的期许加之姐姐的反复劝诱，她踏上了中国这块祖先生活过的土地。通过一系列的中国经历，奥利维亚最终领悟了怪异的姐姐李邝力图通过前生来世的神秘故事向她传输的关于"一百种秘密感官"的真相。她的这一转变包含着对自身文化身份认同的纠正，更是一个现代人从自我意识的困惑中解脱出来、实现灵魂复归的心路历程。

谭恩美在其家族小说中刻画了一系列女性形象，不同代际的女性有着各自不同的性格特点和行为方式，展现出女性多姿多彩的一面。通过对不同代际的女性形象的组构，搭建了一栋根基牢固的"女性大厦"，让女性的历史变得"有过去"也"有未来"。不同代际的女人构成了一个女性的集体，并在这一集体中寻求女人与女人之间的沟通、友谊和理解，思考女性作为女儿、妻子、母亲这类共同的角色体验。

谭恩美将华人家庭里的母女冲突发挥到了极致。无论是《喜福会》中四对母女之间的冲突，《接骨师之女》中三代母女之间的冲突，还是《灵感女孩》中李邝与妹妹奥利维亚的冲突，都是因为两代人之间的代际隔阂，更重要的是因为母女两代人在文化身份价值观上的分歧，具体体现在母亲代表的中国传统文化与女儿代表的美国自由文化之间的碰撞和冲突上。即使母亲们已经漂洋过海来到美洲大陆，中国传统文化思想在她们的头脑中也依然根深蒂固，无意识地起着作用。母亲们各种荒诞不经的迷信思想、难以理解的教育方式、坚定固执的伦理价值观，就像导火索一样时刻引爆着母女危机。更为巧合的是，母亲一代饱受婚姻不顺的苦恼，她们又无意间参与并影响了女儿一代的幸福。比如《喜福会》中的母亲龚琳达对女儿薇弗莉的新对象瑞奇无法认同，初次见面餐桌上的窘况直接显现出新式美国青年与传统中国父母间的文化差异；圣克莱尔·丽娜与丈夫哈罗德结婚后依然保持着婚前的习惯，两人分别购置物品分别记账，而这种做法是这对年轻男女在婚前就达成的一致协议，他们认为，这样彼此能够消除依赖性，拥有平等、没有包袱的爱，母亲映映则对这种婚姻中的相处之道完全无法认同。文化认同方面的分歧还体现在华裔文化中的家长制"审视"视角和美国化的女儿们在思维方式上的差异。华裔母亲们在旧中国大多经历了许多痛苦和磨难，满怀希望地到了美国之后，却面临着剧烈的文化冲击，无法融入美国主流社会，并且绝大多数生活贫困窘迫，被美国社会边缘化。在这种情况下，她们的性格和人格可能会异化，形成一些女儿们难以理解的怪癖或固执心态。同时，这些中国母亲们会一方面继续发扬中国人勤劳坚韧、含蓄忍耐的作风，在美国社会中为生活而努力打拼，另一方面她们殷切地希望自己的女儿们能够在美国这片自由的土地上幸福成长，拥有自己所没有的美好生活。因而，她们会对女儿们寄予很高的期望，希望她们能够融入美国社会，接受自己所能提供的最好的教育，说标准的美国英语，有美好的前程。然而，内心深处，这些被社会边缘化的母亲们又害怕女儿们因为美国化而疏离自己，她们又异常渴望将中华文化传承给女儿们，使她们具备中国人的美德，做自己懂事、孝顺的乖女儿，成为中华文化的传承者。然而，作为生长于美国的第二代华裔美国人，女儿们天然地认为自己是美国人，她们希望自己能够和所有的美国孩子一样被美国主流社会所接纳。但是，现实是华人的外表使她们看到了差异和种族歧视，时刻提醒着她们，在这片土地上差不多也是个异乡人，同时又对素未谋面的中国文化感到隔膜，因此内心深感迷茫。她们所受的美国教育和美国社会的同化使得她们与自己中国式的家庭格格不入，一旦她们面临诸如同龄人的友谊、爱情、性别、职业、政治、国家等属性问题，她们就不得不选择对美国文化的认同。而为了被主流社会所接纳，年轻的华裔美国女儿们往往会迫切地想要去除自己身上所有的中国印记，甚至不惜抛弃自己的华人文化传统，以证明自己的美国人身份。这样，母女之间的冲突就不可避免了。

在母系血脉的链条中，不但流淌着爱与亲情，也共生着占有—反抗、背叛—认同、逃离—回归等一系列纷乱的情感。母女们就像在血缘之网上被粘住的蝴蝶，既相依为命，同病相怜，又相互对抗，相互仇视，在中美文化之间庞大的生存网架上挣扎。最终，血脉亲情消融了对峙，就像《喜福会》所写，在女儿们生活中出现困难时，母亲们以她们的中国智慧指导她们走出困境，正如《灵感女孩》《沉没之鱼》所表达的那样，落后、非理性的东方文明最终拯救了处于西方精神困境中的人们，年轻的一代终于认识到，切断自己的文化渊源，自己就成了现代社会的无根者，她们转而通过寻觅、翻检"古老的日记"，聆听母亲们欲言又止的故事，了解母系家族谱系，进而理解自己的母亲；她们通过血脉相连的母亲而走进中华文明，走进自己文化的母亲，并通过了解、认识自己的母国文化而构建了自己华裔美国人的糅杂的文化身份，在美国文化的"色拉碗"里做一个不卑不亢、充满自豪感的少数民族的一分子。

谭恩美的家族小说从华裔美国家庭的母女关系入手，对华裔母亲和美国女儿之间的感情生活、家庭和社会关系等方面进行了浓墨重彩的描写。她总是在全知视角下进行情感诉说与心理刻画，特别是在人物内心独白中展现了女性的精神状态与心理变化，这也是小说最吸引人的地方。小说以母性谱系的代际关系为关节点，组接故事情节和引出人物形象，将代际女性关系有序串联起来，编织出一幅宏阔的女性历史画卷。其目的在于建立女性文化历史和女性自我认同的象征性体系，将女性历时的生存体验一并置于共时的历史场景中，使呈现出的女性文化体系有一种历史纵深感。这些小说又因为结合了作者自身家族经历而有了愈发真实可感的内容实质，成功地表达了在文化冲突中寻求融合的心声。

有趣的是，在谭恩美的这四部小说中，男性只成为女性的陪衬，甚至男性完全"缺席"。如《喜福会》中只提到吴夙愿在中国的丈夫是位国民党军官，但他始终是缺席的，只有夙愿在战火纷飞的中国带着双胞胎女儿逃难的情景；而她到美国再嫁的丈夫是"在场的缺席"，他只是作者为了故事情节的完整而背景性地在故事中出现的，甚至连名字都没有留下。其他的男性，如映映的中国丈夫，霸占安美妈妈的吴清，都是恶棍，而露丝和丽娜的美国丈夫泰德和哈罗德则是自私自利之人。只有《接骨师之女》中茹灵的前夫潘开京是位风度翩翩的青年学者，追求自由、真理，勇于担当，但新婚不久的他却惨死在日本侵略者的枪口之下，留下茹灵悲痛欲绝的哭声。这显然是因为女作家要建构一个纯粹的女性世界，尽力摆脱男权文化对女性的影响，对男性形象进行"缺席"的塑造就成为必然的选择。让男性只成为女性的陪衬，成为女性顽强生命力的"牺牲品"，使家族中"权力中心"得以置换，由此为重构女性自我文化提供了有利因素，在家族伦理与社会伦理的双向互动中，呈现出女性重构自我文化的趋势。

（三）女性成长史与族裔历史叙事

女性成长史与家族史的书写是一次女性发现自我、认识自我的过程，是一部在苦涩中成长的心灵史。女性要建立新的自我形象，必然要对女性进行新的阐释、新的命名，将附着在女性身上的传统文化、社会规约和家庭背景因素层层剥离，使被压抑的女性彰显自己的生命力与创造力。但是，当女性的现实经验不足以完成这一"蜕变"过程时，对血缘历史的想象性追溯便成为女性作家创作的选择之一，以此来完成女性的自我认同和自我命名，在血缘文化中找到女性的皈依。

伍慧明的小说《骨》以简洁的文字讲述了旧金山唐人街一个普通的华裔家庭梁家是如何面对家中二女儿安娜跳楼自杀的故事。小说中的大女儿莱拉作为叙事者讲述了安娜之死带给家里每一个人的痛苦和悲哀。安娜死后，小女儿尼娜为了逃避家里压抑的氛围而远走纽约。父母也因为安娜的死而关系恶化，在小说的第一章里，莱拉说："妈和利昂的婚姻还在，但在安娜从南楼跳下之后，利昂就搬出去了。"[①]当年母亲杜尔西带着年幼的莱拉被前夫抛弃了，她和利昂结婚图的是

____

① 伍慧明：《骨》，吉林出版集团有限责任公司2011年版，第1页。

"方便"和"掩盖羞辱",因为"他会是个称职的丈夫。一、他有绿卡；二、他在海上工作。他有很多时候不在家。到时候只有你和我，就像现在一样。我就不用像现在这么辛苦了，我们可以过得容易一些。"① 然而，他们婚后的生活依旧贫困窘迫，加之利昂又长年在轮船上工作，极度空虚和压力之下母亲和雇主汤米·洪发生了婚外情。尽管父母双方因为家庭的责任和亲情而和好，但自从安娜跳楼后，父母的心里就像是在"哭嚎一样"，各自陷入了深深的自责中：母亲觉得是因为她和雇主的奸情才让她倒了霉，而利昂则认为是因为他"没有兑现把梁爷爷的骨灰带回中国安葬"的许诺而受到了惩罚。

小说的叙述者莱拉则因为没有给予妹妹安娜应有的关心而内疚不已，伤痛如同母亲为她煲的参汤一样苦涩绵长，久久不散。她一面尽力安慰、照料年老的父母，一面不断地追问"出事之前有什么办法能救安娜？我无法带着这个问题活下去，我同样无法逃避这种恐惧"②。在莱拉看来，妹妹安娜自杀的悲剧成了"追溯一切"的根源。为了解开这一困扰着梁家的问题，为精神绝望的全家人提供唯一勉强度日的动力，莱拉迫切地希望找出问题的答案，她发誓要在全家人决定与安娜和过去诀别、重新回到唐人街的现实空间之前，锲而不舍地翻查过往历史的每一刻，找出合理解释，用重读历史、重写历史的方式为死者安魂，为生者安心，为自己安生。③

强烈的历史意识驱使她以追忆历史来填补自己可能的"过失"。回忆如同潮水般一波波地涌来，有父母多年来的劳作和辛酸，有全家在一起的酸甜苦辣。莱拉因为陪利昂寻找梁爷爷遗骨而追忆了梁爷爷凄凉的一生，尽管梁爷爷的尸骨已无处可寻，但利昂最终找到了梁家的坟墓。在墓碑上，"他用手指从上到下点着三排人名，并指着最后一个。'已经好几代了，梁爷爷。'利昂念着其他的名字：梁冰、梁敬民、梁天福。他还记得他们；他们也在'三藩'住过。'很好'，

① 伍慧明：《骨》，吉林出版集团有限责任公司2011年版，第218页。
② 同上书，第55页。
③ 单德兴：《想象故国：华裔美国文学中的中国形象》，何文敬、单德兴：《铭刻与再现：华裔美国文学与文化》，麦田股份出版公司2000年版，第157—180页。

利昂说，'都是老朋友。'"① 在中国公墓里，除了梁家的坟墓外，还有许多其他家庭的坟墓，很多老人都无法完成叶落归根的心愿，他们的遗骨只能永远地流落在异国他乡。这是华裔老一代人的悲哀，是种族歧视、排华政策的罪证。对梁家墓地的寻找和发现的过程，也就是再现华人被官方抹杀的历史过程；对莱拉来说，"记住过去就会让现在充满力量。记忆是可以堆积的。我们的记忆无法唤回梁爷爷和安娜，但是这些记忆慢慢地积累，会永远不让他们成为陌生人。"② 如同杰夫·特威切尔—沃斯所说："叙述中的一些混乱结构旨在扩大记忆中心及其与现在的联系。"③ 在搜集和拼凑这些零乱无序的记忆碎片的过程中，莱拉因这些苦涩而逐渐变得坚强、成熟，形成了自己独特的历史叙述。为了替父亲找出合法的身份证件来办理社会保险金，莱拉无意间发现了一只隐藏继父失败人生经历的旧箱子，翻阅了这些历史的故纸堆所隐藏的伤痛、屈辱的经历后，莱拉深切地了解父辈的心酸痛苦和生活的艰难。顿时觉醒的历史意识不仅提醒她把眼光转移到被涂抹篡改的过去，也使她认清自己特殊的身份和现实："我是个契纸儿子的女儿，我继承了一箱子的谎言。所有这些都是我的，我所拥有的是这些记忆，所以我想把它们全都保留下来。"④ 她在决定保留箱子里这些旧文件的那一刻，也就接受了族裔的历史，同时也坦然地接受了中华文化的遗产，以及封闭、落后而又亲切的家园——唐人街。唐人街那种熟稔的气氛已经慢慢化为她心中永恒的回忆，给她温暖和力量。安娜自杀之后她感到惊愕，沉入痛苦的深渊的时候，是唐人街那种熟悉的氛围让她的心灵平静下来。即便在她决定和梅森结婚离开唐人街，准备走向外面的世界去开创未来时，她也没有像尼娜那样以拒绝历史、拒绝唐人街的中国文化的姿态离开，而是把历史和传统的文化作为自己应该珍藏的记忆，作为自己前行的勇气和力量，就

---

① 伍慧明：《骨》，吉林出版集团有限责任公司 2011 年版，第 107 页。
② 同上书，第 109 页。
③ 杰夫·特威切尔—沃斯：《〈骨〉序》，张子清译，伍慧明：《骨》，陆薇译，张子清编，译林出版社 2003 年版，第 2 页。
④ 伍慧明：《骨》，吉林出版集团有限责任公司 2011 年版，第 75 页。

像她在离开唐人街看着鲑鱼巷里面那块蓝色的旧门牌时在心中默念的那样："就像老人们的照片一样，利昂的证件和梁爷爷遗骨都会时刻提醒我向后看，记住这一切。我重又有了信心。我知道我藏在心里的东西会指引我向前。"① 此时，莱拉对于历史的态度是坦然的，她通过回忆反省过去，包括自己的经历、姐妹间的关系、家族往事、族裔历史，让它成为明天给人温馨和力量的记忆，成为自己宝贵的文化遗产，并在族裔历史的背景下重构了新一代华裔糅杂的美国人身份。

洛克（Locke）把个人身份（认同）定义为一种时间绵延之中个体意识的认同：通过对自身过去思想和行动的记忆和回忆，个体就触及了他自己持续发展的身份和认同。② 伍慧明在《骨》中的文本回归也就是对自己的身份和认同的探索，是对"我是谁""我要到哪里去"的不断追问。对于这种把个体身份认同的渊源放在记忆之链上来考虑的理论得到了休谟的认同，他认为："如果我们没有记忆，我们根本就不可能有任何关于起源（原因）的概念，也就不会有因果之链，而正是此构成了我们的自我或个体。"③ 这种观点实际上就是小说的特征：许多小说家，从斯坦尼到普鲁斯特，都把小说的主题确定为对个体性的探寻，而这种个体性是在对过去的诠释和对现在的自我意识中得以展现的。

华裔美国女性作为一个特殊的群体并没有一个现成的定义，她们需要用自己的方式为自己寻找一个定义。华裔美国女性作家的作品也恰恰是在回溯家族和族裔的历史中探索自我。在这个过程中她们经历了生活中的痛苦与磨难，快乐与伤悲，经历了与父母、与姐妹、与男性、与族裔、与美国文化的种种矛盾、冲突，在历史叙事的另一个维度上挖掘家族、族裔历史中种种被忽略、被遗漏、被消解的细节，在修剪过往的粗略、简化的历史图谱的同时，继承了家庭和族裔的文化遗产，由此开始对社会的拷问与探寻，对自身的审视与思考，对族裔

---

① 伍慧明：《骨》，吉林出版集团有限责任公司 2011 年版，第 228 页。

② Ian Watt, *The Rise of the Novel*, Berkeley and Los Angeles：University of California Press, 1964, p. 21.

③ Ibid.

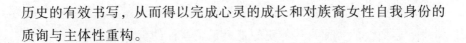

历史的有效书写，从而得以完成心灵的成长和对族裔女性自我身份的质询与主体性重构。

二　自传体叙述

自传作为一种文类，主要叙述自己的生平事迹和著作等。一般用第一人称，也有用第三人称的。古人著书后常作自序，有的也属自传。自传是应用写作中一种较常见的文体，如司马迁的《史记·太史公自序》，陶渊明的《五柳先生传》即为自传。自传文学直到15世纪才开始出现，形式多样，从生前不是必然要出版的私密写作，包括信件、日记、札记、回忆录、忆往等，到正式的自传。这种体裁的杰出范例有圣·奥古斯丁的《忏悔录》，高尔基的《童年》《我的大学》《在人间》，海伦·凯勒的《假如给我三天光明》和美国富兰克林的《自传》均属于自传体文学作品。作为一种文类，自传体叙述表现了语言领域自我权利的表达。

半自传体并不完全是作者的经历，虚构的成分比自传体小说还要多些，并且不一定要用第一人称描写。"半自传体"个人叙述声音真实地虚构了叙述者、作者、主人公三位一体的客观自传和精神自传，体现了作家写作对话语权威的追求。

自传体与女性写作有很深的历史渊源。玛丽·伊格尔顿在阐述西方小说兴起的历史时指出："小说是一种不具男性权威长久历史的形式，它在一定程度上源于诸如日记、日志、书信等妇女谙熟的写作类型。……其内容无论过去还是现在都被认为是适合于妇女的形式。"① 米切尔也认为："小说是伴随十七世纪妇女所写的自传而开始的。"② 不同于男性的宏大叙事，女性在她们卧室、书房、客厅或餐室里写作，而不必卷入社会和大众之中；她们的书写对象更可能是家庭、邻里、街道、郊野，或是私下的亲昵、浪漫的遐想，而远离历史与哲思；她们作品的读者群大多是闲暇的中产阶级女性，而不是忙于功名

---

① 玛丽·伊格尔顿编：《女权主义文学理论》，湖南文艺出版社1989年版，第160页。
② 朱丽叶·米切尔：《女性·记叙体与精神分析》，玛丽·伊格尔顿编：《女权主义文学理论》，第180页。

利禄的学究、文人、商贾、政客，因而女性的小说通常是私人性、日常性、通俗性的。而自传体更好地满足了这样的诉求，最能让女性随心所欲地展现自我，因而成为女性写作最具代表性的文体。

参照苏珊·兰瑟女性主义叙事学的分类，叙事声音大致可以划分为三种类型：作者型、个人型、集体型。个人型叙事声音指"有意讲述自己的故事的叙述者，——指热奈特所谓的'自身故事的'叙述，其中讲故事的'我'（I）也是故事中的主角，是该主角以往的自我"①。根据林特怀尔特的观点，这是一种对自我的"同故事叙述"，它与作者型叙事声音相对，后者指一种"'异故事的'、集体的并具有潜在自我指称意义的叙事状态"，② 其叙述人是作者虚构的角色，是文本的一部分，更多地属于文本而非作者本人。而集体型叙事声音指"在其叙述过程中某个具有一定规模的群体被赋予叙事权威；这种叙事权威通过多方位、交互赋权的叙事声音，也通过某个获得群体明显授权的个人的声音在文本中以文字的形式固定下来"③ 的叙述行为。

以黄玉雪、汤亭亭、谭恩美、任璧莲、伍慧明等为代表的美国华裔女作家在她们的主要作品中大多以女性为中心描写美国华裔的生活和经验，她们的早期作品都是以自己的亲身经历为基础创作而成的，大多属于半自传体的叙述。她们身为女性和少数族裔的双重边缘身份使得她们能够发出与男性作家不一样的声音，其关注的对象往往是母亲、女儿、母女关系、家庭生活等女性化的题材。华裔女性在对自传这一男性叙事传统进行利用的时候，一方面可以用第一人称不断强化"我"的存在，从中获取个体的独立性和随之而来的叙事权威；另一方面又能赋予自传以女性气质，她们以家庭为书写题材，为自传注入了家庭的温情，而现实经验的缺乏则强化了她们的想象能力，得以营造虚构的真实，为自传增添艺术性，把族裔自传由社会学或民族学的研究对象引入文学研究的视野。

---

① 苏珊·兰瑟：《虚构的权威》，北京大学出版社 2002 年版，第 20 页。
② 同上书，第 18 页。
③ 同上书，第 23 页。

《华女阿五》就是一部自传体小说，黄玉雪采用了第三人称叙述视角，她曾表示第三人称的安排是对中国传统文化的尊重和对中国漠视个体文化的反映。尹晓煌则认为，第三人称在这部自传体里的应用是受到了美国自传体小说传统的影响，黄玉雪的依据"中国传统"的说法只是为了使文本具有异国特色，增加小说的销量。① 实际上，黄玉雪借助第三人称回顾性叙述视角，不仅使读者产生一种真实的感觉，拉近了与读者的关系，还掺杂了第三人称外视角的叙述特色，加大了叙事信息量。这样，小说中的玉雪成为既讲述其他人物情况的叙述者，也成为讲述自身情况的叙述者。例如，十一二岁的玉雪在一个星期天随妈妈在唐人街散步时，目睹了一次中国式的送葬仪式。小说中的叙述者玉雪详细叙述了送葬队伍的组成，他们的着装和面部表情，佛家法师超度亡魂的仪式，以及下葬仪式后的中国守孝习俗。第三人称叙述者通过玉雪的眼睛向美国读者介绍了她所知道的中国文化。显然，这些知识对于一个十一二岁的小姑娘来说是无法了解得如此详细的，同时也是无法驾驭的。在她儿童的眼中，送葬仪式绝对不会如此丰富、条理化。儿童的知识面必然影响到作者想要表达的中国文化的深度和广度。由此可见，在这部时间跨度 20 多年的小说中，作者采用第三人称回顾性叙述视角，考虑了叙述者由于成长而使身份发生变化从而引起叙事语气和叙事内容的变化问题，第三人称的自传性叙述视角既避免了第一人称视角的有限性，又保持了叙事的真实、直接性，使作者可以在更大的范围内专心于小说主题的表达。

30 年后，汤亭亭的《女勇士》则采取了第一人称的方式，让自传作者从黄玉雪那里的"局外人"彻底变成了"内部知情者"，从间接的"她"叙事到直接的"我"的言说。第一人称叙事的使用，使女性居于主位，标志着女性意识的觉醒，表明小说的叙述者有意识地讲述着自己的故事，敢于把自我的真实私密经历大胆地外显，是女性意识勃发的体现。近年来，此类"写女性自己"的众多个人叙述声

---

① 尹晓煌：《华裔美国文学史》，徐颖果译，南开大学出版社 2006 年版，第 163—164
页。

音闪亮登场，作者大多是较年轻的作家，展现了当代华裔美国女性写作的一道奇特景观。谭恩美、伍慧明、邝丽莎等作家的表现较为典型，她们"半自传体"式个人叙述声音有别于一般男性叙述，多用独语、私语、自白等单旋律声音，用"我"为观照世界出发点的单一视点，以表现自我为主要内容。叙述者往往从最熟悉的自我经验出发，讲述"准自己"的家族故事、族裔历史。"我以躯体写作。我是女人，而男人是男人，我对他的快乐一无所知。我无法写一个没有身体、没有快感的男人。"① 这些作家小说中主人公的经历、价值观念，与作者非常相似，"叙述的我"同时也是"经验的我"，作者、叙述者、主人公的客观自传、精神自传是同一的，是"真实的虚构"。

汤亭亭《女勇士》的副标题"一个生活在鬼中间的女孩回忆录"明白无误地表明这是一部自传体文学作品，从"回忆录"来论，该作品本应循着传记体的写作风格去写，然而汤亭亭却加进了"鬼"的意象，瞬间又模糊了"回忆录"的真实性。正如单德兴对于《女勇士》作出的评价："如果说中国部分的自传成分着重于想象，那么美国部分的自传成分则着重于真实……贯穿全书此二部分的则是汤亭亭'女勇士——说故事者'的自我认知，也就是说，她如何游移/游离于此二者之间（书名副标题中的'鬼'，既明指各式各样、各行各业的美国'鬼'，也暗指自己家族中代表传统价值观的阴魂不散的中国'鬼'）。"②

汤亭亭以第一人称女性叙述者为中心，塑造了一群性格各异的女性形象，如敢于追求自己的爱情、以自杀来反抗封建伦理道德的无名姑妈，坚强勇敢、战无不胜的女英雄花木兰，有胆有识、勤劳聪慧的母亲勇兰，胆小懦弱、没有自我的姨妈月兰，能适应异域生活、超越民族界限的蔡琰，还有学校里沉默的华裔女孩，街区里的疯玛丽，这些女性形象从不同的侧面体现了叙述者坚韧、叛逆、脆弱、绝望等不

---

① 埃莱娜·西苏：《从潜意识场景到历史场景》，张京媛：《当代女性主义文学批评》，北京大学出版社1992年版，第232页。

② 单德兴：《"开疆"与"辟土"：美国华裔文学与文化》，南开大学出版社2006年版，第60页。

同的性格特征，这些女性帮助叙述者发泄了现实中的压抑情感，表达了被压抑的女性自我意识的觉醒和向男权话语挑战与复仇的意识，同时也使她找到了作为一名华裔女性所应当立足的位置和能够平静或平衡地面对现实的方式，反映了华裔女孩在美国这个种族社会里成长的艰难行程。

《喜福会》由三个华人母亲和她们的四个美国出生的华裔女儿（其中一位刚去世的母亲由其女儿代替）轮番穿插着讲述个人的人生经历的 16 个故事组成。由晶妹首先开始讲述，她代替自己刚刚去世的母亲赴"喜福会"，并与母亲的昔日好友琳达、映映、安美一起打麻将，阿姨们告诉晶妹她的中国双胞胎姐姐的事，并决定资助晶妹去中国见她的姐姐；期间，如同打麻将的轮流坐庄一样，其他三对母女分别讲述了自己母女之间的故事；最终，晶妹前往中国见到了自己的两位姐姐。在讲述的过程中，代群体发言的"单言"（singular）形式和群体中个人轮流发言的"轮言"（sequential）形式用得较多。① 例如，"喜福会"中的三位母亲（映映、安美和琳达）告诉吴晶妹要把她母亲的故事告诉给她的两位中国姐姐时，作者采用了"轮言"形式。② 母亲们轮流述说，构成了集体的"我们"的声音——作为经历了艰辛坎坷的华裔母亲们共同的心声。在晶妹看来，三位阿姨的声音"就像一曲多声部合唱，直冲我的耳膜"，通过"轮言"加强语势，强化自己的叙事权威。在其他章节中，七位叙事者运用"单言"形式叙述各自的故事，但从总体来看，女儿们的讲述被放置在小说的中间两个章节里，母亲们的声音又集体出现在开始和结尾的章节里，形成两个相互呼应、互动的集体多声部共鸣，既凸显了母女之间的爱与冲突，同时也强化并普遍化了母女在生活中所遭遇的问题以及代际隔阂和中西文化冲突的主题；而这些女性的声音又凝聚在一起构成一种

① 兰瑟把"集体型"叙述声音分为三种形式："某叙述者代某群体发言的'单言'（singular）形式，复数主语'我们'叙述的'共言'（si-multaneous）形式和群体中的个人轮流发言的'轮言'（sequential）形式。"（详见《虚构的权威：女性作家与叙述声音》，北京大学出版社 2002 年版，第 23 页。）

② Amy Tan, *The Joy Luck Club*, New York: Penguin Group, 1989, pp. 39 –41.

女性"群言"的力量,代表华裔妇女,甚至整个女性群体发言,以女性的视角为处于父权和白人统治双重压迫下的女性正名,用华人自己的故事反击主流社会的偏见,破除美国社会对华人的种族歧视。因此,从这种意义上说,自传体小说不仅是女性的"自我之歌",而且是群体之歌、"我们之歌",如考尔德所说:"经常体现一种群体意识。我就是我自己,但我也代表所有妇女。我受压迫的历史即是所有妇女受压迫的历史。"① 当然,其前提是在作品中使一个"真实的自我"出现。

与《喜福会》不同,《灶神之妻》《接骨师之女》和《灵感女孩》分别讲述一个家族的故事。作者让两位母亲雯妮和茹灵用"个人型"声音②追溯历史、启发教育女儿和传授人生经验。母亲作为叙述者的"我",是故事中的主角,是该主角以往的自我。她通过直接引语、内心独白、转换人称等形式来展开文本。而女儿则通过了解母亲和家族的往事来理解母亲,弥合自己与母亲的心灵裂痕,走向成熟。母女感情就在相互的讲述和寻找中得到进一步交流和加深。而在《灵感女孩》中,与奥利维亚同父异母的中国姐姐李邝其实充当了母亲的角色,姐妹俩的关系实质上可以说是一种特殊的"母女关系"。奥利维亚是故事的叙述者,讲述了她和邝的故事,而在她与邝的相处中,李邝又每晚给奥利维亚讲各种鬼故事,这样,叙事时空就在前世与今生、中国与美国、梦幻与现实之间自由转换、穿梭形成了一种混乱的时空秩序,历史与现实的混杂也就给读者带来全新的陌生阅读体验和神秘感。在这三部小说中,母亲们(包括李邝)把自己的故事较完整地贯穿整部小说中,说明谭恩美逐步加强着女主人公故事的优势、力度和效果,有意识地在其文本中丰富和发展华裔女性的叙事风格。

① 玛丽·伊格尔顿编:《女权主义文学理论》,湖南文艺出版社1989年版,第163页。
② 兰瑟用"个人声音"(personal voice)来表示"那些有意讲述自己的故事的叙述者。我无意让这个术语指代所有的'同故事的'(homodiegetic)或'第一人称'的叙述,也就是那些说话人即虚构故事的参与者的叙述。"(详见《虚构的权威:女性作家与叙述声音》,第20页)

在这四部小说中，母亲通过口述或手稿的形式独白家史，将那些或难于启齿，或凄惨不堪的女性家族故事叙述开来，因为母女关系的亲近、私密性而使得这种直白的讲述具有极大的真实性，再加上谭恩美对于事件细节栩栩如生的详细描述，当然最直接的还是在小说的扉页上谭恩美所写的致辞，如《喜福会》的扉页："谨以此书献给我的母亲，并纪念我的外婆。你曾经问我愿意记住什么。这个，还有许许多多。"①《接骨师之女》的扉页上这样写道："母亲在世的最后一天，我终于知道了她还有我外婆的真实姓名。仅以此书献给她们两位。李冰姿，谷静梅。"②另外，这本书的封面用了谭恩美外婆的照片，并且开头有一序言名为"真"，即茹灵日记手稿的开头独白，开头一句就说："这些事情我知道都是真的。"通过这些手法，谭恩美以情感的真实性打动了读者，同时也力图把小说中这个叙事的"我"视为一个发出自己声音的真实女人，以不同的声音和方式表达着"真实的自我"，并重新建构个人的历史，不仅打破了一统的"世界观"，而且打破了一统的女性角色模式。

伍慧明的小说《骨》在莱拉的叙述中展开，以亲历者的身份叙述了妹妹安娜的自杀给自己和家人带来的伤痛，读者们急于知道这个家庭的情况以及是什么原因导致了安娜自杀。作为第一人称叙述者莱拉可以轻而易举地穿梭于过去和现在，可以从一个场景跳跃到另一个场景，还可以使读者真切地体会到她的感受因而提高了读者的参与度。作为华裔第二代移民，莱拉熟悉唐人街生活的方方面面，亲历了诸种悲惨生活，也目睹了在唐人街生活的华人们的遭遇、艰辛，甚至悲剧。从莱拉的视角叙述故事令人信服，极具感染力。而且莱拉把叙述化整为零，她的叙述像意识流一般自由地穿梭于过去和现在，而且在每一章节中似乎都有完整故事的影子，而每一章之间似乎又不关联，只有读完以后读者才能理清整个事件的过程。这种碎片化、跳跃性的叙事策略留给读者一种神秘感和很大的想象空间。

---

① Amy Tan, *The Joy Luck Club*, New York：Penguin Group, 1989.

② 谭恩美：《接骨师之女》，张坤译，上海译文出版社 2010 年版。

华裔美国女性作家的"自我"书写经历了一个由第三人称到第一人称叙事的转变，表明华裔女性作家的自我意识有了更深层面上的觉醒。从书写内容来看，逐渐从对"自我"的外部描述转入内在的、心灵的分析与探索，表达了女性在思想和意识上的升华。她们通过讲述故事来塑造全新的华裔女性形象，构建华裔美国文化。这些自我形象都生活在文化的断裂地带、边缘地带，而她们的自叙是对这种边缘性的探索和反映。华裔美国女作家通过对母女关系的叙写建构母系家族谱系，探寻女性在历史当中的存在价值。家族小说使女性摆脱了在历史中沉默的状态，发出她们自己的声音，将女性代际承袭的脉络提拉出来，呈现出女性不屈不挠的生存意志和蓬勃旺盛的生命力量，打破了男性以及白人在文学领域的控制，丰富了女性自传文学的写作。女作家们通过对女性生命与成长史的诉说，对女性与族裔历史的追溯，对主流历史观进行了反抗与修正，在对女性生存历史的描写中传达了对历史本质的理解：历史的时间性以个体生命的时间性的形式进入了历史书写，历史的宏大叙事幻化为个人化的、以女性为主体的、日常性的"小叙事"，为女性得以重构自我历史拓展了历史叙述空间。女作家的家族小说将女性的细碎生活描述出来，展现了女性在历史当中的真实生活，在族裔和性别歧视的背后存留的是女性的忍辱负重和举步维艰。日常生活叙事将历史的宏大叙事拒之门外，摒除男性中心社会价值观的影响，将女性独有的文化特征呈现出来。

在言说的方式上，华裔美国女性作家勇于向传统的男性叙事话语挑战，以第一人称的叙事强化女性话语，不躲避、不伪装地讲出自己的故事，将记忆、想象和现实融合起来，将个人纳入家庭、族裔的经纬，书写华裔女性自己的故事，反击主流社会的偏见，为自己赢得话语权威，唱响自我之歌，确立女性在历史中的自我主体性，也反映出美国华裔这一独特种族群体对自身文化身份的认知和确立。

第五章　世纪之交华裔美国女性小说的新特征

　　20 世纪后半叶，美国社会经济的快速发展以及思想界、文化界和学界的不断变革，各种文学批评理论层出不穷，不仅影响也极大地促进了世纪末美国的小说创作。20 世纪末的美国小说，在形式和内容上既有对传统的继承，也表现出大胆的实验特征；而最令人瞩目的是其所呈现出的多元特征，传统文学形式不断推陈出新，少数族裔和女性小说家异军突起，通俗文学体裁登堂入室。① 莎伦·奥布莱恩（Sharon O'Brien）指出，20 世纪末美国文学已经呈现出某种模式，即"这是一个作家挑战小说与非小说、回忆录与传记、散文与诗歌、自传与批评的界限的时代；这是一个来自包括女性、有色人种、同性恋在内的被忽视或受压迫的群体的作家打破沉默、发表作品、取得文学声望的时代；也是一个商业与艺术、政治与美学、后现代嬉戏与自律严肃、文学理论和休闲阅读之间的关系十分紧张的时代。"② 《外国文学动态》的编辑在 2010 年第 2 期 "编者的话" 中，仔细回顾了该刊物之前一段时期所刊载的国内外国文学研究的学术动态，以及 21 世纪初 10 年间的诺贝尔奖得主，指出 "移民文学成为新世纪席卷全球的文学现象"。此外，21 世纪初的 "9·11" 事件所展现的启示录般的毁灭和暴力让美国新世纪的前 10 年笼罩在深沉的恐惧之中，而作

---

① 金莉：《20 世纪末期（1980—2000）的美国小说：回顾与展望》，《外国文学研究》2012 年第 4 期。

② Sharon O'Brien, "Write Now: American Literature in the 1980s and 1990s," *American Literature*, 1996, 68（1）: 1 – 8.

为反映时代、反映现实生活最有力的方式，美国进入新世纪 10 年的文学也体现出其鲜明的特质：作家们不仅对恐怖袭击事件本身进行了阐释，对战争进行了反思，而且重点关注了深陷困境的凡俗众生。因此，在 21 世纪这个多元文化覆盖全球的新时期，在经典文学逐渐被重建的时代，移民文学——这个打破"疆界"（打破地理、意识形态和文学形式等方面的既定疆界）的代表，裹挟着多种族身份的作家们，掀起了跨地域、跨国界、跨文化、跨语言、跨意识形态的文学潮流，反思战争，关注少数群体，致力于流散写作，展现了美国文化的多元性。

华裔美国文学自 20 世纪 70 年代末进入公众视野以来，特别是华裔美国女性文学，因为其作家和作品的不断涌现而发展势头锐不可当。浓厚的族裔意识和权利诉求，已经成为这一文学的显著特征。至 80 年代，华裔美国女性文学在创作上呈现出浓厚的文化、政治色彩。族裔的身份和政治性主题几乎是这一时期所有的华裔女性作家的共同诉求。随着时代的发展，从 20 世纪 90 年代至 21 世纪前 10 年，美国华裔女性文学进入了一个更加繁荣的阶段，新一代的华裔女性作家，更加追求写作的个性化，其主体自我意识更强，不论小说内容是关于中国的故事还是关于美国的华裔故事，关注的重点不是宏大叙事，而是注重个人的生活经历和感受，根本性的主题是精神家园。不论是哪一种叙事策略，都昭示了华裔女性群体对自我存在进行的深刻反思，她们也由此走出了族群的身份限定，将族裔性意识与个性化的文学审美价值相融合，使二者和谐共存。

第一节　汤亭亭与谭恩美的"荒原叙事"新尝试

在世纪之交，美国小说家们也在为写作的创新而努力。当代美国小说通过绘制、窥测和再现等方式与世界对话，切入人物内心世界，大多在后现代语境下表达各自反思人性、希望从失落中获救的愿望，其中蕴含着现代人试图走出文明困境的荒原意识。

　　这种荒野意识在二十一世纪美国小说创作中可能一直扮演着新的追寻者与预示者角色，也是小说家笔下人物寻找自由、努力摆脱消费文化和商业文明羁绊而获得拯救的新象征。新世纪美国小说家们致力于某种再想象，重新思考和建构时间、叙事与主体性之间的关系，并在创作中不同程度地体现了战争、灾难、文化、文化冲突与交融的主题特征。①

　　美国文学的"荒原"书写可以追溯到艾略特（T. S. Eliot）于1922年发表的诗歌《荒原》（The Waste Land）。《荒原》所表现出的信仰与迷惘、文明与破坏、生命与死亡、爱情与性欲等西方现代文明给人们带来的精神困惑与创伤，不仅局限于第一次世界大战后的特定社会历史时期，而且具有更为广泛的当代意义，是对整个西方现代社会中所存在的种种心灵创伤的透视与反思。因此，在艾略特的影响下，"荒原叙事"俨然成为西方现代文学创作的一个传统。美国学者雷蒙德指出，"荒原叙事"美学（aesthetics of the Waste Land）指的是作品主题、写作技巧及意象等因素的整合，是对充满荒芜景象的人类生活主题的反映及美学表述。② 因此，一大批西方现代作家的作品都继承了"荒原叙事"模式，从不同角度描写了西方社会的精神荒原。在当今全球化时代，美国华裔作家也开始尝试以一种超越族裔性的普世主义心态进行文学创作，关注人类共同面对的生活困境。在华裔作家汤亭亭的《第五和平书》（The Fifth Book of Peace, 2003）和谭恩美的《沉没之鱼》（Saving Fish from Drowning, 2005）这两部作品中，两位作家不约而同地以其双重文化的视角对西方现代社会所存在的问题进行重新审视与剖析，对西方优越论和美国强权政治采取了隐喻式批判，并试图以其东方文化智慧来拯救当今西方的精神荒原，标志着华裔美国文学在当代发展中迈上了一个新的台阶。

---

① 杨金才：《论新世纪美国小说的主题特征》，《深圳大学学报》（人文社会科学版）2014年第2期。

② R. M. Olderman, *Beyond the Waste Land: The American Novel in the Nineteen-sixties*, New Haven and London: Yale University Press, 1972, p. X.

一 《第五和平书》中的"荒原叙事"

艾略特认为，诗人必须具有"历史感"，必须泯灭自己的个人情感（extinction of personality），或者"去个性化"（depersonalization），融入伟大的民族传统中去。诗人要表达的"不是什么个性，而是一种具体的表达媒介，这只是一种媒介而不是个性，通过这种媒介各种印象和体验就以特别的预料不到的方式结合到一起"。而艺术表现感情的途径就是"用完美的中介，可以让特殊的、千差万别的各种情感自由地进行新的组合"①。艾略特在《哈姆雷特以及他的问题》一文中提出了"客观对应物"这一概念，艾略特写道："用艺术形式来表现感情的唯一途径，就是探寻一个'客观对应物'，换句话说，一系列的物，一种情景，一连串事件，都应该作为那种特殊感情的程式，由于这些外在事物必然以感觉经验为终点而宣告结束，所以，它们一经提出，感情立刻被唤起了。"②《荒原》从各章的标题（"死者葬仪""对弈""火诫""水里的死亡""雷霆的训诫"）到各章节所展示的内容（如"播种死尸""酒吧幽会""丽儿的堕胎""弗莱巴斯之死""寻找圣杯"等），无不显现出活生生的形象化的事件作为客观对应物，突出了第一次世界大战以后人们形形色色的怪异行为，表达了现代人的一种非理性的、近乎疯狂的情绪或一种混乱、颠倒的精神迷失状态。艾略特的这种"去个性化"理论使作品中作家的情感含蓄而又内敛，其一系列"客观对应物"所蕴含的象征、寓意、暗示使作品内涵丰富，耐人寻味，给读者们留下了大片解读空间。

与艾略特对第一次世界大战的关注不同，汤亭亭在《第五和平书》中一改之前对于种族、性别、阶级以及文化身份认同等族裔问题的关注，升华为反对战争、宣扬和平。"和平"成为汤亭亭压倒一切的书写主题。《第五和平书》没有贯穿全书的情节。该书的无情节与相对松散的结构，难免使人想到后现代的碎片和拼贴，所不同的是，

---

① 朱刚：《二十世纪西方文论》，北京大学出版社 2006 年版，第 62—63 页。
② T. S. 艾略特：《艾略特文学论文集》，李赋宁译，百花文艺出版社 1994 年版，第 13 页。

此处不是细节的拼贴，而是章节的拼贴。汤亭亭本人曾解释说：

> 《第五和平书》的第一章是日记形式，第二章是散文形式，第三章是小说，最后一章与后记是纪实描写。第一章是叙述者的声音，就是作者自己的声音，我写到因失去了正在创作的书而无法继续写作的痛苦，在讲述自己无法从事写作的同时，我又正在进行创作。这就是人们常说的元小说——作者谈论自己的创作。第二章是以散文体裁出现的。当时我觉得散文容易写，因为它不要求诗性的头脑。从某种意义上讲，散文写作是理性的、学术性的脑力活动，也是受过教育的头脑容易接受的活动。第三章我接着写《孙行者》中惠特曼·阿新的故事，我沿用了原书中的主要人物惠特曼·阿新与泰娜，只是他们更成熟，而且有了一个孩子。在小说的最后一章，我想走出文学创作的象牙塔，就像《孙行者》的最后，叙述者忍不住站出来，拎着阿新的耳朵。在这部分中，我主要写如何召集退伍老兵，教他们通过写作抚平心灵创伤。在这章中，我直接记载了我与丈夫厄尔的活动，我们成为作品中的人物。我是主人公、叙述者，也是作者。①

一方面，作者把自身现实经历与创作文本有机结合起来，通过讲述自己创作小说的缘由来慰藉战争给人们带来的创伤，同时增强文本的真实性。另一方面，通过对惠特曼·阿新一家在夏威夷的经历，向读者展示了越战的一系列故事情境及相应发生的事件，其中对于一些场景的描写令人印象深刻，如美丽的夏威夷风景、机场上越战士兵的棺材、红土地上行进的年轻参战士兵和愤怒的反战人群，这些意象在文中起到了"客观对应物"的作用，具有强烈的视觉冲击力，反衬出主题，并且由此传递出作者对美国武力干涉他国内政的隐喻式批判。如此，通过文本的虚实互动，真实可感的"客观对应物"宣泄

---

① 方红等：《和平·沉默·叙述技巧——〈第五和平书〉创作谈》，《当代外国文学》2008 年第 1 期。

了作者内心的反战情绪，从而增强了作品的现实批判性。

作品第一部分"火"所要表达的主题是"失去"，开始了作家对当代战争的反思。全书的第一句这样写道："如果一个女人打算写一部和平之书，那么她必然是了解了什么叫毁灭。"① 叙述从"我"失去父亲开始，从父亲的葬礼归家的途中，"我"从电台广播里知道发生了大火灾，而"我"的家就在火灾波及的范围之内。"我"从拥堵的交通中费力地赶回家，却为时已晚。黑色的天空、鲜红的太阳、漫天飘飞的烧黑的纸屑等自然"客观对应物"映衬出"我"绝望的心情；而"天更黑了，空气更热，太阳是丑陋的红色"，滚滚黑烟，被吞噬的房屋和生命，一对领着四五个孩子的黑人夫妇，成为焦土和废墟的家园，化为乌有的书稿，映衬出灾难之后"一切皆空"的感觉；而家对面的高高旗杆和上面飘扬的召唤着爱国主义情感的美国国旗，则让她回想起数月前海湾战争爆发后她参加的反对美国政府以武力解决中东争端的游行，至此，火灾与战争联系在了一起。艾略特《荒原》的"火诫"部分涉及"火"，揭示了西方社会中人们的贪欲和情欲之火对人性和大自然的破坏；而汤亭亭的《第五和平书》中大火后的废墟却令作者对伊拉克战争作出了自己的反思："我知道为什么会有这场大火。上帝想让我们看到伊拉克的景象。杀戮是错误的，我们对自己的行为视而不见是错误的。"② 汤亭亭认为，尽管火灾与战争都象征着破坏与毁灭，而后者的毁灭性却要严重得多，经历过这一切的人们都将承受无尽的痛苦。作品的第二部分"纸"所要表达的主题是"找寻"：既是对于《第四和平书》书稿的寻找，对于中国的三本和平书的寻找，也是对于和平之道的寻找。最终，"我"从找寻过程中重获勇气，再一次开始创作，书写对于"和平"的理解。

第三部分"水"是全书唯一虚构的部分，阿新成为虚构故事的主角。阿新依旧保留了《孙行者》当中青年阿新的嬉皮士风格，但更加成熟。为了逃避兵役，阿新举家搬迁至夏威夷，他的想法是全家要在

---

① M. H Kingston, *The Fifth Book of Peace*, New York: Alfred Knopf, 2003, p. 3.
② Ibid., p. 13.

一起。但是，阿新一家到达夏威夷后，他们发现，即使在这个美丽的群岛上也无法摆脱战争的阴影：当他们刚刚走下飞机，就看到另一架飞机停在距离他们很近的地方，地上停放着成排的棺材，每口棺材上都盖着一面美国国旗，里面盛放着在越战中死去的美国士兵的尸体。这一情景与弥漫着鲜花和菠萝香味的夏威夷岛美景形成了鲜明的对比，令人不禁联想到艾略特《荒原》中"死者的葬仪"：在本该万物复苏、生意盎然的季节，死亡的阴云却浓浓地笼罩在西方世界的上空，使人们"口不能言，眼睛已麻木，我不知晓自己生存或者已经死亡，心思明亮亦不能洞悉，一切皆属徒劳"。只能在浑浑噩噩之中走向死亡。在汤亭亭的现实版荒原中，岛上死亡的阴霾尚未散去，另一支美国部队又被派往越南。年轻的士兵身穿绿褐色迷彩服，脸上画着黑色伪装，头上戴着树叶，行进在夏威夷的红土地上。这种伪装色与夏威夷的红土地格格不入，因此产生了一种强烈的反讽效果。当看到惠特曼·阿新一家时，士兵们不断地向他们挥手，并打出和平的手势。这令阿新想起了他在伯克利时的情景：在奥克兰就业中心，在美国政府的宣传下，许多青年人热血沸腾，要求参军，他们认为自己参加战争就是为了正义与和平。这一系列情节的描述除反映出战争的残酷以外，还表现出年轻士兵的无知与美国政府的欺骗伎俩。在充满生机的"世外桃源"夏威夷，战争阴影仍然笼罩在人们的心头。然而，汤亭亭并没有停留在传统的"荒原叙事"模式中，她通过塑造小说主人公阿新从一个信仰迷失、消极避世的虚无主义者到一个理性的反战主义者的转变，以及作者本人积极地介入作品叙事，显示出作者对走出西方精神荒原的大胆探索，同时也是对传统"荒原叙事"的继承与发展。

就像《荒原》中生活在西方现代文明中的人一样，阿新对社会现实也有一种挥之不去的幻灭感。他对一切都不感兴趣，缺乏家庭责任感；他质疑美国政府以正义为名发动的这场越战，所以他采取了逃避兵役的方式来回避残酷的现实。就在飞往夏威夷的飞机上，他和妻子唐娜还在讨论谁赚钱养家和谁追求艺术的问题。然而，当运送战死在越南士兵棺木的场面吓坏儿子时，同样震惊的阿新看着儿子的脸，向他承诺"当你长大时，不会再有战争"，从而他开始反思战争的残酷

性和自身的社会责任。为了不让自己的儿子马里奥和其他孩子再经受
战争的蹂躏，阿新加入了反战组织。这个反战群体包括许多热爱和平
的民众，还有些现役军人。他们因为对和平的热爱而走到一起，肩负
起一种社会责任和使命，向大众讲述战争的残酷。所以，小说中许多
现役军人甘冒被抓、被监禁的危险也要向美国大众揭露这一事实真
相，即战争只能带来人间悲剧，拥有一颗向往和平与向善的爱心才是
解决冲突最好的办法。然而，这一反战组织仅存在了 23 天就被美国
政府强制取缔。但是，阿新的反战行动并没有因此而停止，他冒险收
留反战的逃兵并帮助他们度过那段煎熬的日子。然而，这场残酷的战
争仍在继续，成千上万的人在越战中死去。因此，汤亭亭的作品充满
了战争与死亡的阴影。值得注意的是，在"水"这一部分中，除了
故事人物之外，作者还几次提到两个人名，一个是高更（Gan-
guin）——法国后印象派大师级画家、雕塑家、陶艺家及版画家，他
代表着阿新对于艺术与自由生活的向往；一个是奥德修斯（Odysse-
us）——《荷马史诗》中的英雄人物，他代表的则是阿新对找寻和平
家园的期待，这无疑给战火笼罩下的人们带来了希望和勇气。

最后一部分是纪实性描写。虽然阿新这一积极的反战形象为在战
争阴影笼罩下的美国社会平添了一抹亮色，但是战争给人们带来的心
灵创伤却并未消失。随着越战的结束，从战场上侥幸活下来的士兵却
成了被美国政府遗忘的群体。他们中的大多数人过着拮据的生活，同
时还要承受战争在他们身体上和心理上留下的创伤。为了帮助他们彻
底摆脱战争的阴影，汤亭亭写到她与丈夫住在临时搭建的房屋里，号
召越战老兵一起书写和平，因为汤亭亭认为，仅仅靠一本书的力量还
不足以形成一种和平的氛围。在小说结尾处，作者又与老兵们一起进
行集体写作，希望通过集体写作在被战争阴影笼罩的大地上播撒热爱
和平的种子，宣传反战的和平思想。这一部分的题目是"土"，会让
人联想起落地生根，联想到家园，汤亭亭写到她建立了一个团体，其
实也意味着这是一个追寻和平的家园。这一举措更像是对于阿新行动
的延续与完善，由此作品形成了一个完满的圆。

在艾略特的《荒原》中，由于诗人的局限性，虽然他有"天下

兴亡，匹夫有责"的社会责任感，但我们所看到的诗人拯救荒原的
"绝招"和"法室"也只能是回归宗教。所以诗中所体现的审美价值
和标准，在很大程度上讲，均属于宗教思想的价值观和审美标准，虽
然它们自有其合理的一面，但作为拯救现代文明社会颓败的主要途
径，显然是不会有什么结果的。① 而汤亭亭的现实版荒原却表明，宗
教在残酷的战争面前也表现得无能为力。海明威的战争小说《永别
了，武器》也体现了与之类似的荒原叙事模式：面对冷酷无情的战
争，军队中的牧师不仅毫无作为，反而成为士兵们嘲弄的对象。汤亭
亭的《第五和平书》虽然也弥漫着战争的阴影与死亡的气息，但是
其荒原叙事却摆脱了传统"荒原叙事"的虚无主义，小说通过虚实
文本互动互证的叙事技巧，摆脱了《荒原》中对令人幻灭的现实世界
的单纯反讽，它通过各种不同叙述、众多人物形象来阐述"和平"
这一主题：虚构文本中阿新的种种经历和改变，展示了作家对"战争
与和平"的悖论性思考，通过描写阿新对残酷现实的认识和觉醒以及
在他影响下小儿子马里奥的成长，表达了作家以反战和平主义的教育
方式摆脱战争的愿望；现实文本中"我"的悲痛、迷茫、找寻，意
在阐释作者进行荒原叙事和战争反思创作的原因及其参与慰藉和摆脱
战争的宣扬对人们饱受摧残的心灵与战争创伤的积极作用，从而使作
品结构及其主题形成外在形式与思想内涵的有机统一。作品不但表现
出一种对于美国社会现实的反思、批判和同情，而且给予了深深的人
文主义关怀，因而其作品更具有现实意义，从而体现出汤亭亭对荒原
叙事传统的继承与发展。

二　谭恩美《沉没之鱼》中的"荒原叙事"

谭恩美的新作《沉没之鱼》体现了作家在创作上的开拓和创新风
格。虽然依然鲜明地突出了作家一贯的异域风格和诙谐精灵的笔调，
但小说并没有延续之前的母女主题，情节篇幅都较以往的作品宏大复
杂。华裔收藏家陈璧璧身居洛杉矶，事业有成，却猝死于寓所。乱哄

① 胡铁生：《论〈荒原〉的美学思想》，《外国文学研究》1995 年第 2 期。

哄的葬礼结束后，她的鬼魂按原定行程，参加了赴中国云南和缅甸的旅行。在云南，团员不尊重当地风俗，跑到寺庙中小便，引发了一场骚动，被当地人逐出。在缅甸，团中的一位少年因为会变扑克牌魔术而被当地部族的探子误认为是神明转世，将全团扣留于密林深处。旅行团的失踪为西方媒体尤其是美国媒体提供了绝佳的竞争机会，各路人马纷纷杀到，为抢收视率而八仙过海，各显神通。故事的最后，绑架者得知真相，将一干人放行。十几位游客有惊无险，返回美国，生活如常。小说以揶揄与讽刺的手法为读者上演了"一出精心组织而善意出演的闹剧"（封底书评），对美国中产阶级的傲慢、自大、无知、纵欲、多疑、懦弱、外强中干等特点竭尽讽刺挖苦之能事，描写精彩之处，常令人忍俊不禁。此种写法在谭恩美以往的作品中并不多见。然而，借东方之旅出美国人之丑却并非小说的目的。美国旅行团通过在原始森林中不自觉的探险、发现，逐渐寻回本真的自我，治愈了旅行团成员的各种现代病。东方之旅是一次人与自然的和解之旅，一次现代人的自我疗伤之旅。小说体现了人类对人与自然关系的发现及深入，旅行过程中人与人之间的关系也发生了回归，旅行团成员彼此之间最终相互关爱、相互帮助。最后，通过对爱的顿悟和心理的疗伤，每一个旅行者自身都实现了精神上的回归。在这一点上，小说与艾略特的《荒原》有异曲同工之处：《荒原》以丰富的象征意蕴和完整的意象体系引导人们去思考和探索人类精神文化史（不仅仅是现代欧洲）的"荒原"问题，以及对荒原的拯救。在艾略特的笔下，现代社会是一个科学技术统治的时代，也是一个物质主义和功利主义盛行的时代，宗教业已衰亡，一切传统的神圣信念也都被弃置了；现代人物质生活前所未有的丰富了，然而精神世界却一片荒凉；他们拼命征服、掠夺，也遭受了征服、掠夺，人性异化，麻木不仁；他们整日劳累或无所事事，却一样不知所向，漫无目的。艾略特以触目惊心的象征把现代人生存的本相展露给世人：你们身处荒原！同时，此诗也表现了一种强烈的宗教拯救意识。

艾略特在《荒原》中大胆创新，把怪诞美贯穿于《荒原》全诗之中，来作为其诗歌艺术的间离、讽刺、荒诞和梦幻手段，发挥其怪诞的审美功能。① 如吊在笼子里等死的西比尔，种在花园里等待发芽的尸首，有着干瘪的女性乳房的老头，在死水里钓鱼的鱼王，耗子洞里偷情的怪诞场景，展现了一幅由于这种严重失衡状态所造成的荒诞而又令人不寒而栗的人间荒原景象，表达了诗人对整个人类生存状态的关注和忧虑。如同加缪所说："世界本身是不可理喻的，这是人们所能说的。然而荒诞的东西却是这种非理性和这种明确的强烈愿望之间的对立，这种强烈愿望的呼唤则响彻人的内心深处。"② 谭恩美的小说则借助于幽灵叙事和预示性叙事，创造出熟悉的陌生感和神秘感，带给读者震撼人心的艺术效果和极富启示意义的哲学思考，强化了作品的荒诞色彩。谭恩美"似乎更乐于沉浸在璧璧诙谐、古怪的叙述中，以看似荒谬、滑稽的笔调来探索命运、家庭、民族、文化、人权的恒久问题和她始终热衷于挖掘的个人灵魂的深邃内蕴以及困境中人物真实的心灵活动及感悟。"③文中随处可见的荒诞情节辛辣地讽刺着扭曲的社会，颠倒了偶然与必然的关系，反映了作者对荒诞现实社会的无奈与遗憾。

　　首先，小说所采用的叙事方式充满了荒诞色彩。在小说正文之前，作者先以无名者的身份讲述了一个既富于哲理又荒诞的故事：

　　　　夺取生命是邪恶的，拯救生命是高尚的。每一天，我保证要拯救一百条生命。我将网撒向湖里，捞出一百条鱼。我将鱼放在岸上，它们翻跳着，不要害怕，我告诉那些鱼儿，我将你们救起，不至于淹死。一会儿，鱼儿安静下来，死掉了。是的，说起来很悲惨。我总是救得太晚，鱼儿死了。因为浪费任何东西都是邪恶的，所以我将死鱼拿到市场上，卖个好价钱。有了钱，我可以买更多的网，用来拯救更多的鱼。④

---

　　① 胡铁生：《论〈荒原〉的美学思想》，《外国文学研究》1996 年第 2 期。

　　② 阿尔伯特·加缪：《西绪福斯神话》，《文艺理论译丛》第三卷，中国文联出版公司 1985 年版，第 331 页。

　　③ 张琼：《从族裔声音到经典文学——美国华裔文学的文学性研究及主体反思》，复旦大学出版社 2009 年版，第 111 页。

　　④ Amy Tan, *Saving Fish from Drowning*, London：Fourth Estate, 2005.

由此奠定了小說主題思想："拯救"與被拯救。這個充滿諷刺和荒誕的寓言在小說中被再一次敘寫。在緬甸的一個市場上，旅遊者們走過一堆錦鯉魚，看到魚嘴還在動。他們以為佛教國家的人們不殺生，頗具諷刺意味的是，就在他們議論時海蒂瞥見右邊不遠處正在殺豬。"他們在屠宰和捕魚時都很恭敬，他們將魚撈到岸上，他們說是在救魚，免得它們被淹死。"① 作者用這個荒唐的情節暗喻了人類與自然的兩難處境：為了生存，人類不得不捕魚殺魚；因為宗教信仰等社會因素，他們將這種殺魚的行為善意地命名為救魚，為自己開脫。其內心的無奈，讓讀者動容。譚恩美用這樣的人魚關係來命名小說，既是悲嘆魚的命運，也是作者在為人類的命運而悲嘆：為了生存，人們有時候不得不背棄信仰。

緊接著，作者又加上了"致讀者"這一部分，講述了"我"因避雨而偶然進入"美國心靈研究會"，並在"無意識創作"檔案中讀到一個由克倫·倫德加的女子記錄的關於"我"的舊識華裔女性陳璧璧的鬼魂敘述的故事，文末還煞有介事地提到克倫於 2003 年 10 月病逝。美國的確有"心靈研究會"這樣的機構，但"無意識創作"就純屬杜撰了。然後作者加上了一則關於"旅遊者在緬甸失蹤"的新聞報道，之後才是小說正文。這樣就使得敘事在真假、虛實之間撲朔迷離，產生了一種人和世界的虛無、荒誕之感。

其次，從小說敘事的角度看，敘事者是一位幽靈，是以第一人稱的全知視角來講述故事的；從敘事結構上看，作者運用了預示性敘事，從現在的未然到將來的必然，故事前後照應，形成環形結構。借助於這種敘事手段，將有些無法言說和未能言說的事情曲折地表現出來，創造出了熟悉的陌生感，給讀者帶來了震撼人心的藝術效果和極富啟示意義的哲學思考。事件的幽靈敘事，聽起來荒誕不經，但這卻是荒誕文學的特徵之一。此外，小說的故事情節充滿荒誕色彩。故事的發生地有三處：舊金山、雲南、緬甸。在隊伍出發前，領隊陳璧璧意外離世，這險些使這次佛教之旅無法如期進行，在克服諸多困難之後，

---

① Amy Tan, *Saving Fish from Drowning*, London: Fourth Estate, 2005, p. 162.

队伍勉强成行。刚刚抵达宁静美丽的香格里拉，却因为个别队员的无心之举，而受到了当地群众的诅咒。不得已，队伍又匆匆忙忙奔向缅甸，使得故事充满散乱之感。旅途中太多的事与愿违既是无奈的，更是荒诞的。比如缅甸人拯救水中鱼儿的行为，还有克伦人黑点希望鲁伯特让他们隐身，这样 SLORC（缅甸国家法律法规修补委员会）就不能找到他们了，结果却使他们闻名于世；本来是寻求帮助，远离灾难，结果却给部落带来了灭顶之灾。11 位美国游客失踪，本是一场危机，因此美国与缅甸展开了前所未有的合作，结果对于缅甸政府而言，却变成了一个向世界推广缅甸旅游的良机。游客因为被困于缅甸丛林、为生存奋斗时却看到了一档标榜真实的电视真人秀——"达尔文的最适者"（Darwin's Fittest），于是，真正陷入适者生存状态的旅行团才体会到了真人秀的滑稽和浅薄。通读整个故事，会发现故事中充斥着无聊至极、怪诞不经的情节。表面上看似乎虚构到了极致，然细细品读它的苦涩与幽默，才能领会作家在精心地把貌似杂乱无章的细节交织成一副异化世界的缩影。谭恩美似乎刻意违背常情常理，把怪诞的事件由一般意义上的夸张、变形推向一种深层次的反常，用写实的手法叙述至假的事件，蕴藏着她对人间世态的积极关注与冷静思考：所谓的冲突，不过是缺乏沟通造成的误读，过多的偶然性事件会演变为必然趋势，颠倒是非，黑白不分，现实世界的所有问题莫不如此。

　　旅行团的 12 个成员来自不同种族，俨然是美国多元民族社会的一个缩影。然而，在生活优越的光鲜外表下，这些来自西方现代文明世界的旅行团成员内心深处都有着难以言说的痛苦。西方现代文明社会给他们带来了物质生活的富足，但是在精神上他们却生活在一个缺少爱的荒原上：幽灵陈璧璧自幼缺少来自家庭的关爱，她用努力赚钱来填补内心的空虚，生前是一家著名私人收藏店店主，来往者皆非富即贵。但是她认为，她的一生就像她那数额庞大的遗产，只是一串数字，无任何意义。她活到 63 岁，至死未得到过爱，也没能学会如何爱别人。她感叹："在我的生命里，没有人完全爱过我。"① "我的爱

---

① Amy Tan, *Saving Fish from Drowning*, London: Fourth Estate, 2005, p. 13.

一无所有。"① 她的朋友们，也就是参与东方之行的 11 位游客，皆为社会上流人士，但在精神方面也一样贫瘠。薇拉是种族歧视的牺牲品，她年已六十，是一个聪明能干的黑人女性，拥有斯坦福大学博士学位，她曾经为了爱情与家人闹僵，执意嫁给马克西韦，但因马克西韦酗酒无度，不务正业，导致他们婚姻破裂；温迪和怀亚特刚认识一个月，有男欢女爱却互相不了解；驯狗明星柏哈利受前列腺增生的困扰，还没能找到平等对话、真心相伴的爱人；花心的莫菲和柏哈利是朋友，但他用一辆可以载人的哈雷摩托车就轻易地将柏哈利喜欢的女人引诱过来，后来又抛弃了她，他曾得到无数女人的身体，却未得到过爱情；马赛和妻子洛可曾是彼此相互吸引的师生，却因为漫长而乏味的婚姻生活以及不能生育而貌合神离；洛可的妹妹海蒂是个重度抑郁症患者，她总是表现得神经质、谨小慎微；华裔美国人朱玛琳与女儿艾斯米之间则存在着隔阂与沟通上的困难；甚至旅行团的领队本尼也一直受着抑郁症和癫痫的困扰。可以从这些形形色色的旅游者身上看到西方现代文明下扭曲的人格和冷漠的人际关系，在人与人之间温情缺失和感情冷漠的现状下掩藏着一颗颗孤独、创伤的心灵。在这个多元成分组合而成的小团体中，人与人之间的关系构成了小说在文学本质上对西方当代人的关注。

这群有着各自问题的旅行团到中国和缅甸的初衷也是朝圣，他们要追寻佛的足迹以期缓解现代生活给他们带来的心理压力与创伤。然而，美国主流社会始终有一种优越感，即美国人的"救世情结"，认为美国人是"上帝的选民"，有"拯救世界的义务"，对人类的发展和命运承担着一种特殊的责任，负有把世界从"苦海"中拯救出来的使命，这种高高在上的"凝视"态度使这些美国游客在中国云南时带着强烈的西方优越感来凝视他们想象中的"异国情调的，他者的，原始落后"的东方文化及生活方式。② 因此，他们把当地的神圣景观当成他们放纵情欲和释放自身优越感的地方。温迪和怀亚特不顾

---

① Amy Tan, *Saving Fish from Drowning*, London: Fourth Estate, 2005, p. 15.
② John Urry, *The Tourist Gaze*, London: Sage Publications, 2002, p. 9.

及当地的文化氛围，以美国人肆无忌惮的作风在寺内一处洞穴里做爱；柏哈利由于不懂当地文化，误把白族人奉为神物的子宫洞当成小便池，闯了大祸却不自知。最终一行人被罚款并被驱逐。当导游荣小姐在他们离开前跟他们讲话时，他们的第一反应是村长想要更多的钱："刚才罚每人二十美元太便宜了，便宜得让人难以相信。这次他们可能要被敲掉几千美元了。"① 对于给当地人造成的伤害，他们毫无愧疚之意，反而认为自己被敲诈了。这些美国游客以民族优越感的心态审视当地文化，不顾当地风俗，并时时表现出猎奇心态和文化优越感；而这种以自我为中心以及追求物欲和情欲的浮躁心理正是他们精神危机之表现。当旅游团被哄骗至"无名之地"后，一行人目睹了这个丛林部落的人们长期以来所遭遇的不幸，并深表同情。但他们表达同情的唯一方式就是给钱，这种善意的帮助遭到当地人的拒绝："老妇人看着这些钱，脸上浮现震惊和受辱的表情，她把钱推还给马塞夫人，手掌上举，像抵挡一头野兽。"② 他们不知道的是，在当地如果任何人身上带了钱而被国王的士兵抓住，将为自己招来杀身之祸。在远离西方现代都市喧嚣的缅甸丛林之中，这群美国人亲历了丛林中科伦部落居民在艰苦环境中平淡而又充实的生活，并感受到人与人之间互助与互爱的真挚情感。于是，通过神秘东方的丛林之旅，西方现代文明中人的迷茫与困惑、道德沦丧与信仰缺失的"精神荒原"得以充分彰显。同时，科伦部落这种简朴但充满真挚情感的生活方式在无声无息之中改变了旅行者的生活态度，使他们之间的关系更加亲密与和睦。所以，当丛林中的疟疾使旅行团成员相继染病时，他们也学会了相互关爱，努力克服各自的缺点，用爱心彼此鼓励。至此，这次旅行终于成为他们获得心灵慰藉、寻找失去的爱与温情的精神之旅。这一丛林经历与这些游客所生活的物欲横流的西方现代社会完全不同，而作者通过这一情节也意在传达一种新的人际伦理关系，即中国文化伦理观所宣扬的"仁爱"及"和谐"观，这是克服西方极端

---

① Amy Tan, *Saving Fish from Drowning*, London: Fourth Estate, 2005, p. 93.
② Ibid. , p. 290.

个人主义的有效道德准则，这一准则有利于建立良性的人际关系以及社会群体的公共新秩序。

在故事的结尾，谭恩美像中国传统小说家一样——交代了每一个人物的结局。这次域外旅行对旅行团中的每个成员都有所启示，"繁星点点，宇宙无穷，最伟大的就是爱。是爱，作为幽灵我也知道这一点。"① 他们认识到包容与付出才是爱的真谛，当他们意识到这一点后每个人都找到了自己的真爱：马赛与洛可虽然最终离婚了，但两人却通过这次旅行加深了彼此的理解；温迪和怀亚特找到了各自的新生活；薇拉如愿去了巴黎；柏哈利与朱玛琳结婚成了幸福的一对儿，柏哈利与艾斯米也相处融洽。而最值得一提的是本尼，他曾经在一个市镇给一位当地的老妇人画了一副素描，而老妇人则坚持要将一袋芜菁作为礼物送给本尼，这种超越民族和文化界限的人与人之间平等友爱的交流对于西方现代文明下人际关系的异化形成了鲜明的对比，这令本尼感到一种前所未有的温暖与感动："这是陌生人之间的好意。……两个完全不同的人，语言不通，文化不同，其他所有的都不同，却给了对方所能给予的最好的东西——他们的博爱，他们的画和菜。"② 旅行归来的本尼感到幸福而满足。这次旅行使每个人都以某种方式达到了各自的顿悟，理解了爱的真谛。小说尾声向读者展示的是一幅冲破精神荒原阴霾的美好画面：爱的曙光已照耀到长期被漠视和误解的角落，人与人之间因摆脱了隔阂，建立起尊重和信任而使其精神世界充满阳光。作者通过巧妙的笔触讽刺了以东方拯救者姿态自居的西方游客由于其西方文化观的自大与无知，反而加速了科伦部落的消亡，实际上异化为被拯救者；而看似野蛮、落后的科伦部落所体现出的具有中国文化伦理观特点的东方文化思想，为处于精神荒原上的西方现代人指明了救赎之路。至此，作者解构了拯救与被拯救、文明与野蛮、东方与西方的二元对立。

总之，华裔美国作家汤亭亭和谭恩美在其新作中延续了以双重视

---

① Amy Tan, *Saving Fish from Drowning*, London：Fourth Estate, 2005, p. 417.
② Ibid., p. 166.

角将东西方文化互相审视的写作模式，同时继承并超越了西方传统"荒原叙事"中对现实的幻灭与无望以及以宗教来拯救西方精神荒原的模式。她们的双重文化身份使其对中国文化智慧有着深刻的了解，以自身独特的文化视角对西方现代文明给人们带来的精神创伤进行审视与剖析，探讨了美国式的价值观、行为方式、生活观念、传媒影响等，向读者展示了西方现代社会中人们的精神荒原，并试图以东方文化智慧拯救人们的精神荒原，找到了与艾略特截然不同的道路。两位作家在新作中都不约而同地超越了族裔的界限，表达对于和平以及人类精神世界探索的欲望，表现出华裔作家的社会责任感和普世精神，也标志着作家写作理念和思想的升华。

第二节　任璧莲的多元化追求

任璧莲被认为是新生代美国华裔作家的主要代表之一，以其"金色幽默"而著称，她多方面、多角度地书写了美国华裔等少数族裔的生活状况与思想感情体验。张子清教授认为，任璧莲有三个引人注目的创作倾向：首先，她不但打破了过去白人主流社会强加给亚裔美国人的狡猾而傻气、粗暴而专横的刻板印象，而且弱化了华裔美国作家被赋予的新的刻板印象——第一代移民的艰苦经历、神话传说、中美文化引起的冲突，苦苦寻找和保持少数族裔的属性。其次，她认准了少数族裔属性的流变。最后，在《典型的美国佬》中主动争取对历史的阐释权。[①] 这一评价比较中肯地概括了任璧莲的创作对于华裔美国文学的价值和贡献。

一　任璧莲小说中的多元化伦理思想

作为一位有道德感的美国当代作家，任璧莲对作家的社会责任尤其关注。她的作品往往以家庭为核心，以小见大，因为家庭是将有着

---

① 张子清：《与亚裔美国文学共生共荣的华裔美国文学》，《外国文学评论》2000 年第 1 期。

不可避免的利益矛盾的人们拴在一起的体制，也是展示其深刻观察力的一个视角。她认为，作家的"社会责任"比追求艺术的自由更加重要，凸显了文学的社会功能；认为写作的目的就是描述"生活实际是什么样子的，促使读者思考应该如何生活"，或者展示"人生应该是什么样子的"，揭示"人类认识的有限性"。① 在松川幽芳的《任璧莲访谈录》中，任璧莲曾言："它们（作者所喜爱的书籍）作为伦理的书而具有生命力。依我看，这就是小说所追求的所在……我所指的伦理是对价值观念和人类状况的关怀……我是谈论关系生活方式意义上的伦理，这个伦理未必符合社会既定的种种规则。"② 可见，任璧莲非常重视小说的伦理道德价值。她的作品始终贯穿着对于家庭、族裔和信仰等方面伦理的关注和探讨，展现了在美国多元文化社会现实中新一代华裔美国女性作家对于个体的自我与家庭成员之间、其他族裔成员之间和不同信仰者之间种种关系的深刻思考，而她淡化族裔界限的思想、流动的文化身份观对于多元文化的追求无疑在华裔美国作家中具有代表性，因此，深入研究任璧莲作品中的伦理道德思想对于其作品的理解以及更好地了解华裔美国女性作家的创作倾向有着举足轻重的意义。此外，任璧莲作品更多地关注个人生活经历和感受，她的创作灵感源于自己作为移民后代和亚裔美国人在成长历程中所遭遇的困难。她以自己独特的、流散的、双重的文化视角探讨文化冲突、文化适应、文化身份等问题，在表达方式上力图避免"美国公众总是期待从华裔作家的作品里读到的异国情调"③。在访谈中，任璧莲表示："坦白说，我不喜欢我的作品充满了政治性的说教，或者纯粹是为了表达某种政治意识。我希望人们关注我小说中的人物刻画、人性和语言等方面。我的作品里很少有怨恨或愤怒情绪，我强调的是幽默诙谐。但并不是说，我的目的是用幽默诙谐来冲淡怨恨或愤怒，我觉

---

① 高稳：《二十年来国内任璧莲研究述评》，《中州大学学报》2016 年第 1 期。

② 松川幽芳：《任璧莲访谈录》，《典型的美国佬》，张子清译，译林出版社 2000 年版，第 312 页。

③ 石平萍：《多样的文化多变的认同——美国华裔作家任璧莲访谈录》，《文艺报》2003 年 8 月 26 日第 4 版。

得幽默恰恰是用一个很有条理的故事表达愤怒的方式，或者说，也许是一种超越愤怒的方式。事实上，幽默也是后现代主义的一个特征。"① 显然，探究其语言风格对于进一步挖掘任璧莲作品的美学价值有着积极的意义。因此，本节将主要探讨任璧莲小说中的多元化伦理思想和语言艺术。

（一）多元化的民族观念

《典型的美国佬》是任璧莲的成名之作，讲述了第一代华裔美国移民拉尔夫·张一家追求美国梦的艰难经历。任璧莲一开始就开宗明义地指出："这是一个美国的故事。"随着情节的进一步发展，作者进一步展开了何谓典型美国人的讨论。在一次访谈中，任璧莲曾直言："这本书也是对所谓的'典型美国人'定义的质疑，我希望能引发读者去思考谁是真正'典型的美国人'。把欧洲裔美国人看成典型美国人的时代已经过去了，我认为典型美国人的标志就是对身份的困惑。……在我看来，拉尔夫、海伦和特蕾莎都是典型的美国人，因为他们遭遇了认同危机，他们对自己的身份感到疑惑，总是自问自己是谁、正在变成什么样的人这样的问题。从这个意义上讲，他们是典型的美国人，一点不比其他种族的人逊色。"② 同时，任璧莲并不否认华裔美国人与白人在人种和文化传统上的差异，也不主张华裔美国人完全放弃自己的文化传统去认同美国主流社会的白人文化传统。她提倡"美国色拉碗"式的多元文化，主张华人移民在建构文化身份的过程中应该对东西方文化进行鉴别性吸收，融会贯通两种文化的优点："在一定的程度上，移民——或者说我参与其中的移民文学——正在推展和扩大美国对自我形象的界定。……无论如何我们都必须建构一个新的美国神话，要比过去的任何神话都更具包容多样性。……我们必须创造一个新概念，来定义什么是美国人，来认可我们之间的

① 石平萍：《多样的文化多变的认同——美国华裔作家任璧莲访谈录》，《文艺报》2003年8月26日第4版。
② 同上。

多样性。"① 重新定义美国人的概念，并乐观地提倡东西方文化的融汇，这是任璧莲的独特之处，对当今时代为全球化和多元文化所困扰的人们不无借鉴意义。

《典型的美国佬》成功的另一因素在于它超越了单纯的族裔小说，它利用多重视角和人物内心的矛盾冲突来揭示人类共有的困惑，例如对于成功的渴望，奋斗的艰辛，梦想与自由之累，困境中抉择的艰难，面对诱惑内心的彷徨；浮华世间，是追名逐利还是固守亲情？是入乡随俗还是守望传统？是随遇而安还是不断地追寻梦想？这些问题困扰着华裔美国家庭，在现代社会里，随着家庭模式渐渐被同化，家庭观念以及成功的观念也逐步发生着改变，尽管这是一个漫长而痛苦的过程。因此，小说中所描述的家庭模式与价值观念的变化，以及在这个多元文化的时代个人思想所经历的转变，实际上是具有普遍性的，小说所带来的思索和启示显然也是超越国界与民族的。

（二）流动的身份观念

小说《梦娜在应许之地》所反映的是一个多种族的美国社会，与其他华裔美国小说不同，本书人物阵容空前强大，聚集了犹太人、中国人、日本人、美国本土白人、黑人等种族，时间起始于1968年，"族裔意识的天空已经破晓"的时代。表面看来，这是一部关于青少年成长的小说，除了第一章讲述梦娜13岁时的经历，尾声讲述成年后的梦娜之外，其他内容均集中讲述了梦娜十五六岁期间的遭遇。作者特意把故事背景设定于民权运动大获成功、多元文化主义刚刚萌芽、青年运动如火如荼的时代，意在探讨美国社会的种族关系、族裔制度、民主政治原则等问题。

小说主人公梦娜期望通过皈依犹太教，成为犹太人来实现自我表达、自我选择的愿望。在很多美国华裔看来，梦娜的这种身份选择简直荒谬透顶，而任璧莲却实实在在地将这种"荒谬"赋予了梦娜——梦娜最终选择了皈依犹太教，成为一个犹太人。对此，任璧莲曾解释说：

---

① 石平萍：《任璧莲："美国亚裔作家就是美国作家"》，吴冰、王立礼主编：《华裔美国作家研究》，南开大学出版社2009年版，第324页。

美国最重要的特征就是认同的流变。事实上，美国的由来就是有一群英国人决定不再做英国人，身份的变化一开始就是美国文化的特点。梦娜是华裔，却最终认同了犹太人的文化，塞思、凯莉还有其他族裔人物的文化身份都发生了变化，这在我看来是很正常的，是最具美国特点的事情。族裔性是很复杂的，不是固定不变的单一的东西。……在我看来，在美国，各个种族之间互相融合，没有哪个种族的文化是纯粹的，也没有谁在文化身份上纯粹是华裔。认为一个人只可能有一种文化身份的想法是非常幼稚的。①

面对美国社会少数族裔的种种问题和困惑，简单的文化同化或文化融合在当代多元文化的语境下都无法解决少数族裔们所面临的身份危机，任璧莲所提出的独特的流动性的族裔身份观，表达了作家建构一种全新的美国族裔关系和族裔身份的诉求，虽然有一些理想化，但是美好的憧憬会激励人们去面对挑战和克服困难。

当然，小说中的人物改换信仰并非仅仅出于虔诚，作为弱势民族中的一员，他们希望成为最优秀的少数族裔中的一分子，并希望因此得到他人的肯定，这反映了人性中趋利避害的本质。非裔美国人艾尔佛被妻子赶出家门，梦娜和巴巴向他伸出了援手，他们甚至劝说艾尔佛变成犹太人，因为在梦娜和巴巴看来，只要艾尔佛转变成犹太人，就会拥有大房子、车库和园丁。因为当时犹太人在美国当地属于最受欢迎的少数族裔，无论在经济上还是政治上都掌握着国家的命脉。赛义德曾经说："流散者总是感到一种迫切的需要，那就是通过选择成为一种成功意识形态的信仰者或者一个成功民族的成员来重塑他们残缺的人生。"② 从这种意义上说，少数民族身份的转换无非想顺利进入美国主流社会而已，这也间接地表明美国各种族之间不平等的事实。

此外，必须注意，单纯的犹太人并不是作家理想中的族裔身份，

---

① 石平萍：《多样的文化多变的认同——美国华裔作家任璧莲访谈录》，《文艺报》2003 年 8 月 26 日第 4 版。

② Edward W. Said, *Reflections on Exile and Other Essays*, Cambridge, Massachusetts: Harvard University Press, 2002, p. 177.

任璧莲认为，在美国这个多元文化的国家里，异质文化间应该更多一些相互协调与互惠交融的态度。因此，在离家多年之后，梦娜与母亲的重归于好，预示着梦娜对自己华裔身份的再认同。由此可见，作者认为，文化身份并非一成不变，它会超越空间、时间、历史和文化，进行不断地转化，是建构在许多不同且相互交叉的话语、行为和状态中的多元组合。这也正是任璧莲想表现的一种理想的族裔本质：不同族裔齐聚一堂，任何族裔成员都是美国这个大家庭中的一分子，各族裔平等相处、兼容并包。每个美国人都有自我族裔身份的选择权。

（三）多元化的文化观念

《世界与小镇》（World and Town，2010）是任璧莲成熟期的代表作。故事背景设置在"9·11"恐怖事件之后美国东北部的一个小镇——河湖镇（Riverlake）上，从表面看，该作品依然是关于移民的生活、文化适应等，但作者把世界上的主要信仰——基督教、佛教、伊斯兰教、儒家思想，全部或明或暗地置于小镇日常生活之中，更加关注了小镇与世界的互动和关联。

该小说有三个第三人称的叙述声音：68岁的退休中学科学教师、混血儿华裔移民、孔子家族的后代孔海蒂（Hattie Kong），15岁的柬埔寨裔美国小姑娘苏菲（Sophy）和一位匈牙利裔美国农民兼打杂工艾弗雷特（Everett）。包括序言在内小说共有六个部分，第一、三、五部分围绕主人公海蒂的所思、所感、所见、所行展开，第二部分通过苏菲介绍自己的柬埔寨移民一家的经历和遭遇，第四部分由艾弗雷特叙述自己一生的遭遇。海蒂的父亲是孔子后裔，母亲是美国传教士，她从小接受孔家的教育，对孔子的"仁""礼"等思想、孔家的家规以及死后归葬祖坟等都非常了解，可以说是一位精通孔家礼仪的"孔小姐"（Miss Confucius）。16岁时她被辗转送到美国外祖父母家，后来定居美国。海蒂退休后不久，她的丈夫乔和最亲密的同性朋友李去世，她移居到新英格兰地区的一个名叫河湖镇的宁静小镇上独自生活。海蒂的儿子在遥远的香港工作，很少在故事中出现，孤独的海蒂认为，自己经历了人生的起伏，看尽了风景，试图在这个宁静的小镇上抵达"达观"的境界。但是，她的生活却受到了搅扰。河湖镇又搬来了一户陈姓柬埔寨移民，他们就住在海蒂家附近的一辆拖车里。陈家的大女儿苏菲的任性妄为、她那有着黑帮背景的哥哥、有暴力倾向的父亲以及笃信因果报应的母亲等，都为整个故事增添了丰富性。海蒂在与陈家的交流和往来中对苏菲产生了莫大的兴趣。苏菲聪明、善良、坚强，有过一次婚外恋，她的两个妹妹进了收容所，在海蒂的朋友基尼的引导下，苏菲成为一名基督徒。同住在小镇上的另一家庭却经历着由于信仰不同而带来的危机，艾弗雷特是东正教教徒，其妻子基尼则是狂热的基督教徒，她将无心皈依的丈夫扫地出门，任其冻死。按照基尼的思路，她的这种做法并不是因为她知道自己不爱艾弗雷特，而是"她只是在服从上帝的意志。听从上帝的命令。只是在服从上帝的命令"①。小镇上的其他人也经历着信仰的危机：基尼的极端思想极大地影响了苏菲，使其与海蒂疏远，无法融入社会；苏菲的父亲注重现实生活，希望能够积攒一些钱，买车或者买房子，让孩子上大学；苏菲的母亲一心向佛，认为大学并不能让人幸福，慈善要比聪明更重要，命运就是命，已经注定；而海蒂虽然是一个在美国生活了50多年的人，人们甚至忘了她是中国人，忘了她是中美混血，忘了她的族裔背景，但是内心深处，海蒂始终觉得自己是一个"外来者"，一个从别的地方来的陌生者，同时，她又因为其亲戚不断地给她写电子邮件，让她把其父母的遗骨从艾奥瓦州移到中国山东曲阜的孔家墓地而烦恼不已——对于做过生物学教师、有着科学精神的海蒂来说，她无法理解孔林、祖先、运气、传统等中国人的这种相互依存的思想。这样，作者巧妙地将科学理性主义者、儒家仁爱思想的代表孔海蒂、相信因果报应的佛教代表柬埔寨移民家庭的母亲、经历困难后在基督教原教旨主义中寻求庇护的基尼，和在不同信仰之间挣扎的苏菲，还有被误解为恐怖分子或者魔鬼的苏菲的哥哥莎朗等全部放置在小镇上，他们之间的矛盾和冲突在某种意义上就代表着整个世界的现状，意味着世界不同信仰之间的相遇和相撞。

　　年轻的苏菲是在不同信仰之间纠结的一个核心人物。她的周围有

---

① Gish Jen, *World and Town*, New York: Alfred A. Knopf, 2010, p. 215.

以基尼为首的基督教教会的教导，有邻居海蒂善意的、理性的解释和帮助，同时面临着家庭的不同信仰，她竭力想理解父亲的迷信想法、母亲的佛教信仰，但是却力不从心。海蒂希望用她多重的视角给苏菲更多的启迪和引导。当海蒂与苏菲谈论苏菲妈妈的信仰的时候，海蒂无意中说到了自己在中国的经历，"我在中国长大。中国很多人信仰佛教、道教、儒教和基督教。而且，有时候，他们同时信仰上面提到的所有教义"①。尽管海蒂是一位典型的科学理性主义者，但是却从中国的现实出发提出了对于不同宗教的观点：一个人可以同时信仰不同的宗教。也就是说，这种同时信仰不同宗教的现实说明了不同信仰之间有相通之处，是可以相容并存的。在目睹了艾弗雷特的家庭变故，同时在对苏菲的帮助中，海蒂本人也开始认真思考信仰之间的关系问题。"用信仰来抵抗信仰，能有什么用处？"② 最终，海蒂接受了这样的观点，即她自己可以相信更本能的、基于生活的理念，类似于儒家"和而不同"的思想，接受各种观念和认同的差异。即便是像陈家那样困惑和受到社会的排斥，他们也有自身的生存方式和文化适应态度。因此，海蒂最后顺从家人的风水入葬的观点，不再以科学的理性摈斥这种她无法理解的中国传统思想，这其实也是她生活观念逐渐成熟和改变的表现。

任璧莲主要以海蒂和苏菲为主要人物，探讨了关于科学和迷信、科学与宗教、宗教与世俗之间以及不同信仰之间关系的困惑与解惑过程，以文学的形式创建了自己的理想境界——人道主义胜过任何信仰。最终，经历了各种人世沧桑的海蒂想起了中国人信奉的"叶落归根"，她认识到如果没有对人类的关心和爱护，对友邻的帮助和对他人的责任，那么这个世界将是充满恐怖和怀疑的，而这一点并不是人类寻找存在的真正目标；信仰有善恶之分，是人们追求的至善境界，因此，不同信仰必定有共同之处，必定有和谐相处的可能。在小说的结尾，作家如此描述海蒂的生活：

---

① Gish Jen, *World and Town*, New York: Alfred A. Knopf, 2010, p. 66

② Ibid., p. 239.

水至清则无鱼，她的父亲如此说过。这就对了，总之，这是新生活的早晨，新家的早晨。

卡特就在身边，狗儿们也在，还有她的老花镜，它们使她看到全新的美好：塞伦和苏菲去学校上学了，如卡特所言，老陈会忙碌起来，人们也会为他找到医生，如果陈家继续住下来，人们还得为陈妈找个庙宇，还有亚洲食品店。这些，其实海蒂不必多虑了。①

其中"水至清则无鱼"的中国智慧是海蒂成熟的表示，她释怀了自己难以融入美国文化的身份困惑，以及早期的职业女性遭遇歧视的痛苦，愿意搁置各种矛盾，放弃追求极致和纯粹的执念，用不同于西方思维的哲学态度来面对生活，接受自己始终"归属于别处……不知何方"的真实状态。②

在《世界与小镇》中，任璧莲将科学理性主义、东方儒家的仁、道家的达观、佛家的慈悲和西方基督教的"爱和救赎"，以及由于信仰冲突而产生的恐怖的思绪等在小镇上交织碰撞，用小镇喻指全球化时代的世界状况：想要解决矛盾、避免悲剧的发生，就应该超越单一民族信仰的界限，用宽容和谅解来缓解彼此之间的分歧和冲突，这样才能确保不同信仰之间的会通，重建正常的信仰关系，并且最终实现人类和谐，实现多民族、多信仰之间"和而不同"、平等共处的理想社会状态。

二　任璧莲小说的叙事特点

在任璧莲小说中，与她多元融合思想相呼应的是她轻松、诙谐幽默的叙事风格。讲述者时而幽默，时而严肃，时而又加上一些哲学探究，使人物各具特色、入木三分，又使叙事语调既有相互碰撞又不失融洽。

---

① Gish Jen, *World and Town*, New York: Alfred A. Knopf, 2010, pp. 385 – 386.
② 张琼：《族裔、文化与情感的动态建构——论任璧莲的〈世界与小镇〉》，《外国文学》2014 年第 5 期。

　　首先，任璧莲的小说在语言上保持了与其他华裔作家相类似的特点，就是中国文化典故与信息的频繁出现，常有对于中国食物、民间传说的叙述，也常常运用拼音或者释义等方式来表达中国语言，如"kan bu jian"（看不见）、"ting bu jian"（听不见），甚至运用一些中国成语，如"True gold does not fear fire"（真金不怕火炼）、"crawl into the tip of a bull's horn"（钻牛角尖）、"rise again from the East Mountain"（东山再起）、"eat the bitterest of the bitter，become the highest of the high"（吃得苦中苦，方为人上人）等。这些中国的谚语、成语表现了主人公内心深处对于中国传统文化的继承，也使读者能够身临其境般地体会小说人物的双重语言、双重文化和双重思想。

　　在任璧莲的作品中，无处不在的幽默读来尤其让人耳目一新。如在《典型的美国佬》中，小说一开始作者对于拉尔夫的外貌描述是，他"有一副圆乎乎的耳朵，鼓出来像是城里唯一的一辆轿车的侧镜"①，但他却常常捂住耳朵，把别人的话当耳旁风。在描述特蕾莎和未婚夫初次见面时的情景时，作者运用"反语"使小说语言呈现出一种喜剧色彩："本能。雌性跳着交配舞。尽管太阳焚灼着她的右侧，但是这个怪人依然左手拿伞，缓慢地向门口和她的未婚夫走去。……现代派。……和一位甜美的乡下小姐订了婚，那么情形会怎么样呢？出身于这种名门家族！那又会怎样？他会和他的父亲坐在一起。一个能干的女孩，脾气又这么柔和！"② 其实文中对特蕾莎外貌的描写让读者了解到她是个身材高挑、外貌普通的女子，然而，在上述情景的描述中，作者运用"反语"将其说成是一个"能干的女孩"，另外，像文中提到的"雌性""甜美的乡下小姐"等都是和现实大相径庭的。又如，海伦和格罗弗产生了婚外恋，对于格罗弗的卑鄙无耻和海伦的虚荣作者没有正面描写，只是提到"她（海伦）去取信的时候，她发现信箱塞满了丁香花，她的心也给塞满了。这件事之后，如果她没有发现她的一棵小丁香树枝被剥去了皮多好！她修剪

---

① 任璧莲：《典型的美国佬》，王光林译，华东师范大学出版社 2015 年版，第 3 页。
② 同上书，第 50 页。

着断枝残根，这样剪掉就会更干净，不太容易生病！"① 由此我们能看到任璧莲反语的应用，大大增强了小说的幽默感及可读性，提升了人们对小说的关注度。

其次，任璧莲在小说中还常常运用"戏剧性反讽"，也就是读者了解安排某个场景的用心，而作品中的角色对此却一无所知。《典型的美国佬》中，"戏剧性反讽"主要体现在主人公拉尔夫妻子出轨这件事上，拉尔夫一直被蒙在鼓里，而读者早已从作者的字里行间了解到海伦和格罗弗的不正常关系。拉尔夫却仍然痴迷于他那习惯性的"想象家"似的幻想，全身心地投入格罗弗精心策划的生意泥潭和陷阱中而不能自拔。具有讽刺意味的是，就在他把自己锁在房间里忙着偷税漏税时，无意中却把自己的妻子拱手让给格罗弗这个恶棍，而他自己却浑然不知。

此外，任璧莲在小说中还大量应用低调陈述的写作策略，使文章充满幽默效果，"低调陈述"和"夸张"相对，表示掩饰、未充分如实地讲述的行为，也就是少于实情的陈述。简单地说，"低调陈述"和"反语"分别表示轻描淡写和言非所指。在这部小说中任璧莲有意识地将"低调陈述"运用于反映人物无法真正融入美国社会的自嘲和无奈，将人物所遭遇的偏见和歧视委婉地表达出来。《典型的美国佬》中张家人闲聊时说："'我们是一家人，'海伦应道。'团队。'拉尔夫说，我们应有一个名称。中国血统的美国佬，简称'张家佬'！"② 就在他们勇敢地接受美国价值观时，发生了一件"小事"。他们去观看了一场比赛，但是遭到了白人的谩骂，让他们回到洗衣店去。他们反过来像记分牌一样无动于衷。后来他们说他们更喜欢待在家里观看。"低调陈述"反映出张家人在遭受拒绝时的苦涩心理，他们意识到原来华裔是永远无法融入美国白人文化中的，美国白人所宣称的各族裔平等是不可能实现的。

夸张的用词在一定的语境下会产生一种意想不到的喜剧效果，让

---

① 任璧莲：《典型的美国佬》，王光林译，华东师范大学出版社 2015 年版，第 50 页。
② 同上书，第 125 页。

人发笑的同时也发人深省。如在《梦娜在应许之地》中，母女间因为梦娜没有告诉母亲她最好的朋友一直在她父母的餐馆里与黑人厨师同居而发生争吵，梦娜努力想使母亲平静下来，让她相信这不干自己的事。

> "不，不，不。"她（海伦）的嘴颤抖着。"你那样做，我会去自杀。"
> "但是，妈妈，那样也太种族歧视了。"
> "种族歧视……只有美国女孩子才会将她妈妈因此自杀看作是种族歧视。一个华人女孩子应该想想是否她也要去死。因为那样证明她是多么地在意她那可怜的母亲，曾经那样含辛茹苦地劳作，又遭了那么多罪。她要为使母亲高兴不惜牺牲一切。"①

女儿自杀会使母亲"高兴"，这一想法以其使人发笑的荒诞性打破了这种紧张感。但像任璧莲小说中的大部分幽默一样，这种幽默并不掩盖两代人间、不同文化间越来越大的沟壑以及对双方产生的感情伤害。

任璧莲通过《典型的美国佬》中拉尔夫·张的经历和视角促使美国主流读者开始思考美国的神话和现实究竟是什么？究竟何谓"典型的美国人"？通过《梦娜在应许之地》，她利用自己作为移民和少数族裔作家得天独厚的视野，从不同的角度看待美国，看待美国的自由、身份转换的自由，同时，她又以"跳出自身的经验反观经验的境界"为读者更加清楚地展现了真实的现实世界是什么样子，因为她认为，只有了解其他人的见解，你才会知道自己眼中的现实不是绝对的；在《世界与小镇》中，任璧莲则是让孔海蒂以一个完全外来者的身份观察现实，以一种"达观"的态度思考信仰、环境、战争以及人类如何相处才可以和谐共存的普世问题。因此，任璧莲的作品引导人们去思考的不只是与华裔美国人相关的问题，而是与整个美国，

---

① Gish Jen, *Mona in the Promised Land*, New York：Vintage Books, 1996, p. 221.

或者说与整个世界相关的问题。她以多元融合的伦理思想，现实主义的笔触，朴实的文风，幽默风趣、不断变化的语气，以及外在于美国文化的视角审视美国的历史文化和社会现象，彰显了一个少数族裔从独特的视角进行的深刻思考。

第三节　邝丽莎的个性化写作

邝丽莎（Lisa See）与谭恩美、任璧莲、伍慧明同样是20世纪50年代出生的美国作家。虽然她只有1/8的华人血统，她白皙的皮肤、橙红色的头发和深深的眼窝令她看起来没有一点华人的影子，但是她钟情和痴迷于中国文化，内心有着强烈的华裔身份的认同感。在访谈中，她坦言："虽然我看上去不像华人，但却在一个华人大家庭里长大。……所有作家都会写自己熟悉的事情，而唐人街、华人以及他们的后代就是我所熟悉的。……我有过身份困惑。我看上去不像华人，所以很难被唐人街或者中国这些地方完全接受，尽管它们在我心里就像家一样。而且，我的长相又让别人认为我很容易融入美国文化，但我在美国文化里常常找不到归属感。"① 但是，由于她不懂中文，她关于中国方面的知识基本上来自周末、假期跟随半混血的爷爷及纯白人血统、美国土生土长的奶奶在唐人街生活时的耳闻目染与华人的一些零散的接触以及对华裔家族习俗的了解，所以她对中国文化的了解并不是很清晰、系统，她的中国故事更多的是通过资料收集和想象，因而她笔下的华人女性身上明显有着中美两种文化意识的折射。但是，这也掩盖不了她作品的细腻、纯美，使其读来有一种独特的魅力。

本节以《雪花与秘密的扇子》（亦称《雪花秘扇》，*Snow Flower and the Secret Fan*，2005）为例，分析邝丽莎小说中所展现的伦理道德、女性形象的塑造、叙事策略。

---

① 卢俊：《中国情结与女性故事——美国华裔作家邝丽莎访谈》，《当代外国文学》2012年第3期。

一 《雪花与秘密的扇子》中的伦理道德

《雪花与秘密的扇子》一经问世便引起了广泛的关注，更是被译为多种语言为世界各地的人们阅读。小说以细腻、柔美的笔触描写了百合与雪花之间的姐妹情谊，生动地展现了神秘的女书文化。汤亭亭认为，这是一部奇妙的小说，迷人的故事萦绕心际，美不胜收。谭恩美也曾谈道，《雪花与秘密的扇子》是邝丽莎迄今为止写出的最棒的作品，故事凄美动人，可以称得上是对中国社会刚刚逝去的一段历史现实和神秘世界的完美再现，是一部引发人们无限遐想的传奇之作。①此外，这部小说还在2011年被改拍成电影《雪花秘扇》，并取得了不错的票房和评价。

故事的主人公百合和雪花是生于道光年间湖南省永明县瑶族村寨中的两位同龄女子。在这个地区流传着一种神秘的文字"女书"，"女书"被认为至今已有一千多年的历史，是目前唯一一种以性别为基础的文字。百合与雪花的友谊就开始于女书。"悉闻家有一女，性情温良，精通女学。你我有幸同年同日生。可否就此结为老同？"②七岁的农家女百合收到大家闺秀雪花用女书写在折扇上的信，然后，这两个家庭背景各异却八字甚合的小女孩通过"女书"结为"老同"。因为百合出生于贫苦的佃农家庭，为了嫁到桐口村的大户人家，她要通过结识老同来提升自己的地位；而雪花虽然出身富贵，但是由于父亲抽大烟败光了家底，也只有通过缔结老同才能改变自己的命运。在女子被视为无用之物的封建社会里，两个身世凄苦的小女孩在父母和王媒婆的安排下结为老同，并开始用女书互相通信，缔结了延续一生的友情。从此，女书见证和传递着百合与雪花的情谊。在当时的中国，女性受到父权社会封建礼教的残酷压迫，不能抛头露面，只能生活在室内狭小的空间里，与外部世界完全隔绝。对于女性来说，唯有裹出形状美好的三寸金莲，才有机会、有权利去获得一生的幸

---

① 邝丽莎：《雪花与秘密的扇子》，忻元洁译，人民文学出版社2010年版。
② 同上书，第44页。

福。裹脚，是一种对妇女身体和精神的双重摧残。年幼的百合和雪花极不情愿却又万般无奈地在母亲的催促和帮助下完成了这一痛苦的体验。世事变迁，造化弄人，百合嫁入豪门，雪花却因家道中落而与一屠夫相伴一生。她们继续以"女书""秘扇"传递心弦，交流感情，争取女性话语权。但是理想的洁白花朵总是免不了在现实的泥土中腐烂成泥，百合和雪花终因境遇不同而心生隔阂，且"中断"老同关系，断绝往来。直到岁月老去，在雪花弥留之际，百合才最终明白，其实是她误读了雪花的信才造成她们之间的误会，两人最终重归于好。但斯人已逝，只留百合空自追悔。

《雪花与秘密的扇子》属于伦理叙事小说，百合和雪花的老同关系，女书传情是贯穿全篇的伦理主线，给小说中的其他人物和读者带来一系列的伦理思考和伦理困惑。其中，最关键的问题，或者叙事学批评术语所称的"核心事件"，是曾经有着一世老同盟约的百合和雪花怎么会选择"中断"老同关系，半辈子不相往来的呢？百合一生都渴望爱，"爱是至高无上的感情，我无法与任何人去分享，这最终导致了我和老同雪花间关系的破裂"①。她恪守封建礼教，从一个农家姑娘到最后成为县长夫人，她完美地履行了封建制度所要求的女性各种伦理身份的职责，成功地适应了当时的伦理环境。相比之下，雪花由于家道中落，从一个千金小姐沦为屠夫之妻，从一个有反叛精神的少女成为屈从于封建礼教的少妇。在成长的过程中，她们能以纯真、无私的友谊滋润彼此的心灵，互相学习、互相帮助、互相扶持、克服生活中的困境，共同成长；新婚后，她们会分享心中的思念和初为人母的喜悦；当婆家的生活让她们感到痛苦压抑时，通过女书她们互相安慰、彼此鼓励；虽然受到婆家的重重阻力，她们依然能想办法通信甚至相聚。然而，随着两人年龄的增长和地位的日益悬殊，她们的友谊也不再平等。当上卢夫人之后的百合随着地位的上升、生活的优越也逐渐变得强势、自我起来，雪花不再是她的心灵伴侣，更像是她的私人财产。她像男人一样要求她，像个礼教执行者一样强迫她。

---

① 邝丽莎：《雪花与秘密的扇子》，忻元洁译，人民文学出版社 2010 年版，第 3 页。

在身世隐瞒事件之后，敏感的百合一再要求雪花不许再隐瞒她，必须把所有的事情都原原本本、真真实实地告诉她。可是当雪花真的告诉百合她在婆家受尽屈辱，遭受丈夫的打骂时，百合却退缩了，她照搬传统礼教敷衍了雪花，并没有想过要去体会雪花的处境。她责备雪花的种种，譬如为什么她不能成为一个好妻子，为什么她不能像自己认为的那样让丈夫感到快乐，为什么她不把自己的脸蛋捏红了来冒充血色，要雪花赶紧再生一个儿子来巩固在夫家的位置，而丝毫不考虑雪花的身体状况。百合认为："我又是卢夫人，我当然是正确的。""我仍然坚信我一定能够治愈雪花这样一匹受伤的骏马的。"① 雪花在生活近乎绝望的情况下乞求百合的安慰，但是百合给予她的却是另一种压迫。"妇女所受的压迫除了来自异性和种族之外，还来自女性自身，即深受父权制文化毒害的女性会自觉地将男性对她们的要求变成她们自己的要求，这种要求不仅使她们自己安心于自己的奴役地位，而且还会使他们充当她们的压迫者的同盟，成为压迫其他妇女的一股势力。"② 成为卢夫人的百合已经成了父权制社会的同盟者，她相信，只有封建礼教才能用来维护心灵的平和。百合与雪花身份、地位的悬殊，加上百合得势后心理、气度的褊狭使这难能可贵的姐妹情谊慢慢走向了尽头，并最终因为一封书信而彻底断裂。

除了两者友谊的不对等，女书的文体特点也是导致她们友谊破裂的另一个原因。由于女书是单音节文字，每个音节表示一组同音而不同意义的词语，如果不考虑语境、语义和措辞就有被误读的可能性，需要阅读者仔细体会。当百合成为地位显赫的卢夫人后，她变得固执、自私，对雪花的来信表现得不耐烦。当百合读到雪花的来信"我无法成为你所期望的那样。你不必再听我的种种抱怨了。我现在有了三个义姐妹，她们答应接受现在的我，并且将她们的爱给予我"③ 时，她感到撕心裂肺，认为雪花背叛了她，并开始反击，因为"揭示

---

① 邝丽莎：《雪花与秘密的扇子》，忻元洁译，人民文学出版社 2010 年版，第186页。
② 张岩冰：《女权主义文论》，山东教育出版社 1996 年版，第179页。
③ 邝丽莎：《雪花与秘密的扇子》，忻元洁译，人民文学出版社 2010 年版，第218页。

雪花的种种不是，比摆脱困扰于自己内心的煎熬要轻松得多"①。后来，雪花在痛苦中得了病重，百合前去探望，终于发现原来彼此一直以来还是那样爱着对方。百合留下来照料病重的雪花，雪花去世后，她的三个义姐妹让百合重读一遍那封女书，百合终于知道错怪了雪花，后悔难当。她打开两人用来传信的折扇，为两人的友谊写下了绝笔："你总是了解我的心意，现在你已经在阳光的沐浴下乘着风飞上了云霄。我希望有一天我们可以一同翱翔。"② 在写女书、读女书、唱女书的过程中，雪花和百合结成了神圣的姐妹情谊，但是这些美好和愉悦却最终以痛苦和悔恨而结束。就像是女书文字，虽然美丽，却在慢慢消失，让人扼腕。

在封建礼教的束缚下，女性的成长史实际上是一部妥协和屈服的历史，她们一生能做的唯一一件事就是服从。相比之下，老同关系实质上则是对男性主权的挑战，而女书这一文字虽有局限但仍体现了女性意识的觉醒。百合与雪花之间的友谊就像一束温暖的光，给彼此暗淡悲惨的人生以慰藉。但是，在那个女人只有顺从男权意志的年代，她们无法左右自己的命运，也没有那么高的觉悟，因此她们的姐妹情谊注定具有悲剧性。在父权制社会里，"所谓的'姐妹情谊'不过是女人在面对异性的巨大伤害时给自己编织的一个梦幻，一份对来自于同性的温暖、理解、关怀的奢求和苦苦期待。因为不同于黑人或无产阶级，女性的现实存在始终是个体性而非群体性的，男权社会设立的价值体系及行为准则把女性置于各个不同的单元里，拆解了女性之间可能的联盟与友情；更何况，在男权思想的灌输、改造和利用之下，一部分被同化、被规训的女人甚至会为虎作伥而不自知"。③ 好在这束友谊之光并没有完全熄灭，百合在雪花病重的时候终于去看望了雪花，两人冰释前嫌。当百合进入古稀之年时，她重读着雪花写在扇子上的字字句句，终于明白她从未真正珍惜那份

---

① 邝丽莎：《雪花与秘密的扇子》，忻元洁译，人民文学出版社 2010 年版，第 219 页。
② 同上书，第 245 页。
③ 郝琳：《难以构筑的姐妹情谊》，《河北大学学报》（哲学社会科学版）2004 年第 6 期。

"最珍贵的爱"。在反省了自己与雪花的姐妹情谊后，她开始教身边的姐妹们女书，为她们抄写传记，想让她们生活得更有价值。这种反省正是女性开始建构新的自我，独立、自由地发展，并建立与他人的和谐关系的基础，这也是姐妹情谊最大的现实意义。

二 《雪花与秘密的扇子》中独具特色的女性形象

邝丽莎十分注重对华人女性形象的塑造，她笔下的华人女性具有明显的东方色彩，孤独、胆怯、封闭、悲观、顺从，但同时又有着反抗和叛逆的冲动，这种冲动表现为在逆境里的智慧与坚强、对爱的极度渴望和追求。同时，女性所独有的敏感、嫉妒、自我在她们身上也一样不缺，这些特征组合成了邝丽莎笔下一个个鲜活的、独特的女性形象。在她们身上折射着中美两种文化意识，保守的中国文化传统和自由反抗的美国意识，再加上平常女人的天性，使这些形象显得更加真实、丰满。

内心敏感大概是女性的性格特征，但邝丽莎塑造的华人女性尤其突出了这一点，她们多愁善感、孤独寂寞，又很自卑。在《雪花与秘密的扇子》中，百合因为家境贫寒而觉得在老同面前很自卑。第一次相见时，雪花虽然也只有七岁半，但百合觉得雪花"表现出了良好的教养，显得特别有见地。……她的学识已经超越了我妈妈和婶婶所知的范围"①。百合因觉得自己粗野无知而自惭形秽，甚至担心自己亲手做的送给雪花的绣花鞋和扇子不够好，会显得缺乏教养；尽管在百合心里，雪花是一个近乎完美的女孩子，但实际上真实的雪花也有着她的自卑与胆怯——她为自己没有把真实的家世告诉百合而忐忑不安，当百合来到雪花家帮助雪花筹备婚礼，被雪花家糟糕破败的家境所震惊时，雪花流下了悔恨、罪恶和羞耻的泪水，婚后家境不好的雪花变得更加自卑甚至自闭起来。

顺从是邝丽莎笔下华人女性的又一性格特点。在《雪花与秘密的扇子》里顺从似乎被赋予了一定的积极意义，是为了巩固自己在婆家

---

① 邝丽莎：《雪花与秘密的扇子》，忻元洁译，人民文学出版社2010年版，第41页。

的地位，为了给自己赢得更好的生活、更多的回报而积极履行的义务。就像百合的婆婆对她的忠告："顺从，顺从，再顺从，然后你就能做你想做的了。"① 百合遵照婆婆的意思认真学习，由此百合获得了婆婆的满意，巩固了她在婆家女人屋的地位，于是她把这个方法教给雪花，希望雪花在她的婆家也能像自己一样顺从，从而获得更好的生活；而雪花尽管幼时生活优越、性格任性、不善于做家务，但婚后的雪花不但对粗鲁的屠夫丈夫的毒打逆来顺受，还要顺从挑剔的婆婆。顺从对于华人女性已经不仅是单纯的外在强加的礼教束缚，而且内化为她们的生活态度、行为准则，已经成为侵入她们骨髓、难以剔除的习惯，融入了她们的血液中。

然而，邝丽莎并没有完全延续以往华人女性给人的婉温柔顺、依附男人生活的弱者印象，她塑造出的华人女性在顺从柔弱的外表下有着一颗坚韧的内心，为了达到目的什么苦难都可以忍受。《雪花与秘密的扇子》里百合就是一个好的典范，为了能有好的回报，为了得到爱，她一直保持着过分的顺从，忍受着缠足及一次又一次怀孕产子的痛楚。同样，雪花的坚强也不容小觑。百合的堂妹美月出嫁前被蜜蜂蜇伤，不幸意外身亡。面对这突如其来的变故，百合全家上下包括一直以来都是家庭主心骨的爸爸和叔叔都只顾伤心痛苦而没了主意，反倒是年少的雪花帮百合全家安排打点了一切。之后雪花家道中落、一贫如洗，加之未来的夫婿还是一个屠夫，雪花也没有怨天尤人，终日以泪洗面，而是很平静地接受了这件事情，并且利用妈妈所剩无几的嫁妆，凭借自己的双手为自己制办有创意的嫁妆，还积极向百合学习生活技能。

此外，邝丽莎所塑造的华人女性外表柔弱、顺从甚至悲观，但内心却充满叛逆。实际上，结为老同和书写女书就是女性对于男权社会的一种精神层面的反叛。老同如同现代女权主义所主张的姐妹情谊，即"妇女在共同受压迫的基础上建立起来的在感情上互相关怀、互相

---

① 邝丽莎：《雪花与秘密的扇子》，忻元洁译，人民文学出版社 2010 年版，第 174 页。

支持的一种关系"①，是女性在封建伦理压迫下采取团结友爱来抚慰压抑心灵的一种策略，以对抗男尊女卑的伦理秩序。她们以女书互诉衷肠，相互安慰。伍尔芙认为，父权制下的语句由男性编造而不适合女性，提出女性应创造适合自己思想的语句，而女书实质上就是"由妇女创造、妇女使用并用以描写妇女生活的一种特殊文字"。② 女性通过具有性别符号特征且适合抒写自身情感与秘密的女性文字来构建自己独立的文化空间，这种将男性排斥在外的女性话语是女性意识的觉醒，是对男权主义的无声反抗。

女性内心的这种叛逆首先就体现在她们对"爱"的渴望和追求上。如《雪花与秘密的扇子》开始部分百合所说："我的整个一生都在渴望爱。我知道我这样是不对的，不管是作为一个女孩还是后来为人妻，但是我却依然执着地坚持着这份对于爱不合情理的渴望，而它却成了我一生中种种遭遇的根源。我曾经梦想得到母亲的关注，梦想着家人的爱。为了获得他们的这种感情，我学着去顺从，虽说这是理想中一个女人所应具备的，可是我似乎显得过分顺从了。我可以为了他们一丝一毫的亲切感，而努力去实现他们的所有期望。"③ 有了老同之后，百合将这份对爱的渴望转移到了老同雪花身上，希望得到的爱是完全的、毫无隐瞒的、不允许任何一丝一毫背叛的，她对爱的追求已近极致。当她发现了雪花的身世谎言后，她感到震惊和愤怒，在以后的日子里百合对雪花的话时不时会情不自禁地产生怀疑，这也使她日后误读了雪花扇子上的话语而狠心割袍断义。此外，女性内心的叛逆还体现在她们对于自由的渴望上。雪花有着良好的教养和美丽的容貌，是个标准的大家闺秀，但是她的内心却似一匹崇尚自由的马，对外界的一切都充满着好奇和浓厚的兴趣。

三 《雪花与秘密的扇子》的叙事特点

小说采用了第一人称的叙事视角，以年老的百合对于往事追忆的

---

① 王先霈、王又平：《文学理论批评术语汇释》，高等教育出版社 2006 年版，第 651 页。

② 莫秀云：《〈雪花秘扇〉的女性独立意识解读》，《电影文学》2013 年第 1 期。

③ 邝丽莎：《雪花与秘密的扇子》，忻元洁译，人民文学出版社 2010 年版，第 1 页。

形式讲述了她悠长的一生中那些曾经不能讲的故事。在孤独中静坐的百合总结了自己一生的爱与恨、得与失,以预叙事的手法诉说了她对于她的老同的爱和怀念,以及她与老同关系破裂的追悔,这在读者心中制造了悬念,增强了故事的吸引力。接下来,叙事者以回忆往事的语调将她一生的故事娓娓道来,细腻而真挚感人。此外,这种第一人称自我倒叙的手法为全书增添了一种感伤的基调,强烈的感情色彩使叙事评价显得分外醒目。如果没有自我倒叙,叙述者很难将小说中对于爱的追寻和反思之情表现得如此动人心弦。

全书共分为 19 章,除了第一章"静坐"和最后一章"悔恨"是关于百合现在年老的生活状态之外,其他章节均以倒叙的手法从百合的视角讲述了她的一生经历,特别是她与自己的老同雪花之间的情谊。几乎在每一章的叙述中,作者都会插入回顾性叙述视角,对于第一人称内视角叙述的有限性进行补充,加上一些叙述者年长之后所知道的情况或对于事情加上评述。如在第三章"缠足"中,叙述者在讲述了大姐和妈妈帮助"我"和美月缠足之后,又补充道:"我常常会回想起我们最初开始绑脚的几个月。我始终记得婶婶、奶奶,甚至大姐一遍遍对我们讲着的那些激励的话。有一句叫做'嫁鸡随鸡,嫁狗随狗。'很久以来我一直都不懂这句话的含义。……还有一点是我当时不知晓的……"① 因为百合在开始缠足时不过是个七岁的小女孩,她不可能知道太多的事情,于是经验的"我"出现在叙事中,为小说加上更多的信息。又如在"扇子"一章里,叙事的"我"在讲述妈妈和王媒婆关于要给百合缔结老同的谈话,她听见妈妈说:"我女儿不像你想象的那样,她很固执,不听话。我担心这可能不好。与其让那户人家的小姐失望,不如还是找些义姐妹算了。"而接下来,经验的"我"又开始加上了评论:"尽管我很了解自己的母亲,但那时的我还不足以了解其中的世故,她对我的那些不留情面的话,只是谈判中小小的伎俩罢了。就像后来我的父亲和媒婆坐下来谈论我的婚事时那样,把我说得一文不值,可以使我的父母将来免受来自我婆家或者老同家

---

① 邝丽莎:《雪花与秘密的扇子》,忻元洁译,人民文学出版社 2010 年版,第 37 页。

人的非议，同时这样做还可以压低他们付给媒婆的酬金以及减少我的嫁妆。"① 而后文接着由叙事的"我"叙述了百合的成长。这样，作为叙事者的"我"和作为经验的"我"的讲述在小说中交替进行，叙事的"我"使小说情节不断发展，而经验的"我"会时不时地出来加上对于事情更多的信息或评价、感受，使得叙事更富于深度和广度。

一如小说中凄美动人的女人故事、独特神秘的中国民俗，小说的语言清新隽永，细腻唯美，再加上女书文体的典雅和瑶族的民俗歌唱的深情，使小说有一种女性的纯美、古典、温润又绵长的韵味。如雪花第一次写给百合的扇子"悉闻家有一女，性情温良，精通女学。你我有幸同年同月同日生。可否就此结为老同？"② 又如百合与雪花的老同契约：

> 我们，雪花小姐，来自桐口村，与百合小姐，来自蒲尾，誓言永远坦诚相见。我们将用善意言行抚慰着彼此的心灵，相伴在女人屋里做活细语。我们将遵从三从四德的美德，遵照孔子对女子的要求行事。今天，我们，雪花小姐和百合小姐在此立下誓言。句句皆真实。我俩如同两条各自跨越千万里的小溪，结伴注入江河，我俩如同千万年间生长在一起的花朵，我们之间将形影不离，和善相待，心存欢喜。我们将是永远的老同，直到死亡将我们分开。③

这唯美、纯真又细腻的文字将婚前女子之间纯洁的友情描写得淋漓尽致。小说中作者以女性特有的笔触将故事娓娓道来，直白、真切，时而是看透世事的老妇人的独自絮语，或思绪万千，独有洞见，或千回百转，愁肠百结；时而又如年轻姑娘欢快的细语，充满温情和活力。如百合讲述自己缠足前和堂妹美月一起到村子里玩耍的情景："傍晚是一天中最美好的时光，那时空气是暖暖的、香香的，蝉子在

---

① 邝丽莎：《雪花与秘密的扇子》，忻元洁译，人民文学出版社 2010 年版，第 45 页。
② 同上书，第 4 页。
③ 同上书，第 58 页。

齐声吟唱。我们一路顺着巷子快步而行，正好撞见大哥领着家里的水牛下水去。他骑在牛背上，一只脚坐在身下，另一只垂着，在水牛侧身晃悠。美月和我一前一后紧随着，穿行在迷宫般蜿蜒狭窄的巷子间。"① 这优美的语言使读者仿佛置身于湖南瑶族的村寨。当然行文中也不乏美式的幽默。在王媒婆上门来提出要给百合结一门老同的时候，妈妈认为，这会给家里增添巨大的麻烦而打了百合一巴掌，没想到百合的反应竟是"尽管我的脸颊有些刺痛，但心里却甜甜的。这一巴掌是我第一次感受到了她的母爱，我不得不极力咬住嘴唇不让自己笑出声来。"② 百合对于母爱的极度缺乏和渴望跃然纸上。

《雪花与秘密的扇子》的艺术手法引人入胜。小说侧重于对人物生活状态的描写和内心世界的探索，这给读者带来了一定的反差，甚至是思想上的冲击。该小说的故事情节虽然讲述的是中国故事，但作者通过两个女人的生命历程，向读者呈现了中国那样一个时代的历史状态，促使人们思考当下中国乃至全世界所有女性的命运。通过对于中国清末乡村老同之间情感的描写，告诉西方读者，女性之间除了友谊、同性恋情感之外，还可以有一种纯爱关系，它很像同性恋却超越了同性恋，它是那么刻骨铭心、感人肺腑，这是对传统女性主义爱情观的消解与创新，让人耳目一新，所以小说受到普遍的欢迎。

小说第一人称独白的写法使小说具有天然的亲和气质，向读者展示了女性敏感的内心世界，倾诉其种种不幸遭遇，诉说她们压抑的欲望和情绪，诸如孤独、自卑、封闭、悲观，或者妒忌、叛逆，构建了一个女性主导的世界。

四 《雪花与秘密的扇子》中美国文化意识的折射

作为一个美国作家，尽管邝丽莎很痴迷中国文化，她的创作里美国文化的影响还是很大的，不管她如何努力，美国人的价值观始终贯穿于她的作品之中。所以她对华人女性的塑造不可避免会染上美国传

---

① 邝丽莎：《雪花与秘密的扇子》，忻元洁译，人民文学出版社 2010 年版，第 14 页。
② 同上书，第 23 页。

统社会对华人的集体印象，并自然而然地流露在她的作品里。首先与
美国总体想象相重合，延续了美国社会对中国旧时妇女"小脚"及
愚昧落后思想的印象。作者不厌其烦地描绘缠脚的细枝末节和华人女
性缠脚时的痛苦和纠结，同时还有她对缠足意义的理解。在她眼里，
缠足也许是改变女人命运的重要方式，漂亮的小脚能带给旧时华人女
性改变命运的机会，但也扭曲了她们的个性。小说对百合的塑造正说
明了这一点：

> 缠足改变了我的双足，也改变了我的性格，我总是有种奇怪
> 的感觉，曾经的那段经历似乎贯穿了我整个一生，把我从一个温
> 顺的小孩蜕变成了意志坚定的女孩，又从一个对婆家提出任何要
> 求都千依百顺的少妇蜕变成一个本县地位最高的女人，村里法规
> 习俗的执行者。在我步入不惑之年之际，缠足的严酷已经从我的
> 三寸金莲注入了我的心田，使我一味固守着这个导致了所有不合
> 理和悲剧的堡垒。我再也无法去原谅那些爱我的和我爱的人了。①

在邝丽莎的笔下，"能够拥有一双三寸金莲远远比一张漂亮脸蛋
重要得多。脸蛋是上天赐予的最好礼物，而一双娇小的脚更能提高你
的地位。"② 但实际上，中国的文化里婚姻讲究的是门当户对，一般
联姻都是在两个条件相等的家庭间进行，穷人家的女儿是不可能仅凭
一双完美的三寸金莲就嫁入豪门的，就算嫁进了豪门，穷人家的女儿
甚至富人家庶出的女儿一般都只能给人做妾，是做不了正房的。作者
在文中还反复提到裹脚布散发出来的那股血和脓的臭味，实际上，旧
时女孩子裹脚是在很小的年纪就开始了，待她们长大时小脚早已成
型，况且她们对自己的小脚是十分在意呵护的，是不可能散发出腐臭
气味的。从字里行间可见，作者的态度重合了美国对中国旧式裹脚妇
女的传统眼光——好奇、偏见。由于不了解中国文化，作者过分强调

---

① 邝丽莎：《雪花与秘密的扇子》，忻元洁译，人民文学出版社 2010 年版，第 2 页。
② 同上书，第 17 页。

了小脚的魅力和作用，试图以"小脚"这样的套话来吸引读者的注意力以期提升作品的吸引力。

其次，小说对老同关系是这样定义的："老同是指两个来自不同村庄的女孩，这样的关系会持续一生，而义姐妹是由好几个女孩组成，一旦她们结婚了，关系也就终止了。"而且，在作品里"老同"关系的缔结还需要媒婆来做媒。在瑶族文化里"老同"的真实情况是这样的："老同，又称老庚，是瑶族人民异姓结为兄弟的称呼。老同即双方年龄相当，多为同年生，如有差别也不会太大，一般一岁左右。结为老同，以感情为基础，不是随便可以结的。双方认识后，互相来往、彼此熟悉各自的情况，性格相近，脾气相仿，很合得来，便商议结为老同。结为老同要跟父母说一声，父母不反对，不干涉。双方互相到对方家吃餐饭，这个老同就结成了。"① 此外，在小说中作者总是把老同关系比作鸳鸯、比翼飞翔的鸟儿、连着根缠绕的蔓藤等，而这些意象和词汇都是用来形容男女相爱的词语，实际上，在中国文化里无论哪个民族都不会把形容这种男女关系的词用以形容女人之间的友谊，这是不合礼数和规矩的，甚至还有造成"断袖之癖"的嫌疑。

再次，作者对人物的动作描写也能看出她们的美国化倾向。譬如在《雪花与秘密的扇子》里大姐的义姐妹每次来家里的时候，"大姐用拥抱迎接她们每个人，之后她们四个便围坐在屋子的一角"②。雪花第一次在百合家留宿时，百合妈妈出门迎接她们时在百合脸上亲了一下，又搂住雪花，晚上睡觉时妈妈也亲了百合；雪花和百合在怀孕后的第一次相见时，百合亲吻了她的老同作为雪花问话的回答。家人间表示亲昵的亲吻和拥抱，很显然是典型的美式表达方式，而非含蓄的东方人的表达。还有在"吹凉节"这一章里，少女时代的百合和雪花在吹凉节时在楼上女人屋里做的近乎有同性恋倾向的凝望和抚摸，其实在中国传统文化里是不可能出现的。在传统文化教育下的女孩子，尤其像雪花这样还是出身于书香门第的大家闺秀应该是极富涵

---

① 李祥红、任涛：《江华瑶族》，民族出版社 2005 年版，第 170 页。
② 邝丽莎：《雪花与秘密的扇子》，忻元洁译，人民文学出版社 2010 年版，第 9 页。

养的，在她们受到的教育里，女子是绝不允许一丝不挂地赤裸在别人面前的，哪怕是在同性面前，更不可能做出抚摸对方身体这样被认为是羞耻的事情。相反，西方的女性比较性早熟，在美国文化中性文化相对于中国要开放得多，所以这里对性的懵懂探试的做法其实是西方文化在作者笔下的女性身上的延伸，而非真正的东方华人女性。

最后，小说虽然讲述了许多中国少数民族的节日和习俗，如对吹凉节、朱鸟节、斗牛节、坐唱会、婚礼等民俗活动的描写，具体、细腻，具有一定的史料价值，并且有真实的地名、姓氏，更可以看出作者力求使艺术的真实靠近历史的真实，增强了小说的感染力。[①] 但是，由于文化的巨大差异，邝丽莎对中国各民族文化缺乏全面的了解，例如小说一开始，作者就点明这是发生在瑶族的故事，而小说中却处处提到女子应该遵从"三从四德"的儒家思想。实际上，儒家礼教属于汉族文化，而瑶族是中国的吉卜赛部落，讲究的是男女平等，瑶族人对自己的女儿也是非常重视的。《雪花与秘密扇子》中描写瑶族男女双方婚前是未见过面的，是靠父母之命、媒妁之言的，但实际上，在瑶族的民俗里，瑶族的青年男女是讲究自由恋爱的，一般到了年纪之后，无论何地的瑶族青年男女都会出来对歌，以对歌的方式进行交流，如果双方满意就互换信物，再告知父母，根据不同分支的习俗再行婚嫁。而且瑶族姑娘是不需要裹脚的，她们喜欢唱歌，而小说中的女书几乎没有情歌，它的主人们却都是三寸金莲。

虽然邝丽莎的人物形象折射了中美两种文化意识，其笔下人物美式的自我意识和不够准确的中国文化描述使中国读者觉得小说不那么真实可信，但是，这对于一个仅有1/8华裔血统的美国作家来讲已经是美玉微瑕了，通过小说中对于一些真实的地名和姓氏的使用以及对于很多瑶族传统节日、婚嫁习俗的描写可以看出作者严肃认真的写作态度，她曾经就此做了大量的考证工作。另外，作者创作的是一部小说而不是人类学学术论文，她完全可以在刻画100多年前中国女性形

---

① 赵丽明：《作者的真诚（代序）——〈雪花与秘密的扇子〉读后》，《雪花与秘密的扇子》，人民文学出版社2010年版，第2—3页。

象的时候加入自己的期待和理想。比如百合和雪花的秀外慧中、温柔克制、勤劳顺从在一定程度上反映了华人女性在美国社会的总体形象，她们的美、她们的魅力、她们待人处世、招人喜欢的能力是所有在美出生的华人女性们所渴望的，她们希望自己能为美国社会所喜爱和接纳，不再受到排斥，因此邝丽莎对于华人女性形象的刻画也反映了在美华人女性为融入美国社会所作出的巨大努力；百合内心深深的孤独感以及她与雪花对于爱和亲密无间的友谊的追寻则折射了少数民族女性在美国社会边缘化生活的困境；而百合和雪花对于自由的渴望和对自我的追寻则表达了作者希望女性通过独立来进行改变命运的愿望，因此作者将智慧和坚韧的品格作为一种寄寓也塑造进了她笔下人物的性格里，既是一种寄寓也是一种希望。在访谈中，邝丽莎曾这样谈及自己的写作目的："我希望读者从我的书中感受到的是，所有生活在地球上的人们共同拥有的生活经历——恋爱、结婚、生子、死亡，以及人类普遍的情感体验——爱、恨、贪婪、嫉妒等等。这些是彼此相通的，而不同的部分在于特定的风俗传统和文化"。① 同时，她也认为，"写作就是我宣传中国以及中国文化的最好方式"。② 诚然，中国的风俗传统和文化的确是邝丽莎小说中的亮点，也是美国读者喜爱她作品的重要因素，然而其作品的内涵——对人物精神世界和情感世界的探究——才是读者喜爱她的作品的根本原因。邝丽莎在小说中不仅大量描写了中国和中国历史，还引发了读者对人性的思索。虽有相当的中国读者认为，邝丽莎笔下的中国不具备代表性，却大为赞叹作者对人物内心世界把握之精彩。对于华裔美国文学而言，中国永远是一个充满魅力的想象空间，然而，邝丽莎小说中对诗性历史的人性观照，对人类普遍生存状态的关注，是最能打动人、影响人、教育人的。邝丽莎正是以自己的努力推动了华裔美国文学的发展和进步，使其在全球化语境下永葆活力。

---

① 郭珊：《〈雪花秘扇〉掀动神秘"女书文化"热潮》，《南方日报》2011 年 7 月 10 日第 12 版。
② 卢俊：《中国情结与女性故事——美国华裔作家邝丽莎访谈》，《当代外国文学》2012 年第 3 期。

第四节　世纪之交华裔美国女性小说的新特征

如果说文学是作家表现出的对人生的审美感受和理解的一种意识活动，那么文学作品中的主题便是这种活动的承载，透视主题，读者可以获得作家思考的全部内容。进入 21 世纪，华裔美国女性小说家们对自我存在进行着深刻的思考，作家写作的个性化更加鲜明，其主体自我意识更强，作品也逐渐淡化了族裔背景，强调多元写作。随着后现代风格影响的逐渐减弱，她们的作品在创作形式和内容上都出现了现实主义回归的趋势，作品中的主题除了延续传统的华裔文学的特征，即反抗种族歧视，构建族裔身份外，很多作品还出现了对普通人生存状况和思想困惑的描述。

一　族裔性与普世性的结合

在以多元民族为特征的美国文学中，华裔美国文学因其在 20 世纪中所作出的重大贡献而占据着重要的地位。在世纪之交，华裔美国女性小说家以族裔文化为其思想根基，在多元文化的氛围中开始更多地思考人的普世性。华裔美国女性作家在创作中不再以族群代言人的身份写作，她们的"他者"性更加弱化甚至趋于消弭。这种变化理应符合全球化时代"世界公民"的发展趋势。人物"他者"性的逐渐消弭，表明作者开始从关注人物的类型化特征向个性化特征的转变，而且这也为塑造多彩美国人提供了可能。将族裔性与普世性有机结合在一起进行多维思考，不仅丰富了华裔民族文学的内涵，而且为美国文学乃至世界文学和比较文学的发展作出了贡献。

90 年代之前的美国华裔文学，主要集中在华人移民的历史性贡献、种族歧视所带来的伤痕、文化冲突等主题上，无论中国文化、中国人形象是被正面提倡的，还是被负面丑化的，老一辈美国华裔作家都背负了太沉重的精神重担。[①] 谭恩美、伍慧明作为 90 年代后期最早

---

① 朱振武：《美国小说本土化的多元因素》，上海外语教育出版社 2006 年版，第 236 页。

成名的一批华裔女作家，在文本中沿用的是汤亭亭以《女勇士》开创的"母系小说"的叙事模式，构建出母系家族史诗，来消解华裔男性作家作品及社会文化层面赋予女性的"他者"形象，以此达到为女性发声的效果。90年代以后，美国多元文化氛围日益浓厚，作家成长时的政治和社会环境，比以往的华裔女作家所经历的时期更加友善、平和，所以新一代华裔美国女作家注重的不再是使命感强烈的种族、政治等严肃题材，她们对自我存在进行深刻反思，由此走出了族群的身份限定，超越了二元对立的政治思维模式，更多地关注社会道德、环境问题、少数族群的生存状态等普世性的主题。因此，作家们创作想象的发挥空间不受任何局限，她们享受着将自己的作品变成"真正的文学作品"的快乐和自由。此阶段以"人性"书写为主题的作品，便是通过着意于普通人的日常生活叙事，向读者展现处于各种矛盾关系中的美国人物形象个体，为美国社会注入温情的人文主义关怀。如汤亭亭在《第五和平书》中"弘扬人与周围世界的'爱与联系'"[1]。谭恩美的《沉没之鱼》中12个不同种族、不同肤色的旅行团成员构成美国"社会缩影"，刻画了西方现代文明下扭曲、孤独和冷漠的现代人，以及人与人之间温情的缺失和感情的冷漠，其中实暗藏着像《百年孤独》《荒原》等经典文学作品中所普遍存在的终极追问：寻找宁静、温馨的精神家园，走出族裔性所带来的孤独，走出缺乏爱的精神荒漠，超越理性的框架和阻隔，回归自然和本能。这个终极追问的过程，可被视为一种自我救赎的过程。任璧莲的《世界与小镇》呈现了美国某小镇上人们族裔混合和多元文化认同的现实，主人公在文化身份上具有独特性和普遍性，她的思考和困惑、情感上的成熟和自我发现、与周围人的交流等，在一定程度上反映了族裔、文化、情感以动态的形式建构着个人的世界，正是这些诸多因素的交互作用和不断变化，模糊并颠覆了族裔文化相对稳固而清晰的界定。

世纪之交的华裔美国女性小说中呈现出的普世性以及族裔色彩的

---

① 韩华君：《任璧莲：走向多元文化的借鉴与融合》，《海外华人女作家评述》（美国卷·第一辑），中国文联出版公司2006年版，第259页。

淡化并不意味着对族裔性和族裔传统文化的抛弃。相反，中华文化传统的精髓成为华裔作家们灵感和创作的源泉。如汤亭亭在其《第五和平书》中想要传达的也是一种"和"的思想，因为她一直希望能以写作的方式唤起人们的和平仁爱意识。首先，从整部作品的结构布局上看，《第五和平书》共分为四章，标题分别为"火""纸""水"和"土"，纸源自于木，所以小说的四章标题明显来自中国文化的五行说。根据中国古代朴素的唯物论和辩证法思想，金、木、水、火、土是构成物质世界的五种基本元素，但作者无意照搬中国的五行学说，而是借用其中的中国文化蕴含来表达作者"和"的主题思想。① 此外，在这个结构看似松散的小说中，实际上有一个推动故事不断向前发展的无形动力源泉，那就是作者的母亲。虽然母亲的形象没有直接出现在小说中，但已经去世的母亲却时常出现在作者的梦中，不断督促作者通过写作来关注社会，担负起一个作家的责任。当父亲在奥克兰大火当日去世时，母亲借此激励作者成为有社会责任感的作家："你读了大量的书，写了大量的文字。然而，房屋烧毁了，城市烧毁了，但是你却没有注意到。警报拉响了，你却听不到，你还没有醒过来。空气中充斥着烟雾，你却闻不到。"② 母亲的启迪最终令作者意识到："美国人的上帝用他的怒火伤害他的孩子，毁掉一切，而爸爸用他的死拯救了我。"③ 在小说中"母亲"的概念已超越了字面的意义，代表的是中国睿智文化的价值观和哲学思想。因为是母亲给她传承了中国文化的智慧，并以儒家"教化天下"的胸襟让作者成为一个具有强烈社会责任感的作家，让她去关注社会、关注百姓的疾苦，最终促使她完成了贯穿中国文化"和"之哲思的《第五和平书》。在小说结尾，作者又一次点出了来自母亲的启迪："如果这个世界，时空与因果都能够按母亲教导的'道'那样运行，我们早就不会有战争了。"④ 汤亭亭运用中国文化价值观的隐喻式启迪给那些备受战争创

① 徐颖果：《汤亭亭〈第五和平书〉的文化解读》，《当代外国文学》2005 年第 4 期。
② M. H. Kingston, *The Fifth Book of Peace*, New York: Alfred Knopf, 2003, p.24.
③ Ibid.
④ Ibid., p.400.

伤折磨的人们以精神慰藉。而在谭恩美的《沉没之鱼》中作为东方拯救者的西方游客由于其西方文化观的自大与无知，反而加速了科伦部落的消亡，而他们自己却异化为被拯救者，因为科伦部落成员所体现出的具有中国文化伦理特点的东方文化思想为处于西方精神荒原的西方现代人指明了救赎之路。在任璧莲的《世界与小镇》中华裔美国人孔海蒂通过中国传统文化去解决生存困境，以"超脱""虚静""和而不同"来摒弃自我的偏见与狭隘，全面地、辩证地对待自我与他者、是与非、生与死之间的关系，重新建构了一种动态的平衡，在此基础上重新认识族裔的中美文化传承问题，并试图寻找自身的存在。

当今的华裔美国作家在多元文化的影响下创作的焦点不再局限于华裔族群内部，其焦点已经转移到整个美国社会的大舞台上，探讨的是在现代社会生存困境下"普通人"的共同境遇。同时，许多作家不愿意承担群体代言人这一角色，也不愿被贴上族裔作家这样的标签，她们渴望以美国作家的身份进入公众视野，也渴望自己的作品被当作美国文学作品来欣赏，而不是仅仅作为族裔小说来阅读，成为读者寻觅异国情调的渠道，但她们仍然认为，华裔的传统文化能够帮助她们更好地成为美国人，是她们创作灵感的源泉。任璧莲曾在采访中说："华裔不是我唯一的身份，但我不能否认我的文化传统。这肯定会激发我的创作灵感。"① 这里有一点需要说明的是，华裔美国作家对中国文化的描写有种种歪曲和误解，她们所表述的并不是真正意义上纯正的中国文化，而是华裔眼里的中国文化，是华裔美国人的文化。② 华裔美国文学的族裔性是其特有的属性，离开了族裔性，华裔美国文学这一说法就不会成立，而普世性却是在民族性的基础上，在美国特定的多元文化氛围中升华的结果。如果仅仅强调民族性而不强调普世性，不在承认民族差异性的基础上强调

① 石平萍：《多样的文化多变的认同——美国华裔作家任璧莲访谈录》，《文艺报》2003 年 8 月 26 日第 4 版。

② 胡亚敏：《留恋·排斥·融合——论华裔美国文学对中国传统文化的接受》，《四川外语学院学报》2002 年第 5 期。

"民族之林"，那就不是民族文学发展的正确方向，因为过分强调民族性极易走向狭隘民族主义的危险道路。文学的意义就在于打动人，让更多的读者联想到自己的生存状态，就是说，文学在本质上是建立在普世性基础上的。没有普世性，就没有心灵的沟通，作品也就没有意义了。华裔美国文学正是在民族性和普世性的多维思考过程中实现了从边缘向中心的突围。

二 传统的继承与个性化写作

首先，文化碰撞与交融一直以来都是华裔美国文学的主旋律。从《华女阿五》《女勇士》到《喜福会》，再到《世界与小镇》，美国华裔文学创作都反映了中美两国文化相互碰撞、吸收和交融的历史，折射出漂泊在异国他乡的华人移民及其后代对中美文化所持有的截然不同的态度以及两代人围绕着文化认同、民族身份的得与失所表现出的矛盾与冲突。

民族差异导致了中美文化之间的碰撞。华裔美国文学本身就是中美两种文化相互碰撞和交融的产物，它作为"边缘文学"初登美国文学殿堂之时，就充分展示了文化碰撞和冲突，其中包括华人与白人的民族冲突、美国文化和中国传统文化的冲突、美国社会主流文化和非主流文化的冲突，等等。因此，大多数华裔文学作品都表现了华裔作家们复杂而矛盾的边缘文化心态，反映了两种文化之间的困惑和迷茫。另外，华裔美国作家大多具有双重的文化背景和身份，特别是在美国出生的第二三代华裔作家，她们要接受来自父母的中国文化传统和习俗，又要接受美国的教育和价值观，她们在成长过程中必然会经历两种文化的碰撞和交融，因而以自身经历为原型展现两种文化碰撞与交融的自传体文学作品层出不穷。此外，美国社会越来越成为多元文化、多种族社会，各种成分既相互独立又相互交融。如何在这样的语境中正视文化碰撞与冲突，构建华人的文化身份，自然成为当代华裔美国作家通过文本所要展现的重要主题。同时，全球化进程的加快进一步激发了华裔作家们的文化意识，使之能够进一步从文化的角度思考现实中多民族、多种文化如何和谐共生的问题，以华裔美国人独特的文化背景和视角给予处于文化碰撞和文化对话中的人们一定的建议和启示。总之，这不仅是由华裔美国文学作家特定的经历和身份所决定的，反映了当代美国华裔在多元化的社会背景下重新构建文化身份的现状，也表达了众多华裔作家们的心声和愿望，这也正是在当今全球化和多元文化的时代背景下，各个民族文化发展的必然趋势。文化碰撞不可回避，文化的融合和共生才是文化发展和演进的主流，因为每一个活着的文化都会经历不断的同化、融合和发展过程，在相互依存中得到发展。

其次，华裔美国女性小说依然延续了自传体的书写传统，尽管有一些变化，从传记文学的直白叙述转变为自传体小说的模糊叙事。它既在传记中进行虚构，又在小说中反映现实，突显了小说的个性化意识。这既表明新时期华裔美国女作家对于传统的继承，也表明华裔美国文学创作在文学性和美学价值方面的转化和提升。在邝丽莎《雪花与秘密的扇子》中，尽管讲述的是一个住在古老封建社会里的中国农村姑娘的一生，讲述她对各种爱的追求与许多人物间的纠葛，然而往事不是通过别人之口讲述而是延续了华裔美国女作家一贯钟爱的第一人称叙事，让故事在女主人公百合的回忆性叙述中逐渐展开。并且在故事中，女主人公的形象不是被一直放在边缘，在所有的场景中百合都恰巧成为叙事的中心。尽管书中的女性也同样经历了儿时"厌女"的待遇，她们依然不仅具备传统中国女性的美丽、顺从、孤独、聪慧等美德，而且勇敢、叛逆、坚韧，具有强烈的女性自我意识和追求，她们不仅成为家庭的中心人物，也在社会上取得了重要地位，而其他背景式的女性人物也反映出女性对整个家庭和子女命运的决定性作用。因此，小说从人物形象的塑造，到故事情节，再到周围的背景人物，彻底实现了女性从"边缘人"向中心人物的转变。

世纪之交的华裔美国女性小说以"诗意"的形式书写了女性的自我，展现本我的"原欲"（即"爱的本能"），又以极其理性的内容进行"自我"反思与调节。以往华裔文学中反复提及但又有所回避的话题在这里被放大，尤其是"他者"与"欲望"的问题。新一代华裔美国女作家们，实际上是通过唤醒现代女性心中沉睡的意识，以

"获得艺术上的审美和愉悦"。① 因此，在面对双重文化的压力时，她们放弃了以往华裔美国女作家"非此即彼的二元对立"思维模式，不再采取以往华裔美国作家通过社会呼吁的方式，来解决主体困惑，而是寻找两种文化的契合点，将两种文化合理搭配并衔接，尝试着在自己的生活中取得两种文化平衡共存的状态，让华人血统、华人文化与美国式生活、现代社会意识在女性的主体内部得到统一。也就是说，新一代美国华裔女作家存在着这样一个共识，外部环境的改变固然会对主体意识的建构产生巨大影响，但是，如果主体即个体内部不进行深入的自我反思与剖析，而一味地将矛盾的产生归咎于社会环境，那么主体意识是无法真正走向健康和独立的。

三　多元性与文学性并重

作为一个移民国家，美国有着人类历史上从未有过的驳杂的移民种族性，复杂的、对立的种族信仰，迥异的生活方式和文化传统。在多次移民潮的冲击下，美国的民族成分显得越来越复杂，民族的多元化成为美国社会最显著的特征，但是盛行于 19 世纪下半叶的"熔炉论"认为，其他种族或民族都应认同盎格鲁—撒克逊文化，归化这一占主导地位的文化宗主。不服从同化者理应受到驱逐。"熔炉论"的潜台词就是要求移民割断与母国文化千丝万缕的联系，接受美国主流文化的洗脑。然而，千年历史形成的文化认同的差异又怎能是一场运动可以勾销的？于是很快地"熔炉论"就受到强有力的挑战。在战后的 60 年代，美国社会经历了史无前例的大动荡，黑人民权运动、新左派运动、同性恋运动、女权运动、反文化运动等此起彼伏，各种社会运动高潮迭起，各种骚乱事件层出不穷，种族间的暴力事件比比皆是，社会发生了大分裂，多元文化应运而生。

在美国多元文化的影响下，华裔美国女性小说也逐渐走出了以二元文化对立及母女关系为主题的叙述模式，在人物关系上更加多样

---

① 王岳川：《当代西方最新文论教程》，复旦大学出版社 2008 年版，第 5 页。

化，呈现出多元化的发展趋势。她们写作的多元性不仅表现在众多小说主题如种族、阶级、性别等上，还表现在小说的创作模式、叙事手法等方面，既有"纯中国故事"，也有"美国华裔的奋斗经历"，还有"奇幻的寻根之旅"。她们对族裔身份的态度有认同与反抗共存的矛盾心理，也有鲜明的美国主人翁精神，还有混血儿的成长困惑。而对种族、族裔性问题，有的则刻意回避，有的则刻意淡化；在创作方法上，既延续老一辈作家的传统，也进行先锋性试验。总之，世纪之交的美国华裔作家已经无须通过与其"中国性"划清界限来证明其作品作为美国文学一部分的合法性，她们的写作更为自由，其族裔色彩淡化，文学韵味更浓郁。如任璧莲的作品虽然保留了以女性为中心的叙事模式，并且仍然关注族裔的同化和文化融合问题，但是其视角远比之前的作家更具有多元化和世界性。同时在作品中尽可能通过多种方式让人物了解美国，以使得人物刻画和美国在作品中更加多面化。①

华裔美国女性小说之所以吸引了读者和批评家的关注，绝不仅仅在于她们小说独特的移民双重视角、精彩的故事以及充满神秘感的异域书写，文学的魅力显然也是重要因素。读者的阅读也逐步趋向于更加重视族裔创作中普遍化的文学魅力。如《华女阿五》之所以能在同时期的族裔作品中脱颖而出，非常重要的一点是因为其文学创作手法上的成功，如作品包括了丰富的文化元素和艺术的模糊性，具有简洁明快的写作风格，叙述手法舒缓平和却又充满抒情色彩。谭恩美的小说之所以畅销与她所运用的多样叙事技巧、精美的叙事结构以及对语言的娴熟驾驭分不开。新生代的华裔美国女作家们在正式成为职业作家之前，基本上都经过"学院式"的文学创作训练，如谭恩美曾在艾奥瓦州立大学学习英语和语言学，分别获得学士学位和硕士学位，伍慧明毕业于哥伦比亚大学英文学院，任璧莲毕业于哈佛大学英语学院，曾经在艾奥瓦作家工作坊工作，而张岚 2005 年开始担任艾

---

① 单德兴：《创造自我/族裔：任璧莲访谈录》，《"开疆"与"辟土"——美国华裔文学与文化》，南开大学出版社 2006 年版，第 250 页。

奥瓦大学写作工作室的主任，她们在文学作品的表现形式、语言与修辞技巧等方面具有较高的职业素质。在多元文化以及"重构经典"的文化思潮盛行的时代背景下，新一代的华裔美国女作家已经越来越少地依赖族裔性质，而是更多地关注文学的主题，注重深化小说的艺术影响力。期待她们的作品能作为美国文学经典而被主流社会所接受。

华裔美国女性作家的作品逐渐加大了对"美国化""全球化"的描述力度，小说从形式上少了族裔的痕迹，英美文学的味道更加浓烈。例如，作品中的主人公不再拥有中文名，而是具有地道的英文名，讲着地道的英语；这些作品中的美国文化气息更加浓厚，中国文化背景被逐渐淡化；哪怕小说的内容纯粹以中国文化为原型或以中国社会为背景，她们也是以美国文学的方式来呈现的，要努力把华裔女性的故事与才华书写成具备艺术性的美的载体，以确立新时期华裔美国女性小说在美国文学中的"新经典"地位，以"经典"的英美文学风格来淡化内容上的异国情调。如任璧莲《梦娜在应许之地》中的主人公说着一口流利的、地道的英语，只会几个简单的汉字，同时主人公具有同美国人一样的"想成为什么就成为什么"的美国梦；邝丽莎的作品在内容和题材上都追求"中国特色"，但是不论她对中国文化如何痴迷，受欧美文学作品浸染和遗传的影响，她写作技巧中的美国风格都是显而易见的。

总之，美国华裔女性作家从多维度的视野为东西方文化的沟通与交流搭建了一座桥梁，她们对中西方文化的冲突进行了融合。她们以多元文化语境为切入点，运用含蓄的叙事手法纠正了被西方人歪曲的、程式化的东方女性形象。经过几代华裔美国女作家的努力，东西方文化在碰撞中实现了融合，在保留中国文化精华的同时逐渐向美国主流文化靠近。

通过系统梳理华裔美国文学在世纪之交的发展特点，笔者期望能为华裔美国文学的研究工作提供新的视角和途径。通过对新时期华裔美国女性文学创作进行较为全面而系统的梳理，将其作为一个整体来考察，期望能够揭示华裔美国女性创作主题和主体意识的衍变，把握其总体发展脉络，归纳其"普遍性"。作为华裔美国文学的一个重要部分，关注新时期华裔美国女性小说创作，也就关注了华裔美国文学创作动向的转换和多元化，因而成为描述新世纪华裔美国文学概念的重要途径。

后　记

　　我对于华裔美国文学的兴趣源于大学英语教学。当时使用的教材《新视野大学英语教程》中有一篇课文选自谭恩美的《喜福会》。为了增强学生的跨文化敏感意识，我要求学生在课前观看了好莱坞的同名电影《喜福会》，在课堂上除了课文学习之外，我还引入了文化差异和文化冲突案例的讨论，课堂气氛很热烈，教学效果比较好。学生的兴趣和喜爱也鼓舞了我，之后我买了原著进行阅读，并接二连三地读完了《接骨师之女》《女勇士》《骨》等小说，我不仅为书中所描写的生活在新旧两个时代、中美两个不同文化环境中女性的生存状态，以及女性为争取自身权益和自由的自觉意识所深深感动，也被作家或深情款款，或幽默揶揄，或机智俏皮的语言风格和别出心裁的讲故事方式所折服。我开始进行系统的阅读，与此同时，认真查阅一些相关的批评与理论文章。

　　几年来，每当我潜心细读华裔美国女性小说的时候，总觉得有些东西让我既着迷又困惑，比如这些作品中那些或令人赞叹或令人摸不着头脑的非常规叙事结构和叙事方法，比如小说中所弥漫的一种令人不安的氛围，一些令人费解的现象，如男性的整体缺失，母女之间激烈的矛盾冲突，人物的极端行为，对中国食物光怪陆离的描写，对中国东方化的书写，等等。仔细思考之后，我认为，这些问题都与政治、历史和意识形态有着千丝万缕的联系，因为华裔作为少数族裔曾受到居于主流地位的白人的歧视、排挤乃至迫害的种族问题、华裔家庭的代沟问题、华裔如何与主流社会共处的问题，是所有华裔必须面对的社会现实，是华裔作家绕不过去的坎。而如何艺术地再现华裔族群的生活状态，表达族裔成员的政治、经济、文化诉求，如何使自己的族裔史诗进入主流社会的视野并且被主流社会所接受就成为考量华裔小说家们的一个标准。因此，在华裔美国小说中，族裔性、政治性与文学性是紧密结合在一起的。因此，阅读和研究也应该同时关注这三个方面。首先，本书从文化源流、人物形象、主题内容、表现形式、发展趋势等方面对华裔美国女性小说进行了论述。考虑到华裔美国女性小说是两种文化、两种文学交流融合的产物，本书尽可能将其置于美国文学、中国文学的大框架里加以研究，运用多种现代批评理论研究这些作品中反复出现的主题与叙事策略，探究华裔美国女性小说家如何在"两个世界""两种文化""两种传统"中汲取养料，构建华裔美国民族文学，进而揭示其典型特征和发展趋势。

其次，本书不仅探讨了华裔美国女性小说的文化特征和历史贡献，而且努力挖掘其自身的文学价值和美学意蕴。在具体研究过程中，本书比较注重文本细读，通过对具体文本的深入分析，探究华裔美国女性小说的写作特点和发展趋势，以及亚文化在母文化中的发展和流变。

阅读华裔美国女性小说是令人愉悦的，而在教学之余做这些研究工作还是充满艰辛和压力的，但同时也有充实和快乐。这份小小的成果中浸透着很多人的努力，没有他们的帮助和支持，我可能无法完成这项工作。首先，我要感谢我所在的陕西理工大学外国语学院的曾小珊院长一直以来对我的关注和支持。她经常提点和鼓励我，不断对我提出更新、更高、更严格的要求，使我能有信心和勇气行动起来，经受锻炼。她自己扎实的学术功底、严谨的治学态度和不懈的勤奋努力也不断激励着我，使我不满足于现有的成绩，而应该永远向更高的目标努力。其次，我由衷地感谢我的同事王晓红、卢秋萍、苏红莲、李俊丽等老师对我的鼓励和帮助。在写作的过程中，她们宝贵的意见和建议对我有很大的启发和帮助作用。最后，要感谢我的家人在我撰写书稿期间对我的鼓励和体谅，他们是我完成书稿的坚强后盾。

刘秋月
2017 年 6 月